Tom Wood

Thriller

TRAITOR

DER VERRÄTER

Jemand hat gelogen, jemand wird sterben!

浪人 RONIN

A Victor Novel

TRAITOR – DER VERRÄTER

von Tom Wood

Übersetzt von Noah Sievernich und Gerrit Gebauer

Auch von Tom Wood

Codename Tesseract

Berlin Calling Victor (Kurzgeschichte)

Zero Option

Blood Target

Kill Shot

Dark Day

Cold Killing

The Final Hour

Kill For Me

Gone By Dawn – Die Stunde der Vergeltung (Kurzgeschichte)

Als T. W. Ellis

Tom Wood – Die Besucher

Die Originalausgabe erschien 2022 unter dem Titel »Traitor« bei Sphere, einem Imprint der Little, Brown Book Group, London.

1. Auflage

Deutsche Erstausgabe 2024

Übersetzung: Noah Sievernich und Gerrit Gebauer

Umschlaggestaltung: by wayan-design unter Verwendung von Motiven von Shutterstock © Aastels

Satz und E-Book-Konvertierung: wayan-design.de

Druck und Bindung: siblog Gmbh, Körnerstraße 68, 04107 Leipzig

Printed in Germany

ISBN: 978-3-98955-523-5 (Printausgabe)
ISBN: 978-3-98955-024-7 (E-Book)

Für Informationen wende dich an Ronin Hörverlag, Heusteg 47, 91056 Erlangen

www.ronin-hoerverlag.de

TEIL EINS

KAPITEL 1

Treppen sind gefährlich. Sie töten mehr Menschen pro Jahr, als Victor in zehn Leben. Wenn eine Person durch einen Unfall in ihrem Haus stirbt, ist es mit großer Wahrscheinlichkeit die Treppe, die sie tötet. Doch obwohl Victor schon lange im Geschäft tätig war, hatte er noch nie ein Ziel ermordet, indem er es die Treppe hinuntergestoßen hatte. Aktuell wartete diese Methode also auf ihre Premiere. Die Treppe vor ihm war gefährlicher als die meisten anderen. Nicht wegen der Möglichkeit eines Sturzes. Sondern wegen der Angreifbarkeit, der er sich aussetzte.

Wenn seine Feinde etwas taugten, würde mindestens einer von ihnen sie bewachen.

Die erste Treppe stieg nur zehn Stufen an und endete im Flur eines Zwischengeschosses, der in zwei Richtungen verlief. Eine längere Treppe war parallel zur ersten, bis zu einem kahlen Treppenabsatz, von dem aus man in das nächste Stockwerk gelangen konnte. Victor beugte sich über das Geländer, um einen Blick nach oben zu werfen – waghalsig in dem Fall, dass ein Angreifer von einem höheren Stockwerk aus nach unten zielte.

Niemand zu sehen.

Nur Treppen und Geländer, die nach oben führten und sich bis zu einem Punkt jenseits der obersten Decke erstreckten. All diese Treppen waren darauf ausgelegt, dass sie von vielen Menschen gleichzeitig benutzt werden konnten. Breite Stufen – fast zwei Meter von der Wand bis zum Geländer, dessen Eisen unter einer dicken Schicht aus grünem Lack lag. Auf der rechten Seite, zum Geländer hin, waren die vormals harten Kanten der Stufen abgerundet. Die Sohlen hunderter Menschen hatten sie Tag für Tag abgeschliffen.

An dieser Stelle, nahe am Geländer, stieg Victor hinauf. Er wusste, dass die stärkere Erosion des Steins eine rauere Oberfläche und somit eine verstärkte Absorption der Energie seiner Schritte bedeutete. Für ihn war das eine unmerkliche Geräuschminderung. Doch ein Schütze im Stockwerk darüber könnte Victors Position allein aufgrund des geminderten Geräuschs weniger genau einschätzen und seinen Angriff eine Sekunde später bemerken, als er es sonst getan hätte. Die Erfahrung hatte ihn gelehrt, dass eine einzige Sekunde über Leben und Tod entscheiden konnte.

Er stieg langsam und bedächtig eine Stufe nach der anderen hinauf, denn er wusste, dass jeder, der im Gang vor ihm lauerte, jedes leise Klopfen seiner Sohlen auf den Steinstufen hören und erahnen würde, dass er immer näherkam. Der Korridor, der sich sowohl nach links als auch nach rechts erstreckte, bot zwei mögliche Positionen für einen Hinterhalt. Allerdings konnten sie nicht gleichzeitig genutzt werden. Schützen in beiden Gängen könnten sich gegenseitig töten, wenn sie beide auf einen Feind feuerten, der zwischen ihnen auftauchte.

Wenn es einen Angreifer gab, dann würde er sich im Flur rechts von Victor befinden. Dieser Flur bot einem Schützen eine größere Chance, das Ziel von hinten zu erwischen, während es die nächste Treppe hinaufging. Ein Schütze, der sich im linken Gang aufhielt, gab sich einem Duell preis, von Angesicht zu Angesicht, und Attentäter waren nicht gerade dafür bekannt, fair zu spielen.

Sie waren auch nicht für ihre schlechte taktische Positionierung bekannt. Sie würden nicht mitten im Flur stehen, so ungeschützt und verwundbar wie an dem Tag ihrer Geburt. Sie würden nahe an einer Wand stehen. Die

Wahrscheinlichkeit, dass ein Schütze Rechtshänder ist, liegt bei neun zu zehn, und ein Rechtshänder wird seine linke Schulter in der Nähe einer Wand haben wollen, damit seine Waffe nicht dadurch behindert wird. Die Wände im Treppenhaus hatten alle einen zweifarbigen Anstrich. Das untere Drittel hatte ein künstlich verwaschenes Grün, während die oberen zwei Drittel in einem warmen Beigeton gehalten waren.

Als Victor die achte der zehn Stufen erreichte, hielt er inne und unterbrach den Rhythmus seiner Schritte – gerade lange genug, um das Abschätzen seiner Bewegung und Position durch einen potenziellen Angreifer zu erschweren –, bevor er die Waffe in die linke Hand nahm und die letzten beiden Stufen in einem Satz hochsprang, wobei er sich auf die Höhe des grünen Wandteils duckte und um die Ecke lugte, um den rechten Gang hinuntersehen zu können.

Der erste Feind versteckte sich dort, wo Victor ihn erwartet hatte.

Die Reaktion ist immer langsamer als die Aktion, also hatte Victor den Sekundenbruchteil Vorsprung, den er brauchte, um sein Ziel zu finden, denn der Bewaffnete hatte Deckung im Türrahmen zu einem Nebenraum bezogen. Der größte Teil seiner Person war außer Sichtweite, nur sein Kopf, seine Arme und seine Schulter waren durch die Türöffnung zu sehen.

Sie schossen gleichzeitig, wobei der Schütze durch das plötzliche Auftauchen von Victor überrascht wurde und bloß einen panischen Schuss ins obere Drittel der Wand abfeuerte.

Einen aufrechten Mann erwartend, hatte der Mann zu hoch gezielt, um ihn zu treffen.

Victors erster Schuss verfehlte die anvisierte Stelle nur

knapp und streifte den Schädel seines Ziels, worauf Blut aus dessen äußeren Schläfenarterien spritzte. Der zweite Schuss schlug in seine Brust ein, als er vom Streifschuss aufgeschreckt aus der Deckung der Tür taumelte.

Sein Gegner stand komplett aufrecht, jedoch starr vom Schock der plötzlichen Verletzung, so dass Victor einen kurzen Augenblick innehielt, bevor er ein drittes Mal abdrückte und die Kugel zwischen den Augen des Mannes versenkte. Augenblicklich fiel er zu Boden.

Ein junger Mann, 22, vielleicht ein Jahr älter oder jünger. Nach Victors Definition sah er nicht wie ein Profi aus. Zweifellos war er ein Ex-Militär und hatte wahrscheinlich schon gegen Bezahlung ein paar Ziele erledigt, aber das eben könnte die erste richtige Schießerei für den Jungen gewesen sein, definitiv aber die letzte. Das Blut floss weiterhin aus dem Loch in seiner Stirn und bildete eine glänzende Lache auf dem Fußboden. Kleine Klumpen Gehirn wurden von der Strömung mitgerissen und füllten die Fugen im Parkettboden. Ein chaotisches Ende, aber immerhin ein schnelles. Innerhalb von zwei Sekunden war alles vorbei gewesen. Wie auch immer der Junge sich auf den Überfall eingestellt hatte, es war anders gekommen. Victor konnte das bis zu einem gewissen Grad nachvollziehen. Auch er war so gewesen. Aber er hatte schnell gelernt. Schnell genug.

Er hielt seine Pistole auf den Korridor gerichtet, falls ein anderer Feind, von den Schüssen aufgeschreckt, durch eine der vielen Türen stürmen würde.

Die Wände des Raumes, in dem die Leiche lag, waren mit derselben grünen Farbe gestrichen wie das untere Drittel im Flur, wirkten aber etwas heller und sauberer. Nur an wenigen Stellen war die Farbe abgeplatzt. Die Morgensonne erhellte die Stellen vor den wenigen geöffneten

Türen und ließ schattige Abschnitte dazwischen.
Mehrere Büros. Zu viele Räume, sie alle zu sichern.
Ihm gefiel der Gedanke nicht, dass er beim Aufstieg ungesicherte Räume hinter sich lassen würde, aber er wusste mit Sicherheit, dass es weiter oben im Gebäude noch mehr Feinde gab. Er konnte sich nicht vorstellen, dass sich diejenigen, die sich bereits hier unten aufhielten, in eines der Büros tiefer im Gebäude zurückziehen würden. Und wenn doch, bedeutete das, dass sie Angst hatten und sich nicht trauten, ihm entgegenzutreten, was für den Moment ausreichend war. Victor feuerte eine Kugel in den leeren Flur ab, sowohl für den Fall, dass sich dort jemand versteckte und um ihn zu ermutigen, dortzubleiben, als auch um seinen Feinden weiter oben im Gebäude zu suggerieren, dass sein Fokus woanders lag. Er eilte ein paar Schritte vorwärts und schoss auf die Leiche des jungen Mannes und erzählte dadurch den Leuten in den Stockwerken über ihm laut hörbar die Geschichte eines fortdauernden Gefechts. Die Akustik war anders als bei der vorherigen Salve. Vielleicht wurde es als eine ausgedehnte Schießerei zwischen ihm und dem noch lebenden Gegner interpretiert, vielleicht aber auch als ein tieferes Eindringen in das Gebäude, um einen fliehenden Feind zu verfolgen oder einen verwundeten zu erledigen. In jedem Fall wäre jetzt der richtige Zeitpunkt, um Victors vermeintliche Abgelenktheit auszunutzen.
Er ließ ihnen ein paar Sekunden Zeit, um zu ihm zukommen, und flitzte dann zurück ins Treppenhaus. Wieder überraschte er den Feind, nur dass sich der Schütze auf der Treppe über ihm befand, ohne dass er durch eine Tür geschützt werden konnte.
So brauchte Victor keinen Sekundenbruchteil, um sein Ziel zu finden.

Er traf den Mann auf der Treppe zweimal, wobei beide Kugeln blutige Löcher in sein T-Shirt schlugen, bevor eine dritte ihn in die Stirn traf und die zweifarbige Wand dahinter mit einem einzigen Farbton übertünchte. Der Söldner hatte sich bereits in Bewegung gesetzt und war die Treppe hinuntergestiegen. Durch den Vorwärtsschwung kippte er um und stürzte die restlichen Stufen hinunter, wobei er sie mit Blut und Hirnmasse beschmierte, bevor er am Fuß der Treppe zum Liegen kam.
Muskelkrämpfe fixierten die Pistole in seiner Hand. Victor riss sie aus der steifen Faust und steckte sie in den hinteren Teil seines Hosenbundes. Es war zwar nicht die beste Pistole der Welt, aber es war immer gut, eine Reserve mit einem vollen Magazin zu haben.
Im Augenwinkel bemerkte er einen Aufzug im Flur links vom Treppenhaus. Er vergewisserte sich kurz, dass niemand die Treppe herunterkam, und drückte dann mit einem Fingerknöchel den Rufknopf. Nach einer kurzen Verzögerung verschwand die Stahltür in der Wand, und er betrat das Innere der Kabine. Die Wände waren aus blankem Stahl, abgerieben und gezeichnet, an der Rückwand glattpoliert von den Mänteln müder Arbeitnehmer. Wieder tippte er mit seinem Fingerknöchel auf die Knöpfe für jedes Stockwerk in aufsteigender Reihenfolge. Sie leuchteten alle nacheinander in einem schwachen gelben Licht auf.
Er stieg wieder aus, bevor sich die Stahltür in Bewegung setzte, um die Kabine zu schließen. Ein langsamer Vorgang. Er hörte das Brummen und Wimmern der alten Winden und schlich bereits die erste Treppe hinauf, als sich der Aufzug in Bewegung setzte.
Nicht gerade die einfallsreichste Finte. Doch kein kompetentes Killerkommando bestand nur aus zwei Schützen.

Wenn der Aufzug bei all seinen Stopps also auch nur einen einzigen Feind für einen kurzen Moment ablenkte, bedeutete das einen großen Vorteil für Victor.
Und er konnte jeden Vorteil gebrauchen.
Er könnte natürlich fliehen, aber das würde das Problem nicht lösen, sondern nur verzögern. Sie würden es erneut versuchen, vielleicht in größerer Zahl und mit einer besseren Kenntnis ihres Ziels. Womöglich würde er sie beim nächsten Mal nicht kommen sehen, und gerade hatte er den Vorteil auf seiner Seite. Sie hatten damit gerechnet, dass sie ihn aus dem Hinterhalt angreifen könnten, und nicht, dass er sie flankieren würde, noch bevor sie selbst zum Handeln bereit waren. Victor war auf keinen Fall bereit, diesen Trumpf zu vergeuden und es für heute gut sein zu lassen. Wenn er die Wahl hatte, griff er immer an.

KAPITEL 2

Der Aufzug kam mit einem Klingeln im ersten Stock an. Victor hockte auf halber Höhe der Zwischentreppe und wartete. Die Schulterblätter drückten gegen die zweifarbige Wand, das half ihm, sauber zu zielen.

Sollten einer oder mehrere auf ihn warten, würden sie zumindest einen Blick in Richtung Aufzug werfen, wenn sich die Tür öffnete. Wenn sie die Treppe bewachten, konnten sie nicht riskieren, dass eine Bedrohung hinter ihnen auftauchte. Und wenn sie den Aufzug selbst bewachten – in dem Glauben, Victor sei selbstmörderisch genug, sich freiwillig in eine Falle zu begeben –, waren sie bereits in die falsche Richtung unterwegs. Beides war ihm recht. Es gab noch andere mögliche Szenarien, über die Victor jedoch nicht nachdachte. Nach so vielen Jahren im gefährlichsten Beruf der Welt hielt er sich für ziemlich talentiert darin, wahrscheinliche Eventualitäten zu erkennen.

Immerhin war er noch am Leben.

Er stellte sich immer vor, was er tun würde, wenn die Rollen vertauscht wären. Auf diese Weise hatte er bereits einen Vorsprung, wenn sich das Worst-Case-Szenario bewahrheitete. Und wenn er einmal die Fähigkeiten seines Gegners überschätzte, spielte es kaum eine Rolle, dass er inkompetenten Leuten zu viel zutraute. In diesem Fall war seine Prognose ziemlich präzise gewesen. Jemand hatte den Aufzug bewacht, denn einen Augenblick nach dem Klingeln dröhnte automatisches Feuer – noch bevor sich die Türen vollständig geöffnet hatten, um die Kabine und die darin befindlichen Personen zu enthüllen. Das bedeutete, dass der Wächter nervös war.

Der Wächter, weil dünnhäutige Revolverhelden nach Victors

Erfahrung immer Kerle waren.
Die starke Wirkung von Testosteron auf die subkortikale Signalgebung hatte er erwartet. Sie fördert die Impulsivität in Stresssituationen. Er wusste, dass Instinkte nicht außer Kraft gesetzt werden konnten, sondern nur unterdrückt. Bestenfalls konnte man sie nach endlosem Üben verzögern. Nach ein paar Sekunden panischen Feuerns war die Waffe des Mannes leer. Er hatte nicht geübt.
Victor hatte unterdessen das wütende Brüllen des Wächters genutzt – trotz Schalldämpfer so laut wie Donner – um seine prasselnden Schritte auf der Steintreppe zu verbergen. Als er das Stockwerk erreichte, sah er, wie der Bewaffnete in der Nähe des Aufzugs damit beschäftigt war, seine Maschinenpistole nachzuladen. Ein zweiter Mann – ebenfalls mit einer Maschinenpistole bewaffnet – der die Treppe bewachen sollte, vernachlässigte seine Aufgabe und glotzte seinen Kollegen und das entleerte Magazin auf dem Boden an. Der kurze Hagelsturm von 32 Kugeln hatte seine Aufmerksamkeit länger von der Treppe abgelenkt als das bloße Klingeln des Aufzugs. Ganz gleich, wie gelassen er war, niemand kann solchen Lärm in der Nähe ignorieren.
Missbilligend schüttelte er den Kopf, um seinem schießwütigen Kollegen nochmal zu verdeutlichen, dass der Aufzug leer und die ganzen Kugeln umsonst waren.
Für sie jedenfalls, nicht für Victor.
Er schoss auf den Kerl, der die Treppe hatte sichern sollen, bevor der seine überraschte Drehung beendet hatte, sodass er mit einer spiralförmigen Bewegung in sich zusammensackte.
Victors plötzliches Auftauchen und der unerwartete Tod seines Kollegen, erschreckten den nervösen Schützen so sehr, dass er sein Ersatzmagazin fallen ließ. Zweimal Abdrücken,

und der Wächter fiel durch die offene Tür des Aufzugs und landete mit dem Gesicht nach unten in der Kabine, die Beine im Gang. Bevor er nachlud, verpasste Victor dem ersten Wächter eine zweite Kugel, als ein zischendes Stöhnen ertönte. Vielleicht war es der letzte Atemzug des Mannes oder der erste Atemzug seines wiedererlangten Bewusstseins. Es spielte keine Rolle mehr.

Victor hatte noch ein paar Patronen im Magazin, aber das reichte bei weitem nicht aus, wenn sich noch vier weitere Männer im Gebäude befanden – womit er mindestens rechnete, eher noch mehr. Seine Pistole war eine Five-Seven der belgischen Fabrique Nationale: seine bevorzugte Waffe in den meisten Situationen auf kurze Distanz. Es war ihm gelungen, sich zwei der 20 schüssigen Magazine zu besorgen, die normalerweise nur Militär und Polizei zugänglich waren. Victor arbeitete nicht für den Staat, doch er kannte eine deutsche Fixerin mit dem Decknamen Georg, der Mittel und Wege zur Verfügung standen, die die meisten anderen nicht hatten. Zwar betonte sie jedes Mal, dass der Waffenhandel nicht ihr eigentliches Geschäft sei und dass dies das letzte Mal wäre, dass sie ihm einen Gefallen tat. Im Laufe der Jahre hatte es viele solcher letzten Gefallen gegeben. Mehr als Ersatzmagazin war trotzdem nicht drin gewesen. Sie konnte eben keine Wunder vollbringen, wie sie ihm oft genug sagte. Immerhin hatte er die aufgesammelte Pistole in seinem Hosenbund. Er ignorierte die SMG, die der Schütze vor dem Aufzug hatte fallen lassen. Eine 9-Millimeter-Ingram. Unglaubliche Feuerrate, wie der nervöse Wächter demonstriert hatte, aber Victor würde in fast jeder Situation Genauigkeit und Kontrolle über rohe Feuerkraft stellen. Alle ihre Waffen waren schallgedämpft, genauso wie seine eigene.

In Kombination mit Unterschallmunition wurden die erzeugten Dezibel stark reduziert. Dennoch waren sie nicht annähernd lautlos. Mehr als laut genug, um sich nähernde Schritte zu verbergen.

Ein ruhiger Sonntagmorgen in der Altstadt von Nizza. Es war nicht so viel los wie an einem Wochentag, obwohl das Café auf der anderen Straßenseite mit drei Gästen besetzt war, die frühstückten oder schon beim Mittagskaffee waren. Victor war nur wenige Momente zuvor selbst dort gewesen und an einem der besten Espressi genippt, die er je außerhalb Italiens getrunken hatte. Spätestens nach diesem Gefecht war die Polizei wohl schon gerufen worden, deshalb verschwendete er keine weitere Zeit bei seinem Angriff.

Victor hatte vielleicht vier Minuten, um den Rest von Phoenix' Team zu töten und ein paar Antworten zu bekommen, bevor er fliehen musste. Er wollte beides, aber er begnügte sich mit dem Ersten. Antworten allein konnten niemanden erschießen.

Hinter ihm versuchte die Aufzugstür, sich zu schließen. Immerzu stoppte sie bei der Berührung mit den Beinen des Toten, öffnete sich wieder und versuchte es erneut. Dieser Vorgang würde sich noch lange nach Victors Abreise wiederholen, da war er sich sicher. Es würde nur dann aufhören, wenn irgendein Beamter, der die Szene untersuchte, von dem Lärm genervt und frustriert war und einem Untergebenen befahl, den Aufzug abzuschalten. Der linke Fuß des Wächters zuckte nervös.

KAPITEL 3

Nur der triumphierende Schrei eines weiteren übereifrigen Revolverhelden lenkte Victor von dem Rest der Mission zwei Stockwerke weiter oben ab. Der Bewaffnete stieg die Treppe hinter ihm hinauf. Er hatte gewartet, bis Victor vorbeigegangen war. Ein kluger Schachzug, denn jetzt hatte Victor Feinde über und unter sich.

Er reagierte, indem er einen der Gänge, die vom Treppenhaus abgingen, entlangrannte und sich in die Deckung der nächsten offenen Tür stürzte, verfolgt von Kugeln, die der Bewaffnete in einer kurzen Salve aus seiner MP5 entlud. Das Holz des Rahmens zerbarst den Bruchteil einer Sekunde, nachdem Victor daran vorbeigehechtet war. Der Bewaffnete rief erneut, diesmal mit mehr Kontrolle in der Stimme, während er die restlichen Stufen hinaufrannte.

»Beeilung, Beeilung«, rief er. Englisch, grober britischer Akzent. »Ich habe ihn.«

Nicht ganz richtig, aber Victor korrigierte den Mann nicht. Das würde er in ein paar Augenblicken ohne Worte tun.

Als er wieder aus seiner Deckung hervorkam, lieferten sie sich einen Schusswechsel auf dem Flur, wobei der Abstand zwischen ihnen durch den Höhenunterschied vielleicht zehn Meter betrug. Der Mann nutzte die Treppe als Deckung, denn der Winkel verdeckte mindestens die Hälfte seiner Silhouette. Victor schoss nach unten, während der Schütze nach oben zielte.

Das automatische Feuer aus der MP5 musste nicht genau sein, um ihn zu erwischen, während Victor präziser zielen musste, um seinen Gegner zu treffen. Eine seiner Kugeln schlug nur wenige Zentimeter vor dem Angreifer auf dem Boden ein und nachdem er eine weitere Salve in Victors

Richtung abgefeuert hatte, duckte er sich eilig. Victor hörte eifrige Schritte auf der Betontreppe, ein weiterer Mann – von unten oder oben –, der dem bereits anwesenden zu Hilfe eilte. Also wechselte Victor die Position.
Die Kugeln verfolgten ihn, als er weiter den Gang hinunterrannte, bis er außer Sichtweite war. Er ging an der Ecke zweier sich kreuzender Korridore in Deckung, wartete ein paar Sekunden, um sie zu ermutigen, das Treppenhaus zu verlassen und die Verfolgung aufzunehmen, und lehnte sich dann hinaus, um sie zu erwischen, während sie verwundbar waren.
Sie hatten mit einer solchen Taktik gerechnet und ihre SMGs feuerten so erbarmungslos auf ihn, dass er sich zurückziehen musste, bevor er auch nur einmal abdrücken konnte. Kugeln sprengten den Putz und schickten Staubwolken in die Luft, als die Ecke der Wand zerfiel.
Mauerfragmente prasselten auf den Boden zu Victors Füßen. Als er ihre Position besser einschätzen konnte, versuchte er es erneut, obwohl er sich nicht traute, länger als eine Sekunde aus der Deckung zu kommen und sofort ein paar Schüsse in ihre Richtung abzufeuern. Sie stürmten vorwärts, das Feuer erwidernd, jeder von ihnen nun nahe an jeweils einer der Korridorwände. Das machte es ihm deutlich schwerer, seine Position zu nutzen. Schüsse auf den einen Mann verlangsamten zwar dessen Vormarsch, ließen den anderen aber näher herankommen. Wenn Victor zwischen den beiden Zielen wechselte, war sein Feuer nicht genau genug, um beide aufzuhalten. Ihm wurde bewusst, dass er dieses Gefecht nicht gewinnen würde. Diese Jungs waren eine Stufe besser als die vorherigen vier. Sie hatten die Initiative ergriffen und er war dieses Mal derjenige, der reagierte.

Victor verließ den bröckelnden Schutz der Ecke und zog sich tiefer in das Gebäude zurück. Er brauchte einen besser zu verteidigenden Ort, um sich zu behaupten, oder, noch besser, ein ganz anderes Schlachtfeld, das ihre Überzahl und Feuerkraft ausglich.
Er eilte den Korridor hinunter und probierte die Türklinken aus, während er vorbeirannte. Jede Tür verschlossen. Es blieb nicht genug Zeit, eine aufzutreten, falls der erste Tritt nicht ausreichte, wäre der Minimalvorsprung verloren. Wenn die beiden Typen mit den Maschinenpistolen um die Ecke kamen, durfte er nicht ohne Deckung sein. Sie würden ihn zerfetzen, bevor ein zweiter Tritt seine Wirkung zeigen würde. Er musste darauf setzen, dass eine der Türen nicht verschlossen war.
Dann das verräterische Klicken eines sich zurückziehenden Riegels, und Victor stieß die Tür auf und warf sich hindurch, gerade als er in seinem Blickfeld die beiden Angreifer auftauchen sah. Kugeln zischten in seine Richtung. Einige trafen den Türrahmen, andere die Wände ringsherum.
Sein Fehler war sofort offensichtlich. Der Grund für die Zugänglichkeit des Büros war, dass es nicht besetzt war. Entweder hatte es niemand gemietet oder es gab aktuelle keinen Nutzen für diesen Raum. Er war zwar nicht vollkommen leer – es gab ein paar Schreibtische und Stühle –, aber er sah nichts, was er zu seinem Vorteil hätte nutzen können, und keinen Platz, an dem er sich effektiv positionieren konnte. Er hatte sich selbst eine Falle gestellt.
Ohne zu zögern, stürzte er zum nächstgelegenen Fenster und spähte durch das staubige Glas, doch er sah weder eine Feuerleiter noch eine Terrasse. Er hätte ein Abflussrohr

genommen, wenn es eines gegeben hätte, egal wie dünn. Zu weit zum Springen. Es mussten zehn Meter bis zum Haus auf der anderen Straßenseite sein. Er war schon zu viele Stockwerke hochgeklettert, um auch nur daran zu denken, sich aus dem Fenster fallen zu lassen. Er würde nicht bloß einen umgeknickten Knöchel riskieren; und er war nicht so scharf darauf, sich das Genick zu brechen.

Die beiden Typen mit den MP5s hatten es nicht eilig. Sie wussten zwar nicht, dass Victor keine andere Wahl hatte, aber ihr Instinkt sagte ihnen, dass er nirgendwo hingehen würde. Sie blieben vorsichtig. Sie waren zahlenmäßig überlegen und hatten einen beträchtlichen Vorteil bei der Feuerkraft. Keiner von ihnen wollte unnötig in den unvermeidlichen Weg seiner Kugeln rennen. Er stellte sich vor, wie sie flüsterten und gestikulierten, vielleicht drängte jeder den anderen, als Erster durch die Tür zu gehen. In seiner Eile, aus dem Flur zu entkommen, hatte er keine Zeit gehabt, die Tür wieder zu schließen, ohne in ihre Schusslinie zu geraten. Aus diesem Grund hielten sie sich zurück. Er schätzte, dass sie vielleicht ein oder zwei Meter von der Tür entfernt warteten und davon ausgingen, dass Victor seine Waffe auf den offenen Flur gerichtet hatte.

Das war auch richtig so, denn während er mögliche Positionen in Gedanken testete, hielt er die Mündung der Pistole immer auf die Tür gerichtet. Es wäre ideal gewesen, wenn sie ihn mit mehr Rücksichtslosigkeit verfolgt hätten und kurz nach ihm in das leere Büro gestürzt wären. Er hätte den ersten zu Boden geschickt, und es hätte eine kleine Chance bestanden, den zweiten an einer verletzlichen Stelle zu treffen, bevor dessen Waffe in seine Richtung schwang. Überlebenschance eins zu zehn. Das war bei

weitem nicht gut genug, um darauf zu setzen, zumindest wenn man die Wahl hatte.
Er brauchte einen Vorteil. Doch ihm fiel einfach nichts ein.

KAPITEL 4

Victors einziger Vorteil war, dass sie nicht wissen konnten, wo im Büro er stehen würde, während er genau wusste, dass sie durch die Tür kommen mussten. Hätten sie die Rollen getauscht, hätte er die Innenwand zwischen ihnen abgeklopft, um zu prüfen, ob sie tragfähig war und aus Ziegeln bestand, oder ob es sich um eine ergänzende Konstruktion handelte, die nur aus Gipskartonplatten mit Aluminiumrahmen zusammengebastelt war, und so gestrichen war, dass sie mit den ursprünglichen Elementen verschmolz. Das Gebäude war alt und war im Laufe der Jahre immer wieder umgebaut und renoviert worden. Zu diesem Schluss kamen sie ein paar Augenblicke später selbst. Nur wussten sie nicht, wie sie die Mauer allein durch Klopfen testen konnten und benutzten stattdessen Kugeln.

Gipsstaub sprühte in dichten, heftigen Wolken von der Wand. Die MP5s waren keine Ingrams. Sie konnten etwa 800 Schuss pro Minute abfeuern, die Ingrams dagegen 1200.mDoch auch Ersteres war aus Victors Sicht immer noch eine unglaubliche Feuerrate. Dutzende von Einschusslöchern malten krakelige Linien auf seine Seite der Wand.

Er ließ sich in Bauchlage auf den dünnen Teppich fallen und wartete. Ihm blieb nicht viel anderes übrig, als die Munition zu verschwenden, die er nicht entbehren konnte, um zurückzuschießen. Aus dem Muster der zufälligen Einschusslöcher konnte er nicht genau auf ihre Position schließen. Er vermutete, dass sie nicht stillstanden, während sie feuerten, sondern an der Wand entlang hin und her liefen, um einen möglichst großen Bereich im Büro abzudecken. Allerdings zielten sie in einem zu steilen Winkel, sie erkannten nicht, wie groß der Raum war, in dem sich Victor aufhielt. Nachdem sie die Trennwand durchschlagen hatten, vergruben sich die meisten Kugeln im Boden in der Mitte des Raums. Victor, der sich in der Nähe der Außenwand befand, wurde nicht getroffen, nur von einem Abpraller aufgewirbelt prasselten Putz und Ziegelstaub von oben auf ihn nieder.

Das Feuer dauerte nur ein paar Sekunden. Kontrollierte Salven, jede jeweils drei oder vier Kugeln auf einmal. Victor versuchte zwar, ihre Kugeln zu zählen, aber die hohe Schussfrequenz und die sich überschneidenden Salven machten das unmöglich. Er wollte es so timen, dass er genau in dem Moment aufsprang, in dem die Magazine leer waren, um aus der Tür zu stürmen und beide zu töten, während sie nachluden. Vielleicht waren sie sich dieser Möglichkeit bewusst, denn sie luden nicht gleichzeitig nach. Als die Schießerei aufhörte, konnte er hören, wie ein neues Magazin eingesetzt wurde. Sie waren schlau, also gab Victor diesen Plan auf. Stattdessen folgte er einer Vermutung und rollte seitlich über den Boden des Büros, während der zweite Schütze nachlud. Der Kerl war kompetent, wenn auch kein Experte, und er brauchte ein paar Sekunden länger als nötig, um das leere Magazin zu entsorgen und ein neues hineinzuschieben. Victor hatte genug Zeit, das Büro zu durchqueren und parallel zur Trennwand zum Halten zu kommen.

Der Teppich war dünn, genauso wie die Wand, aber er machte deutlich weniger Geräusche beim Rollen, als er mit Schritten gemacht hätte. Während der Mann nachlud, lauschte der andere Schütze auf jede Bewegung, um Victors Position abzuschätzen.

Victor wusste besser als jeder andere, dass Reaktion

langsamer ist als Aktion. Wenn sie in das Büro stürmten – selbst, wenn sie ihn nicht sofort bemerkten –, würde er ihren Aktivitätsvorsprung aufholen müssen. Er hatte keinen Grund, anzunehmen, dass sie eine abnorme Trägheit besaßen, und da sie auf Gewalt vorbereitet waren und mit Widerstand rechneten, erhöhten die Stresshormone ihre Geschwindigkeit und Reaktionszeit. Wenn er an der Wand auf dem Boden lag, konnte er sich in ihrem toten Winkel befinden, wenn auch nur für einen kurzen Moment. Doch wenn er nicht schnell genug auf ihre Anwesenheit reagierte und sie beide tötete, wäre er das einfachste Ziel für ein automatisches Feuergefecht. Victor gefiele auch dieses Szenario nicht.

In Ermangelung einer besseren Option nahm er die Ersatzpistole aus seinem Hosenbund in seine linke Hand. Vielleicht konnte er mit zwei Pistolen das Defizit in seinem Plan ausgleichen. Als der zweite Mann mit dem Nachladen fertig war, herrschte Stille. In dieser Stille wusste Victor, dass sie sich darauf vorbereiteten, einzutreten. Ob in zwei oder neun Sekunden konnte er nicht mit Sicherheit wissen. Selbst seine Vorhersagen hatten Grenzen.

Reaktion langsamer als Aktion, wiederholte er wie ein Mantra. *Aktivitätsvorsprung aufholen.*

Er blinzelte sich den Schweiß aus den Augen.

»Bist du genauso bereit wie ich?«, hörte er jemanden auf der anderen Seite der Mauer flüstern.

Der übereifrige Revolverheld, natürlich.

Das zurückkommende Flüstern: »Los gehts.« Victor freute sich über die Vorwarnung.

»Auf drei«, flüsterte der erste.

Victor lächelte fast. Es kam nicht oft vor, dass diejenigen, die ihn töten wollten, so rücksichtsvoll waren, ihn im

Voraus zu warnen, geschweige denn ihren genauen Zeitplan mitzuteilen.

»Drei, zwei ...«

Wie aufs Stichwort stürmten sie herein.

Die offene Tür ermöglichte ihnen einen Blick in den Raum, so dass sie bereits erkannt hatten, dass die Tür ganz in der Ecke des Raumes lag und die linke Wand von der Tür geradewegs zu den Fenstern verlief. Sie wussten also, dass Victor nur rechts von ihnen sein konnte, als sie den Raum betraten, und stürmten deshalb in diese Richtung. Sie hielten ihre Waffen vor sich und ihre Blicke durch das eiserne Visier, um das Ziel schneller zu erfassen, allerdings auf Kosten der peripheren Sicht.

Um Platz für den zweiten Kerl zu schaffen, musste der erste ein paar Schritte mehr machen, wodurch er an Victors Position vorbeikam, ohne ihn zu bemerken, also schoss Victor ihm mit der Five-Seven in den Hinterkopf.

Er benutzte die Pistole in seiner anderen Hand, um auch den zweiten mit einem Kopfschuss zu töten, allerdings traf er nur die Seite des Schädels, da dieser Kerl nicht so weit vorstieß, zum einen, um dem Hauptschützen Platz zum Manövrieren zu geben, und zum anderen, weil der Kopf des ersten Kerls direkt vor ihm explodierte. Er hatte gerade noch genug Zeit, Victor aus dem Augenwinkel zu sehen, bevor die Wand über ihm und links von ihm mit tiefroten Flecken überzogen wurde. Die daraus resultierenden Muskelkrämpfe führten dazu, dass der Zeigefinger des Toten den Abzug der MP5 betätigte und die Waffe entlud, während die Leiche zu Boden stürzte und die Kugeln Löcher in Decke und Wand sprengten.

Die Waffe klickte trocken, als der Körper auf dem dünnen Teppich aufschlug und Victor starrte auf die schwarze Leere

der rauchenden Mündung, die in seine Richtung zeigte. Er holte tief Luft und sprang auf die Füße.
Es schien sinnlos, sich bei zwei Leichen zu bedanken, und doch war er wirklich dankbar für ihre Hilfe. Und vor allem ihre Waffen, von denen eine ein frisches Magazin hatte.
Ausgezeichnete Waffen. Viel besser als die Ingram unten. Zwei MP5Ks. Die kompakte Version der Heckler & Koch-Maschinenpistole gab es schon seit Jahrzehnten, aber für viele Militärs, Polizeikräfte und Geheimdienste auf der ganzen Welt war sie immer noch die erste Wahl, wenn es um den Nahkampf ging. Er war generell kein großer Fan von Neun-Millimeter-Munition, da er etwas vorzog, das eher in der Lage war, Schutzwesten oder behelfsmäßige Deckungen zu durchdringen – daher die Five-Seven –, aber Feuerrate, Genauigkeit und Zielerfassung der MP5K waren über jeden Zweifel erhaben. Allerdings hatten sie auf Gurte verzichtet, so dass Victor nur eine der beiden Waffen mitnahm.
Die mit voller Munition, denn bedauerlicherweise trug keiner der Männer ein Ersatzmagazin bei sich. Er nahm an, dass jeder von ihnen drei eingepackt hatte, als sie ausgerückt waren. 180 Patronen, um einen Mann zu töten, schienen auf dem Papier genug zu sein, vor allem, wenn es noch andere Teamkollegen mit eigenen Waffen gab. Aber so war das eben. Bis man es auf dem Schlachtfeld plötzlich leergeschossen hatte, kam einem das eigene Magazin unendlich groß vor.

Er warf die geplünderte Pistole weg und ersetzte sie durch seine Five-Seven im Hosenbund, auch wenn sie fast leer war. Sie konnte nie zu ihm zurückverfolgt werden, obwohl es eine Chance gab, dass sie mit Georg in Verbindung gebracht werden konnte, und er wollte sie nicht unnötig dem Risiko von Unannehmlichkeiten aussetzen. Denn er könnte schon bald einen weiteren ihrer *letzten Gefallen* brauchen.

Er konnte nicht mit Sicherheit sagen, wie viele noch zu dem Team gehörten oder ob Verstärkung unterwegs war. Die sechs könnten alle im Gebäude gewesen sein, aber weitere waren möglicherweise in der Nähe. Vielleicht standen sie in Fahrzeugen bereit, um nach dem Attentat die Flucht zu erleichtern, oder sie observierten und überwachten die Umgebung. Oder der Rest des Teams war noch über ihm, was er erwartete, weil sie nicht auf ihn vorbereitet waren. Unabhängig davon, wo sich die anderen Gegner aufhielten, musste er mit seiner Munition besser haushalten als diese beiden Typen, vor allem, weil er keine Ersatzmagazine hatte, also stellte er den Wähler an der MP5 auf Einzelschuss.

Wenn er mit seiner Vorhersage bezüglich der Position von Phoenix' Kommandos richtig gelegen hatte, gab es immer noch mindestens vier Feinde, die jetzt genug Zeit gehabt hatten, einen ordentlichen Widerstand zu organisieren. Aber mit sechs Toten und einem SMG in der Hand hatte Victor immer noch ein gutes Gefühl bei der Sache. Das einzige Problem war, dass er vielleicht nur noch drei Minuten Zeit hatte, bevor die Polizei eintraf.

Nach seinen jüngsten Treffen mit den US-Strafverfolgungsbehörden hatte Victor keine Lust auf eine weitere Begegnung mit der Polizei.

Das Protokoll schrieb vor, dass er sich aus einer unkontrollierbaren Situation zurückziehen sollte, sobald sich eine Gelegenheit bot. Das Protokoll besagte aber auch, dass Bedrohungen in unmittelbarer Nähe nie außer Acht gelassen werden durften.

Victor nahm die Treppe in den nächsten Stock.

KAPITEL 5

Er fand das Fenster mit den offenen Fensterläden, das auf die Straße hinausblickte. Von dieser Höhe aus wirkte das Café gegenüber harmlos, fast ruhig, und nicht wie eine von seiner Brokerin organisierte Falle. Ein so einfacher Hinterhalt, und doch wäre er beinahe mitten hineingelaufen. Victor fühlte sich naiv. Von allen Fehlern schien dieser einem Mann, der nach beruflicher Perfektion strebte, am ungeheuerlichsten zu sein. Sie hatte ihn betrogen, ja, und doch hätte er es ihr nicht leichter machen können. Das Fenster befand sich in einem der großen Büros in der sechsten Etage. Ein weitläufiges Großraumbüro mit vielen Schreibtischen und Arbeitsplätzen, das auf drei Seiten von Konferenzräumen und Einzelbüros umgeben war. Nichts, was Victor sehen konnte, deutete auf die Art der Arbeit hin, die hier stattfand. Das bisschen Wandkunst, das die grauen und beigen Töne auflockerte, war abstrakt und verriet nichts. Es konnte eine Versicherungsgesellschaft sein. Oder der Knotenpunkt eines großangelegten Phishing-Netzwerks.

Die Männer hatte einen guten Beobachtungspunkt gewählt. Victor hätte sich allerdings ein Stockwerk tiefer positioniert, um den Blickwinkel auf das Café zu verbessern und einen klareren Blick auf den Angriffspunkt zu haben. Vielleicht war es ihnen lieber, mehr von der Straße selbst zu sehen, denn in der Altstadt waren die Straßen schmal und die Gebäude hoch. Vielleicht wollten sie sich selbst eine bessere Chance geben, ihr Ziel kommen zu sehen, anstatt es danach besser im Blick zu haben. Trotzdem hätte sich Victor nie dafür entschieden, in einem unbewohnten Gebäude wie diesem zu warten. Jede Aktivität, die dort stattfand, wo keiner sein sollte, war leichter zu erkennen als die, die sich

in der Menge der alltäglichen Regelmäßigkeit versteckte. Dennoch, keine Position war jemals perfekt. Es gibt immer Kompromisse. Victor war sich sicher, dass sie, genau wie er, jede einzelne Facette ihrer Arbeit bis ins kleinste Detail geplant hatten. Egal, wie gut ein Plan auch sein mochte, bei manchen Dingen musste man einfach improvisieren.
Sie hatten, wie es aussah, ihr Bestes gegeben. Nur hatte das nicht ausgereicht. Victor bemerkte Kaffeebecher aus Wachskarton, als er sich durch den offenen Bereich schlich und die angrenzenden Räume sicherte. Insgesamt acht. Zweifellos aus dem Café auf der anderen Straßenseite, was ihm unnötig zynisch erschien, da sie vorhatten, es bald darauf mit Blei zu füllen. Der Becher, den er mit dem Handrücken berührte, hatte Zimmertemperatur, also waren sie schon eine Weile hier. Bedeutete die Anzahl der Tassen, dass sie zu acht waren oder hatte nicht alle von ihnen eine Vorliebe für Koffein? Das Einzige, was er mit Sicherheit wusste, war, dass acht von ihnen in den letzten Stunden in diesem Büro zusammengekommen waren.
Er vermutete, dass sie vorgehabt hatten, noch einige Minuten mit dem Überfall zu warten. Das Café hätte genauso gut eine Schießbude sein können: klein, mit nur einem Ein- und Ausgang, denn die Personaltür im hinteren Teil des Lokals hatte ein Druckknopfschloss und für die Kundentoilette brauchte man einen Schlüssel, der hinter dem Tresen hing. Da einige von ihnen Maschinenpistolen hatten, hätten sie sich auf die Straße stellen und ihre Waffen durch die Glasfront des Cafés entladen können, um ihn und alle anderen innerhalb von Sekunden zu töten.
Weshalb also das Warten? Sie hatten ihm mehr als genug Zeit gelassen, sie zu ertappen. Vielleicht hatten sie aber auch nur darauf gehofft, dass er wieder wegging, um ihm

zu folgen und ihn woanders mit etwas mehr Diskretion zu töten. Es spielte keine Rolle, obwohl er neugierig war, ob sie alle hier oben waren und ihre Vorbereitungen abgeschlossen hatten, als er die Straße überquert hatte, oder ob sie sich da bereits im Gebäude verteilt hatten. Der Trupp könnte aus mehreren kleineren Gruppen bestehen, die unter sich blieben, wenn sie nicht zusammenarbeiten mussten. Auftragskiller waren schließlich nicht für ihre sozialen Fähigkeiten bekannt.

Verteilt oder nicht, sie hätten ihre Verteidigung besser organisieren müssen. Die Anzahl der Gegner wiegt mehr als das Können, wenn diese auch strategisch genutzt werden. In der Defensive waren sie nicht in der Lage, sich zu koordinieren. Victor hatte ihnen keine Zeit gelassen, um ihren zahlenmäßigen Vorteil auszunutzen.

Allerdings ging er davon aus, dass die Übrigen die Lage inzwischen erfasst hatten. Die Feuergefechte in den unteren Etagen hatten vielleicht zwei Minuten gedauert, einschließlich des Treppenaufstiegs. Wenn der Rest des Killerkommandos sich nicht innerhalb von zwei Minuten zusammenraufen konnte, hätten sie gar nicht erst den Auftrag erhalten, ihn zu töten. Sie mussten ihre Kompetenz im Voraus unter Beweis gestellt haben. Phoenix wusste genau, was Victor tun würde, wenn sie scheiterten. Sie mussten sie also irgendwie überzeugt haben.

Er hatte keine Zeit mehr, zu spekulieren. Die Polizei war auf dem Weg und es waren noch mehr Bewaffnete in der Nähe.

Einer von ihnen, in Jogginghose und passendem Sweatshirt, tauchte aus einem toten Winkel im nächsten Büro auf.

Victor agierte als Erster, sein Schuss verfehlte ihn um

Millimeter und riss ein Stück aus einem Türrahmen. Auch der zweite Schuss ging daneben, denn der Schütze wich zurück und fiel vor Panik fast um, als die Kugeln in seine Richtung flogen. Victor jagte ihm hinterher und ließ den Vordergriff der MP5 mit der linken Hand los, um den rechten Arm in voller Länge auszustrecken und ihn vor sich durch die Tür zu schwenken.

Er schoss dem Mann in den Rücken, als dieser versuchte, wegzurennen. In seiner Verzweiflung verlor er das Gleichgewicht und stützte sich an der Wand ab, um nicht zu fallen. Die Kugel traf ihn oberhalb der linken Seite und drang durch sein Schulterblatt in die Brusthöhle ein. Er schrie auf und drehte sich, glitt von der Wand ab und stürzte über einen Schreibtisch, wobei er eine Ablage umwarf und die darin gestapelten Papiere in die Luft wirbelten, bevor er auf dem Boden dahinter aufschlug.

Victor eilte nach vorne, umrundete den Schreibtisch und sah den Bewaffneten auf dem Rücken liegen, die Handflächen vor sich erhoben, entsetzter Gesichtsausdruck. Er schüttelte verzweifelt den Kopf. Eine winzige .22er Taschenpistole lag in der Nähe – nah genug, um sie zu erreichen und zu benutzen, aber der Mann hatte kein Interesse daran, sie zu ziehen. Auf der Vorderseite des Sweatshirts war kein Blut zu sehen, also war die Kugel nicht aus seiner Brust ausgetreten. Victor vermutete, dass sie in einer Rippe steckte.

Mit der Seite seines Fußes kickte er die .22er weg und sie glitt unter einen Schreibtisch. Der Mann auf dem Boden schien keine anderen Waffen zu haben und die Taschenpistole taugte nicht als Primärwaffe eines Auftragskillers, der es auf einen Berufskollegen abgesehen hatte. Sie diente zum Schutz, nicht zum Angriff. Dieser Typ hatte nicht damit gerechnet, überhaupt eine Waffe benutzen zu müssen.

»Du hast hier das Sagen«, stellte Victor fest.
Der Mann sagte nichts, sondern keuchte nur, als er nach Luft rang.
»Sag mir deinen Namen.«
»Walker«, sagte er mit schwacher Stimme.
Wieder britischer Akzent, also kein zusammengewürfelter Haufen von Phoenix-Auftragnehmern, sondern eine bewährte Einheit. Victor vermutete, dass es sich um den Ableger eines einzelnen privaten Sicherheitsunternehmens oder um eine loyale Gruppe von Soldaten handelte, die zu Söldnern und dann zu Killern geworden waren. Doch das war irrelevant, denn alles, was Victor im Moment wissen musste, war ...
»Wie viele?«
Walker schüttelte den Kopf, als ob er nicht verstehen würde, und streckte seine erhobenen Hände nur weiter aus. Victor prüfte seine Flanken und schoss Walker dann in die Eingeweide. Die Kugel in seinem Rücken beeinträchtigte bereits seine Atmung, so dass Walkers Schreie zu einem erstickten Laut wurden. Er hielt sich eine Hand an das Loch in seinem Bauch. Es machte keinen wirklichen Unterschied in Bezug auf den Blutverlust, denn die Wunde war keine unmittelbare Bedrohung. Victor hatte darauf geachtet, die Bauchaorta und die lebenswichtigen Organe zu verfehlen. Er wollte nicht, dass Walker verblutete oder an einem Schock starb.
Er schaffte es, seinen Schmerz so weit unter Kontrolle zu bringen, dass er bloß noch ein kehliges Grunzen von sich gab, das entweder ein Versuch zu sprechen oder eine Vortäuschung von Stummheit war. Seine Augen flehten um Gnade.
Victor, dem solche Bitten nicht fremd waren, blieb

ungerührt. Walker war das klar. Er schluckte und öffnete den Mund, um zu antworten ... und stockte. Er brach den Blickkontakt ab und fixierte einen Punkt hinter Victor. Der warf sich auf den Boden, bevor Kugeln durch die Luft sausten, wo er eben noch gestanden hatte.

Automatisches Feuer. Mehr MP5s. Mindestens 2. Drei, wenn das heute wirklich nicht sein Tag war.

KAPITEL 6

Victor warf sich hinter einen Schreibtisch – und huschte dann zu einem anderen. 9-Millimeter Geschosse verfolgten ihn, rissen Löcher in Holz und Holzplatten, vergruben sich im Boden oder in der Wand.

Er erwiderte das Feuer, schoss blind in die Richtung der Schüsse und schaltete selbst auf Automatik, um die Chance zu erhöhen, dass eine seiner Kugeln ein Ziel traf, das er noch gar nicht gesehen hatte.

Auf dem Teppich liegend spähte er unter den Schreibtisch, der ihn abschirmte, und betrachtete einen schrägen Ausschnitt des Büros: Teppich, Stuhlrollen, Tischbeine ... Beine. Ein kurzer Druck auf den Abzug und er zerfetzte das Schienbein eines Angreifers.

Der Mann fiel geradewegs nach unten und damit in Victors Sichtlinie, sodass er dem Mann einen zweiten Schuss in sein verzogenes Gesicht versetzte. »Feigling«, schrie ein anderer Schütze als Antwort und gab selbst einen Schuss ab.

Er muss vergessen haben, dass sie sich selbst an keine einzige Regel halten, dachte Victor und nutzte den Schrei des Mannes, um dessen Position besser verorten zu können, bevor er aufsprang und in diese Richtung schoss.

Ein einzelner Bewaffneter pirschte sich heran. Victors plötzliches Auftauchen gab ihm den Bruchteil einer Sekunde, um zu schießen. Er hatte die genaue Position des Mannes nicht abschätzen können und musste sein Ziel justieren, bevor er eine Salve abgab. Eine der Kugeln traf den Kerl in die Schulter und er zuckte und stolperte, was die Präzision seines erwiderten Feuers zunichtemachte und Victor die perfekte Gelegenheit bot, ihn zu erledigen.

Nur, dass die MP5 leer war.

Victor ließ sie fallen und griff mit einer Hand nach hinten in seinen Hosenbund – um die Five-Seven zu ziehen, während der Typ noch verwundbar war –, aber seine Finger fanden nur das Leder seines Gürtels. Die Pistole muss sich gelöst haben, als er sich hingeworfen hatte.
Nicht gut.
Ohne Waffe und mit viel zu viel Abstand zwischen ihnen, um eine Chance zu haben, an ihn heranzukommen, rannte Victor zur nächstgelegenen Tür. Er stürmte in den angrenzenden Büroraum und schlug die Tür hinter sich zu. Ein kleiner quadratischer Raum, der genauso gut ein Sarg hätte sein können. Ein Schreibtisch und ein Stuhl, ein Aktenschrank. Sonst kaum etwas. Auf dem Schreibtisch befanden sich ein großer Monitor, eine Tastatur, eine Maus, Ein- und Ausgabeschächte, ein Haufen Stifte und ein Stück Obsidian als Briefbeschwerer. Nichts, was sich als improvisierte Waffe gegen einen Typen mit einer Maschinenpistole eignen würde.
Bis auf ein einziges Fenster gab es keinen Ausweg.
»Feigling«, schrie der Söldner wieder. Victor konnte ihm schlecht widersprechen.
Er ging am Schreibtisch vorbei und eilte zum Fenster, das auf eine schmale Seitenstraße blickte und keine Fensterläden hatte wie die an der Vorderseite des Gebäudes. Wie zuvor konnte er nirgendwo hin: kein Abflussrohr, keine Terrasse, nichts, was er mit einem Sprung hätte erreichen können.
Die Schritte des Schützen ertönten auf dem Boden hinter dem Zimmer und Victor rollte bereits über den Schreibtisch – wobei er alles außer dem Monitor abräumte – auf den Teppich, bevor die Kugeln durch die Tür schlugen.
Sie sprengten saubere Löcher durch den Computermonitor,

die Wand dahinter, den Schreibtisch und den Boden, als der Söldner durch den Raum sägte. Victor rappelte sich auf, bevor die Schüsse aufhörten, und hielt sich außerhalb des Feuerkegels, der durch die Tür kam.

Als die Stille eintrat, stand er an der Wand und stützte sich mit der Schulter am Türrahmen ab.

Einen Moment lang schien es Victor, als würde der Söldner die MP5 laden, doch es gab kein plötzliches Klicken eines einrastenden Magazins. Er musste nachgeladen haben, bevor er Victor hierher verfolgt hatte.

Die Tür würde ihn abschirmen, wenn sie sich nach innen öffnete. Er könnte gerade lange genug ungesehen bleiben, um den Kerl zu überraschen. Es sei denn, er ahnte, dass dies Victors einzige wirkliche Option war, und schoss einfach durch die Tür, sobald sie offen war.

Wie auch immer, der Schütze stürmte nicht in den Raum. Er muss die Enge des Raumes auf der anderen Seite erkannt haben und war nicht bereit, seinen Vorsprung an Feuerkraft zu verschenken, indem er Victor die Möglichkeit gab, sich zu nähern. Victor nahm ihm das nicht übel.

Der Typ wollte nicht reinkommen und Victor wollte auf keinen Fall in die Schusslinie geraten. Eine vorübergehende Pattsituation. Nur konnte Victor in dem kleinen Büro nichts tun, um seine Chancen zu verbessern, während der Bewaffnete draußen Verstärkung rufen oder gar veranlassen konnte, das Gebäude in Brand zu setzen.

Innerhalb der nächsten Minute würden die Polizei kommen und das konnte Victor nicht zulassen.

Er hob den Obsidianstein vom Boden auf, wo es heruntergefallen war und schleuderte ihn so hart er konnte gegen das Fenster. Die Scheibe zersplitterte, als der Stein geradewegs durch sie hindurch ins Freie flog.

Unmittelbar darauf wurde die Tür aufgestoßen. Der Söldner stürzte in den Raum und zum Fenster, um den Fliehenden zu verfolgen.
Ein großer Kerl, schnell und wendig auf den Beinen, die MP5K fest an der Brust, um das Risiko zu minimieren, entwaffnet zu werden. Ein Profi. Er erkannte seinen Fehler, als er die zerbrochene Scheibe erreichte und die Scherben um den Rahmen herum bemerkte, die man hätte beseitigen müssen, bevor man hindurchklettern konnte.
Die Erkenntnis kam schnell, aber nicht schnell genug, um Victor davon abzuhalten, von hinten heranzustürmen, in die Hocke zu gehen, aus der er mit zwei offenen Handflächen gegen die Schulterblätter des Mannes schlug, um ihn durch das zerbrochene Fenster zu stoßen.
Da er die SMG mit beiden Händen umklammert hielt, konnte er nichts tun, um das zu verhindern.
Victor hätte die Waffe gerne an sich genommen, um sie zu benutzen, aber die Gelegenheit war zu günstig gewesen. Der überraschte und entsetzte Schrei des Mannes hatte auch etwas Befriedigendes.

KAPITEL 7

Nachdem er seine Five-Seven wiedergefunden hatte, stellte Victor fest, dass Walker jetzt schnell und unregelmäßig atmete. Er lag immer noch dort, wo Victor ihn zurückgelassen hatte, auf dem Rücken, und hielt sich den verwundeten Unterleib. Die Art und Weise, wie er atmete, verriet Victor, dass der Druck in seiner Brusthöhle durch den Treffer ins Schulterblatt gemindert worden war und es für seine Lungen immer schwieriger wurde, sich aufzublähen und wieder zu entleeren. Es half, dass er auf dem Rücken lag. Sonst wäre er vielleicht schon tot. Der Boden dichtete das Loch in seinem Schulterblatt gut ab, sodass nicht der gesamte innere Druck entweichen konnte. Wenn er sich auf die Seite rollen würde, würde der Druck in Sekundenschnelle aus ihm herauszischen und er würde nicht mehr atmen können.

Victor benutzte einen Fuß, um Walker auf die Seite zu rollen. Der Mann keuchte und rang vergeblich nach Atem, während Luft aus seinen durchlöcherten Lungen wich.

»Das macht mir keine Freude«, versicherte Victor. »Ich nehme an, du gehörst wie ich zu den Auftragnehmern von Phoenix. Das bedeutet, wir sind quasi Kollegen. In einer anderen Branche wären wir vielleicht zusammen im Bowlingteam der Firma.« Er wartete, bis Walkers Gesicht so blau wie sein Sweatshirt geworden war, bevor er ihn auf den Rücken rollte. Er gab ein scharfes, keuchendes Geräusch von sich, als sich das Loch in seinem Schulterblatt so weit schloss, dass der Innendruck auf ein Mindestmaß anstieg und seine Lungen sich mit Luft füllen konnten.

»Wo ist Phoenix?«

Walkers Gesicht rötete sich in Sekundenschnelle und er schnappte nach Luft.
»Das muss an den Ereignissen in den USA liegen«, begann Victor. »Die russischen Aufträge, natürlich. Aber war es Teil der Bedingungen, mich zu töten, oder ist das nur Phoenix' persönliche Art zu sagen, dass meine Dienste nicht mehr benötigt werden?«
Walker stieß hustende Atemzüge aus, die schaumiges Blut über sein Kinn und seine Brust schickten.
»Was auch immer sie dir erzählt hat, du musst es mir sagen. Jede Information, die du mitbekommen hast, alles, was du selbst herausgefunden hast, selbst Vermutungen ... Du verstehst sicher, dass du mir etwas erzählen musst, wenn dir was am Atmen liegt.«
Victor war sich nicht sicher, ob Walker ihn hörte oder ob er ihn verstanden hatte. Er bemühte sich um jeden einzelnen, qualvollen Atemzug, der nicht annähernd ausreichte, um ihm das Gefühl des Erstickens zu nehmen. »Du bist Raucher, nicht wahr?«, fragte Victor mit einem Seufzer. »Das ist bedauerlich. Denn das bedeutet, dass deine Herz-Kreislauf-Gesundheit im Arsch ist und die Kapazität deiner Lungen schon ein Witz war, als sie sich noch ungehindert ausdehnen konnten. Ich habe früher auch geraucht, ich kann das gut nachempfinden. Er hielt inne und rieb seinen Zeigefinger an seinem Daumen. »Natürlich sage ich *früher*, aber das ist nicht ganz richtig, oder? Niemand hört mit dem Rauchen auf. Man legt eine Pause ein, mehr nicht.«
Walker keuchte.
»Das Problem ist«, fuhr Victor fort, »dass meine Sympathie für dich hier endet. Ich sehe zwar menschlich aus, aber ich könnte genauso gut eine ganz andere Spezies sein. Zu meinem Leidwesen bin ich ab und an zu Empathie fähig, aber

man muss mich in der richtigen Stimmung erwischen.« Walker keuchte wieder.
»Sei ein Sportsmann und versuch wenigstens, mir etwas zu erzählen«, sagte Victor. »Denn wenn du einsiehst, dass diese Pattsituation nur aufgelöst werden kann, wenn du auf dem Operationstisch liegst, umgeben von talentierten Chirurgen, dann können wir zum Ende springen. Und wenn es sich um einen Bluff handelt, dann wäre jetzt der richtige Moment, mich in die Vorstellung einzuweihen, denn wir haben beide keine Zeit. Ich habe es zwar eilig, aber dein Leben hängt von meiner Gutmütigkeit ab.« Victor zuckte bedauernd mit den Schultern.
»Inzwischen hast du vielleicht gemerkt, dass ich heute nicht in der barmherzigen Stimmung bin, über die wir gesprochen haben.«
Walker versuchte wirklich, zu sprechen, das konnte Victor sehen, aber nur ein seltsamer, kehliger Laut quoll über seine Lippen. Fast wie ein Krächzen. Victor nahm dies als eindeutige Antwort. Er benutzte abermals den Fuß, um den Mann auf die Seite zu drehen und ihn auf den Bauch zu kippen.
»Ich bin nicht grausam«, versicherte Victor und wich zurück. „Ich habe nur wenig Munition und die Wahl deiner Waffe ist genauso schlecht wie dein Sinn für Mode.« Walker war zu schwach, um sich zurückzurollen, wie Victor wusste, aber er versuchte es trotzdem, schaffte es aber nur ein paar Sekunden lang, sich zu winden und zu zittern, bevor er nur noch von Krämpfen geschüttelt dalag, bis selbst das zu viel für ihn wurde.
Wenn Walker der letzte Überlebende war, dann hatte Phoenix insgesamt neun Killer auf Victor gehetzt. Gerade von Phoenix hätte er nie ein einstelliges Todesschwadron

erwartet und war ein wenig beleidigt. Hatte sie wirklich eine so schlechte Meinung von ihm? Er entschied sich, Phoenix selbst zu fragen, bevor er sie tötete.
Die von Sekunde zu Sekunde lauter werdenden Sirenen drängten Victor, unverzüglich aufzubrechen, und so eilte er die Treppe hinunter, wobei er die letzten vier oder fünf Stufen jeder Ebene übersprang. Obwohl er wusste, dass er zu lange mit Walker verbracht hatte, war es die beste und einzige Chance gewesen, die Antworten zu finden, die er brauchte, um Phoenix aufzuspüren. Wenn Victor schnell war, konnte er das Gebäude verlassen, bevor es die Einsatzkräfte erreicht hatten.
Er war nicht schnell genug.
Als er an den blutigen Leichen der ersten beiden Bewaffneten vorbeikam und nur noch eine Treppe vor sich hatte, schwang der Eingang des Gebäudes bereits auf und gab den Blick auf die hellblaue Uniform eines Mannes frei, der in das Gebäude stürmte.
Die Polizei war angekommen.

TEIL ZWEI

KAPITEL 8

EINE WOCHE ZUVOR

Der erste Polizist wirkte aus ein paar Metern Entfernung jung. Sein schmaler Kiefer und die saubere Rasur verliehen seinem Gesicht ein unreifes Aussehen. Die blauen Augen und die hellen Brauen verstärkten diesen jugendlichen Eindruck noch. Als er näherkam, schien er exponentiell zu altern. Das Blau der Augen verwischte und die Schatten unter ihnen wurden dunkler. Aus der Nähe wurden die Falten in den Augenwinkeln und um den Mund deutlich. Er wirkte nun ausgemergelt. Unter dem schwachen Kinn ragte sein Adamsapfel scharf hervor. Für Victor hätte er genauso gut eine blinkende Zielscheibe sein können, denn er schätzte jeden, der ihm begegnete, nach dem Grad seiner Bedrohung ein und überlegte dann, wie er ihn am effizientesten verkrüppeln oder töten konnte.

Er saß in der Nische, die am weitesten von der Tür entfernt war. Die Sportbar war eine einfache Kleinstadtkneipe, aber sie hatte einen gewissen Charme, den Victor neben ihrer Sauberkeit zu schätzen gelernt hatte. Er mochte es nie, sich an eine Routine zu halten – auch nicht in seiner Rolle –, aber in einer Stadt mit nur ein paar tausend Einwohnern waren seine Möglichkeiten begrenzt. Trotzdem hatte er hier noch nicht oft genug gegessen, um von den Bedienungen erkannt zu werden. Die großen Bildschirme halfen ihm in dieser Hinsicht. Er konnte so tun, als sei er vom Programm abgelenkt und brauchte keinen Smalltalk zu halten, obwohl auf den Bildschirmen während der Mittagszeit nur die Sportnachrichten liefen. Das bedeutete, dass die Bar voll mit Gästen war, die Burger und Chicken Wings aßen. Die Kellnerin, die seinen Bereich bediente, war ständig in

Bewegung und wirkte dennoch nie gehetzt. Sie war ein eiskalter Profi. Niemand musste jemals länger als einen Moment auf sie warten. Keine Bestellung wurde falsch serviert. Kein Menü wurde auf dem Tresen kalt. Kein Kunde schaffte es über seinen ersten Kaffee hinaus, weil sich die Tasse ständig zu füllen schien. Victor war sich ziemlich sicher, dass er ihr gar nicht zu sagen brauchte, wie er sein Omelett am Liebsten aß; sie würde einfach seine Gedanken lesen.

Er legte Messer und Gabel weg. Nützliche Utensilien für alle möglichen Angriffe, aber er zog freie Hände vor, bis er sicher war, dass er Waffen brauchte. Vor allem, wenn man bedachte, dass seine Geschicklichkeit derzeit eingeschränkt war.

Der Polizist war vorerst keine Gefahr. Er trug seine Dienstwaffe an der Hüfte, außerdem einen Schlagstock und ein Pfefferspray – alles wirksame Waffen, auch wenn der Polizist nicht vorhatte, sie zu benutzen. Fäustlinge schützten seine Hände vor der Kälte in Minnesota. Sollte es nötig werden, könnte Victor die Waffe des Polizisten schneller greifen als der Polizist selbst.

Eine sichere Stadt. Niedrige Kriminalitätsrate. Ein Ort, an dem die Polizisten es nicht für nötig hielten, ihre Waffen bereitzuhalten. Die Art von Polizisten, die ihre Waffen nur auf dem Schießstand abfeuerten und nur, wenn es Teil der Beurteilung war.

Victor gefiel es hier. Keiner fluchte. Keiner lästerte. Sie sagten bloß: »Verflixt«, und: »Ach, verdammt«, und einige entschuldigten sich sogar noch dafür.

Außerdem war es kühl. Die Art von Temperatur, die ihn an Island und Saint-Maurice im Winter erinnerte. Victor war kein Fan der Sonne. Er mochte es lieber, wenn alle lange

Mäntel und Hüte trugen, wenn es normal war, sich zu bedecken, wenn er in jeder Menge untertauchen konnte, ohne es überhaupt zu versuchen.
Er schätzte den Polizisten auf Mitte dreißig. Vielleicht siebzig Kilogramm schwer, wenn er jetzt in Uniform, Wintermantel und mit seiner ganzen Ausrüstung auf die Waage steigen würde. Mit seinen Schuhen war er 1,80 m groß.
Der zweite Polizist war etwas größer und viel schwerer – er wog bestimmt um die hundert Kilo. Das meiste davon um die Taille. Er hatte einen dicken Schnurrbart und einen Hauch von Bartstoppeln. Seine Augen schienen klein zu sein, im Schatten buschiger Brauen und halb verdeckt von runden Wangen, die von Kälte und hohem Blutdruck gerötet waren. Er sah müde aus, so, als hätte er seit Tagen nicht mehr geschlafen.
Seine Größe machte ihn zu einer kleinen Bedrohung. Aber hundert Kilo waren gleichzeitig auch eine Menge Trägheit. Als er näherkam, zog er seine Fäustlinge aus und steckte sie in eine Tasche seiner Dienstjacke. Er hatte dicke Finger, die nur mit viel Mühe zu brechen wären. Die Art von Händen, die eine Waffe nicht so einfach aufgeben würden. Wenn es dazu kommen sollte, würde Victor ihn zuerst angreifen. Er würde sich die Beine vornehmen – Knie oder Knöchel – und die hundert Kilo gegen den Polizisten einsetzen. Er würde sich auf dem Boden winden, bevor der dünne Polizist reagieren könnte. Victor war sich nicht sicher, ob er als Nächstes nach der Waffe greifen oder den dünnen Polizisten zuerst auf den Boden werfen sollte. Ein halbwegs anständiger Schlag würde genügen. Victor brauchte die Details nicht zu verkomplizieren.
Er würde sie nicht töten, egal was passiert. Das wusste er ganz genau.

Der dünne Polizist könnte mit einer Gehirnerschütterung davonkommen. Der große Polizist musste mit einem Gips und Krücken rechnen. Vielleicht sogar einem Rollstuhl. Aber erst nach der Operation, in der man die Knochen richtete und die Sehnen wieder annähte. Vielleicht wären auch mehrere Operationen nötig. So oder so würde er sich wochenlang erholen müssen. Möglicherweise monatelange Physiotherapie, damit er wieder laufen konnte. Und dann noch mehr, um den Muskelschwund und die Ungleichgewichte zu beheben. Gut möglich, dass er sich nie wieder ganz erholen würde. Gelenke sind nun mal kompliziert. In einem Jahr oder später könnte er weitere Operationen brauchen. Es war sehr wahrscheinlich, dass er humpeln und für den Rest seiner Karriere an den Schreibtisch gefesselt sein würde.

Ein hoher Preis für das Entfernen seiner Fäustlinge.

Natürlich waren sie seinetwegen hier. Das war ein Novum. Victor hatte niemanden getötet. Zumindest nicht in letzter Zeit. Er hatte mehr Verbrechen begangen, als die beiden Beamten in ihrer gesamten Karriere überhaupt hätten bearbeiten können, da war er sich sicher. Sie würden ihm nicht glauben, wenn er ihnen das Ausmaß seiner kriminellen Aktivitäten erzählen würde. Sie würden lachen. Sie würden denken, er mache Witze.

Er war aus geschäftlichen Gründen in ihrer Stadt. Das verstand sich von selbst, obwohl er nicht vorhatte, ihnen von den Feinheiten seines aktuellen Auftrags zu erzählen.

»Haben Sie eine Minute?«, fragte der große Polizist. Victor nickte.

»Klar.«

Der Polizist rutschte auf die gegenüberliegende Bank der Sitznische. Der glänzende Vinylsitzbezug quietschte. Der dünne Polizist setzte sich an den Tisch, der senkrecht zu Victor stand. Das war entweder ein kluger taktischer Schachzug oder reiner Zufall. So oder so war Victor eingekesselt – ein Gefühl, das er nicht mochte, selbst wenn keine Bedrohung vorlag. Er änderte seine Haltung unmerklich, damit er beim Essen beide Polizisten sehen konnte, ohne erst den Kopf drehen zu müssen.

»Das ist ein fantastisches Mittagessen«, bemerkte der große Polizist. Es war das Abendbrot für Victor, der die Nacht wach verbracht hatte. Er zog es vor, morgens oder nachmittags zu schlafen, wenn er konnte, obwohl das nicht zu seinen Plänen für später am Tag passte. Er hatte noch zwei Omeletts auf dem Teller und hatte das dritte bereits gegessen. Er wollte viele langsam verdauliche Fette und Proteine in seinem Körper haben, denn er wusste nicht, wann er wieder eine Mahlzeit bekommen würde.

»Was kann ich für Sie tun?«, fragte Victor. Der große Polizist erwiderte seine Frage: »Sind Sie William Pendleton?«

»Ja«, sagte Victor. »Worum geht es hier?«

Der dünne Polizist antwortete. »Wo waren Sie letzte Nacht? Gegen drei.«

Victor hatte in einem Sessel gesessen und sein nächstes Ziel studiert, während er nach Feinden Ausschau hielt, also sagte er: »Ich habe geschlafen.«

»Kann das jemand bestätigen?«, fragte der dünne Polizist.

»Nein.«

Die beiden Polizisten tauschten Blicke aus.

Der große Polizist fischte ein schwarzes Notizbuch heraus und schlug es auf. »Fahren Sie zufällig einen olivgrünen Pickup?« Er zitierte ein Kennzeichen.

Victor nickte: »Das tue ich«, und die beiden Polizisten tauschten wieder Blicke aus. »Er steht draußen, falls das

wichtig ist.«
»Wo stand Ihr Truck, als Sie zu Hause waren?«
»In der Einfahrt, wo sonst?«
Der große Polizist sagte: »Dann müssen Sie mit uns kommen.«
»Warum?«
»Weil dieser Truck mit einem Verbrechen in Verbindung steht, das letzte Nacht begangen wurde. Während Sie angeblich zu Hause geschlafen haben und der Truck in der Einfahrt geparkt war. Können Sie sich das erklären?«
»Nein.«
Der große Polizist wiederholte: »Dann müssen Sie mit uns kommen.«
»Über welche Art von Verbrechen reden wir?«, fragte Victor.
Der dünne Polizist sagte: »Mord.«
Der große Polizist sagte: »Entweder Sie kommen freiwillig mit uns aufs Revier, um ein bisschen zu plaudern«, immer noch höflich, »oder wir müssen Sie leider verhaften.«
Victor gestikulierte nach der Rechnung.

KAPITEL 9

Er bezahlte und gab ein gutes Trinkgeld. Unter anderen Umständen hätte er gerade genug gegeben, um den Unmut des Personals zu vermeiden. Normalerweise wollte er überhaupt keine Eindrücke hinterlassen. Er wollte, dass derjenige, der ihn bediente, ihn nicht unangenehm fand und ihn sofort wieder vergaß, wenn er ging. Das war hier nicht möglich. Jeder in der Nähe schaute in seine Richtung oder wollte es lieber nicht. Alle fragten sich, warum ihn zwei Polizisten aus dem Lokal begleiteten. Die Kellnerin würde sich auf jeden Fall an ihn erinnern, also zahlte er viel zu viel. Wenn sie ihn sowieso nicht vergessen würde, konnte er ihr auch den Tag versüßen.

»Wollen Sie den Rest ihres Kaffees zum Mitnehmen?«, fragte sie ihn. »Nein, danke.«

Sie schenkte ihm ein Lächeln, aber es war gezwungen. Sie wusste nicht, was passiert war und wie sie darauf reagieren sollte. Aber er war immer noch ihr Kunde, und sie setzte die höchsten Ansprüche an ihren Service.

Der dünne und der große Polizist waren geduldig. Sie versuchten nicht, ihn zu drängen. Entweder wollten sie die Dinge zivilisiert halten oder das war einfach ihre Art. Höfliche Menschen aus dem Mittleren Westen, auch wenn sie es nicht nötig hatten, herzlich zu sein. Sie hätten eine Szene machen können. Sie hätten ihre Stimme erheben und ihn schubsen oder seinen Arm packen können. Es gab viele Möglichkeiten, weniger höflich zu sein. Wenn es sein musste, beschloss er, würde er sich den Knöchel des großen Polizisten vorknöpfen, anstatt des Knies. Für einen Chirurgen ist der einfacher zu reparieren als ein beschädigtes Kniegelenk. Ein paar Wochen weniger im Gips. Ein paar

Monate weniger Physiotherapie. Victors Art und Weise, sich für ihre Höflichkeit zu revanchieren.
Die Polizisten ließen ihn voraus gehen. Das konnte aus taktischen Gründen so sein oder ohne besonderen Grund. Sie schienen keine Angst vor ihm zu haben, also schien Letzteres wahrscheinlicher.
Sie wussten nicht die Wahrheit über ihn. Sie dachten, er sei Bill Pendleton. Hätten sie die Wahrheit gewusst, wäre die ganze Abteilung hier gewesen, um ihn zur Strecke zu bringen, und das erst, nachdem SWAT-Teams das Gebäude umstellt hatten, Scharfschützen auf jedem Dach stationiert waren und jede angrenzende Straße verbarrikadiert war. Daran wäre nichts Höfliches.
Er hielt seinen Blick nach vorne gerichtet, als er zum Ausgang ging. Die meisten Gäste waren interessiert und neugierig auf das, was vor sich ging, aber vier schienen besonders hingerissen zu sein. Ein einsamer Mann, eine einsame Frau und ein junges Paar. Der einsame Mann hatte ein gebräuntes, ledriges Gesicht und eine Glatze, in der sich die Neonlichter über ihm spiegelten. Die Frau hatte lockiges graues Haar und ein aufgeschlagenes Sudoku-Buch auf ihrem Tisch. Das junge Paar teilte eine Punkerfrisur und trug T-Shirts alter Bands. Die Kellnerin war ein bisschen älter als das Paar, wenn auch nicht sehr. Wenn sie 20 waren, war sie 22. Sie waren fast mit Sicherheit auf dieselbe High School gegangen und vielleicht kannten sich alle drei. Der Besitzer sah aus, als ob er mit der Kellnerin verwandt wäre. Sie hatten die gleiche Art von Nase, ein wenig nach oben gebogen mit markanten Nasenlöchern. Sie könnten Geschwister oder Cousin und Cousine sein.
Vielleicht war die Eskortierung von Victor aus der örtlichen Sportbar das Aufregendste, was das ganze Jahr über

passiert war.
Victor stieß die Tür auf und kalte Luft strömte über ihn hinweg. Er trug eine Cargohose und einen Rollkragenpullover unter einer Pufferjacke. Alles dunkle und gedeckte Farben. Die Jacke war voluminöser, als er sie normalerweise trug – er wollte immer Bewegungsfreiheit haben – aber er brauchte Schutz vor dem Wetter und es war schwer, sich an dem rutschigen, synthetischen Material festzuhalten. Ein vernünftiger Tausch. Er hatte keinen Schal – er wollte Angreifern keine bequeme Möglichkeit bieten, ihn zu erwürgen – also brauchte er den Rollkragen, um den eisigen Wind abzuhalten.
Der Bürgersteig war gestreut worden, so dass nur noch ein Streifen Eis übrig war, wo der Bürgersteig auf das Gebäude traf. Er sah, dass die Polizisten ein Stück weiter unten auf der Straße geparkt hatten. Er wartete auf dem Bürgersteig auf sie, falls sie nur draußen reden wollten.
Das wollten sie nicht.
»Lass uns ein bisschen Tempo machen«, sagte der große Polizist. »Es ist viel zu kalt, um herumzustehen.«
Seine Augen sahen irritiert und gerötet aus. Victor vermutete, dass er müde war, denn er rieb sie immer wieder. Der große Polizist war wahrscheinlich mitten in der Nacht am Tatort gewesen und hätte schon vor Stunden im Bett sein müssen.
Sobald er im Streifenwagen wäre, würden sich Victors Möglichkeiten drastisch verringern. Trotzdem tat er, was ihm gesagt wurde. Jeder Schritt auf das Fahrzeug zu fühlte sich schwer an, als wären seine Füße plötzlich mit zusätzlichen Gewichten behangen worden. Es war eine Willensanstrengung, die Polizisten nicht anzugreifen.
Lass dich nicht erwischen, hatte man ihm vor langer Zeit

gesagt, als sein schlimmstes Verbrechen ein Autodiebstahl gewesen war. *Lass dich niemals gefangen nehmen*, hatten ihn schlaue Veteranen gewarnt, bevor er zu seiner ersten Patrouille aufbrach.

Nun, er hatte seine eigenen Regeln. Er hatte seine eigenen Warnungen.

Der dünne Polizist gab Victor ein Zeichen, anzuhalten, als sie den Streifenwagen erreichten. Im grellen Tageslicht wirkte der dünne Polizist noch dünner. Seine Nase war kantiger, eine Beule auf dem Nasenrücken trat deutlicher hervor. Auch sein schwächliches Kinn war spitz. Ein kleines Dreieck. Seine Wangenknochen sahen aus, als könnten sie jeden Moment durch die Haut schneiden.

Er würde stark bluten, das wusste Victor.

Der dünne Polizist schloss den Wagen auf und hielt Victor die hintere Tür auf, der ihn kurz ansah und dann zu dem großen Polizisten in der Nähe blickte. Die gleiche Taktik könnte hier auf dem Bürgersteig genauso funktionieren wie im Diner. Aber das war Victors letzte Chance. Sobald er im Wagen saß, würde sich alles ändern.

»Wenn ich bitten darf«, sagte der dünne Polizist und machte eine einladende Geste.

Der große Polizist sagte: »Wir bringen Sie direkt zurück, wenn wir fertig sind.«

Victor erkannte eine Lüge, wenn er eine hörte.

KAPITEL 10

Der Innenraum des Wagens war durchdrungen von synthetischem Kieferngeruch. Da war kein Duft von Kaffee, Zigaretten oder der schweißige Dunst angestrengter Körper. Die Fußräume waren sauber. Die Rücksitzbank war sauber. Die Fenster waren sauber. Der große Polizist kletterte hinter das Lenkrad und der dünne Polizist blieb einen Moment draußen stehen. Victor konnte nicht sehen, was er tat, hörte keine gedämpfte Stimme. Was auch immer der Grund war, kurz darauf ließ sich der dünne Polizist auf dem Beifahrersitz nieder.

Sie tauschten Blicke aus und der große Polizist machte eine Geste, die Victor nicht verstand. Der dünne Polizist antwortete mit einem Achselzucken. Nach zwölf Minuten auf dem Highway hielten sie vor der Polizeistation, einem einstöckigen Gebäude mit hellbrauner Fassade. Ein paar Streifenwagen standen daneben geparkt, zusammen mit einigen zivilen Fahrzeugen. Während der zwölfminütigen Fahrt war Victor schweigsam gewesen. Die Polizisten ebenso. Ein bisschen Smalltalk wäre vielleicht ganz nützlich gewesen. Er hätte ein paar Informationen darüber sammeln können, was ihn erwarten würde, aber er zog es vor, die Zeit zum Nachdenken zu nutzen. Er ging seine Handlungen der vergangenen Nacht durch und stellte sich vor, wo er gewesen war und was er getan hatte, wen er gesehen hatte und wer im Gegenzug ihn gesehen hatte. Er dachte darüber nach, was als verdächtig angesehen werden könnte und was er vielleicht verbergen müsste. Vor allem aber dachte er darüber nach, welche Wahrheiten er preisgeben könnte, ohne sich selbst oder seinen Auftrag zu gefährden. Je mehr Wahrheit, desto besser. Auch wenn er niemanden ermordet hatte, musste er vorsichtig sein, wenn sich die Sache nicht zu etwas entwickeln sollte, das er nicht kontrollieren konnte. Er wollte so wenige Lügen wie möglich riskieren, denn auf dem Papier war er bereits Verdächtiger Nummer eins. In seiner Akte gab es keine Strafzettel. Auch keine Vorstrafen. Aber ein guter Polizist sah bloß einen Mann von außerhalb der Stadt, ohne Familie, ohne Freunde. Ein Mann beinahe ohne Vorgeschichte. Ein guter Polizist konnte vermuten, dass so wenig zu finden bedeutete, dass es etwas zu verbergen gab. Der dünne Polizist öffnete die Hintertür und forderte Victor überflüssigerweise auf, auszusteigen. Er hatte nicht vorgehabt, im Auto zu bleiben.

Er tat so, als ob es eine kleine Anstrengung wäre, herauszuklettern, als ob er Rückenbeschwerden hätte oder allgemein in schlechter Verfassung wäre. Es war ein subtiles Signal an seine Feinde, dass er schwächer war, als er aussah, um sie zu verleiten, ihn zu unterschätzen. Er gab sich so, weil er die Polizisten für eine Bedrohung hielt. Im Laufe der Jahre war es zu einem Reflex geworden, ob er es nun brauchte oder nicht.

Wie immer waren sie anfällig für seine Taktik: erst der große Bulle – Tritt gegen den Knöchel – dann der dünne. Diese Strategie war jedoch miserabel. Wenn er sie hier vor ihrem eigenen Revier angriff, blieb ihm nur die Möglichkeit, in ihrem Streifenwagen zu fliehen. Die anderen Streifenwagen würden kurz darauf hinter ihm herfahren, während Verstärkung gerufen würde, um ihn auf dem Highway abzufangen. Das war kein Plan, zumindest kein erfolgsversprechender.

Ein paar breite Stufen führten hinauf zum Eingang, wo der große Polizist die Glastür aufstieß und Victor ins Foyer führte. Er spürte einen warmen Luftzug von oben. In der Eingangshalle waren Reihen von Plastikstühlen auf dem Boden befestigt. An den Wänden hingen gerahmte Fotos, die lächelnde Männer und Frauen in schlichten Uniformen zeigten. An einem Ständer neben dem Eingang hingen diverse Flugblätter, die vor den Gefahren von Drogen oder Gangs warnten oder Opfern von Verbrechen Rat und Unterstützung anboten. Der große Polizist ging zur Rezeption, wo eine uniformierte Frau an einem Computerterminal arbeitete. Sie reichte dem großen Polizisten die Hand, um ihn zu begrüßen und ihn zu bitten, einen Moment zu warten, bis sie mit ihrer Arbeit fertig war. Eine unglaublich effiziente Geste, dachte Victor. So viel gesagt, ohne ein Wort zu verlieren. Der große Polizist wartete, also wartete auch Victor. Der dünne Polizist summte eine Melodie, die Victor nicht kannte.

Die Handfläche der Frau hinter dem Schreibtisch hob sich wieder, aber diesmal schloss sie den kleinen und den Ringfinger, so dass die restliche Hand zu einer Pistole verschmolz. »Schieß los«, sagte sie zu dem großen Polizisten. Er wollte etwas sagen, tat es aber nicht, weil sie Victor bereits gemustert hatte und nickte.

»Bring ihn nach hinten.«

Die beiden Polizisten eskortierten ihn durch Türen, die die Frau hinter dem Schreibtisch per Summer öffnete. Dann führten sie ihn ein kurzes Stück den Flur entlang und in einen Befragungsraum. Ein uninteressanter Raum. Kahle Wände. Ein funktionaler Tisch und drei Stühle. Nichts auf der Tischplatte.

Der große Polizist wartete draußen, der dünne Polizist folgte Victor einen Schritt hinein. »Wollen Sie einen Kaffee?«

»Alles gut, Danke.«

»Sind Sie sicher?«, fragte er. »Sie könnten eine Weile hierbleiben.«
»Warum sollte ich eine Weile hierbleiben?« Der dünne Polizist antwortete nicht, stattdessen ging er rückwärts aus dem Raum und zog die Tür hinter sich zu.
Victor hielt sich vor Augen, dass er niemanden ermordet hatte. Er hatte sich unter Kontrolle. Zwang sich, Platz zu nehmen, obwohl er eigentlich stehen wollte. Er zog es vor, in unbekannten Gegenden auf den Beinen zu sein, aber er wusste, dass sie das als Nervosität wahrnehmen würden. Sie konnten nicht wissen, dass er nie nervös war.
Der Stuhl war aus hartem Plastik und absichtlich unbequem. Außerdem war er zu warm. Die Leuchtstoffröhren waren zu hell. Er fragte sich, ob alle Verhörräume so waren oder ob dieser Raum einzigartig war.
Die Tür öffnete sich und eine korpulente Frau trat ein. Sie hatte eine Akte unter einem Arm und eine Tasse in der anderen Hand, aus der sie permanent schlürfte.
»Detective Spector«, lautete ihre knappe Vorstellung. »Bill Pendleton«, erwiderte Victor.
Sie nickte, weil sie es wusste. Sie ließ die Tür hinter sich zufallen und stellte ihre Tasse ab. Ein Beutel mit Kräutertee schwamm darin und färbte das Wasser gelb. Er konnte Ingwer riechen.
Sie setzte sich ihm gegenüber und fragte: »Wissen Sie, warum Sie hier sind?«
»Es hat etwas mit meinem Truck zu tun.«
»Es hat etwas damit zu tun, dass Ihr Truck am Tatort eines Mordes gesichtet wurde.«
Victor sagte: »Das muss ein Irrtum sein.«
Sie öffnete die Akte und schob sie zu Victor hinüber. Der Hefter enthielt Fotos von einer männlichen Leiche.

»Blättern Sie um.«
Victor tat wie ihm geheißen und drehte die losen Fotos um, die alle denselben Mann zeigten, sowohl Tatortfotos als auch solche, auf denen er noch lebte.
»Erkennen Sie diesen Mann?«, fragte Spector. Victor sagte: »Nein«, denn der Tote war das Ziel, das er in der Stadt hatte töten sollen.

KAPITEL 11

Spector war, ihrem Äußeren nach zu urteilen, etwa 40. Ihr Haar war kurz und ordentlich. Er stellte sich vor, dass es voluminös und unbezähmbar wäre, wenn die Locken ihren eigenen Weg gehen dürften. Sie war ein wenig übergewichtig und ihre Tränensäcke waren leicht geschwollen. Sie zappelte oft mit ihrem Stift herum, behielt ihn in der Hand, auch wenn sie nicht schrieb. Sie hörte nie auf, sich zu bewegen. Eine Raucherin, die nicht mehr rauchte.

Spector beobachtete seine Reaktion mit einem bedächtigen Blick. Sie sah ihn nur an und wartete darauf, dass er mehr sagte. Victor blieb still. Spector veränderte ihre Sitzposition, indem sie den Stuhl etwas näher an den Tisch zog. Sie war fertig mit dem Warten.

»Sein Name ist Grigori Orlov«, sagte sie. »Er wurde in Russland geboren und ist seit 15 Jahren Bürger der USA. Jemand hat ihn letzte Nacht erschossen. Sie tippte sich dreimal an den Kopf.« *Peng, peng, peng.*

Victor reagierte nicht. Seine Zielperson war vor langer Zeit auf einen anderen Namen getauft worden. Er war nicht einfach eingebürgert worden, er hatte sich in Amerika neu erfunden. Oberflächlich betrachtet war er ein normaler Bürger.

»Ein Geschäftsmann«, fuhr Spector fort. »Er besaß eine Flotte von Lieferwagen, eine Kiesgrube und sogar eine Franchise-Lizenz für einen großen Laden außerhalb der Stadt.« Victor wartete auf mehr. Er verhielt sich, wie er glaubte, dass sich ein normaler, unschuldiger Mensch in so einer Situation verhalten würde. Er wirkte erwartungsvoll und verwirrt.

Sie sagte: »Es gibt Gerüchte, dass Grigori trotz der legalen Geschäfte zur russischen Mafia gehört. Wissen Sie, wie sich diese Typen nennen?«
Victor schüttelte den Kopf.
»Bratva«, sagte sie. »Das heißt, die Bruderschaft. Ich bin keine Expertin für deren Machenschaften, aber ich weiß ein wenig. Das sind schwere Kaliber. Sie als Mafia zu bezeichnen ist so, als würde man einen Weißen Haie einen großen Fisch nennen.«
»Klingt beängstigend«, sagte er.
»Liegen natürlich weit über meiner Gehaltsklasse. Selbstverständlich ist die Bundespolizei hinter ihnen her. Aber Grigori ist in meinem Revier gestorben, also sind wir erst einmal an der Reihe, bevor es dann weitergegeben wird, kurz bevor wir mit unseren Ermittlungen zu einem Ergebnis kommen.«
»Ich dachte, Sie sagten, er sei ein Geschäftsmann.«
»Das stimmt. Aber das organisierte Verbrechen spielt sich nicht abgeschottet von der Welt ab. Wie jede andere Mafiaorganisation haben auch die Bratva legale Unternehmen wie Restaurants oder Baufirmen, um Geld zu waschen. Wussten Sie, dass schätzungsweise achtzig Prozent der Baugenehmigungen in Moskau an Firmen gehen, die der Bratva gehören?«
Victor schüttelte den Kopf. »Woher soll ich das wissen?«
»Das FBI glaubt, dass Grigori einem Kerl namens Kirill Lebedev untersteht, der für die Bratva hier im Mittleren Westen zuständig ist. Zuständig war, sollte ich sagen. Er wartet derzeit auf seinen Prozess wegen, na ja, allem Möglichen.« Spector nippte an ihrem Ingwer-Zitronen-Tee und fragte dann: »Wo waren Sie letzte Nacht um drei Uhr morgens?«

»Das habe ich den beiden Beamten schon gesagt.«
»Dann können Sie es mir auch sagen.«
Victor gab nach: »Ich habe geschlafen.«
»War jemand bei Ihnen?«
»Ich war allein.«
»Und das alles an Ihrem Wohnsitz, ja? Am Fairview Drive?«
»Exakt.«
Spector prüfte ihre Notizen. »Ihr Einzug – wann war der? Vor sechs Wochen?«
»Das ist richtig.«
»Warum sind Sie hierhergezogen?«, fragte sie. »Ich wollte einen Tapetenwechsel.«
Sie runzelte die Stirn und zeigte, dass sie nicht verstand oder eine Erklärung erwartete. Und genau das wollte Victor. Wenn Menschen lügen, geben sie fast immer zu viele Informationen, um seriös zu erscheinen. Wenn man die Wahrheit sagt, ist es üblich, zu wenig preiszugeben. Wenn Spector mehr wollte, bedeutete das, dass Victor überzeugend war.
»Ich kam wegen eines Jobangebots«, erklärte er. »Hat nicht geklappt.«
»Tut mir leid, das zu hören«, sagte sie. »Das muss es schwer machen, die Miete zu bezahlen.«
»Es ist bloß ein kurzfristiger Mietvertrag und ich habe Ersparnisse.« Mit einem selbstironischen Lächeln versuchte sie, eine Beziehung aufzubauen. »Es muss schön sein, Geld auf der Bank zu haben. Meins rinnt mir so schnell durch die Finger, man könnte meinen, es sei eingeölt.«
Er erwiderte das Lächeln matt. »Sie haben also Familie.«
Sie nickte. »Einen Ex-Mann, zwei Hunde und eine Katze«
»Ich mag Hunde«, gab er zu.
»Und Katzen nicht?«

»Ich habe keine Abneigung gegen irgendein Lebewesen.« Sie legte den Kopf zurück. »Das ist eine seltsame Formulierung.«
Er sagte nichts. Der Vertrauensaufbau war vorbei.
»Warum sollte jemand Ihren Truck in der Nähe eines Tatorts gesehen haben?«
»Ich weiß es nicht«, sagte er, schüttelte den Kopf und zuckte mit den Schultern, wie er es von einem unschuldigen und verwirrten Mann erwarten würde.
»Würden Sie einem GSR-Test zustimmen?« Victor wusste, wofür die Abkürzung stand, warf ihr aber einen fragenden Blick zu.
»Schmauchspuren«, erklärte sie. »Jemand wischt Ihnen die Hände ab. Es geht schnell. Tut nicht weh. Es riecht nicht einmal schlecht.«
Der unschuldige und verwirrte Mann, den Victor spielte, könnte einem solchen Test gegenüber misstrauisch sein, also fragte Victor: »Muss ich das machen?«
»Nein, äh«, antwortete Spector. »Deshalb habe ich Sie ja gefragt, ob Sie zustimmen würden. Sie wissen doch, was Einverständnis bedeutet, oder?«
»Dass man etwas will.«
»Dann wissen Sie, dass es ganz allein an Ihnen liegt. Wenn Sie den Test nicht machen wollen, will ich natürlich wissen, warum das so ist. Und auf Anhieb fallen mir nicht viele gute Gründe ein, warum Sie nicht einwilligen sollten.« Sie hob plötzlich einen Finger in die Luft. »Warten Sie, mir fallen tatsächlich gar keine guten Gründe ein.« Sie senkte den Finger langsam und bedächtig. »Ich kann mir nur einen schlechten Grund vorstellen.«
»Dann werde ich den Test wohl machen.«
»Großartig«, sagte sie mit dem Anflug eines Lächelns, schob

sich und den Stuhl vom Tisch weg und stand auf. »Kommen Sie bitte mit mir.«

KAPITEL 12

Die Situation war immer noch eine Neuheit für Victor, dennoch bereitete sie ihm keinen Spaß. Einfach nur ein Verdächtiger in einem Polizeirevier zu sein, war früher unvorstellbar gewesen. Jeder seiner Instinkte sagte ihm, dass er alles tun sollte, um diese Situation um jeden Preis zu vermeiden. Was auch immer die Folgen sein würden, so etwas sollte nie passieren.

Jetzt musste Victor die Sache umso mehr durchziehen. Er würde durch alle Reifen springen, die sie ihm vorlegten. Sie ermittelten in einem Mordfall. Sie verdächtigten ihn, die Zielperson getötet zu haben, die er auch hatte töten wollen. Doch sie konnten nicht beweisen, dass er Grigori Orlov ermordet hatte, weil er es nicht getan hatte.

GSR-Test oder nicht.

Er stand wartend da, die Handflächen vor sich ausgebreitet, so wie es ihm aufgetragen worden war. Spector führte den Test zwar nicht selbst durch, aber sie beaufsichtigte das Verfahren.

Der dünne Polizist zog sich blaue Nitrilhandschuhe an und wischte Victors Handflächen mit zwei Wattestäbchen ab. Eines für die linke und eines für die rechte Seite. Jeder Abstrich kam in ein separates Reagenzglas. Der dünne Polizist entledigte sich der Handschuhe und füllte ein Formular aus. »War's das?«, fragte Victor.

Spector nickte. »Alles erledigt. Ich sagte doch, es dauert nicht lange.«

»Kann ich jetzt gehen?«, hakte er nach.

»Sicher«, sagte sie und fügte dann hinzu: »Sobald der Test ausgewertet und negativ ist, meine ich.«

»Wie lange wird das dauern?« Er konnte die Ungeduld in

seiner Stimme kaum verbergen.
Sie tauschte einen Blick mit ihrem Kollegen aus. Der sagte: »Vielleicht eine Viertelstunde.«
Sie schaute wieder zu Victor. »Ist das okay?«
»Ich denke schon.«
»Ich wusste, Sie würden einwilligen.« Victor blieb still.
Spector sagte: »Sie können im Verhörraum warten. Kaffee?«
»Gern.«
Bevor sie zurückgingen, erschien der große Polizist und warf Spector einen vielsagenden Blick zu.
Spector fragte ihn: »Sie sind schon da?« Der große Polizist nickte zur Bestätigung.
Spector sah Victor an. »Ich fürchte, der Kaffee wird noch warten müssen.«
Victor fragte: »Was ist los?«
»Zeit für Ihre Gegenüberstellung.«
Diese wurde in einem hellen Raum durchgeführt. Das machte auch Sinn. Die Leuchtstoffröhren an der Decke waren so hell wie Tageslicht, was durch die weiße Farbe an den Wänden und das verspiegelte Fenster noch verstärkt wurde. Er stand mit vier anderen Männern zusammen. Keiner glich dem anderen, abgesehen von den Gesichtszügen. Ein Typ war größer als Victor. Die anderen drei waren kleiner. Zwei hatten die meisten ihrer Haare verloren. Nur einer war ungefähr gleich alt. Zwei waren viel jünger. Einer war älter. Drei der vier waren um die Taille herum breiter. Victor hatte einen kurzen Bart, ebenso wie zwei der anderen. Der Jüngste hatte nicht mal die Spur von Bartstoppeln.
Er war der Dritte in der Reihe. Zwei wurden vor ihm eingelassen und nahmen umgehend ihre Plätze ein. Der große Polizist hatte ein paar Sekunden lang Anweisungen gegeben, bevor er die Tür öffnete. »Sie müssen nur reingehen

und sich auf Ihre Nummer stellen. Ganz einfach.«
Victor stand auf der Zahl Drei, die auf den Boden gesprüht worden war. Hinter ihm befand sich eine Messskala zur Einschätzung der Körpergröße. Er schaute nach vorne auf die verspiegelte Wand und sein Spiegelbild schaute zurück. Er stellte sich Spector auf der anderen Seite des Glases vor. Der dünne Polizist und der große Polizist konnten auch dort sein. Und der Zeuge natürlich auch.
Nur hatte niemand Victor das Verbrechen begehen sehen. Sie konnten ihn auch nicht in der Nähe des Tatorts gesehen haben.
Niemand sagte etwas. Er war sich nicht sicher, wie lange es dauern sollte. Er stellte sich vor, dass es schnell gehen würde, wenn der Zeuge ihn sofort identifiziert hätte. Das musste ein gutes Zeichen sein. Er konnte ihn nicht identifizieren, weil er nicht der Mann war, den er gesehen hatte. Vielleicht erklärte er das Spector hinter dem Spiegelglas. Spector könnte den Zeugen daran erinnern, dass er sich Zeit nehmen und genau hinschauen sollten. Vielleicht gab es aber auch ein Briefing, das er erst durchlaufen musste.
Er fühlte sich nicht wirklich beobachtet, eher bewertet. Seine Körperhaltung und sein Auftreten waren nicht bedrohlich genug, um sie jetzt ändern zu müssen. Er benahm sich, als ob er keine Gefahr für andere wäre. Ihm wurde klar, dass dies ein Problem sein könnte. Da er sich so sehr bemühte, nicht aufzufallen, würde er auch nicht als eine Person auffallen, die der Zeuge sicher nicht gesehen hatte. Sein unauffälliges Auftreten könnte jeder möglichen Person ähneln, vor allem, wenn ein Zeuge nicht genau hingesehen hatte. Im Dunkeln, aus der Ferne oder für einen kurzen Moment.
Ein Lautsprecher quietschte und der große Polizist sagte:

»Nummer drei, vortreten.«
Victor tat, wie ihm geheißen.
Er stellte sich einen Schritt vor die anderen Männer, einen Schritt näher an das Glas. Er war sich nicht sicher, ob das wirklich einen Unterschied machte.
»Drehen Sie sich nach links«, befahl ihm die Stimme. Er tat es.
»Jetzt nach rechts.«
Wieder tat er es. Dann herrschte einen Moment lang Schweigen. Auf keiner Seite seines Gesichts waren besondere Merkmale zu erkennen, so dass er davon ausging, dass der Zeuge den Mann nur im Profil gesehen hatte. Oder war das nur Teil der Routine?
»Treten Sie zurück in die Reihe.«
Er bemerkte, dass der Jüngste neben ihm einen Blick in seine Richtung warf, als ob er Victor als den Verdächtigen identifizierte, mit dem die anderen in einem Raum stehen mussten. Doch es war etwas anderes. Der junge Mann schien ihm etwas sagen zu wollen.
Dann öffnete sich die Tür und der große Polizist gab Victor und den vier Männern ein Zeichen, zu gehen.
»Das war's«, sagte der Polizist. »Alles erledigt. Ich danke ihnen allen für ihre Kooperation.«
Die anderen zerstreuten sich. Victor sagte: »Warum habe ich den Eindruck, dass das nicht nach Plan gelaufen ist?«
Der große Polizist machte ein emotionsloses Gesicht. »Ich weiß nicht, wie Sie zu diesem Eindruck kommen.« Spector trat zu ihnen. »Ich habe noch ein paar Fragen an Sie.«
»Ich glaube, ich werde jetzt gehen«, sagte Victor. »Ich bin doch nicht verhaftet, oder?«
»Noch nicht«, sagte Spector.
»Das heißt also, dass ich freiwillig hier bin, ja?« Sie nickte

langsam.
»Dann gehe ich jetzt. Wir können ein andermal weiterreden.« Sie sagte: »Warum reden wir nicht einfach jetzt? Wir können das alles in einem Rutsch hinter uns bringen. Es ist ja nicht so, als müssten Sie zurück zur Arbeit, oder?« Er sagte: »Der Zeuge konnte nicht sagen, ob er mich gesehen hat, weil er mich nicht gesehen hat. Ich habe den Mann nicht getötet, also ist das hier Zeitverschwendung.«
»Sie denken, eine Mordermittlung ist Zeitverschwendung? Das ist keine besonders gemeinschaftsfördernde Antwort, Mr. Pendleton. Auch wenn Sie nichts mit dem Mord von gestern Abend zu tun haben, ist es wichtig, dass wir Sie so schnell wie möglich aus unseren Ermittlungen ausschließen. Ich bin mir sicher, dass Sie das verstehen.«
Sie sprach mit ruhiger Stimme, als wären sie alle rationale Menschen, die ein banales Problem besprechen. Nur für Victor war nichts an dieser Situation schlüssig, und er sagte: »Ich gehe jetzt. Wir können morgen weiterreden.«
»Es tut mir leid, dass Sie so denken«, sagte Spector und wandte sich dann an den großen Polizisten: »Officer, wenn Sie so nett wären.«
Der große Polizist griff nach seinem Gürtel und den Handschellen daran.
»Die GSR-Ergebnisse kamen positiv zurück«, sagte Spector zu Victor. »Wenn Sie also nicht freiwillig hierbleiben, habe ich keine andere Wahl, als Sie wegen Mordverdachts zu verhaften. Sie haben das Recht zu schweigen. Alles, was Sie sagen, kann und wird vor Gericht gegen Sie verwendet werden.«

KAPITEL 13

Victor ließ es geschehen. Er würde unter keinen Umständen Polizisten in ihrer eigenen Polizeiwache angreifen oder töten. Er würde weit über die Bezirks- und Landesgrenzen hinaus gesucht werden, wäre ein bundesweit gesuchter Straftäter. Selbst wenn er sich an den anderen Polizisten vorbei und aus dem Revier herauskämpfen könnte – und er wusste nicht, wie viele es noch gab – würde er es vielleicht nicht schaffen, die Staaten zu verlassen. Nicht, wenn sein Gesicht an jede Behörde weitergegeben und in jeder Datenbank auftauchen würde.

Der große Polizist legte ihm Handschellen an und schlang sie fest um seine Handgelenke, aber nicht so, dass es unangenehm war. Höflich bis zum Schluss. Spector las ihm anschließend seine Rechte vor.

»Wer hat den Test bearbeitet?«, fragte Victor. Der große Polizist fragte: »Warum ist das wichtig?«

Spector sagte: »Der Test lügt nicht. Es ist eine chemische Reaktion. Irrtümer ausgeschlossen.«

»Wer hat den Test bearbeitet?«, beharrte Victor. »Es muss ein Fehler sein.«

Der dünne Polizist, der in der Nähe stand, sagte: »Ich habe es schon richtig gemacht, keine Sorge.«

»Ich will einen Anwalt«, sagte Victor.

»Natürlich wollen Sie das«, sagte Spector. »Ich bin erstaunt, dass Sie so lange gebraucht haben, um nach einem zu fragen.«

»Ich habe vorher keinen gebraucht.«

»Dachten Sie, Sie kämen damit durch?«

Victor stellte eine Gegenfrage: »Was ist mein Motiv?«

Der große Polizist antwortete: »Wahrscheinlich geht es um Geld.«

»Vielleicht ist er derjenige, der Ihnen den Job versprochen hat«, sagte Spector. »Vielleicht in seiner Baufirma. Dann hat er das Angebot zurückgezogen, als Sie schon umgezogen waren, und Sie standen mit leeren Händen da. Mussten zusehen, wie sich Ihre Ersparnisse in Luft auflösten, während Sie wussten, dass er Ihnen Unrecht getan hat, und die Wut und der Groll haben sich aufgestaut und dann sind Sie einfach ausgerastet.«

»Das macht Sinn«, sagte der große Polizist.

»Ich bin ausgerastet«, führte Victor fort. »Und in meiner Wut bin ich dann in die örtliche Bar gegangen, um ein mittelprächtiges Omelett zu essen und habe meinen grünen Truck für alle sichtbar draußen geparkt?«

Der große Polizist zuckte nur mit den Schultern. Spector warf Victor einen Blick zu, als hätte er ein gutes Argument vorgebracht, aber sie sagte nichts dazu. Sie machte nur ihren Job mit den Beweisen, die sie hatte.

»In 24 Stunden bin ich hier raus«, hielt Victor fest. »Alles, was Sie haben, ist ein Zeuge, der einen Truck wie meinen beschrieben hat, der mich bei einer Gegenüberstellung aber nicht identifizieren konnte, und ein GSR-Test, der höchstens besagt, dass ich kürzlich eine Waffe abgefeuert habe. Das ist nicht genug, um mich anzuklagen.« Spector erwiderte: »Lassen Sie das mal unsere Sorge sein, okay?«

»Es gibt nichts, was meine Person mit dem Mord in Verbindung bringt.«

»In 24 Stunden kann sich viel ergeben«, sagte sie und wandte sich dann an den großen Polizisten: »Bringen Sie ihn bitte in die Arrestzelle.«

»Wollen Sie mir keine Fragen mehr stellen?«

»Klar will ich das«, antwortete Spector achselzuckend. »Aber nachdem wir alles durchsucht haben, Ihren Truck, Ihr

Haus: Wer weiß, was wir dort vorfinden werden? Vielleicht muss ich das danach gar nicht mehr.«
Victor blieb still.
Der große Polizist nahm ihn am Oberarm und führte ihn in einen Raum mit einer Sammelzelle. Die Gitterstäbe reichten vom Boden bis zur Decke und von Wand zu Wand in der Mitte des Raums. In der Zelle gab es genug Bänke, um ein Dutzend Männer aufzunehmen. Bis jetzt waren keine weiteren Insassen da.
Der große Polizist bat Victor, sich in der Zelle umzudrehen und nahm ihm die Handschellen durch die Sicherheit der Gitterstäbe ab. Gefühlte Sicherheit, denn als Victors erste Hand frei war, hatte er die Gelegenheit, den großen Polizisten näher an das Gitter zu ziehen und ihn so lange aus der Fassung zu bringen, bis Victor sich umdrehen konnte. Mit einem der Arme des großen Polizisten zwischen den Gitterstäben hätte Victor ihm dann allerlei Schrecken einjagen können.
»Wähl die Null für den Zimmerservice«, sagte der große Polizist mit einem Grinsen, als er die Handschellen weglegte. Er wirkte sehr zufrieden mit sich.
Victor sagte: »Benutzen Sie diesen Spruch bei jedem Häftling?« Ein Stirnrunzeln ersetzte das Grinsen. Der große Polizist starrte ihn an, die Gitterstäbe zwischen ihnen, und Victor verstand, wie es sein muss, ein wildes Tier in einem Zoo zu sein.
»Bei uns hier gibt es nicht viele Mörder.«
»Das kann ich mir vorstellen«, sagte Victor. »Alle zu höflich, um sich gegenseitig umzubringen.«
»Genau. Wenn wir einen Mordfall haben, ist es immer jemand von außerhalb der Stadt. Normalerweise aus einem anderen Bundesstaat.«

»Sind Sie es?«
Der große Polizist fragte: »Was?«
»Eins zu drei«, sagte Victor. Der große Polizist fragte erneut: »Was?«
»Spector, der dünne Polizist ... Sie.«
Der große Polizist zuckte mit den Händen. »Sie können bis drei zählen. Erstaunlich. Ich wusste gar nicht, dass wir ein verdammtes Genie verhaftet haben.«
»Ich gehe nicht davon aus, dass sie alle unter einer Decke stecken«, begann Victor. »Das scheint zu weit hergeholt zu sein, oder? Drei korrupte Polizisten, die zusammenarbeiten. Ich vermute, dass es im ganzen Bundesstaat vielleicht nur drei korrupte Polizisten gibt. Wie groß ist die Wahrscheinlichkeit, dass sie alle im selben Bezirk arbeiten? Wie groß ist die Wahrscheinlichkeit, dass sie alle im selben Gebäude arbeiten? Während der gleichen Schicht?«
»Wovon reden Sie?«
»Jemand hat den GSR-Test oder die Ergebnisse verfälscht. Ich nehme an, dass es nicht wirklich wichtig ist, was genau diese Person getan hat. Aber sie waren es nicht alle zusammen. Das ist nicht das gemeinsame Werk aller geschmierten Polizisten im ganzen Bundesstaat. Wie ich schon sagte: Die Chance, dass Sie es waren, steht eins zu drei.«
Der große Polizist war still.
»Nun?«, fragte Victor erneut.
Der große Polizist sah ihn an, als hätte er sich verhört oder als würde Victor Unsinn reden. Er machte einen Schritt zurück. Das konnte eine instinktive Abwehrhaltung sein oder einfach das Signal, dass er genug hatte.
Victor legte nach: »Weil ich es herausfinden werde.«
»Wovon reden Sie?«
»Davon, was in Ihrem besten Interesse ist.«

»Drohen Sie mir? Das ist keine besonders gute Idee.«
Victor schüttelte den Kopf. »Ich werde bald hier raus sein und dann werde ich herausfinden, warum ich überhaupt hier war.«
»Klar werden Sie das«, sagte der große Polizist. »Ganz bestimmt. Das ist alles ein großer Zufall. Eine Verschwörung, richtig?«
»Also«, blieb Victor unbeirrt, »wenn Sie mit schuld daran sind, dass ich hier bin, müssen Sie es mir sagen. Dann werde ich das berücksichtigen. Aber es ist ein einmaliges Angebot. Und sobald Sie aus der Tür sind, ist es vom Tisch.«
Der große Polizist hörte zu und war dann still, als würde er die Worte noch einmal in seinem Kopf durchgehen und denken, dass er sie beim ersten Mal falsch verstanden hatte. Als er merkte, dass das nicht der Fall war, machte er unwillkürlich einen weiteren Schritt rückwärts, weg von den Gittern, weg von Victor. Dieser sagte nichts mehr, sondern starrte dem großen Polizisten nur mit einem Ansatz der Gefahr, die von ihm ausging, in die Augen. Und der Polizist sah zurück, als wäre Victor ein Löwe im Zoo, der lässig auf die Besucher blickt, die ohne die Gitterstäbe sein Mittagessen wären.
»Sparen Sie sich die Energie«, sagte der Beamte schließlich und zwang sich zu einem Lachen, um sein Unbehagen zu verbergen. »Nutzen Sie die Zeit, um in Ruhe über Ihre Fehler nachzudenken.«

KAPITEL 14

Victor würde so schnell nirgendwo hingehen. Er setzte sich auf eine der Bänke im Inneren des Käfigs. Er wollte nicht, dass jemand, der ihn über die Überwachungskameras beobachtete, dachte, er stünde, weil er sich Sorgen machte. Egal, was Spector gesagt hatte, er würde in 24 Stunden wieder hier raus sein. Und sie würden ihn auch nicht für den Mord anklagen, den er nicht begangen hatte. Er musste nur warten.

Er tat, was der Polizist ihm gesagt hatte. Victor nutzte die Zeit in der Arrestzelle, um in Ruhe über seine Fehler nachzudenken. Und das tat er auch. Über all die möglichen Fehler, die er gemacht hatte, und darüber, ob sie irgendwann ihren Preis fordern würden.

Er war Perfektionist von Beruf, denn ein unvollkommener Profikiller würde nicht lange am Leben bleiben. Natürlich machte er Fehler, wenn auch selten. Er ging die wochenlangen Vorbereitungen durch, die er für den Orlov-Job getroffen hatte. Alles, was er geplant hatte. Er dachte darüber nach, was er vielleicht falsch gemacht hatte und was er stattdessen hätte tun sollen. Er dachte daran, was der große Polizist ihm gesagt hatte: *Morde werden immer von Fremden verübt.* Er war ein Fremder, wenn man so wollte. Obwohl sie unmöglich wissen konnten, wer er war oder warum er überhaupt in diese Stadt gekommen war.

Der Polizist hatte gescherzt, dass dies ein Zufall sein konnte. Victor glaubte nicht an Zufälle. Wenn er zweimal dasselbe Gesicht in einer Menschenmenge sah, wurde er von dieser Person beschattet. Wenn nichts dabei herauskam, hatte er keinen Nachteil dadurch, dass er sich so verhalten hatte, als würde er beschattet werden. Zufälle waren nie Zufälle, bis das Gegenteil bewiesen war. Mögliche Bedrohungen, ob er nun arbeitete oder nicht.

Neben dem Orlov-Job hatte er noch einen zweiten Auftrag zu erfüllen, der noch mehr wert war. Beide Aufträge hatte er, wie inzwischen alle die er erhielt, von seiner Brokerin bekommen, einer Frau namens Phoenix. Jetzt dachte er an sie; in letzter Zeit tat er das oft.

Er war schon fast eine Stunde in der Arrestzelle, als sich die Tür zum Raum öffnete und der große Polizist eintrat. Diesmal war er nicht allein.

Er schob einen jungen Mann mit glänzender Haut vor sich her. Sein Haar war lang und fettig. Er hatte eingefallene Wangen und dünne Lippen. Seine Pupillen waren so geweitet, dass Victor die Farbe seiner Iris nicht erkennen konnte.

»Ich dachte, du hättest gern etwas Gesellschaft«, sagte der Beamte zu Victor.

Der junge Mann mit den fettigen Haaren sagte: »Ich habe nichts getan.«

»Hat nie jemand«, sagte der große Polizist abgeklärt.

»Ich bin reingelegt worden«, protestierte der junge Mann. »Es ist nicht meine Schuld. Es ist ein Irrtum.«

Der Polizist schaute Victor an. »Ist gerade wohl im Trend.«

Er führte ihn näher an den Käfig heran und machte dann eine Bewegung, die Victor bedeutete, dass er von der Zellentür weggehen sollte. Er tat, wie ihm geheißen.

Der große Polizist öffnete den Käfig und schob den jungen Mann hinein, der sich mit dem Rücken an die Gitterstäbe drückte, nachdem der Polizist die Tür wieder geschlossen hatte. Victor hörte, wie sich die Handschellen öffneten und sah, wie die Arme des jungen Mannes kraftlos an den Seiten herunterfielen. Er hatte dünne Handgelenke und lange, blasse Finger.

Der große Polizist lächelte und öffnete den Mund, um etwas zu dem jungen Mann zu sagen, aber dann sah er in Victors Richtung und überlegte es sich anders.
»Anstrengender Tag«, sagte Victor zu ihm.
Es kam keine Antwort. Der Mann verließ den Raum. Dieses Mal schaute er nicht zurück.
Nun war es nicht Victor, der auf der Bank Platz nahm.
Der junge Mann tat es. Er ließ sich mit seinem vollen Gewicht fallen und sein Haar fiel ihm nach vorne in die Stirn. Er strich es zurück, sodass bloß noch einige fettige Büschel abstanden. Er warf einen Blick auf Victor.
»Wie heißt du?«
»Bill«, sagte Victor.
Der junge Mann nickte.
»Und du bist?«, fragte Victor.
»Finlay.«
Er zupfte an seiner Nagelhaut, ein Knie wippte auf und ab. Finlay warf noch einen Blick auf Victor und sah dann wieder weg.
Victor überprüfte, wo die Überwachungskamera positioniert war, um zu beurteilen, wo er und Finlay in ihrem Sichtfeld saßen und was sie aus dieser Entfernung aufnehmen konnte.
Finlay zupfte weiter an seiner Nagelhaut. Seine Nägel waren abgefressen und schmutzig.
Victor sagte: »Bist du sicher?«
»Was?«
»Es ist kein Zufall, dass du gerade hier bist, oder?« Finlay riss ein kleines Stück der trockenen Nagelhaut ab und schnippte es weg.
»Ich weiß, was du denkst«, sagte Victor und stärkte seinen Stand. »Du fragst dich, ob du das Zeug dazu hast.«

Die großen Pupillen starrten in Victors Richtung. »Du wärst nicht hier, wenn es nicht so wäre, also lass uns keine Zeit mehr verschwenden und es hinter uns bringen.« Das Knie hüpfte weiter auf und ab. Er zupfte weiter Nagelhaut und riss ein weiteres Stück ab, aber dieses Mal war lebendige Haut dabei. Der Schmerz ließ ihn zischen und Grimassen schneiden. Mehrere Zähne fehlten oder arbeiteten daran, sich zu verabschieden.

Ein kleiner Blutstropfen quoll aus Finlays Finger. Er sah erst ihn an und dann Victor.

Finlay stand ruckartig auf, sprang auf seine Füße und drehte sich zu Victor um. Er griff in seinen Ärmel und zog ein Messer heraus.

Victor nickte. »Ich wusste, dass du es in dir hast.«

KAPITEL 15

Finlay war keine Bedrohung. Er war dünn und schwach. Die Drogen, die seine Pupillen aufblähten, würden seine Koordination und sein Timing massiv einschränken. Sie könnten ihn jedoch widerstandsfähiger machen. Victor entschied also, sich nicht zu sehr zurückzuhalten.

Das Messer hatte Taschenformat. Eine kurze, einschneidige Klinge. Vielleicht scharf. Vielleicht auch nicht. Finlay hielt es niedrig, etwa auf Hüfthöhe, so dass klar war, dass er zustechen wollte, anstatt zu schneiden. Ob scharf oder nicht, die Spitze des Messers würde das Fleisch ohne große Anstrengung durchbohren. Sie hatten ihm den Mantel abgenommen, so dass Victor nur noch seinen Pullover hatte, der kein Schutz vor spitzem Stahl war, egal wie stumpf.

Kein Messerkämpfer, das war klar. Finlay hatte bereits wertvolle Sekunden vergeudet, indem er hin und her wippte, seinen Stand anpasste und verschiedene Positionen für seine Arme ausprobierte. Die ersten Sekunden eines jeden Kampfes sind die wichtigsten. Überraschung gewinnt mehr Kämpfe als Können. Ungeübten Menschen gelingt es schließlich ständig, sich gegenseitig abzustechen.

Victor wartete und nutzte die Sekunden, die der junge Mann vergeudete, um in Gedanken verschiedene Schläge und Takedowns durchzugehen. Er hatte nicht vor, das Messer an sich zu bringen, weil er es nicht anfassen wollte. Wenn sich die Gelegenheit bot, würde er Finlay dazu bringen, das Messer loszulassen, indem er ihm einen Schock versetzte oder ihm auf andere Weise hinreichend Schmerz zufügte.

Er würde es nicht vermeiden können, Schmerzen zu verursachen, aber er wollte Finlay nicht zu übel zurichten. Er wollte nicht, dass die Polizisten dachten, er sei zu echter Gewalt fähig, es sei denn, er hätte keine andere Wahl. Je länger die Polizisten dachten, Victor sei ein gewöhnlicher Zivilist, desto besser.

Also keine fortgeschrittenen Techniken. Nichts, was auf der Kamera beeindruckend aussehen oder schwere Verletzungen hinterlassen würde.

Der Durchschnittsbürger konnte vielleicht einen halbwegs anständigen Schlag ausführen, aber es war unwahrscheinlich, dass er gezielt kritische Punkte traf. Auch keine Tritte oder Ellbogenschläge. Victor war viel größer als Finlay, also war es denkbar, dass ein untrainierter Zivilist diese Größe nutzen konnte, um den benebelten jüngeren Mann zu überwältigen, ihn zu Boden zu ringen und ihn dort allein mit seiner Masse festzuhalten. Vielleicht würde eines der Knie des gewöhnlichen Zivilisten zufällig auf den Solarplexus des jungen Mannes treffen, wenn sie gemeinsam zu Boden fielen. Die Lähmung des Zwerchfells und die anschließende quälende Atemlosigkeit könnten als glückliche Fügung interpretiert werden.

In einem solchen Szenario könnte Finlay das Messer zwar noch in der Hand halten, aber er wäre nicht in der Lage, es zu benutzen.

Wenige Augenblicke später würden Polizisten in den Raum stürmen und fänden Finlay zittrig und keuchend vor, während Victor mit weit aufgerissenen Augen und scheinbarem Schock über das, was gerade passiert war, beiseite stürzte. Finlay hätte starke Schmerzen, aber keine bleibenden Verletzungen. Ein klarer Fall von Selbstverteidigung und kein Grund, seine Festnahme zeitlich auszuweiten. Ein Polizist würde gerügt, weil er den Neuankömmling nicht richtig durchsucht hatte. Würde es den großen Polizisten treffen, der Finlay hierhergebracht hatte, oder war es der dünne Polizist, der die Durchsuchung durchgeführt hatte? Ein bedauernswerter Fehler aufgrund der ortstypischen Rücksichtnahme.

Es gab keine Möglichkeit, die gekonnte Beinarbeit zu verschleiern, mit der Victor Finlays ersten Angriff vereiteln würde. Aber vielleicht würde die Kamera es gar nicht aufzeichnen oder die Polizisten würden nicht auf die Details achten.

Finlay war fertig damit, sich Mut zu machen.

»Bist du bereit?«, fragte er.

»Auf jeden Fall.«

Der junge Mann sprang schnell nach vorne, was Victor erwartet hatte, weil Finlay von der Bank aus so schnell auf den Beinen gewesen war.

Er holte mit seinem rechten Arm in einem leichten Bogen nach oben aus und zielte auf Victors Bauchgegend, die nicht da war, wo Finlay sie erwartet hatte, und er verlor das Gleichgewicht, wobei Victor nun außer Reichweite des angreifenden Arms war.

Finlay hingegen hatte den perfekten Abstand, um einen verheerenden Ellbogenschlag gegen die Nase oder die Schläfe zu landen, von dem sich der junge Mann vielleicht nie mehr erholen würde. Stattdessen kämpfte er gegen den Instinkt an, den größtmöglichen Schaden anzurichten, und schlug einen ungeschickten linken Haken, wobei er darauf achtete, seinen Ellbogen zu weit auszufahren, um die Distanz zu vergrößern, die seine Faust zurücklegen musste. Er traf knapp unter dem Ohr, als ob er auf den Kiefer zielen und ihn verfehlen würde. Seine Knöchel trafen auf Muskeln und Haut statt auf Knochen.

Der junge Mann steckte es gut weg – die Drogen taten ihre

Wirkung, schirmten sein Gehirn vor dem Schock ab, und er taumelte nur ein wenig, bevor er sich umdrehte. Aus der Rückhand schlug er mit der Klinge nach Victors Rippen. Diesmal trat Victor näher heran, so dass Finlays innerer Vorderarm das beabsichtigte Ziel traf und ihn das Messer erneut verfehlte.

Nun war Victor wieder am Zug.

Er klemmte Finlays Arm an seine Seite und warf sein Gewicht auf den Jungen, der zu klein, zu schwach und zu instabil war, um Widerstand zu leisten.

Er stolperte rückwärts und Victor schleuderte ihn gegen die Gitterstäbe. Gegen das Eisen gepresst, war der junge Mann in der perfekten Position für einen Kopfstoß, aber auch hier widerstand Victor der Versuchung. Er schickte auch keine Knie nach oben in die Leistengegend oder den Unterleib. Er schlang seinen Arm nicht um den gefangenen Arm seines Gegners, um ihm den Ellbogen zu brechen. Er schleuderte ihn einfach zu Boden und landete auf ihm mit dem Knie an der Basis des Brustbeins.

Keine Partydroge konnte diesen Schmerz betäuben. Finlays Gesicht färbte sich intensivrot. Er schnappte nach Luft, unfähig, seine Lungen zu füllen. Seine Augen quollen über vor Tränen. Er krümmte sich auf dem Boden und stieß einen stummen Schrei aus.

Victor stand auf.

Der dicke und der dünne Polizist öffneten den erwarteten Augenblick später die Tür. Als der Junge man das wahrnahm, das Messer immer noch in der Hand, wendete er es von einer normalen Haltung in einen Eispickelgriff.

Die Polizisten sahen es nicht.

Sie sahen nicht, wie Finlay Victor in die Augen blickte und sich dann in den Bauch stach.

Der große und der dünne Polizist riefen Victor zu, er solle zurückweichen, als sie näherkamen.
Sie eilten in die Arrestzelle, wo sie Finlay auf dem Boden fanden. Das Messer lag zwischen ihm und Victor auf dem Boden und er hielt sich mit blutigen Händen den Bauch. Trotz der Wunde und seiner Kurzatmigkeit; Finlay sah erleichtert aus. Geräuschlos formten seine Lippen ein *Es tut mir leid*, in Victors Richtung.

KAPITEL 16

Diesmal gab es keine höflichen Midwestern-Manieren. Victor machte keine Anstalten, sich zu wehren, als der große Polizist in die Zelle stürmte und ihm Handschellen anlegte, während der dünne Polizist zu Finlay eilte, der in seinem eigenen Blut lag. Spector war die Nächste, die den Raum betrat und mit großen Augen auf ihn zustürmte.

»Was zum Teufel ist hier los?«

Der große Polizist fragte: »Wonach sieht es aus?«

»Woher kommt das Messer? Wie zum Teufel konntet ihr das übersehen?«

Sie schaute zwischen Victor und dem großen Polizisten hin und her, um Antworten zu erhalten. Victor sagte: »Ich habe das nicht getan. Er hat sich selbst in den Bauch gestochen.«

»Er hat versucht, mich zu töten«, keuchte Finlay. Spector starrte Victor fassungslos an. »W-warum?«

»Untersuchen Sie den Griff auf Fingerabdrücke«, sagte er ihr. »Meine werden Sie nicht finden.

Der große Polizist schnaubte daraufhin. »Sie würden uns ja nicht anlügen.«

Victor ignorierte ihn und sagte zu Spector: »Wollen Sie herausfinden, was wirklich los ist?«

Sie antwortete nicht. Mit einem ungläubigen Blick schaute sie zwischen dem verwundeten jungen Mann und Victor hin und her. Es ergab keinen Sinn für sie.

»Schauen sie zu, wenn das Messer auf Fingerabdrücke untersucht wird«, schärfte er ihr ein. »Und schauen sie zu, wenn sie mit meinen verglichen werden.«

»Warum halten Sie nicht einfach mal die Klappe?«, raunzte der große Polizist. »Wir haben Ihr Gequatsche langsam satt.«

Spector sah Victor an. Ihr Gesicht war immer noch ungläubig, aber jetzt war sie auch neugierig. Sie wusste nicht so recht, was sie von dem halten sollte, was Victor gesagt hatte, aber sie wollte es nicht abtun, bis sie mehr in Erfahrung gebracht hatte.

Ein Stöhnen von Finlay brach den Bann.

»Wie geht es ihm?«, fragte sie den dünnen Polizisten, der damit beschäftigt war, die Wunde zu verbinden. Der dünne Polizist sagte: »Er muss ins Krankenhaus.«

Der große Polizist fragte sie von der Seite: »Was machen wir mit ihm?« Er meinte Victor, den er an einem Arm gepackt hatte. Sie atmete aus, unsicher. Es gab viel zu verarbeiten.

»Sie wissen, dass hier etwas nicht stimmt«, sagte Victor zu ihr. Sie hörte zu.

»Ich bin sicher, dass Ihr Instinkt schon früher richtig lag«, fuhr er fort. »Hören Sie jetzt auf ihn.«

Sie zögerte.

»Lassen sie mich raten«, begann Victor. »Finlay hat ein zentimeterdickes Vorstrafenregister. Hauptsächlich Drogendelikte. Aber mit der Sucht kommt die Armut und mit der Armut kommen Einbrüche, Hehlerei und Ladendiebstahl. Vielleicht auch etwas Gewalt. Zu Hause oder auf der Straße. Aber nichts Ernstes. So etwas würde er nicht tun. Und schon gar nicht mit einem Messer. Das passt nicht zu ihm. Wenn er in der Vergangenheit auch nur im Besitz eines Messers gewesen wäre, hätte man ihn nicht angeheuert.«

»Wie bitte, was? Angeheuert?«

Es war ein ungläubiger Ton. Nichts von dem, was er gesagt hatte, konnte etwas bewirken, denn Finlay hatte ein Loch im Bauch und Victor wurde bereits des Mordes verdächtigt. Die einfachste Erklärung ist nach der Erfahrung einer Detective meistens die richtige, und Spector hatte sie vor

sich liegen.
»Aber warum?«, fragte sie, weiterhin ungläubig.
»Um mich hier zu halten«, antwortete Victor.
»Wer will Sie hierbehalten?«
»Ich weiß es nicht.«
Der dünne Polizist sagte: »Ich kann die Blutung nicht stoppen. Wir müssen ihn sofort in die Notaufnahme bringen.«
»Tun Sie das«, sagte sie.
Der große Polizist zeigte mit dem Daumen in Victors Richtung. »Was ist mit unserem hauseigenen Psychopathen hier? Wir können niemand Anderen hier unterbringen, solange er da ist und darauf wartet, über jemanden herzufallen.«
Spector hielt Victors Blick fest, als sie sagte: »Schicken Sie Mr. Pendleton ins Bezirksgefängnis. Soll er für eine Weile deren Problem sein.«

KAPITEL 17

Die Sitze des Gefängnisbusses bestanden aus abgenutztem, glänzenden Vinyl. Sie erinnerten ihn an die *Chicken-Buses* in Guatemala und an einen Bus in Bulgarien. Er versuchte, nicht an das Aufwachen in letzterem und die darauffolgende Nacht zu denken. Es gab viele solcher Nächte, die er, so gut es ging, vergessen wollte.

Es dauerte, bis der Bus auf dem Polizeirevier ankam. Nachdem Finlay ins Krankenhaus gebracht worden war, hatte man ihn die ganze Zeit allein in der Arrestzelle gelassen. Der Gefängnisbus hatte fast ein Dutzend Männer von verschiedenen Polizeistationen aus dem ganzen Bezirk transportiert. Victor war einer der Letzten, die abgeholt wurden, so dass es schon später Nachmittag war, als er nach draußen in die Kälte gebracht wurde. Schnee fiel und puderte den Boden. Er spürte ihn in seinen Haaren und in seinem Nacken, aber er schmolz schnell, als er im Bus saß. Ein alter Mann saß neben ihm. »Warst du schon mal im Knast?« Victor schüttelte den Kopf.

»Das habe ich mir gedacht. Du siehst nicht so aus wie der Rest der Deppen hier.«

Der Alte hatte sonnengegerbte Haut, deren Falten seine Stirn halbierten. Hinter seinen Augen lag die Müdigkeit verheilter Enttäuschung. Er trug einen grauen Bart, das übrige Haar war oben und an den Schläfen grau und wurde schwärzer, je tiefer es den Schädel hinab reichte. Buschige weiße Brauen rahmten seine Augen. Seine Nase war breit und lang. Sein Kinn ragte unter dem grauen Bartschleier spitz hervor. Victor merkte, dass der alte Mann reden wollte, und obwohl Schweigen ihm gerade lieber gewesen wäre, ließ er ihn gewähren, machte sogar selbst mit. »Du

schonmal?«
Er nickte nachdrücklich. »Ja, ich bin auch einer von den Deppen, das kannst du mir glauben. Ich kann einfach nicht länger als fünf Minuten sauber bleiben. Manche von uns werden einfach schlecht geboren, nicht wahr?«
Victor blieb still.
»Du denkst wahrscheinlich, dass Bezirksgefängnis besser ist als die Bundesgefängnisse, aber da irrst du dich. Die sind nämlich nach Sicherheitsstufen geordnet. Die Schwerverbrecher kommen in die höchste Sicherheitsstufe und die Steuerhinterzieher in die niedrigste. Im Bezirksgefängnis mischen sich alle. Ist wie `ne Wasserstelle in der afrikanischen Savanne. Du hast Löwen, Krokodile, Zebras und was es sonst noch gibt, und die tummeln sich alle um dasselbe Wasserloch. Nur siehst du hier nicht auf den ersten Blick, wer die Raubtiere sind.«
»Warum erzählst du mir das?«
»Weil sie dich da drin bei lebendigem Leib auffressen werden. Du bist nicht nur 'n Zebra, sondern ein lahmes Zebra, das sich von der Herde abhebt. Die Löwen und die Krokodile werden sich darum streiten, wer dich zum Abendessen bekommt.«
»Du brauchst dir keine Sorgen um mich zu machen«, sagte Victor.
Der alte Mann beachtete ihn nicht. »Ignoriere die schlaksigen Kids nicht. Nur weil die nicht viel hermachen, heißt das nicht, dass du nicht aufpassen musst. Die sind voller Hormone und Selbstzweifel, deshalb liegen denen die Nerven blank. Die sehen schwach aus und das wissen sie auch. Also müssen sie beweisen, dass sie es nicht sind, und fangen Messerstechereien an. Sie werden sich nicht mit mir rumschlagen, weil ich ihnen nicht das Gefühl gebe, klein

zu sein. Du ... du bist perfekt für sie. Du bist groß genug, um ihnen einen gewissen Status zu geben, wenn sie dich kaltmachen, aber nicht so groß, dass sie Angst haben, es zu versuchen.«

»Ich fasse das als Kompliment auf.«

»War es nicht.«

»Das ist das Gute an Komplimenten«, sagte Victor. »Wir können von ihnen halten, was wir wollen.«

Der Bus ratterte mit gleichmäßiger Behäbigkeit dahin. Auf der Autobahn war es ruhig. Einer der Fahrgäste sang ein Lied, das Victor nicht kannte. Eine traurige Ballade über Liebe und Verlust. Der Sänger hatte eine ziemlich gute Stimme, aber jemand schrie ihn an, er solle still sein, und dann gab es für den Rest der Fahrt keine Lieder mehr.

»Es ist nicht nur der Wasserloch-Effekt, der Bezirksgefängnisse so beschissen macht«, sagte ihm der alte Mann, »es ist das Chaos. Ich war schon überall, und du kannst einen Monat lang in `nem Bundesgefängnis sein, wo die schwersten Jungs einsitzen, die du dir vorstellen kannst, ohne dass es einen einzigen gewalttätigen Zwischenfall gibt. Das liegt daran, dass die Häftlinge eine Hackordnung haben. Allianzen. Banden. Frieden durch gegenseitige Zerstörung. Im Bezirksgefängnis sind wir alle gleich. Keiner ist lange genug drin, um eine Ordnung zu bilden. Manche Insassen sind nur so lange dort, bis das System bereit ist, sie in ein Hochsicherheitsgefängnis zu schicken, also haben sie nichts zu verlieren und Zeit zu töten. Die Leute da drehen komplett durch. Wenn du im Bundesgefängnis durchdrehst, wird dir jemand ganz schnell zeigen, wo dein Platz ist. Eine Woche im Bezirksgefängnis ist schlimmer als ein Jahr dort, das kannst du mir glauben.«

»Trotzdem scheint der Gedanke, dass du zurückmusst, dich

nicht runterzuziehen.«
»Warum sich darüber Sorgen machen? Sich zu sorgen, hilft nicht. Es wird die Zeit nicht zurückdrehen und mich von ‘nem Raub abhalten, oder? Was geschehen ist, ist geschehen. Das ist alles, was ich habe, also werde ich nicht hier sitzen und mich selbst bemitleiden. Wenn ich heute nur eine Dose Bohnen zu essen habe, werde ich diese Bohnen essen, als wären sie irgendeine edle Delikatesse, denn ich sollte mich glücklich schätzen, dass ich überhaupt was zu essen habe.«
»Ich mag Bohnen«, sagte Victor. »Viel Eiweiß. Viele Mikronährstoffe.«
»Darum geht es mir nicht.«
»Ich verstehe deinen Standpunkt«, versicherte Victor. »Es ist gut, optimistisch zu sein.«
Der Schnee legte sich wie ein weißer Schleier um den Bus. Die Flocken fielen jetzt in Klumpen, die an den Scheiben klebten und sich in kleinen Verwehungen in den abgerundeten Ecken sammelten. Der Fahrer hatte die Heizung aufgedreht, um die Kälte abzuhalten. Schon bald wurde die Luft feucht. Von dem Dutzend Männer im Bus hatten einige scheinbar lange nicht mehr geduscht und stanken. Mit der Zeit nahm die Luft einen üblen Geruch an. Der alte Mann neben ihm zog eine Grimasse.
»Ich habe mehr Nächte auf der Straße geschlafen als in einem Bett, und trotzdem habe ich nie zugelassen, dass ich die Gegend zustinke. Bei Hygiene gibt es keine Ausrede, sich gehen zu lassen.«
»Ich würde Wasser aus einem Brunnen schöpfen«, sagte Victor. »Ich hab‘ immer ‘ne Plastikflasche oder eine Kaffeetasse benutzt. Wenn man bloß ein Stück Stoff einweicht, kann man auch ohne Seife recht sauber werden.«

»Genau«, sagte der alte Mann und gestikulierte gerade so viel, wie es die Ketten zuließen. »Warte mal, warte. Du warst auf der Straße?« Die Augen des Alten wurden noch größer. »Du warst auf der Straße?«
»Ist das so schwer zu glauben?«
»Du siehst nicht wie ein Penner aus.«
»Es ist schon lange her«, sagte Victor. »Ich war noch ein Kind.«
»Kaputtes Zuhause?«
Victor schaute hinaus in den Schneesturm. »Da war nie etwas, das kaputt gehen konnte.«
»Ah, du bist also schon aus einer staatlichen Einrichtung?« Der alte Mann zwinkerte. »Dann passt du da ja genau rein.«

KAPITEL 18

Am Vorabend hielt der Bus am Bezirksgefängnis. Der Schnee hatte sich als dicker weißer Teppich auf dem Boden ausgerollt. Wolken verdunkelten den Himmel und verdeckten die Sonne so sehr, dass es fast keine Schatten gab. Der alte Mann streckte seine Zunge heraus, um Schneeflocken aufzufangen, und deutete Victor an, es ihm gleich zu tun. Er tat es nicht. Das Bezirksgefängnis sah so aus, wie er es sich vorgestellt hatte. Keine Mauern, aber viele hohe Maschendrahtzäune. Es war kein Hochsicherheitsgefängnis. Aber ausreichend sicher.

Der Vollzugsbeamte, der Victor abfertigte, hatte einen ordentlichen, fast militärischen Haarschnitt. An den Seiten abgeschnitten und oben ein wenig länger. Schwarze und graue Haare wetteiferten um die territoriale Vormacht. Er hatte einen dicken Schnurrbart über dicken, glänzenden Lippen. Sein Gesicht war rund und fett und leuchtend rosa. Er hatte breite Schultern und einen massiven Rücken. Er schien zu schwerfällig, um sich zu bewegen. Aber seine Größe trug zweifellos dazu bei, die Häftlinge zu bändigen. Victor konnte sich nicht vorstellen, dass er länger als ein paar Sekunden laufen konnte, bevor sich sein rosafarbenes Gesicht rotfärbte und er keuchte und pustete.

»Mund auf, bitte.« Victor befolgte die Anweisung und der Lichtstrahl einer kleinen Taschenlampe leuchtete hinein. Der riesige Vollzugsbeamte griff mit der anderen Hand nach Victors Kiefer, um ihn offen zu halten und alle Ecken abzuleuchten.

Als er fertig war, ließ er Victor seinen Pullover hochziehen. Der Vollzugsbeamte reagierte nicht auf den Anblick von Victors vielen Narben. Der Mann war an Gewalt gewöhnt.

»Weiter«, sagte er. »Lass mich deine Achselhöhlen sehen.«
Es hatte etwas Spannendes, in Haft zu sein. Bei anderen Gelegenheiten war er gegen seinen Willen festgehalten worden, um ihn vor seinem unvermeidlichen Ableben auszuquetschen. Hier nicht. Keiner wollte ihn verhören. Diejenigen, die ihn festhielten, hatten kein persönliches Interesse an seiner Gefangenschaft. Sie wollten nichts von ihm, außer, dass er den Gehorsamen spielte. Victor hatte nichts dagegen, ihnen genau das bis zu seiner Freilassung zu geben.

Victor stand vor einer Kamera, um sich fotografieren zu lassen. Zuerst sein Gesicht und dann beide Profile.

Sein Daumen wurde gescannt und dann seine ganze Hand. Er verfolgte den Vorgang mit einem aufmerksamen Blick und stellte sich vor, wie der Scan auf dem Monitor in der Nähe angezeigt wurde. Der Vollzugsbeamte warf einen Blick auf den Bildschirm, um sich zu vergewissern, dass der Abdruck durchgegangen war, und winkte Victor dann weg.

Obwohl er es nicht mochte, dass ein Foto von ihm gemacht wurde, waren die möglichen Folgen gering, da er nicht wegen eines Verbrechens angeklagt werden würde und die Verhaftung in die Akte von William Pendleton aufgenommen werden würde, der nur auf dem Papier existierte. Die Fingerabdrücke waren sogar noch weniger von Belang.

Er ging weiter zur Klassifizierungsbeauftragten, die Victor befragte, um festzustellen, wo er in der Einrichtung untergebracht werden sollte.

»Wollen Sie Ärger machen?«, fragte sie ihn unverblümt.

»Morgen bin ich weg.«

»Wir werden sehen«, sagte sie und schaut auf ihren Bildschirm. »Wurden Sie schon einmal verhaftet?«

»Nein.«

»Welche anderen Verurteilungen gab es gegen Sie?«
»Keine.«
»Sind Sie derzeit oder waren Sie jemals Mitglied einer Gang?«
Einen Moment lang dachte er an seine Zeit auf der Straße, die kleine Bande, der er angehört hatte. Sie hatten sich nie als Gang gesehen. Sie sahen sich nicht als etwas an, das eine Bezeichnung verdient. Nur Kinder, die nichts Gutes im Schilde führten. Keine Ambitionen.
Victor schüttelte den Kopf.
Sie sagte: »In der Akte steht, dass Sie einen Mann in Ihrer Zelle erstochen haben.«
»Das habe ich nicht, aber deshalb bin ich hier, ja.«
»Haben Sie irgendwelche Tattoos?«
»Nein.«
»Irgendwelche Narben?«
»Eine oder zwei.«
»Sind es rituelle Narben oder könnten sie als solche ausgelegt werden?«
»Ich denke, nicht.«
»Nehmen Sie Drogen?«
»Nein.«
»Haben Sie jemals Drogen genommen?«
»Ja.«
Sie stellte weitere Fragen – Hören Sie Stimmen? Haben Sie jemals versucht, sich umzubringen? Denken Sie zurzeit daran, sich zu verletzen oder zu töten? Haben Sie manchmal das Gefühl, dass die Leute es auf Sie abgesehen haben? – bevor sie erklärte: »Sie sind hier, weil Sie zu gefährlich sind, um in einer örtlichen Einrichtung festgehalten zu werden. Auch wenn Sie noch nicht wegen eines Verbrechens angeklagt wurden, müssen Sie hier übernachten. Morgen

werden Sie entweder angeklagt und haben eine Anklageverlesung, bei der der Richter Ihre Kaution festlegt, oder Sie werden freigelassen. Haben Sie alles verstanden, was ich Ihnen erklärt habe?«

Er durfte sich in einer Kabine umziehen. Er zog seine eigenen Sachen aus und die helle Häftlingshose und das Hemd an. Beides war ihm zu groß, aber vielleicht war das Absicht. Das Schuhwerk bestand aus einem Paar gummierter Sandalen. Sie taugten nicht zum Laufen oder Kämpfen, aber er war überrascht, wie bequem sie waren. Er packte seine Kleidung ein und übergab sie. Im Gegenzug erhielt er eine zur Spirale gefaltete Isomatte und eine durchsichtige Plastiktüte mit essenziellen Hygieneartikeln.

Dutzende Augenpaare blickten in seine Richtung, als er den Raum betrat. Es war ein heller, offener Raum mit vielen am Boden befestigten Tischen und wackligen, roten Plastikstühlen drum herum. In der Nähe der Tür befand sich ein halbmondförmiger Tresen, hinter dem eine Vollzugsbeamtin stand, die an ihrem Computer arbeitete. Vielleicht ein Drittel der Vollzugsbeamten, die er gesehen hatte, war weiblich.

Er sah, dass einige der Jungs aus dem Bus bereits an Tischen saßen, also vermutete er, dass sie schon einmal hier waren und sich bereits wie zuhause fühlten. Vielleicht waren die anderen in ihren Zellen, wachsam und nervös, oder sie waren in einen anderen Teil der Einrichtung geschickt worden.

Das Gefängnis bestand aus mehreren Abteilungen. In jeder Abteilung waren etwa 100 Gefangene untergebracht, die nach der Schwere der Anklage oder dem ihnen zugeordneten Sicherheitsrisiko eingeteilt waren. Diejenigen, die wegen Ordnungswidrigkeiten angeklagt waren, wurden in einer Zelle versammelt, während eine Anklage wegen eines Verbrechens die Inhaftierung mit anderen Straftätern bedeutete. Frauen und Männer wurden getrennt untergebracht, und Menschen mit psychischen Problemen hatten ihre eigenen Zellen. Da Victor wegen Gewaltdelikten hier war, kam er in die sicherste Abteilung, in der alle untergebracht waren, die wegen eines Gewaltverbrechens, Diebstahls, Einbruchs, Drogenmissbrauchs oder Alkohol am Steuer angeklagt waren. *Löwen und Zebras.*

Du kannst nicht wissen, wer wer ist, hatte ihm der alte Mann aus dem Bus gesagt. *Deshalb darfst du nie unvorsichtig sein. Jeder ist eine potenzielle Bedrohung.* Victor war immer auf der Hut, ob im Gefängnis oder nicht. Und er konnte es erkennen. Nicht das Verbrechen des Häftlings, sondern dessen Bedrohungsgrad. Ein sechzig Kilo schwerer Mörder, der keine Ahnung hatte, wie man kämpfte, war keine Bedrohung für Victor, egal, welche verkommenen Absichten der Mann hegte.

Die Neuen müssen am meisten auf sich aufpassen. Die meisten Häftlinge sind Wiederholungstäter, die schon einmal hier waren. Sie wissen, was sie erwartet und was sie tun müssen. Die Neuen wissen sowas nicht. Sie fallen schon aus einer Meile Entfernung auf. Weil die Leute hier Zeit haben, in der Gegend rumzuglotzen. Die größte Bedrohung im Gefängnis ist Langeweile. Nicht deine eigene, sondern die Langeweile der anderen. Einige von ihnen werden sich mit dir anlegen, weil sie nichts anderes mit ihrer Zeit anzufangen wissen. Manche wissen, dass sie in ein Hochsicherheitsgefängnis verfrachtet werden und vielleicht nie wieder die Chance haben, jemanden anzugreifen. Für manche heißt es: Jetzt oder nie. Der alte Mann hatte diesen letzten Punkt betont. *Stell sicher, dass nicht du derjenige bist, den sie für ihr letztes Hurra auswählen.*

Er wurde beschimpft und verspottet, als er sich dem Schalter näherte. Die Frau dahinter schaute ihn nicht an, als sie seine Insassennummer vorlas. Sie bot ihm keine Wegbeschreibung an und er fragte auch nicht danach. Die meisten Insassen ignorierten ihn und spielten weiter Karten oder schauten auf einen Fernseher, der hoch an einer Wand montiert war. Aber der alte Mann aus dem Bus hatte recht gehabt: Es waren die jüngeren Männer, die Victor in einer Art grob von der Seite anmachten, die er normalerweise nicht tolerieren würde. Jetzt aber machte er den Eindruck, apathisch zu sein.

Einer der Häftlinge stand an einer Bank mit Telefonen. Er kämpfte gegen die Tränen an und scheiterte. Sie glitzerten auf seinen Wangen und Schleim sickerte aus seiner Nase. In einer Ecke des offenen Raums stand eine Gruppe von Männern um einen Tisch herum. Sie waren unterschiedlich alt und alle weiß. Die beiden Männer, die am Tisch saßen, waren es ebenfalls. Sie spielten Karten, ohne sich für die Männer um sie herum oder den Rest der Insassen zu interessieren. Abgesehen von denen am Tisch hielten die anderen Insassen Abstand. Zwischen ihnen und der Gruppe am Tisch existierte ein klarer Halbkreis Niemandsland aus leeren Tischen. Als Victor hinüberschaute, blickte einer der beiden Männer am Tisch in seine Richtung. Der Mann hatte weißes Haar und einen weißen Bart, beides kurzgeschnitten und gepflegt. Die Haut dazwischen hatte den Schimmer frischer Bräunung. Auf seinen entblößten Unterarmen befanden sich dunkle Tätowierungen, aber der Abstand war zu groß, als dass Victor die Muster hätte erkennen können. Der Mann mit den weißen Haaren und dem Bart sah ihn einen Moment lang an, bevor er sich wieder seinen Karten zuwandte. Victor bemerkte ein Fläschchen rezeptpflichtiger Pillen auf dem Tisch.

Als Victor sich aus der Sichtlinie bewegte, sah er einen der Männer am Tisch, sich vorbeugen, um etwas zu dem Mann mit den weißen Haaren und dem weißen Bart zu sagen.

Victor hatte schon seit einiger Zeit kein Russisch mehr gesprochen, aber er konnte die Worte auf den Lippen des Mannes so leicht lesen, wie noch nie. *Das ist der, der Grigori getötet hat.*

KAPITEL 19

Die Tische waren mit Bolzen am Boden der Massenzelle befestigt, damit die Insassen sie nicht als Barrikaden bei Unruhen oder als Waffen benutzen konnten, um sich gegenseitig zu verprügeln. Bei den Stühlen waren solche Maßnahmen nicht nötig. Sie bestanden aus leichtem Kunststoff und waren anfällig für Verbiegungen. Sie überlebten höchstens ein oder zwei Jahre. Ein Unternehmen, das Stühle für Kindergärten herstellte, hatte den Zuschlag für die Ausstattung erhalten. Es waren die gleichen Stühle, auf denen schon Kleinkinder saßen, nur eben in der Größe von Erwachsenen. Es war keine Seltenheit, dass sie unter dem Gewicht eines größeren Häftlings zusammenbrachen. Die Veteranen des Gefängnisses machten sich einen Spaß daraus, die ältesten und schwächsten Stühle für einen unwissenden Neuankömmling bereitzustellen. Mit der Zeit lernte man, sich vorsichtig auf die Stühle zu setzen, für den Fall, dass ein Mitinsasse einen reinlegen wollte. Ein solcher Trick funktionierte in der Regel nur, wenn der betreffende Insasse frisch aus dem Bus kam. Wenn dieser auch noch zu den Schwergewichtigen gehörte, versammelte sich der Großteil der Gruppe, um sich die Show anzusehen. Das war fast so gut wie ein Kinobesuch.

Die Tische in der Massenzelle waren auf der Oberfläche allesamt schachbrettgemustert, so dass die Insassen nur Figuren zum Spielen benötigten. Dame war das beliebteste Spiel. Zum einen, weil es einfacher zu erlernen war als Schach und schneller zu spielen. Zum anderen, weil immer wieder Spielfiguren verloren gingen. Das ist bei Dame gar nicht so schlimm, aber bei einem Schachspiel

ohne Springer sieht das schon anders aus.
Nur bei einem einzigen Schachspiel fehlte keine Figur. Auf ihrer Vorderseite stand der Buchstabe K.
K für Kirill, so verstanden es die amerikanischen Gefangenen. Niemand im Gefängnis spielte mit diesen Figuren, außer jene, die Victor jetzt mit Blicken verfolgten. *Das ist der, der Grigori getötet hat.*
Sie deuteten auf ihn, den neuen Häftling. Er warf ihnen einen kurzen Blick zu, während er den Gang in Richtung der Zellen durchquerte.
Der eine hatte dunkles Haar und einen kurzen, dunklen Bart. Vielleicht 30 Jahre. Vielleicht auch 40. Es war schwer zu sagen. Er war groß und schlank, doch das kurzärmelige Gefängnishemd zeigte Unterarme, die von kräftigen Muskeln durchzogen waren. Vielleicht eine verhältnismäßig leichte Schwergewichtsklasse, die sich für die Einwaage vor der Kampfnacht runtergefastet hatte.
Und da bist du sicher?
Ein Nicken. *Das ist, was sie sagen. Sie haben ihn heute früh aufgegriffen.*
Am Tatort?
Kopfschütteln. *Beim Mittagessen.*
Ist das ein Scherz?
Nein, Kirill. Das hat man mir gesagt. Omeletts.
Kirill überlegte einen Moment lang. *Wie ist Grigori gestorben?*
Drei Schüsse in den Kopf.
Bist du sicher, dass es drei waren?
Ich würde es nicht sagen, wenn ich mir nicht sicher wäre.
Kirill fragte: *Haben sie die Waffe bei ihm gefunden?*
Nein, aber er hat diesen Test nicht bestanden, den sie machen.
Welcher Test?
Ich weiß nicht, wie ich es beschreiben soll. Sie machen es und

es zeigt, dass du kurz vorher eine Waffe abgefeuert hast.
Und er hat diesen Test nicht bestanden?
Er hat diesen Test nicht bestanden.
Aber er ist nicht angeklagt worden? fragte Kirill.
Das ist richtig.
Warum ist er dann hier?
Andere Sache. Eine Schlägerei in der Sammelzelle. Er hat jemanden niedergestochen.
Kirill stutzte: *Einen Polizisten?*
Nein, nein, nein. Nen Junkie.
Warum?
Woher soll ich das wissen? Ich kann seine Gedanken nicht lesen.
Kirill schüttelte den Kopf. *Das ergibt für mich keinen Sinn. Er erschießt Grigori. Er flieht nicht. Er wird dafür verhaftet. Sie klagen ihn nicht an, aber dann ersticht er jemanden?*
Kirills Informant zuckte mit den Achseln. *Vielleicht ist er verrückt. Solche Leute sind nie ganz richtig im Kopf.*
Kirill verstummte in Nachdenklichkeit. Dann drückte er vor plötzlichem Schmerz die Augen fest zu. Er tastete blind mit einer Hand auf der Tischplatte herum, während die andere mit Finger und Daumen seine Schläfen massierte. Nach ein paar Sekunden fand er die kleine Plastikflasche mit den Pillen und schüttelte zwei, vielleicht auch drei, heraus. Er guckte nicht nach und es war ihm auch egal. Er schlug die gehöhlte Hand gegen den Mund, schluckte sie hastig herunter, nahm sich einen Moment Zeit, um sich zu beruhigen, und öffnete dann die Augen, um seinen Mann zu sehen, der ihn mit einer Besorgnis anstarrte, die Kirill nicht schätzte und die er mit einem verächtlichen Blick erwiderte.

Was willst du mit dem Kerl machen, der Grigori getötet hat? Kirill knurrte: *Was bleibt uns denn übrig? Wir kümmern uns um ihn.*

KAPITEL 20

Victors Zellengenosse hockte auf der obersten Koje und las in einer Bibel, als er hereinkam.

»Ich bin JT«, sagte er, eine Seite umblätternd. »Bill«, erwiderte Victor.

JT war höchstens 20. Vielleicht sogar erst 18. Er hatte eine wohlgenährte, aber dennoch unvollendete Figur. Spindeldürre Arme rahmten sein leichtes Bäuchlein. Verwuscheltes Haar. Akne auf der Stirn.

»Ich hoffe, du bist cooler als der letzte Typ«, sagte JT. Victor sagte: »Ich denke schon.«

JT hatte einen Ziegenbart, oder vielleicht war es auch ein ausgewucherter Kinnriemen. Victor war sich nicht sicher. Er hatte keine Ahnung von Mode. Er trug einen Bart, um sich zu tarnen. So verbarg er einen großen Teil seines Gesichts und veränderte dabei dessen Struktur. Er könnte ihn abrasieren und wäre nicht wiederzuerkennen. Dasselbe galt für seine Haare. Zwischen den Jobs ließ er sie wachsen. Während eines Auftrags schnitt er sie kürzer, und wenn er jemand anderes sein wollte, konnte er sie ganz abschneiden.

»Du wirst doch jetzt nicht ausflippen, oder? Es ist schwer genug hier drin zu schlafen, ohne die ganze Nacht jemanden heulen und schluchzen zu hören wie 'ne kleine Bitch.«

»Ich versichere dir, dass ich nicht ausflippen werde, wenn du im Gegenzug auf deine Ausdrucksweise achtest.«

»Meinst du das ernst?«

Victor nickte.

JT zuckte mit den Schultern und legte die Bibel neben sich auf die Pritsche. »Das kann ich tun. Aber bist du dir sicher? Wenn es dein erstes Mal ist, hat es dich vielleicht noch nicht erwischt. Das ist mir auch passiert. Erst als das Licht ausging und ich an die Decke starrte, wurde mir klar, wo ich bin. Ich bin ausgeflippt, Mann. Ich habe den ganzen Laden geweckt und sie haben mich für zwei Wochen in Einzelhaft gesteckt.«

»Das muss hart gewesen sein.«

»Am Anfang, ja. Aber ich habe meinen Frieden durch Gott gefunden.«

»Du hast also besser geschlafen, als du aus der Einzelhaft kamst?«

»Ja, Mann«, sagte er lächelnd. »Aber nur weil ein paar Insassen mich grün und blau geschlagen haben, weil ich sie in der ersten Nacht wachgehalten habe. Ich war eine Woche lang auf der Krankenstation.«

Nach fünf Sekunden erinnernden Stille, lachte er.

»Ich werde nicht ausflippen«, versicherte Victor. »Ist das ein Versprechen?«

»Das ist absolut kein Versprechen. Das letzte Mal, als ich ein Versprechen gegeben habe, habe ich mir das Leben sehr schwer gemacht. Aber du kannst mir trotzdem vertrauen, dass du heute Nacht gut schlafen wirst.«

JT sah ihn von oben bis unten an. »Ich tippe mal auf etwas, das mit Finanzen zu tun hat. Veruntreuung oder Insiderhandel oder was auch immer.«

Victor blieb still.

JT lachte. »Nein, jetzt habe ich‘s. Du hast ‘nen Haufen Leute mit so ‘nem Schneeballsystem abgezogen, was? Du hast arme alte Damen um ihr Geld gebracht. Renten und so‘n Scheiß.« Er lachte noch lauter. »Du hast bestimmt auch ihre Sparschweine geplündert, oder?«

Victor begann, seine Matratze auf der unteren Pritsche auszulegen. »Sie behaupten, ich hätte einen Mann in der

Arrestzelle erstochen.«
JT formte mit der Handfläche eine Muschel um sein Ohr. »Wie bitte?«
»Und einen weiteren Mann ermordet«, fügte Victor hinzu.
»Ah, ich verstehe«, sagte JT und nickte verständnisvoll. »Du bist vielleicht kein Dummkopf, aber du bist ein Witzbold.«
»So bin ich«, sagte Victor mit spielerischem Zwinkern. »Ein geborener Comedian.«
Er räumte die Hygieneartikel neben das Waschbecken in die Ecke. Er fragte nicht, warum JT hier war, weil es ihn nicht interessierte.
»Sie sagten, ich hätte einen Typen zusammengeschlagen, aber das habe ich nie getan«, sagte er Victor, als klar wurde, dass dieser keine Fragen stellen würde. »Ich meine, ich wollte dem alles Mögliche antun, weil er mich betrogen hat, aber ich habe es halt nicht getan. Sieh mich an. Was soll ich schon jemandem antun, schon gar nicht einem Zuhälter? Mal im Ernst: Ergibt das einen Sinn für dich?«
»Nichts von dem, was du mir erzählst, ergibt einen Sinn für mich.« JT überhörte die Gleichgültigkeit. »Genau. Aber der Zuhälter liegt im Koma und meine Fingerabdrücke sind überall in seiner Bude, was soll man also machen? Sie wollen mich hier haben, also bin ich hier.«
Er hüpfte von der Pritsche und stellte sich vor Victor, um ihn zu begutachten. JT war ein paar Zentimeter kleiner, viel dünner und schwächer. Diese Tatsache schien ihm nicht zu gefallen, als er sie bemerkte.
Er ließ sich auf den Boden sinken und nahm eine Liegestützposition ein. Er drehte seinen Kopf und sah zu Victor auf. »Wie viele schaffst du?«
»Ich bin im Moment ziemlich aus der Form.«
JTs Gesicht war bereits rot von der Anstrengung, sein

Körpergewicht für ein paar Sekunden zu halten. Nach fünf Wiederholungen fing er an zu stöhnen. Nach zehn war er nicht mehr in der Lage, seinen Rücken gerade zu halten und sein ganzer Körper zitterte. Als er bei 15 angelangt war, schaffte er kaum noch eine volle Wiederholung und brachte eilig seine Beine nach vorne und ging in eine kniende Position, um nicht völlig zusammenzubrechen. Er keuchte und fuhr sich mit einer Hand über die Stirn, um den Schweiß abzuwischen.

Es dauerte ein paar Sekunden, bis er sprechen konnte. »Ich hätte bis 20 gehen können, aber ich habe gerade fünf Sätze hinter mir.«

»Beeindruckend«, sagte Victor.

»Muss mir ‘n bisschen Testo besorgen«, sagte JT, während er einen Ärmel hochzog und seinen Arm anspannte, so dass fast der Schatten eines Trizepses zu sehen war. »Will ‘ne richtige Kante sein, wenn ich rauskomme.«

»Häftlinge haben Zugang zu Steroiden?«

JT nickte energisch. »Ja, Mann. Manche schon. Du kannst alles bekommen, was du willst, wenn du nur weißt, wie.«

»Und du weißt, wie?«

JT zog seinen Ärmel wieder herunter. »Ich werde sie von jemandem besorgen, der‘s weiß. Hier geht es nur darum, die richtigen Leute zu kennen.«

»Und du kennst die richtigen Leute?«

JT grunzte. »Warum bist du so respektlos zu mir?«

»Eine sachdienliche Frage zu stellen, ist respektlos?«

JT war verwirrt, also ging er davon aus, beleidigt zu werden. »Pass auf, wie du mit mir redest. Ich bin vielleicht nicht der Größte, aber dich Finanzwixer kann ich allemal verhauen.«

Victor hob eine Augenbraue. »Daran habe ich keinen Zweifel.« JT war unsicher bezüglich Victors Tonfall, aber es gab keine aggressive oder bedrohliche Veränderung der Körperhaltung oder der Mimik, also beließ er es dabei.

Was auch immer er sagte, JT glaubte nicht an seine eigenen Fähigkeiten und war erleichtert, dass er seine Worte nicht untermauern musste. Es war alles nur Angeberei, und Victor war zufrieden damit, JT den Sieg zu gönnen, den er offensichtlich brauchte, und ihm unnötige Peinlichkeiten zu ersparen.

Dennoch fand er die daraus resultierende Veränderung in JTs Verhalten sehr merkwürdig. JT war energiegeladen und hatte einen federnden Schritt. Er hatte eine bessere Haltung, seine Schultern waren entspannt und sein Nacken gerade. Sein Kinn war erhoben, als er Victor von sich und seinen illegalen Taten erzählte. Alles Kleinkriminalität, und doch sprach JT über Ladendiebstahl und Marihuana, als wären es die hochkarätigen Unternehmungen von Schwerverbrechern. Er hatte kein Gras an Highschool-Schüler aus der Mittelschicht vertickt, sondern handelte Stoff unter dem Radar streng überwachter Stadtteile.

Mit seinem Selbstvertrauen frisch aufgeplustert konnte er ehrlich sein, ohne Angst vor Vorwürfen zu haben. »Bin übermütig geworden, oder?«

»Selbstüberschätzung ist ein Killer«, stimmte Victor zu.

»Buchstäblich«, sagte JT metaphorisch. »Buchstäblich«, sagte Victor und meinte es auch so.

JT versuchte, auf die obere Koje zu klettern und scheiterte. Er hatte nicht annähernd die nötige Athletik und musste zuerst die untere Koje als Stufe benutzen. Er warf einen kurzen Blick nach hinten zu Victor, der sicherstellte, dass er woanders hinschaute, damit JT dachte, er hätte es nicht bemerkt. Victor wollte, dass JT selbstbewusst blieb und sich nicht aus der Ruhe bringen ließ. Victor war zwar über alle

Maßen geduldig, aber er wusste, dass er von einem JT, der sich ständig beweisen musste, nicht mehr viel ertragen konnte.

Die Überheblichkeit verblasste bei JT, als ein Häftling in die offene Tür trat. Es war einer der Jungs aus der Ecke des Raums. Aus der Nähe konnte Victor das kyrillische Alphabet inmitten seiner Tätowierungen erkennen. Der Mann sagte nichts. Er stand einfach in der Tür und schaute in die Zelle. Sowohl zu Victor als auch zu JT, aber hauptsächlich zu Victor.

JT konnte dem Blick nicht standhalten. »Was gibts, Nikkitin?«, fragte er mit kleinlauter Stimme. »Was willst du diesmal?«

Mit wulstigem russischen Akzent sagte der Mann: »Ich möchte mir nur deinen neuen Freund ansehen, JT.«

»Er ist nicht mein Freund«, erwiderte JT schnell. »Er ist irgendso'n Schneeballsystem-Betrüger.«

Victor sagte: »Kann ich dir irgendwie helfen?«

Nikkitin zuckte mit den Schultern. Dann nickte er. Und grinste. »Du warst mir schon eine große Hilfe.«

»Mit Vergnügen«, sagte Victor.

Nikkitin zog sich zurück und die Spannung verließ JT. Einen Moment lang starrte er an die Wand, bevor er wieder seine Bibel in die Hand nahm.

»Wer war das?«, fragte Victor.

JT blätterte eine Seite um. »Einer von Kirills Leuten.«

»Und wer ist Kirill?«

»Die russische Mafia«, erklärte er. »Seit er hier ist, haben sie diesen Ort praktisch übernommen.« Er seufzte und wandte sich an Victor. »Ich weiß nicht, warum sie sich für dich interessieren, Schneeball-Typ, aber was auch immer es ist, du solltest es schnell herausfinden.«

KAPITEL 21

Victor hatte Spector die Wahrheit gesagt, als er sagte, dass er Hunde möge. Das hatte er schon immer. Als er ein Junge war, gab es immer Hunde um ihn herum. Nicht als Haustiere, sondern als Arbeitstiere. Er selbst hatte nie einen gehabt, obwohl er in einem Paralleluniversum vielleicht mit mehreren leben würde. Nicht als Besitztümer, denn er würde nie über ein fühlendes Wesen bestimmen. Er konnte sich jedoch ein solches Zusammenleben vorstellen. Eine für beide Seiten vorteilhafte Verbindung. Auch wenn er sich nicht dazu durchringen konnte eine solche Beziehung als Freundschaft zu bezeichnen, denn er kannte keine Freundschaft, nur Vortäuschungen solcher Beziehungen. Auf eine Art und Weise, die er jetzt als ironisch empfand, hatten ihn Hunde eine Menge über Menschen gelehrt. Vor allem über Männer. Männliche Hierarchien haben viel mit einem Rudel gemeinsam. Er würde sogar soweit gehen und sagen, dass es mehr Gemeinsamkeiten als Unterschiede gab. Stärke – Macht – waren gleichbedeutend mit Autorität. Diese Macht gibt es in vielen Formen, aber bei Hunden war sie wahrhaftig. In beiden Fällen brachte diese Macht Wohlstand und Frieden. Die Schwachen ziehen nicht in den Krieg gegen die Starken, und die Starken haben es nicht nötig, die Schwachen zu unterdrücken, wenn Harmonie in Gleichrangigkeit vorteilhafter sind. Ein Rudel ist größer als jedes seiner Mitglieder. Selbst ein Rudel Schwacher kann eine einzelne souveräne Kraft überwinden.

Während sich Macht in der zivilisierten menschlichen Gesellschaft auf viele Arten manifestieren kann, gelten die meisten dieser Arten im Gefängnis nicht. Hier war die Hierarchie am ehesten mit der des Hundes vergleichbar. Im

Gefängnis ist rohe Kraft die größte Stärke.

Victor war schon früher gefangen gewesen. Sogar viele Male. In gewisser Weise hatte er seine gesamte Kindheit als Gefangener verbracht. Und selbst wenn er aus einem Gefängnis befreit worden war, dann nur, weil ein anderes auf ihn wartete.

Er fand, dass dieses Gefängnis nicht anders war. Mauern sind Mauern. Abgesehen von den festen Zeiten für die Mahlzeiten sind die Insassen meist sich selbst überlassen. Einige Jungs bleiben in ihren Zellen. Andere treffen sich im Sammelraum.

JT fragte: »Magst du Bücher, Schneeball-Typ?«

»Sehr sogar.«

»Ich zeige dir die Bibliothek«, bot sein Zellengenosse an. Dann grinste er. »Ich kenne alle Bücher, in denen etwas Schmutziges steht.«

»Ich suche mir meine Bücher selbst aus, danke.«

Sie waren nicht weit aus der Zelle herausgekommen, als Victor das Problem kommen sah. Es war schwer zu übersehen.

Der Häftling, der sich ihm in den Weg stellte, war riesig. Victor, der ein Experte darin war, das Gewicht einer Person zu schätzen, taxierte ihn auf 180 Kilo. Er war sowohl enorm fett als auch extrem muskulös. Trotz der armseligen Gefängniskost war er übergewichtig, also hatte er sich entweder auf andere Weise zusätzliche Nahrung verschafft oder er war noch schwerer gewesen, bevor er hier gelandet war. Victor fiel es schwer, sich Letzteres vorzustellen. Der Häftling stand mit den Händen in den Hüften, was ihn noch breiter erscheinen ließ. Sein Gefängnis-Overall, sicherlich die größte verfügbare Größe, war ihm deutlich zu klein. Die Ärmel lagen hauteng über seinen Schultern und betonten die Einschnürung zwischen Schultermuskulatur und Bizeps. Der Ärmel war abgeschnitten worden, um ihn noch weiter auszudehnen, sonst wäre der Umfang seines Arms zu groß gewesen, um überhaupt zu passen. Verblichene Tattoos zierten seine Arme. Victor konnte viele ineinander verwobene Muster, einander feindliche kulturelle Symbole, reißerische Bilder und widersprüchliche *philosophische* Aussagen erkennen, die über viele Jahre hinweg von vielen verschiedenen Händen mit sehr unterschiedlichem Können gestochen worden waren.

Der Häftling grunzte: »Ich bin Two Times.«

Das Haar war an den Seiten rasiert und oben etwas länger gelassen, wo es dünn und bloß noch in Büscheln wuchs. Die nackten Stellen Kopfhaut reflektierten das grelle Licht von oben. Er trug einen hellen, kurzen und gepflegten Bart. Seine Augen wirkten klein, wie zerquetscht von den aufgeblähten Wangen und den hervorstehenden Augenbrauen.

Victor sagte: »Gut für dich.«

»Weißt du, warum man mich Two Times nennt?«

»Ich kann es unmöglich wissen, weil ich dich noch nie getroffen habe, aber ich kann mir vorstellen, dass es ein unglaublich cleverer Spitzname ist, der darauf basiert, dass du nie jemanden zweimal schlagen musst.«

Two Times runzelte die Stirn.

Victor war sich bewusst, dass JT und die anderen Häftlinge in seine Richtung schauten. Sie blickten erwartungsvoll und gespannt. Es war also nicht das erste Mal, dass ein Neuer von Two Times so begrüßt wurde. Allerdings schaute keiner der Wärter in seine Richtung, was bedeutete, dass jetzt nichts passieren würde. Wenn jedes Mal, wenn ein Neuer ankam, eine Schlägerei ausbrach und immer Two Times darin verwickelt war, würden sie besser aufpassen.

Also musste Two Times nur selten beweisen, dass er seinen Namen zurecht trug. Das war keine Überraschung. Victor konnte sich nicht vorstellen, dass viele neue Häftlinge scharf darauf waren, der Gegenstand dieser speziellen Vorführung zu sein. Deshalb war Two Times auf etwas anderes aus als einen Kampf. Er nahm an, dass er diesen bereits gewonnen hatte, nur weil er Victor im Weg stand.

»Was immer du von mir willst, die Antwort ist Nein.«

Two Times sagte: »Du sagst nicht nein zu mir.«

»Du bist riesig«, staunte Victor sarkastisch.

Two Times grinste.

»Du bist so groß, dass du nicht mal mehr weißt, was du getan hast, als du das letzte Mal gegen jemanden kämpfen musstest.«

Das Lächeln auf Two Times Gesicht verlor sich in der Drallheit der Fetteinlagerungen.

»Du hast sie wahrscheinlich einfach umgewalzt«, sagte Victor, »und bist auf sie gefallen. Dein Gewicht allein hat den Kampf schon gewonnen, bevor du überhaupt zugeschlagen hast. Drei oder vier und du keuchst. Fünf und du ertrinkst in deinem eigenen Schweiß. Sechs und du kippst um.«

»Ich brauch nur einen«, sagte Two Times. »Deshalb nennt man mich auch Two Times.«

»Vielleicht«, sagte Victor. »Vorausgesetzt natürlich, der trifft. Und was dann? Was hast du davon? Du behältst deine Position. Du gewinnst also nichts. Du bist sowieso die Nummer Eins. Du wärst die Nummer Eins, wenn du nicht von deinem Stuhl aufgestanden wärst.« Er hielt inne. »Aber was ist, wenn du mehr als einen Schlag brauchst? Was ist, wenn du zwei oder drei oder sechs brauchst? Noch schlimmer: Was ist, wenn du verlierst? Was, wenn ich tatsächlich zurückschlage, wie es noch nie jemand getan hat? Was dann? Wenn du mich niederschlägst, kümmert das niemanden. Wenn ich dich niederschlage, wird dich niemand mehr ernst nehmen. Ist es das Risiko wert?«

»Es gibt kein Risiko«, sagte Two Times nach einer Pause.

»Nehmen wir mal an, du hast Recht«, sagte Victor. »Das aber ändert nichts am wichtigsten Punkt: Wann hat das letzte Mal jemand zurückgeschlagen? Du weißt wahrscheinlich nicht einmal mehr, wie sich das anfühlt, oder? Es tut weh. Soweit zumindest erinnerst du dich. Aber kommst du damit klar, nachdem du so lange nicht mehr einstecken musstest? Denn all die Stunden, in denen du Gewichte gestemmt hast, haben nichts an deiner Schmerztoleranz geändert. Das ist alles Willenskraft. Das ist innere Stärke. Und sind wir ehrlich: Du hättest nicht tausende von Stunden trainiert, um so breit zu werden, wenn du von vornherein vor Selbstvertrauen gestrotzt hättest. Wenn ich dir so wehtue, wie es noch niemand zuvor getan hat, könnten wir genauso gut in die Zeit zurückreisen, bevor du mit dem Gewichtheben begonnen hast, als du wie ein Bleistift aussahst und sich alle über dich lustig gemacht und gefragt haben: *Wie ist die Luft da oben?* und *Ist alles an dir so dünn?* Ich werde nicht dir, sondern ihm wehtun. Die eigentliche Frage ist also nicht: Glaubst du, dass du mich schlagen kannst, sondern: Glaubst du, dass *er* überhaupt eine Chance hat?«

Es kam keine Antwort.

Victor schritt an Two Times vorbei, der keine Anstalten machte, ihn aufzuhalten.

JT folgte einen Moment später und beeilte sich, aufzuholen. Er starrte Victor mit großen Augen an.

»Wie hast du das gemacht?«

KAPITEL 22

Das Gefängnis verfügte über eine beeindruckende Bibliothek, die die Insassen im Laufe des Tages besuchen konnten, so oft sie wollten, erklärte JT. Er hatte vor seiner Inhaftierung nie gelesen und konnte jetzt nicht genug davon bekommen. Da er sonst wenig hatte, um sich die Zeit zu vertreiben, begnügte sich Victor damit, das Angebot an Büchern zu studieren. Es gab sowohl Belletristik als auch Sachbücher. Er sah viele juristische Bücher, denen eine ganze Wand in der Bibliothek gewidmet war.

»Hm.«, sagte JT.

Victor blickte von seiner Lektüre auf. Er sah JT, der auf der Tischkante hockte und das mit Eselsohren versehene Taschenbuch in einer losen Zange aus Zeigefinger und Daumen baumeln ließ. JT kaute auf seiner Unterlippe.

»Was ist es?«, fragte Victor.

»Nichts«, sagte er. »Is' nur witzig.«

Da war etwas in seinem Tonfall. Es verriet Victor, dass JT nicht von Humor sprach. Er benutzte *witzig* als Synonym für *ungewöhnlich*. Er hatte an etwas gedacht oder etwas bemerkt, das sich nicht richtig anfühlte. Nach Victors Erfahrung hatte etwas, das sich nicht richtig anfühlte, einen Grund. Das Gehirn verarbeitet so viele Informationen, dass es unmöglich ist, sich alles bewusst zu machen. In der zivilen Welt schieben die Menschen solche Gefühle regelmäßig beiseite, weil meistens nichts dabei herauskommt. Vielleicht bemerken sie, dass sich jemand seltsam verhält. Vielleicht ist es ein Geräusch von unten, mitten in der Nacht. *Wahrscheinlich nichts*, sagen sie sich. *Jetzt bloß keinen unnötigen Stress machen.*

»Sag es mir«, sagte Victor.

Sie waren nicht in der zivilen Welt, und sie waren auch nicht in Victors Welt. Hier konnte er nicht dieselben Informationen verarbeiten wie unter normalen Umständen. Sein Bedrohungsradar war im Gefängnis verlangsamt. »Es ist nichts«, beharrte JT. »Leute können einen nur immer wieder überraschen.«

Victor drehte seinen Kopf und scannte die Bibliothek. Darin befanden sich sechs weitere Häftlinge. Vier waren von Anfang an hier und zwei weitere hatten die beiden ersetzt, die gegangen waren, während Victor und JT gelesen hatten. Die beiden ursprünglichen Insassen schmökerten weiter in Gesetzestexten. Einer saß im Schneidersitz auf dem Boden und hatte drei Bücher um sich herum ausgebreitet. Er machte sich Notizen.

Die anderen beiden suchten nach Romanen in der Abteilung für Belletristik, die weniger als ein halbes Bücherregal Platz maß.

JT ließ seinen Blick in ihre Richtung schweifen.

»Lass mich raten«, sagte Victor. »Du hättest die beiden nicht für große Leser gehalten.«

JT grinste. »Oh, die lesen. Jeder hier drinnen liest irgendwann. Was soll man denn sonst machen? Aber sie gehören zu der Sorte, die nur bestimmte Seiten in bestimmten Büchern lesen.« Er grinste noch breiter. »Und sie lesen sie erst, nachdem sie sie rausgerissen und in ihre Zellen mitgenommen haben.«

JT machte eine obszöne Handbewegung.

Victor betrachtete die beiden Männer. Die schlanke Statur der Häftlinge deutete darauf hin, dass sie schon lange genug im Gefängnis waren, damit sich der schlechte Nährstoffgehalt des Essens bemerkbar machen konnte. Einer hatte Tattoos am Hals und auf den Wangen. Er war älter als der zweite, dessen schmales Babygesicht keine Spur von Stoppeln aufwies. Beide hatten kurzgeschnittene Haare. Keiner von beiden sah Victor oder JT an. Sie waren auch nicht in der Nähe. Sie befanden sich in Victors totem Winkel, wenn er seinen Kopf nicht drehte, aber sie hatten keinen direkten Angriffsweg.

Victor wog ab. Potenzielle Bedrohungen. »Gewalttätige Typen?«

JT wiegte den Kopf. »Vielleicht, glaube schon.«

»Zugehörigkeit?« JT runzelte die Stirn. »Was?«

»Gang?«

JT zuckte mit den Schultern. »Sie sind weiß«, als ob das alles erklären würde. Dann fragte er in einem leiseren Ton: »Sind die auf Stress aus?«

»Fifty-fifty im Moment«, schätzte Victor. »Was auch immer passiert, halt dich da raus.«

»Was? Auf keinen Fall, Schneeball-Typ. Ich halte dir den Rücken frei.«

»Geh auf die andere Seite des Raumes«, sagte Victor. »Stell dich zu den anderen. Dann sieht es nicht so aus, als wären wir zusammen.«

JT sagte: »Wir stecken da zusammen drin.«

»Du kennst mich doch erst seit ein paar Stunden.« JT sagte: »Das ändert nichts. Du bist mein Zellengenosse. Das bedeutet, dass wir ein Team sind. Ich werde nicht zulassen, dass du hier Prügel kassierst. Ich weiß, dass ich nicht gut kämpfen kann, aber ich kann besser kämpfen als ein Schneeballbetrüger.«

»Nein«, sagte Victor. »Du kommst mir nur in die Quere.«

»Gar nicht. Sonst sind es zwei gegen einen. Wenn es losgeht, brauchst du mich.«

Die Tür zur Bibliothek öffnete sich und ein weiterer Mann

kam herein. Größer und breiter als die anderen beiden, die ihn erwartungsvoll anblickten. Er ignorierte sie, richtete seinen Blick nur auf Victor.

Als der Nachzügler auf Victor zuging, folgten die anderen beiden ihm auf dem Fuß.

In dieser Formation rückten die drei Männer vor. »Jetzt brauchst du mich definitiv.«

JTs Blick sprühte vor Nervosität. Er war hin- und hergerissen zwischen Kampf- und Fluchtreflex, zwei sehr unterschiedliche Instinkte, die da in seinem Unterbewusstsein konkurrierten. Stresshormone ließen seinen Puls in die Höhe schnellen. Seine Augen waren weit aufgerissen, um so viele visuelle Informationen wie möglich aufzunehmen, aber sein Blick war eng. Sein ganzes Wesen – all seine Sinne – waren auf die drei Bedrohungen fixiert. Aber JT verstand die Zeichen nicht so gut wie Victor. JTs Leben war bis zu diesem Zeitpunkt nicht dasselbe gewesen. »Die sind nicht auf Stress aus«, erklärte Victor. »Die wollen mich töten. Wenn du bei mir bist und versuchst zu helfen, werden sie auch versuchen, dich zu töten. Ich werde dich nicht beschützen können, wenn ich es mit drei von ihnen zu tun habe.«

»Einen Schneeball-Betrüger töten? Niemals! Wie kommst du denn darauf?«

Die drei Häftlinge antworteten für ihn.

Sie alle hatten improvisierte Knastmesser dabei. Bis jetzt waren sie in ihren Kleidern versteckt, aber jetzt zeigten sie sie offen. JT wurde blass.

»Wie gesagt«, resümierte Victor, als er von seinem Stuhl aufstand. »Geh mir bitte aus dem Weg.«

KAPITEL 23

Der Anführer hatte eine Zahnbürste, in deren Kopf an der Stelle, wo die Borsten sein sollten, eine Rasierklinge eingesetzt war, die ein kleines, aber tödlich scharfes Schneidewerkzeug darstellte. Angesichts der Größe des Messers war es fast unmöglich, ihn zu entwaffnen. Es war zu klein, um es wegzuschlagen, und jeder Versuch, es oder die Hand zu packen, würde mit ziemlicher Sicherheit eine tiefe Schnittwunde an den Fingern oder der Handfläche verursachen. Aber wenn es nah genug war, um ihn zu schneiden, dann war dessen Träger auch nah genug, um sich die Knochen brechen zu lassen. Vielleicht ein akzeptabler Kompromiss für den Häftling, wenn Victor im Gegenzug eine aufgeschlitzte Halsschlagader hatte.

Der mit dem Babyface hatte einen harten Plastiklöffel, der zu einer Spitze heruntergefeilt worden war. Er konnte keine Schnitte machen, und doch konnte die Spitze mit nur wenig Kraft durch Fleisch getrieben werden. Vielleicht nicht durch den Schädel oder die Rippen, und es war unwahrscheinlich, dass er seinen Armen viel Schaden zufügen würde, also würde er aus einem niedrigen Winkel kommen und auf seinen Bauch oder noch tiefer zielen, auf seine Leisten und Oberschenkel. Anders als der Zahnbürstenrasierer hatte der Flocklöffel keinen wirklichen Vorteil in Bezug auf die Reichweite, und es wäre weit weniger riskant, ihn zu packen. Der Häftling hatte ihn in seiner Faust zwischen Zeige- und Mittelfinger wie einen Stoßdolch hervorstehen.

Der Häftling mit den Tätowierungen hatte eine grobe dreieckige Klinge aus dunklem Metall, auf den ersten Blick Schmiedeeisen. Allerdings war sie zu dünn. Victor brauchte einen Moment, um zu verstehen, dass sie aus einem Backblech gefertigt worden war. Das Metall war also schwach und deshalb war es zu einem Dreieck geformt worden. Das bedeutete zusätzliche Stärke und Festigkeit, und man konnte damit sowohl schneiden als auch stechen.

»Geh«, sagte Victor zu JT. Jetzt verstand JT.

Er stand von dem Plastikstuhl auf, jetzt, wo er nicht mehr in der Mitte der gegensätzlichen Instinkte gefangen war. Die Flucht siegte und er tat, wie ihm geheißen, und zog sich auf die andere Seite der Bibliothek zurück.

Die drei bewaffneten Häftlinge ließen ihn gehen.

Victor sah, dass die Waffen gut gemacht waren. Genauso wichtig wie die Klinge oder der Stachel sind die Griffe. Bei dieser Art von improvisierten Waffen reicht eine Wunde fast nie aus, deshalb ist es wichtig, sie festzuhalten. Wenn der Schaft durch Blut oder Schweiß glitschig wird, kann er leicht aus der Hand rutschen. Um jeden der drei war in weiser Voraussicht ein Streifen Handtuch, Bettwäsche oder Kleidung gewickelt worden, um einen Griff zu bilden. Solche Griffe verformten sich unter Druck natürlich, sodass sie sich ergonomisch an den Benutzer anpassen und selbst unter extremen Umständen einen sicheren Halt gewährleisten konnten. Abgesehen davon, dass Blut oder Schweiß das Risiko erhöhen, die Waffe fallen zu lassen oder entwendet zu bekommen, kann ein Stichwerkzeug auch im Opfer stecken bleiben. Fleisch allein konnte sich festsaugen und verhaken, und Knochen können einen noch stärkeren Halt bieten. Ein schlechter Griff am Schaft würde die Wahrscheinlichkeit eines solchen Unfalls nur erhöhen.

Victor untersuchte seine unmittelbare Umgebung. Die Bibliothek bot zwar viel freien Raum, war aber auch von vielen Hindernissen durchzogen. Tische und Stühle zum Beispiel und mehrere Bücherregale. Und Häftlinge. Von

letzteren erwartete er keine Beteiligung. Sie sahen verängstigt aus. Sie waren hier, um zu lesen, nicht um einen Mord zu beobachten.
Victor wollte keine Hilfe von irgendjemandem. Er zog es vor, allein zu operieren, allein zu kämpfen, allein zu töten. Auch der kompetenteste Partner konnte eine Belastung sein. Jede erfolgreiche Partnerschaft erforderte Synchronität. Ein erfahrener Kämpfer an seiner Seite nützte nichts, wenn sie sich gegenseitig in die Quere kamen. Victor hatte schon vor langer Zeit gelernt, dass zu viele Köche mehr als nur den Brei verderben konnten. In seiner Anfangszeit als Profi hatte er manchmal in Teams gearbeitet. Oft bestanden diese Teams aus hochqualifizierten Personen. Spezialisten. Experten für Überwachung, Gegenüberwachung, Schießkunst und Taktik, die aber, wie er aus erster Hand erfahren hatte, als Einheit nicht effektiv arbeiten konnten, weil ihre hervorragenden individuellen Fähigkeiten durch mangelnde Koordination, Teamarbeit oder einen aufeinander abgestimmten Instinkt zunichtegemacht wurden. Ein anderes Mal hatte Victor solche Teams im Alleingang besiegt, weil deren zahlenmäßige Überlegenheit ihnen zum Verhängnis geworden war. Als Einzelkämpfer hatte er niemanden, der ihm in die Quere kam.
Gegen zwei Dolche und eine Klinge brauchte er jedoch eine Waffe.
Ein Stuhl kann ein effektiver Gegenspieler für kleine Nahkampfwaffen sein. In den meisten Nahkämpfen war die Reichweite der wichtigste Faktor. Speere wurden schließlich schon seit Tausenden von Jahren auf dem Schlachtfeld eingesetzt.
Ein Stuhl, der an der Rückenlehne gehalten wird, bietet einen enormen Vorteil bei der Reichweite gegenüber einer

Faustwaffe. Die Gefängnisstühle aus Plastik hatten jedoch keine nützliche Masse und keine strukturelle Stabilität. Sie boten zwar einen Vorteil bei der Reichweite, reichten aber nicht, um Wucht aufzubauen. Der Bibliotheksstuhl würde bestenfalls als Schild nützlich sein. Nur zur Verteidigung. Er würde nur verhindern, dass ein Messer ihn erreichte. Er würde ihn nicht in die Lage versetzen, seine Feinde zu entwaffnen oder zu besiegen.

Statt sich also des Stuhls zu ermächtigen, nahm Victor das Sachbuch, in dem er bis eben gelesen hatte, von der Tischplatte.

Er hielt es in seiner linken Hand, die er zwischen Daumen und Fingern zusammengekniffen hatte, wobei sein Rücken von ihm weg und in Richtung der drei Häftlinge zeigte, die sich in Angriffsposition befanden. Sie waren neugierig und doch auch verwirrt von dem, was er in der Hand hielt.

»Bringe niemals ein Messer zu einem Bücherkampf.«, sagte Victor.

KAPITEL 24

Entweder dachten die drei bewaffneten Häftlinge, dass er scherzte, oder sie ließen sich von dem Anblick des akademischen Wälzers in seiner Hand nicht abschrecken. Als der Häftling mit dem Babyface zuerst angriff und sich mit dem angespitzten Plastiklöffel auf ihn stürzte, blockierte Victor den Weg zu seinem Bauch mit dem Rücken des Buchs.

Das Buch war über fünfhundert Seiten stark, drei Zentimeter dick und mit einem Einband aus unbeugsamer Pappe verstärkt; die ideale Panzerung für den handgeschärften Plastikstachel. Er wurde abgelenkt und schickte den Arm des Häftlings schräg nach vorne.

Durch die entstandene Lücke schickte Victor einen Ellbogenschlag auf das entblößte Babyface.

Er zielte auf die Nase, um sie zu zertrümmern, aber sein Schlag war unsauber und sein Ellbogen landete tief und traf den Häftling an den Zähnen. Die waren fest zusammengebissen. Sie gaben unter dem Aufprall nach; die Vorwärtsbewegung des Häftlings hatte die Kraft von Victors Ellbogen vervielfacht.

Der Zahnschmelz zersplitterte, die Wurzeln rissen aus dem Kieferknochen und verteilten Zähne und Splitter über den dünnen Bibliotheksteppich und die Tischoberfläche. Das Blut spritzte überall hin. Auf den Tisch, auf den Teppich, auf Bücher und auf Victors Kleidung.

Der Häftling ließ sich direkt vor Victors Füße fallen. Er wich einen Schritt zurück, um Abstand zu gewinnen. Er wollte nicht, dass der Typ auf dem Boden ihm in die Quere kam, sei es als absichtlicher Angriff oder als einfaches Hindernis.

Die anderen beiden waren jetzt vorsichtig. Ihr energischer Angriff geriet ins Stocken. Keiner von ihnen wollte zu Boden gehen wie ihre Kumpane. Es war ein schrecklicher Anblick. Sein Blut quoll aus seinem Mund und hatte sich über seinen Overall ergossen, die zerklüfteten Überreste seiner abgebrochenen Zähne waren deutlich zu sehen, weil er mit weit aufgerissenem Mund wimmerte. Dieses schreckliche Geräusch war genauso abschreckend wie das Blut und die ausgeschlagenen Zähne. Es war eine Alarmglocke. Fast wie eine Sirene. Eine unmissverständliche Warnung. Der einzige Nachteil waren die Zähne, die in Victors Ellbogen steckten. Deshalb hatte er auf die Nase gezielt, die unter dem Schlag zerbrochen wäre und den Kerl entweder durch Bewusstlosigkeit oder schiere Schmerzen und Traumata aus dem Kampf genommen hätte. Victor war nicht in Bestform, das wusste er, also war er nachsichtig mit sich selbst. Er benutzte den Schmöker, um die Schneidezähne aus seinem Ellenbogen zu bürsten.

Die beiden anderen Häftlinge taten das Richtige: Sie verteilten sich, um ihren zahlenmäßigen Vorteil zu nutzen, wobei der eine zu Victors Linken und der andere zu seiner Rechten schritt. Er konnte sie zwar beide gleichzeitig in seinem peripheren Blickfeld sehen, aber er konnte sich nicht auf beide Waffen gleichzeitig konzentrieren. Allerdings waren sie auch kein perfekt eingespieltes Duo, kein trainiertes Team. Sich aufzuteilen war eine offensichtliche Taktik. Das Umzingeln eines Feindes war die einfachste Strategie, die es gab. Menschen sind noch nie einsame Raubtiere gewesen; Rudeltaktiken sind in der DNA verankert. Das Flankieren eines gefährlichen Gegners so gut wie fest verdrahtet. Die Bibliothek und die Bücherregale hinderten sie daran, hinter ihn zu gelangen. In einer idealen Zwei-gegen-Eins-Situation würde sich ein Feind in seinem toten Winkel befinden, während der andere ihn von vorne angriff. Das konnten sie hier nicht umsetzen, weil Victor es nicht zuließ. Er bewegte sich, wenn sie sich bewegten, und nutzte die Hindernisse der Möbel und der Bücherregale, um sicherzustellen, dass sie beide immer vor ihm waren. Wenn es sein musste, zog er sich in eine Ecke zurück, in der zwei Wände aufeinander zuliefen, um seine Flanken und seinen Rücken zu schützen. Er rechnete nicht damit, dass es so weit kommen würde, denn diese Typen würden nicht so lange warten. Victor hatte keine Ahnung von den Gefängnisplänen, den Vollzugsbeamten und ihren Rotationen, ihren Bewegungen, davon, wie weit sie eine Auseinandersetzung hören würden oder wie lange es dauern mochte, bis sie eingreifen würden. Selbst wenn eine Ablenkung anderswo stattfand oder seine Angreifer schlau genug waren, eine solche Ablenkung zu arrangieren, würden sie nicht lange Zeit haben. Jemand würde es hören. Jemand würde vorbeikommen oder bemerken, dass etwas nicht in Ordnung war. Vielleicht war die Störung des alltäglichen Ablaufs spürbar. Instinkt und Aufmerksamkeit der Vollzugsbeamten sollten so geschärft sein, dass sie einfach wussten, dass etwas nicht stimmte, dass sie ein subtiles Zeichen wahrnehmen mussten, quasi ein Zittern in der Luft. Die beiden Jungs wussten, was sie zu tun hatten, ob sie nun gezwungen, angeheuert oder angewiesen waren, spielte keine Rolle. Ihre Zeit lief. Das war ihnen klar. Und Victor wusste es auch.

»Tick Tack«, sagte er.

Sie fanden ihren Mut, als der Druck unerträglich groß wurde. Die beiden Häftlinge griffen an.

Beide zur gleichen Zeit, aber ohne Koordination. Mit genau diesem Ziel hatte er sie zu überstürzten Aktionen gedrängt. Er wollte nicht, dass einer sich die Zeit nahm, hinter ihn zu

kommen, während er den anderen abwehren musste.
Der größere Typ auf der rechten Seite schwang das Rasierklingenmesser, einen Augenblick nachdem der tätowierte Typ auf der linken Seite mit dem gefalteten Backblechdolch zugestochen hatte.
Victor schlug die Klinge mit dem Sachbuch weg, konnte dieses aber nicht rechtzeitig zurückschwingen, um die Rasierklinge abzuwehren.
Der Typ hatte auf sein Gesicht oder vielleicht auf die Seite seines Halses gezielt.
Ein Angriff nach unten aus einer erhöhten Position heraus.
Victor ruckte mit dem Kopf nach hinten und die Rasierklinge schnitt in seine Brust, durchtrennte den Baumwolloverall und zog eine senkrechte Blutlinie, die er nicht spürte, sondern nur sah, als sie den Stoff befleckte. Jetzt, wo sie nahe beieinander waren, schlug er einen Ellbogen gegen den Schädel des Mannes, direkt über dem Ohr. Ein solider Schlag, der den Häftling in die Knie zwang, ihn aber nicht aus dem Kampf nahm.
Victor wich zurück, bevor sich der tätowierte Kerl mit dem Messer erholen und erneut angreifen konnte. Er überstreckte sich, um die vergrößerte Distanz aufzuholen, und gab Victor so die Möglichkeit, die Waffe mit dem Buch zu blocken. Obwohl es sich um eine behelfsmäßige Klinge handelte, war sie geduldig und fachmännisch geschliffen worden. Sie durchschlug den harten Einband des Buches und einige Seiten, bevor sie nicht weiter vordringen konnte. Für einen Moment war sie eingeklemmt, obwohl es leicht möglich war, sie mit starker und entschlossener Hand herauszuziehen. Aber Victor hatte diesen Moment vorausgesehen, während der Angreifer unvorbereitet war.
Sofort drehte Victor das Buch und damit die Klinge, die

wiederum den Arm des Mannes so verdrehte, dass der Ellbogen direkt nach oben zeigte, den Arm blockierte und den Rest der daran befestigten Person kontrollierbar machte.
Victor hätte sein rechtes Handgelenk auf das freiliegende Ellbogengelenk geschlagen und es zertrümmert, aber der Typ mit der Rasierklinge griff ihn an. Da er nicht ausweichen konnte, musste Victor die Rückseite seines Unterarms benutzen, um die Klinge abzuwehren. Diesmal spürte er den Schnitt, bevor er das Blut aus der Wunde spritzen sah. Sie waren jetzt beide in seiner *Komfortzone* und es gab dort nicht genug Platz für alle drei. Er stolperte rückwärts und sie stolperten mit ihm, vorwärts, sechs Beine kämpften auf demselben Stück Teppich um Stand. Victors Rücken kollidierte mit einem Bücherregal und Bücher fielen auf den Boden, wodurch weitere Hindernisse entstanden und damit noch mehr Gründe zum Stolpern und Ausrutschen. Der Zusammenprall mit dem Bücherregal verhinderte zudem, dass Victor umkippte, was übel gewesen wäre, wenn in der Folge zwei Jungs mit Klingen in der Hand auf ihm gelandet wären.
Victor war schneller in Balance, seine Reaktionen flinker, seine Erfahrung weitaus größer. Er wich den folgenden Versuchen, ihn zu packen, aus. Er fand Platz und sprang einen Schritt zurück, um genug Abstand zu schaffen, dem nächsten Typen, dem Häftling mit der Rasierklingen-Zahnbürste, einen Tritt zu verpassen. Der Tritt landete auf der Hüfte des Mannes, nicht besonders gut platziert und auch nicht besonders stark, aber es reichte aus, um den Typen in den anderen Häftling zu schleudern und beide zurückzuwerfen, wodurch er Abstand gewann. Und damit auch ein größeres Zeitfenster, in dem Victor seine nächsten Angriffe für eine möglichst verheerende Wirkung auswählen musste.

Er benutzte das Lehrbuch als Schild, das er vor sich hielt, und verpasste ihm einen rechten Cross, der direkt und hart auf dem tätowierten Wangenknochen des Häftlings landete, als dieser seinen Kopf drehte, um Victor im Auge zu behalten.
Victors Hand schmerzte, aber den Häftling hatte es viel schlimmer erwischt. Der Jochbeinknochen war gebrochen und so taumelte er nach hinten, während sein Gehirn in seinem Schädel hin und her schlug, bevor er mit dem Rücken gegen ein Bücherregal rutschte, bis er mit dem Hintern auf dem Teppich saß und seine Beine gespreizt waren. Er war zwar nicht bewusstlos, aber so benommen, dass er, obwohl seine Augen weit aufgerissen waren, nichts sah. So schnell würde der nicht wieder aufstehen.
Zu diesem Zeitpunkt sah es für Victor, der nur einen Häftling vor sich hatte, ziemlich gut aus, aber dann passierten zwei Dinge, die die Sache verkomplizierten. Victor hatte nur eins von ihnen kommen sehen.

KAPITEL 25

Die erste Komplikation kam von dem Häftling mit der Rasierklingenzahnbürste in der rechten Hand, der mit dem angespitzten Löffel eine zusätzliche Waffe aufhob, die sein Freund mit dem Babygesicht, das jetzt einen Kieferchirurgen brauchte, hatte fallen lassen. Das machte die Sache schwierig, obwohl zwei Waffen nicht gleichbedeutend mit einer Verdoppelung der Bedrohung waren. Da beide kurz waren, konnte nur eine von ihnen eingesetzt werden, um eine effektive Kampfhaltung beizubehalten. Eine Waffe war immer weiter hinten als die andere, es sei denn, es wurde eine symmetrische Haltung eingenommen, bei der jeder Vorteil im Angriff durch den Nachteil einer größeren und verletzlicheren Trefferfläche aufgewogen wurde.

Trotzdem wäre es aus nächster Nähe unmöglich, sich gegen zwei tödliche Waffen zu verteidigen.

Noch schlimmer war allerdings die zweite Komplikation. Einer der bisher passiven Insassen, der sich an die hintere Wand kauerte, hatte Mut gefasst. Victor hörte ihn nicht kommen.

Er konzentrierte sich ganz auf die Bedrohung vor ihm, und der Häftling mit dem neu gefundenen Selbstvertrauen schlich sich von hinten an ihn heran, mit langsamen, vorsichtigen Schritten. Er hatte keinen wirklichen Angriffsplan, sondern einfach nur Masse und ein Ziel. »Pass auf!«, rief JT, viel zu spät, um noch nützlich zu sein. Der neue Angreifer war viel größer als die anderen und drückte Victor mit sich zu Boden. Victor reagierte schneller und drehte sich von der Vorderseite auf den Rücken, bevor der Typ auf ihm seinen Vorteil ausnutzen konnte.

Victor packte den großen Kerl an beiden Ohren und stieß

ihn weg. So schaffte er Abstand und legte das Gesicht des Kerls so weit frei, dass Victor eine unerbittliche Serie von schnellen, gut platzierten Kopfstößen ausführen konnte. Die Stirn hat die stärkste Knochenwölbung des menschlichen Körpers und ist damit sehr stabil. Victor brach die Nase des Mannes am Kamm, zerschmetterte den Knorpel und zertrümmerte die Knochen der linken Augenhöhle. Blut strömte aus den Wunden. Er war noch bei Bewusstsein, also war Victor noch nicht fertig mit ihm.

Da er nicht riskieren wollte, dass ihm bei weiteren Kopfstößen das Blut in die Augen spritzt, drückte Victor stattdessen die Wölbung seiner Stirn in den bereits entstandenen Schaden und ließ Knochen gegen gebrochene Knochen knirschen, während er an den Ohren des Häftlings zog, um den Druck zu erhöhen und dessen Flucht zu verhindern.

Der Häftling kreischte lauter als der Typ, der die Hälfte seiner Zähne verloren hatte.

Victor ließ die beiden Ohren los und ermöglichte es dem großen Kerl, sich nach hinten zu werfen, um der Attacke und dem Schmerz zu entkommen, und mit einer schnellen Seitwärtsrolle wich Victor dem Absatz des Stiefels aus, der auf sein entblößtes Gesicht niederging. Er packte das Bein, bevor es zurückgezogen werden konnte, und biss in den hinteren Teil des Wadenmuskels des Häftlings, der sowohl die Zahnbürste mit der Rasierklinge als auch den angespitzten Plastiklöffel hielt.

Der Kerl heulte, hoch und schrill.

Die Bibliothek war von so vielen schmerzverzerrten Schreien erfüllt, dass einer der Häftlinge, der sich aus der Sache heraushielt, beide Handflächen auf seine Ohren presste.

Victor rollte sich weg, um den nach unten gerichteten Schwingern mit der Rasierklinge und den Stößen mit dem

spitzen Löffel auszuweichen.
Als er aufsprang, wurde es chaotisch, denn sie standen nun zu dritt eng zusammengedrängt zwischen den Bücherregalen. Der große Häftling mit dem kaputten Gesicht stand hinter Victor, seine Verletzungen hatten ihn nicht abgeschreckt, auch wenn sie seine Effektivität darauf beschränkten, Victors Rückzugslinie zu blockieren, ihn ins offene Messer rennen zu lassen.
Er schnappte sich ein weiteres Buch, um es als Schild zu benutzen, blockte und schlug zu, wehrte einige Angriffe ab, konnte aber nicht verhindern, dass andere ihr Ziel fanden, und war nicht in der Lage, effektiv auszuweichen, da der Typ hinter ihm den Weg versperrte.
Victor erlitt oberflächliche Wunden an seinen Armen, weitere an seiner Brust. Die Zahnbürste mit der Rasierklinge schnitt ihm quer über den Rücken seiner rechten Hand und durchtrennte die Arterie, die nur durch dünne Haut geschützt war. Blut benetzte seine Hand und tropfte von seinen Fingern. Es war eine schwere Wunde, aber es würde noch Stunden dauern, bis er daran verblutet wäre. Sein Angreifer erkannte dies als Auftakt zu einem gewalttätigen, unaufhaltbaren Sieg. Der Häftling, selbst verwundet und blutend, sagte schadenfroh: »Das tut bestimmt weh.«
Victor zuckte mit den Schultern. »Es ist nicht so schlimm, wie es aussieht. Siehst du?«
Er machte eine Bewegung mit seiner blutigen Hand, woraufhin sein Angreifer sie instinktiv ansah und Victor die perfekte Gelegenheit bot, ihm Blut in die Augen zu schleudern.
Zuerst wusste Victor nicht, ob sein Blut die Augen des Mannes getroffen hatte. Das war aber auch egal, denn die Abwehrreaktion, ein unkontrolliertes Zucken, brachte alles,

was Victor brauchte. Der Häftling blinzelte und riss gleichzeitig den Kopf zurück, um der Bedrohung seiner Sicht auszuweichen, und veränderte dabei seinen Schwerpunkt, so dass er einen Schritt nach hinten machen musste, um das Gleichgewicht zu halten.

Victor ließ keine Gelegenheit ungenutzt verstreichen und schob sich zwischen den beiden Waffen hindurch, in die Reichweite des Häftlings. Dessen Augen öffneten sich nur lange genug, um die verschwommene Silhouette eines beschleunigenden Ellbogens zu registrieren, und dann nichts mehr.

Er sackte stumm und ungeschützt auf den Boden. Victor holte tief Luft und drehte sich zu dem Häftling um, der sich eingemischt hatte – der Typ mit der plattgedrückten Nase und der zertrümmerten Augenhöhle. Der große Häftling war nicht beauftragt worden, sich einzumischen, und er hatte es erst getan, als Victors Rücken entblößt gewesen war. Als nun die anderen Angreifer in verschiedenen Zuständen der Bewusstlosigkeit und des Todeskampfes auf dem Boden lagen und er allein war, wich der Häftling zurück und hob seine Hände zur Kapitulation.

»Ah«, lachte Victor. »Willst du eine Auszeit nehmen?« Der große Kerl sagte nichts, sondern nickte und stemmte seine Hände in die Höhe, während Blut aus seiner gebrochenen Nase floss.

»Was sagst du, JT?«, fragte Victor, ohne sich nach seinem Zellennachbarn umzublicken.

JT, der mit offenem Mund dastand und nach etwas zum Festhalten suchte, musste sich räuspern, bevor er seine Stimme wiederfand.

»Nun«, sagte er und schluckte. »Von meinem Standpunkt aus gesehen läuft die Uhr noch.«

»Die Uhr läuft noch«, wiederholte Victor mit einem Nicken, bevor er den einzigen noch stehenden Häftling in die Knie zwang und ihn dort festhielt, um ihn noch etwas länger zusammenzuschlagen.

KAPITEL 26

Als die Vollzugsbeamten eintrafen, gab es eine Menge Geschrei. Sie schienen sich nicht um Victors Verletzungen zu kümmern, sondern ausschließlich darum, ihn zu bändigen. Er wehrte sich nicht, obwohl sie viel mehr Gewalt anwendeten als nötig. Als sie die Lage unter Kontrolle hatten, leisteten sie ihm und den anderen verletzten Insassen erste Hilfe, bevor sie sie alle in die Krankenstation brachten. Die zuständige Ärztin schimpfte und verdrehte die Augen, als Victor und die vier anderen hineingebracht wurden.

»Ich hoffe, das war es wert«, sagte sie.

Eine Krankenschwester säuberte und verband Victors Verletzungen. Keine der Schnittwunden, die ihm die Zahnbürste mit der Rasierklinge zugefügt hatte, musste genäht werden. Verbände und Pflaster reichten aus, um sie zu versorgen. Er hatte zwei Einstichwunden von dem geschärften Löffel, die etwas mehr Aufmerksamkeit erforderten. Eine in seinem rechten Bizeps, die andere in seiner Brust.

Der Schnitt auf seinem Handrücken schmerzte mehr als alle anderen Wunden. Wenn er seine Faust ballte, ging ein heißes, unangenehmes Stechen von der Schnittwunde aus. Die Krankenschwester nahm sich extra viel Zeit, um die Wunde zu reinigen und die Haut mit Pflastertape zu verschließen.

»Sie sollten Ihre Hände nicht allzu sehr beanspruchen«, sagte sie ihm danach. »Sie haben ziemlich viel abbekommen.«

»Beruhigend«, sagte er. »Sie haben ein hübsches Sümmchen gekostet.« Sie lächelte, als hätte er einen Scherz gemacht.

»Was haben wir hier?«, fragte sie und untersuchte seinen rechten Ellbogen und die eingedrückte und gerissene Haut. Ihre Augen weiteten sich, als sie einen eingebetteten

Zahnsplitter entdeckte, den das Abputzen mit dem Buch nicht beseitigt hatte. Zuerst dachte sie, es sei ein Stück Knochen aus seiner Speiche, das herausragt.
»Schneidezähne sind scharf«, erklärt Victor. »Deshalb ziele ich immer auf die Nase oder den Kiefer.«
Ihre Augen weiteten sich noch mehr. »*Immer*?«
»Manchmal treffe ich nicht«, gab er zu.
Als sie seine Wunden gesäubert und verbunden hatte, sagte sie zu ihm: »Sie haben Glück, dass Sie noch am Leben sind.«
»Ich glaube nicht an Glück.«
»Das spielt keine Rolle«, sagte die Krankenschwester. »Das Glück glaubt an Sie.«
»Das ist eine interessante Sichtweise«, antwortete Victor.
»Oh, ich bin auf jeden Fall interessant, egal wie man es betrachtet.«
Er hatte keine Ahnung, was sie meinte, und er hatte keine Zeit zu fragen, denn sie ließ ihn mit seinen Schmerzen allein. Nicht lähmend und doch unangenehm. Seiner Erfahrung nach taten oberflächliche Verletzungen immer mehr weh als innere.
Nachdem die Krankenschwester gegangen war, wollte der große Vollzugsbeamte mit ihm sprechen.
»Sagen Sie nichts«, begann er und hielt eine Handfläche wie einen Schild hoch, der Lügen abwehren kann. »Sie haben angefangen.«
Victor sagte: »Das haben sie.«
»Vier Jungs, von denen drei bald entlassen werden sollen, haben ohne vorherige Provokation beschlossen, den neuen Mann anzugreifen. Und nicht nur angreifen, nein, das ist nicht genug. Eine Tracht Prügel – ein paar blaue Flecken – reichen nicht aus, um diese plötzliche, unstillbare Blutlust zu beruhigen. Also beschlossen sie, sich mit einer breiten

Palette tödlicher Waffen auszurüsten. Sie plünderten ihre Waffenkammer, den gesamten Geheimvorrat an Hieb- und Stichwaffen. Alles für den Neuen.«

Victor nickte. »Das ist, was passiert ist.«

Der Beamte seufzte und starrte Victor an. »Also«, sagte er, »klären Sie mich bitte auf. Sagen Sie mir ... warum? Haben Sie zufällig mit all ihren Müttern geschlafen, bevor Sie hierherkamen? Haben Sie sie in der Schule gemobbt? Oder finden sie Ihre Visage so fragwürdig, so irritierend, dass sie es einfach nicht ausgehalten haben?«

Victor blieb still.

Der Vollzugsbeamte fuhr fort: »Denn, und das können Sie mir glauben, *so* hässlich sind Sie eigentlich nicht.«

Victor sagte: »Glauben Sie, dass ich an meinem ersten und einzigen Tag hier einen Streit mit vier anderen Häftlingen angefangen habe?«

Der Mann zuckte mit den Schultern. »Warum nicht? In diesem Laden gibt es alle Arten von Verrückten.«

»Ich bin morgen hier raus, und trotzdem riskiere ich meine baldige Entlassung, indem ich einen Kampf anzettle. Klingt vernünftig.«

»Ich sage nur, wie es aussieht. Sie haben ein paar Schnittwunden, aber keiner der vier wird die Krankenstation in der nächsten Woche verlassen können.«

»Wenn Sie sich die Bänder später ansehen, werden sie feststellen, dass ich in der Bibliothek war, bevor der dritte Typ überhaupt reinkam. Und Sie werden sehen, wie sie aufeinander zugehen. Wenn Sie sich die Bänder von dem anschauen, was davor passiert ist, werden Sie sehen, dass sie sich unterhalten oder sich zumindest gegenseitig erkennen. Das war kein Zufall. Deshalb hatten sie alle Waffen, und das wissen Sie auch.«

»Vielleicht weiß ich es, aber ich kann es einfach nicht glauben. Wissen Sie, wie oft ein Häftling so einen Vier-gegen-Eins-Überfall überlebt?«
»Es war kein Vier-gegen-Eins-Überfall«, sagte Victor. »Es waren drei gegen einen. Der vierte Mann kam erst am Ende dazu.«
Der große Vollzugsbeamte schnaubte. »Mein Punkt bleibt derselbe. Niemand kommt bei sowas davon.«
»Alle Rekorde werden aufgestellt, um gebrochen zu werden.«
»Sie sind ein lustiger Typ.«
»Sind wir fertig?«
»Ja, wir sind fertig.«
Victor ging rechtzeitig zum Abendessen zurück in die Zelle und reihte sich in die Schlange der Häftlinge ein, die darauf warteten, bedient zu werden. Er ignorierte alle Blicke, überhörte das Getuschel. Sowas spricht sich im Gefängnis schnell rum. Die Legende wurde zudem unterstützt von JT, der den anderen Häftlingen, die an seinem Tisch saßen, Ellbogenschläge und Kopfstöße vormachte. Als JT Victor mit einem Tablett voller Essen sah, winkte er ihn zu sich herüber.
Kopfschüttelnd nahm Victor sein Abendessen mit auf eine freie Bank, um es allein zu essen. Das Essen war fad und nährstoffarm, aber Kalorien waren Kalorien. Victor hatte schon viel Schlimmeres gegessen, ohne sich zu beschweren, und er musste nach dem Kampf in der Bibliothek auftanken. Der Russe, der vorhin in der Zelle vorbeigekommen war, Nikkitin, setzte sich Victor gegenüber und sagte mit leiser Stimme: »Geh heute Nacht nicht schlafen.«
Es war keine Drohung. Es war eine Anweisung. Victor warf ihm einen fragenden Blick zu.

»Kirill will mit dir reden«, sagte Nikkitin. »Unter vier Augen.« Victor benutzte eine Plastikgabel, um eine zerkochte Penne auf dem Tablett herumzujagen. Die Gabel war nicht scharf und die Nudel zu weich und elastisch, um sich aufspießen zu lassen. Victors eingeschränkte Geschicklichkeit war nicht hilfreich.

»Worüber?«, fragte er.

»Es ist egal, worum es geht. Kirill will reden, also gehst du zu ihm und redest.«

»Nach dem sie die Lichter ausschalten?«

»Ja.«

»Wenn die Zellen verschlossen sind?« Nikkitin nickte. »Manchmal funktionieren sie nicht. Sehr alte Elektronik. Okay?«

»Kameras?«

»Manchmal werden sie aus Versehen ausgeschaltet«, erklärte Nikkitin. »Niemand sieht etwas, von dem Kirill nicht will, dass es gesehen wird. Es klopft an deiner Tür und du wartest fünf Minuten. Dann wird die Tür aufgeschlossen und die Kameras ausgeschaltet.«

»In welcher Zelle ist Kirill?«

»Das wirst du schon herausfinden, da bin ich mir sicher.« Victor zuckte mit den Schultern. »Wenn ich müde bin, schlafe ich.«

Nikkitin wurde zunehmend frustriert. »Du bleibst die ganze Nacht wach, wenn es das ist, was Kirill will. Sonst sind wir das nächste Mal nicht zu viert in der Bibliothek. Dann sind wir alle da drin.« Damit stand Nikkitin auf und ließ Victor mit seinem Essen allein.

KAPITEL 27

Kurz nach Mitternacht klopfte es. JT schlief leise schnarchend auf der obersten Koje. Victor hatte ihm nicht von dem Bevorstehenden erzählt. Er wartete die fünf Minuten, die Nikkitin ihm angemahnt hatte, zählte jede einzelne Sekunde ab, bevor er die Zellentür öffnete. Sie war wie alle anderen Zellen zur Ruhezeit verschlossen worden.

Victor trat auf den ruhigen Korridor hinaus, auf dem sich weitere zwanzig Zellen wie die seine befanden. Nikkitin hatte ihm nicht gesagt, welche Zelle, die von Kirill war, aber es war leicht zu erkennen. Die Türen aller Zellen waren geschlossen, bis auf eine. Aus der Türöffnung drang schwaches Licht.

Mit leisen Schritten näherte sich Victor.

Kirill hatte eine Zelle ganz für sich allein. Er stand am anderen Ende des Raums und wusch sich die Hände am Waschbecken, als Victor eintrat. Kirill warf einen Blick in seine Richtung, sagte aber nichts und gab Victor einen Moment Zeit, seine Umgebung zu betrachten. Bevor Kirill in der Zelle untergebracht wurde, war sie von vier Insassen bewohnt worden. Die vier Kojen waren geblieben, nur hatte man sie angepasst. Nur eine obere Koje wurde weiterhin für ihren vorgesehenen Zweck genutzt. Die darunter war zu einer Art Sofa umfunktioniert worden. Die Koje gegenüber war jetzt ein Schreibtisch. Einer der Stühle aus dem offenen Bereich stand davor. Da es einen Höhenunterschied gab – die Koje war niedriger als die Sitzfläche des Stuhls – wurden Plastikboxen auf die Koje gestellt. Diese Boxen waren mit etwas Schwerem gefüllt, damit sie nicht verrutschen. Sie waren mit Deckeln versehen, damit Victor nicht hineinsehen konnte. Die andere obere Koje wurde als

Stauraum genutzt. Hauptsächlich für Bücher. Kirill war ein fleißiger Leser. Angesichts der Größe der Zelle hatte Victor keinen Platz, von dem aus er den Eingang und Kirill gleichzeitig beobachten konnte. Victor war kein Fan davon, eine offene Tür in seinem toten Winkel zu haben, also ging er ein paar Schritte weiter in die Zelle, um den Abstand zwischen dem Eingang und seinem Rücken zu vergrößern.
Kirill trocknete seine Hände mit einem Handtuch. Er ließ sich Zeit und sagte nichts, bis er fertig war.
»Du«, sagte er und legte das Handtuch weg. »Ich«, sagte Victor.
»Mein Name ist Kirill Lebedew.« Er hielt inne. »Und du bist William Pendleton.«
Kirill war bis zur Hüfte entkleidet. Aus der Ferne sah er mit seinen weißen Haaren und dem Bart alt aus. Aus der Nähe bemerkte Victor, dass sein Körper nicht wie 50 aussah, eher zehn Jahre jünger. Die blauen Augen waren intensiv und wurden durch den Kontrast zu seinem dunklen Hautton noch heller. Aus der anfänglichen Entfernung hätte Victor wahrscheinlich vermutet, dass Kirill noch nicht lange im Gefängnis war und seine Bräune mitgebracht hatte. Jetzt schlussfolgerte Victor, dass Kirill in den Sommermonaten mehr Zeit im Hof verbringen durfte als die anderen Häftlinge, und die resultierende Bräune bis jetzt hielt.
Kirills Oberkörper war mit Tattoos bedeckt. Auf der rechten Seite seiner Brust standen mehrere Wörter in kyrillischer Schrift: *Brat, Soldat* und *Zakonnyy vor.* Bruder, Soldat und rechtmäßiger Dieb. *Brat* und *Soldat* waren jeweils mit einem Strich versehen, der seinen Aufstieg innerhalb der Bratva anzeigte. Kirill war jetzt ein rechtmäßiger Dieb. Er trug ein Kreuz auf der rechten Seite seiner Brust. Selbst für Victor, der sich nicht für solche Körperkunst interessierte, war es

ein schönes Bild. Kirill registrierte, wie Victor ihn ansah.
»Das haben wir alle«, sagte Kirill und berührte das Kreuz. »Es bedeutet viel für uns in Russland. Christus selbst ist daran gestorben, doch als die gottlosen Kommunisten die Macht übernahmen, wollten sie uns von unserem Glauben befreien. Das ist, damit wir es nicht vergessen. Und es erinnert uns daran, niemals vor einer Autorität zu knien, außer vor der Gottes.«
»Warum bin ich mitten in der Nacht in deiner Zelle?«
»Weil ich dein Gesicht sehen und dir in die Augen schauen muss.«
»Das hättest du jederzeit tun können«, sagte Victor.
»Manche Dinge müssen unter vier Augen erledigt werden.«
Victor wartete.
»Tolle Vorstellung in der Bibliothek«, begann Kirill. »Du bist erst seit einem Tag im Gefängnis und schon bist du der unheimlichste Mann hier drin.«
»Ich bin überrascht, dass du deine Krone so leicht aufgibst.«
Kirill schien verwirrt. »Findest du mich unheimlich?«
»Das habe ich nicht gesagt.«
»Alle hier haben Angst vor mir«, gab Kirill zu. »Das ist wahr. Aber nur wegen dem, was ich hier drinnen oder draußen organisiert habe, nicht wegen dem, was ich persönlich tun kann. Wenn vier Häftlinge auf mich losgehen, werden sie mich töten. Ich bin kein Kämpfer.«
»Nur würden sie es nie wagen.«
Kirill nickte. »Was weißt du über mich?«
»Mein Zellengenosse hat gesagt, du bist von der russischen Mafia«, antwortete Victor. »Bratva.«
»Die Bruderschaft«, sagte Kirill. »Wir sind alle bratskaya, kleine Brüder.«
»Warum bin ich hier?«

»Du hast Grigori Orlov getötet. Er war einer meiner kleinen Brüder.«
Victor sagte: »Ich war es nicht, der ihn erschossen hat.«
»Aber du wurdest verhaftet.«
»Man hat mich noch nicht einmal angeklagt.«
»Dein Truck wurde beim Verlassen des Tatorts gesehen.«
»Hörensagen«, antwortete Victor. »Es wurde nicht bestätigt, ist bisher nur ein anonymer Tipp.«
»Dein Schmauchspurentest hat angeschlagen.«
»Du bist gut informiert«, sagte Victor. »Also weißt du auch, dass ich bei der Gegenüberstellung nicht erkannt wurde.«
Kirill lächelte. »Ja, ja, ja. Sehr beeindruckend. Das hast du gut gemacht. Ich habe seit deiner Ankunft darüber nachgedacht, wie du das geschafft hast.«
»Warum ist dir das so wichtig?«
»Weil ich auf meinen Prozess warte«, erklärte der Russe.
»Wie lautet die Anklage?«
»Drogenhandel, Schutzgelderpressung, Bestechung, Mord...«
Kirill lachte. »Das Übliche. Ich war nicht so vorsichtig, wie ich hätte sein sollen.«
»Bist du schuldig?«
»Offensichtlich bin ich schuldig. All dieser Dinge und noch vielen mehr. Ich habe ein Team von Anwälten, die rund um die Uhr daran arbeiten, dass ich hier in relativem Luxus leben kann und nicht irgendwo hingeschickt werde, wo es deutlich weniger angenehm wird. Das wird nicht ewig funktionieren. Und wenn ich vor Gericht stehe, werde ich verlieren. Und dann komme ich für den Rest meines Lebens ins Gefängnis.«
»Pech gehabt«, sagte Victor trocken.
»Also«, begann Kirill, »wie bist du hierhergekommen?«

»Lange Geschichte, aber es gab eine Auseinandersetzung in der Arrestzelle. Ein Junky griff mich an. Er wurde verletzt. Ich wurde hierhergeschickt.«

»Ich dachte, du wärst vorsichtiger.«

Victor wartete auf weitere Ausführung.

»Wusstest du, dass Grigori einer von uns, den Bratva, war?«

»Hast du deshalb die Jungs geschickt, um mich in der Bibliothek anzugreifen?« Kirill lachte. »Sie hatten nichts mit mir zu tun. Die Bratva ist kein einzelnes Tier, sondern viele Tiere der gleichen Herde. Die Männer in der Bibliothek waren Freunde von Grigoris Leuten, nicht von mir. Sie wollten sich nur für seine Ermordung rächen. Hätten sie aber die Wahrheit über ihn gewusst, wären sie nicht so erpicht auf Rache gewesen.«

»Warum?«

»Weil Grigori die ganze Zeit eine Ratte war, die für das FBI gearbeitet hat. Er sollte einer der Hauptzeugen der Staatsanwaltschaft gegen mich sein. Dadurch, dass er tot ist, ist ihre Anklage plötzlich viel schwächer.« Er hielt inne. »Danke dafür.«

»Warum dankst du mir, wenn ich ihn nicht erschossen habe?«

»Ich denke, es ist an der Zeit, dass du die Sache aufgibst«, sagte Kirill. »Ich weiß, dass du Grigori getötet hast, weil ich es war, der dich damit beauftragt hat.«

KAPITEL 28

»Ich war es nicht, der Grigori getötet hat. Ich werde nicht angeklagt werden. Es gibt keine Beweise.« Kirill zuckte mit den Schultern. »Beweise sind etwas für Gerichte. Beweise dies und Beweise das. All diese Plastiktüten. Diese Etiketten. Wochen- und monatelanges Reden und Streiten. Und wofür? Beweise beweisen nicht die Schuld und auch nicht die Unschuld. Beweise sind lediglich dazu da, eine Geschichte zu erzählen. Die glaubwürdigste Geschichte ist nicht unbedingt die Wahrheit. Es ist ja nur eine Geschichte. Ich wollte dich hierhaben, damit ich dir in die Augen schauen kann.«

Victor trat vor. »Nur zu.«

Kirill tat es, starrte lange Zeit zu ihm hinauf, ohne zu blinzeln. Victor ließ ihn gewähren.

Als Kirill wegschaute, wirkte er weder erfreut noch enttäuscht. »Ich kann es kaum erwarten zu hören, was du gesehen hast«, sagte Victor ohne Begeisterung.

»Denkst du, ich habe nach der Wahrheit gesucht? Glaubst du, ich könnte in deinen Augen zwischen Schuld und Unschuld unterscheiden? Wenn ich dir diesen Eindruck vermittelt habe, habe ich meine Absicht nicht richtig ausgedrückt. Ich habe nur geschaut, um zu sehen, was für ein Mann du bist, denn Augen sagen immer etwas aus.«

»Sie müssen geflüstert haben«, sagte Victor, »denn ich habe nichts gehört.«

»Du bist witzig«, sagte er. »Das mag ich an dir. Du hast Grigori getötet, was ich auch mag. Du hast dich erwischen lassen, was ich nicht so sehr mag.«

Sein Mund blieb offen, als wollte er weiterreden, aber er schloss die Augen und stöhnte. Kirill ballte beide Hände zu

Fäusten und massierte mit seinen Fingerknöcheln die Seiten seines Schädels. Die dicke Haut der Stirn dehnte und faltete sich, während er sie in kreisenden Bewegungen auf und ab bewegte. Er stieß einen leisen Seufzer der Erleichterung aus.

»Ich bekomme Kopfschmerzen«, sagte er. »An diesem Ort komme ich nicht zur Ruhe. Der Stress und die Langeweile brodeln in mir und ich kann mich nicht von den Schmerzen in meinem Schädel befreien. Manchmal fürchte ich, ich würde mir selbst den Kopf abhacken, um Erleichterung zu finden, wenn ich nur Zugang zu einer ausreichend großen Klinge hätte.«

»Aspirin könnte eine sicherere Option sein.«

Kirill nahm ein Fläschchen mit verschreibungspflichtigen Pillen und schüttelte ein paar davon in seine Handfläche. »Ich habe Zugang zu etwas viel Besserem als Aspirin.«

»Darfst du dich hier drin selbst medikamentieren?« Er schluckte. »Ich darf eine Menge Dinge.«

Victor sah zu, wie er die Flasche wieder abstellte. Auf dem Etikett stand *TRAMADOL*; ein starkes Opioid.

»Ich weiß nicht, wie du heißt«, sagte der Russe, »aber ich kenne den Namen deiner Brokerin. Wenigstens ihren Decknamen. Ich habe Phoenix viel Geld dafür bezahlt, dass du Grigori tötest, damit das FBI mir nichts nachweisen kann.«

»Ich habe ihn nicht getötet«, sagte Victor.

»Versuch nicht wieder, es zu leugnen. Das beleidigt uns beide. Meine Anweisungen waren drei Schüsse in den Kopf, genau wie es passiert ist.«

»Es ist die Wahrheit«, sagte Victor. »Ich war nicht derjenige, der den Abzug betätigt hat.«

Kirills Augen verengten sich beim Nachdenken. Dann weiteten sie sich. »Du hast es jemand anderen für dich tun lassen?«

»Outsourcing wäre vielleicht ein besserer Begriff.«

Kirill gluckste. »Ich wusste es. Ich erkenne immer einen Killer, wenn ich einen sehe.«

Victor blieb still.

»Aber was ich nicht verstehe ist, wie du es vermasselt hast und hier gelandet bist. Warum hast du den Job ausgelagert, nur um dich erwischen zu lassen? Ich dachte, du wärst besser als das. Deine Brokerin hat mir versichert, dass du keine vermeidbaren Fehler machst.«

»Ich habe keinen Fehler gemacht«, sagte Victor.

»Jetzt ist nicht die Zeit für Egopflege. Die Mauern um dich herum zeigen deutlich genug, dass du nicht so gut bist, wie dein Ruf vermuten lässt.« In seinem Tonfall lag Verärgerung. »Ich habe ein kleines Vermögen für den Besten bezahlt. Zumindest dachte ich, dass du der Beste bist. Ob du nun angeklagt wirst oder nicht, die Polizei hat dich trotzdem für den Mord festgenommen, für den du angeheuert wurdest.« Kirill schob sich vorwärts, einen bedeutungsvollen Schritt nach dem anderen, der ihn immer näherbrachte. Von der anderen Seite der Zelle bis auf ein paar Meter, dann bis auf Armlänge. So nah, dass Victor den Körpergeruch des Mannes und das Sandelholz in seinem Bartöl riechen konnte. »Wenn das kein Fehler ist, was ist es dann?«

»Sorgfältiges Design«, erklärte Victor. Kirill war verwirrt. Zumindest, bis Victor gleichzeitig beide Hände ausstreckte, wobei die linke Kirills rechte Schulter packte und ihn näher an sich heranzog, während die rechte Hand die linke Schulter des Russen stieß und den Mann um 180 Grad drehte. Wie Kirill selbst zugegeben hatte, war er kein Krieger. Seine Reaktionen waren langsam. Er wusste nicht, wie er sich wehren sollte, als Victor ihn herumwirbelte und den

Würgegriff verstärkte.
»Ich nehme an, dein Chef in der Bratva macht sich Sorgen um dich«, sagte Victor, während er Druck auf Kirills Halsschlagader ausübte. »Sie denken wahrscheinlich, dass man dir einen Deal anbietet und du ihn annehmen wirst, um wieder freie Luft zu schnuppern. Vorausgesetzt, du hast nicht schon einen angenommen.«
Kirill kämpfte vergeblich, da die Sauerstoffzufuhr zu seinem Gehirn behindert wurde. Er wusste nicht, was er tun sollte, um sich selbst zu retten. Er hatte länger Zeit als die meisten anderen, weil Victor vorsichtig war, und mit seinem Unterarm nur dosiert Druck ausübte. Er wollte keine Spuren an Kirills Hals hinterlassen.
»Du hättest diese mitternächtlichen Treffen besser geheim halten sollen«, sagte Victor, als er spürte, wie Kirills Widerstand nachließ. »Das Gleiche gilt für deine Kopfschmerzen. Ehemalige Häftlinge sind sehr gesprächig, wenn man ihnen ein paar Whiskys spendiert hat. Wer hätte das gedacht?«
Nach ein paar weiteren Sekunden wurde der Russe schlaff. Er lebte noch, war noch nicht einmal bewusstlos. Victor hielt den Würgegriff so lange aufrecht, bis Kirill der Ohnmacht so nahe war, wie es überhaupt ging. Victor achtete auf die Stärke des Pulses, darauf, wie sehr er sich wehrte. Dann ließ er Kirill los, der gestürzt wäre, wenn Victor sein Gewicht nicht gestützt hätte. Der Russe war betäubt, sein Gehirn war so sauerstoffarm, dass er seine Gliedmaßen und sogar seine Lippen nicht mehr koordinieren konnte. Er konnte nicht verhindern, dass Victor ihn auf die untere Koje legte, die als Sofa diente.
Er konnte nicht verhindern, dass Victor ihm den Rest der Tramadol-Pillen zuführte und ihm eine Handfläche über Mund und Nase hielt, bis er sie alle geschluckt hatte.

Tramadol half Kirill bei seinen Kopfschmerzen, indem es sein zentrales Nervensystem unterdrückte und die Signale an sein Gehirn dämpfte. Eine Überdosis Tramadol führte zu einer Atemdepression, und eine Überdosis konnte schon mit dem Doppelten der normalen Dosis erreicht werden. Victor brauchte die restlichen Pillen in der Flasche nicht zu zählen, um zu wissen, dass er Kirill ein Vielfaches seiner normalen Dosis gegeben hatte.

Innerhalb weniger Minuten hatte Kirill die Auswirkungen des Würgegriffs abgeschüttelt. Das Tramadol hatte inzwischen zu wirken begonnen und seine Atmung wurde flach mit langen Pausen zwischen den Atemzügen. Victor beobachtete ihn. Nicht, weil er Kirill sterben sehen wollte – er wusste, dass das Opioid in wenigen Minuten wirken würde –, sondern weil er sich vergewissern wollte, dass keine Spuren am Hals des Russen zu sehen waren. Zufrieden, dass er keine fand, wischte Victor die Pillenflasche ab, legte sie in Kirills sterbende Hand und verließ die Zelle.

Vielleicht würde irgendwann eine gründliche Untersuchung der Überdosis stattfinden und jemand würde es seltsam finden, dass die Kameras genau in der Zeit abgeschaltet waren, in der Kirill starb. Und vielleicht würde Nikkitin auch behaupten, dass Bill Pendleton zur gleichen Zeit aus seiner Zelle gelassen wurde.

Es bestand sogar die Möglichkeit, dass jemand Nikkitins Behauptung ernst nehmen würde.

Egal, Victor würde bis dahin schon lange weg sein.

KAPITEL 29

In der Massenzelle herrschte morgens ein reges Treiben. Victor verhielt sich genauso unwissend wie die anderen Insassen, während die Vollzugsbeamten mit ängstlichen oder gestressten Mienen herumliefen und jede Erklärung der Anspannung verweigerten. Der einzige Teil der Gefängnisinsassen, der nicht verwirrt war, waren die Russen. Sie hatten ernste, zuweilen wütende Gesichter. Victor nahm an, dass Nikkitin oder einer der anderen Kirill gefunden hatte, kurz nachdem die Zellen aufgeschlossen worden waren. Vielleicht befand sich die Leiche noch im Gefängnistrakt oder sie war bereits entfernt worden, bevor die anderen Insassen etwas davon mitbekamen.

Beim Frühstück war JT nachdenklich. Er setzte sich Victor gegenüber, um sein Müsli zu essen.

»Ich glaube, jemand ist gestorben«, sagte er und schlürfte von seinem Löffel. Victor blieb still.

Den Mund noch voll Haferflocken fragte JT: »Bringst du mir bei, wie man kämpft?«

»Warum?«

JT ließ fast seinen Löffel fallen. »Was meinst du mit *warum*? Weil du diese Jungs gestern total fertig gemacht hast, Schneeball-Typ. Diese vier Schränke. Drei mit Knastmessern.«

»Ich hatte das Buch«, merkte Victor an.

»Bringst du mir ein paar Moves bei?«

»Ich werde heute Nachmittag weg sein. Die Zeit reicht bei weitem nicht aus.«

»Nur ein paar Tricks«, drängte JT. »Ich weiß, wir haben keine Zeit für eine ganze Trainingssession. Zeig mir, wie man ein paar der Bewegungen macht, die du gemacht hast.«

»Wozu soll das gut sein?«

Er zog eine spöttische Miene. »Damit ich mich selbst verteidigen kann, ganz einfach. Wenn ein Betrüger wie du Karate lernen kann, warum nicht auch ich?«
»Ich kann kein Karate«, sagte Victor. »Und wenn du dich verteidigen willst, hast du den Kampf schon verloren.«
»Wie bitte?«
Victor sagte: »Wenn du einen Kampf mit der Absicht kämpfst, dich zu verteidigen, wirst du verlieren.« JT verstand ihn offensichtlich nicht.
Victor fuhr fort. »Du kämpfst, um zu töten.« Ein fragender Blick zeichnete sich auf JT´s Gesicht ab.
»Aber du musst nicht töten«, erklärte Victor. »Du kannst ihnen wehtun, sie verstümmeln oder sie an den Rand des Todes bringen. Aber es muss deine Entscheidung sein. Nur so gewinnst du. Nicht, weil du der Größte oder der Stärkste bist. Sondern wegen der Absicht. Wille. Wenn du versuchst, den Gegner zu töten, obwohl er dich nur verletzen will, wirst du gewinnen. Wenn du versuchst, den Kerl zu töten, der versucht, dich zu brechen, wirst du gewinnen. Wenn er auch versucht, dich zu töten, musst du eine Münze werfen. Aber diesen Münzwurf bekommst du nur, wenn du mit dieser Mentalität in den Kampf gehst. Wenn nicht, kannst du dich genauso gut gleich töten lassen. Je länger es dauert, desto schlimmer ist es. Du willst nicht sterben, aber du willst erst recht nicht langsam sterben. Glaub mir.«
JT schien zu verstehen. »Du willst mir sagen, dass ich sie nicht bekämpfe, sondern versuche, sie zu töten?« Victor nickte. »Das war‘s. Das ist genau das Richtige. Du musst verstehen, dass es nur funktioniert, wenn du es ernst meinst. Du kannst nicht so tun, als wolltest du jemanden umbringen. Der Tod ist der gerechteste aller Richter. Der Tod kennt keine Gnade.«

JT nickte mehrere Male. »Ja, ja. Ich verstehe, was du sagen willst. Versuchen, sie zu töten ... aber aufhören. Das macht Sinn. Das kann ich machen. Klar. Ganz einfach.«
»Nein, so einfach ist das nicht«, sagte Victor, der JT ansah und doch jemand anderen in ihm sah. »Vergiss nicht: Wenn du versuchst, jemanden zu töten, dann tötest du nicht einfach eine statische, einzelne Person. Du versuchst nicht nur zu töten, wer diese Person ist. Du tötest *sie*. Du tötest die Person, die sie war. Und – was am schlimmsten ist, je nach Perspektive – du tötest alles, was sie jemals hätte sein können. Jede Freundlichkeit, die sie hätte vermitteln können. Jede Seele, für die sie sich hätte engagieren können. Du tötest nicht nur sie. Du tötest Zukünfte, die noch nicht einmal geschrieben wurden. Hoffnungen, Träume und mehr. Und nicht nur sie, sondern jeden, dessen Leben sie in ihrem hätte berühren können. Bist du bereit, das zu tun?«
»Whoa, Mann. Was zur Hölle...? Das gibt's doch nicht. Ich bin doch nicht verrückt.« Er schüttelte den Kopf und warf die Hände in die Luft. »Ich zerstöre nicht die Hoffnungen und Träume anderer. Meinst du das jetzt ernst, Schneeball-Typ?«
»Deshalb hast du den Kampf schon verloren«, sagte Victor ihm mit einer Ehrlichkeit, die JT nie verstehen würde. »Also vergiss die Liegestütze. Mach etwas Produktiveres mit deiner Zeit.«
»Und du findest das in Ordnung? All das, was du mir über Hoffnungen und Träume erzählst? Würdest du das alles tun, um einer Tracht Prügel zu entgehen?«
»Natürlich«, sagte Victor. »Und noch viel Schlimmeres.« JT dachte einen Moment darüber nach, was das bedeuten könnte, dann legte er den Löffel in die Schüssel und schob sie weg.

»Nicht gut?«, fragte Victor.
JT zog eine Grimasse. »Mir ist der Appetit vergangen.«

KAPITEL 30

Spector wartete auf Victor, als er gegen ein Uhr nachmittags das Bezirksgefängnis verließ. Sie stand vor ihrem Auto in Schafsfellmantel und Mütze, um die Kälte abzuwehren.

»Ich dachte, Sie wollen vielleicht zurück in die Stadt fahren«, sagte sie, als er sich ihr näherte. »Besser, als bei diesem Wetter auf den Bus zu warten.«

»Sehr freundlich«, sagte Victor.

»Das ist das Mindeste, was ich tun kann«, sagte sie seufzend. »Ich habe gehört, was da drin passiert ist. Es ist ein Wunder, dass Sie nicht getötet wurden.« Er blieb still.

Sie holte tief Luft und sagte: »Es tut mir leid.«

»Entschuldigung angenommen.«

»Das werden Sie nicht wissen. Ein Prozent«, sagte sie.

»Wie bitte?«

»Die Wahrscheinlichkeit, dass ein GSR-Test ein falsches Ergebnis liefert, ist gering«, erklärte sie. »Es sei denn, Sie haben eine Waffe abgefeuert, bevor Sie auf die Wache kamen, und haben nicht daran gedacht, es zu erwähnen.«

Victor blieb still.

»Und Ihre Fingerabdrücke waren auch nicht auf dem Messer. Der Kerl hat sich das Messer selbst in den Bauch gejagt, genau wie Sie sagten. Das ist das Verrückteste, was mir je untergekommen ist. Finlay sagt, er wurde dafür bezahlt.«

»Bezahlt?«, fragte Victor.

»In Meth«, antwortete Spector. »Er behauptet, er wisse nicht, wer ihn bezahlt habe. Sie schüttelte den Kopf. Er erzählt alle möglichen Geschichten über tote Briefkästen und Anweisungen von einem mysteriösen, nicht identifizierten Geldgeber. Er soll ihm Anweisungen gegeben haben, wie er ein Messer verstecken kann, damit es bei

einer Durchsuchung nicht entdeckt wird.«
Victor zögerte: »Ich denke, das wird schwer zu beweisen sein.«
»Und wie.« Sie öffnete ihr Auto. »Aber irgendetwas geht hier vor«, sagte Spector mit einem Seufzer der Verzweiflung. »Wenn ich wetten würde, würde ich sagen, dass die Bratva aufräumt. Erst Grigori Orlov, jetzt Kirill Lebedev. Er hat letzte Nacht zu viele Schmerztabletten genommen, wenn man dem Anschein glauben darf.«
»Das erklärt den Aufruhr heute Morgen. Keiner wusste, was los war.«
»Irgendwie seltsam, oder?«, fragte sie, ohne auf eine Antwort zu warten. »Sie werden wegen des Mordes an Grigori verhaftet und dann stirbt Kirill in derselben Nacht, in der Sie in seinem Gefängnis zwischengeparkt werden.«
Er konnte sehen, dass sie eine Ahnung hatte, dass etwas nicht stimmte, aber die Teile ihres Gedankengangs waren zu diffus, um sie zu einem Ganzen zusammenzufügen. Er stellte sich vor, dass sie die meiste Zeit des bisherigen Tages am Telefon mit den Justizbeamten und dem medizinischen Personal verbracht und versucht hatte, die Puzzleteile zu ordnen, was ihr nicht gelungen war. Dies war ihr letzter Versuch, sie zusammenzufügen. Natürlich hatte sie einen guten Instinkt, aber der allein reichte nicht, um sich das Ganze, das sie zu formen versuchte, vorzustellen.
Spector versuchte immer noch zu ergründen, wie Grigori Orlov und Kirill Lebedev, Mitglieder der russischen Mafia, mit einem Niemand namens Bill Pendleton verbunden waren. Victor stand einfach nur da, bis ihr nach ein paar Sekunden klar wurde, dass es keinen Zusammenhang geben konnte.

Sie zuckte mit den Schultern und winkte abweisend mit einer Hand. »Ich bin mir nicht sicher, ob wir jemals genau wissen werden, was passiert ist.« Sie lächelte. »Deshalb kann ich ja auch nachts so gut schlafen, oder?« Das Lächeln wurde zu einem Glucksen. „Aber wenn ich eine Spielerin wäre – und das bin ich nicht – würde ich darauf wetten, dass Sie und Finlay das Pech hatten, auf das Schachbrett von jemandem zu stolpern.«

»Es gibt zu viele Regeln im Schach«, sagte er.

»FBI-Problem, egal was die Regeln sind.« Sie gestikulierte. »Kommen Sie schon, steigen Sie ein und lassen Sie uns etwas essen gehen. Ich schätze, das Essen in diesem Laden ist nicht das, was wir als erlesene Küche bezeichnen würden.«

An die matschigen Nudeln denkend, antwortete Victor: »Das können Sie laut sagen.«

»Ich bezahle«, sagte sie ihm, als sie in den Wagen stiegen. »Meine Art, mich zu entschuldigen.«

»Das haben Sie doch bereits getan.«

»Wir nehmen unsere guten Manieren in diesem Teil der Welt sehr ernst«, sagte sie mit einem selbstironischen Lächeln. »Und bei einem Burger erzählt es sich viel besser, wie die ganze Finley-Sache noch schlimmer geworden ist.«

»Schlimmer?«, fragte er, als sie den Motor startete. Sie warf ihm einen Blick von der Seite zu. »Oder besser, je nachdem, wie Sie es sehen. Zumindest für Sie. Denn nicht nur auf Finlays Messer waren Ihre Abdrücke nicht zu finden, sondern auch nicht auf der Waffe, mit der Grigori getötet wurde. Die haben wir gestern Abend gefunden, als wir Finlays Wohnung durchsucht haben. Auch hier sagt er, dass er angeheuert worden wäre, aber nicht wisse, wer ihn angeheuert habe. Derselbe mysteriöse Hintermann, der ihn mit Drogen bezahlt habe, damit er sich selbst niedersticht.« Sie

grinste und schüttelte den Kopf. »Können Sie das glauben?«
Victor hob eine Augenbraue. »Das klingt ziemlich weit hergeholt.«

TEIL DREI

KAPITEL 31

Maxim Borisyuk hatte keine Freude an solchen Auftritten, und doch saß er hier im Smoking, umgeben von Prominenten, Politikern und Oligarchen sowie den dazugehörigen Partnerinnen, Assistenten der Geschäftsführung und wichtigsten Anhängern. Es waren mehr Publizisten im Raum als Milliardäre, da war er sich sicher. Die Location war atemberaubend. Der große Ballsaal des Moskauer Paschkow-Hauses konnte nicht schöner sein. Die kaiserliche Villa entsprach Maxims Vorliebe für Geschichte und Kunst und platzte aus allen Nähten mit unbezahlbaren Ölgemälden und Artefakten, und doch verbargen Banner und Plakate mit markigen Slogans und provokanten Aufrufen zum Handeln das Interieur. Ein Streichquartett sorgte für ein himmlisches Ambiente, das leider den Lärm so vieler monströser Egos nicht ganz überdecken konnte. Dieses ewige Wetteifern darum, gehört zu werden. Der Blick aus den Fenstern auf den Kreml war beeindruckend und gab Maxim eine Ausrede, so viele Teilnehmer wie möglich zu ignorieren. Aber das Essen – *Das Essen* – Maxim hatte in seinem Leben nur wenige bessere Mahlzeiten gehabt.

Wohltätigkeitsorganisationen eben, sagte er zu sich selbst; *sie scheuen keine Kosten, um an dein Geld zu kommen.*

Oberflächlich betrachtet, schienen sich alle zu amüsieren. Überall, wo er hinschaute, sah er ein Lächeln, doch keines davon konnte ihn von der Wahrheit abbringen, dass niemand hier den anderen mochte. Das Geplauder, die Witze, Komplimente und Flirts konnten nicht darüber hinwegtäuschen, dass all diese reichen Leute lieber woanders wären und ihre Zeit mit jemand anderem verbringen würden. Dabei ist doch der Sinn von Reichsein, auf alles zu verzichten, was man nicht gerne tut ... Maxim wusste jedoch, dass Reichtum eine Falle ist. Wenn man sich erst einmal an Geld gewöhnt hat, bereitet es keine Freude mehr. Das, was der Freude am nächsten kommt, ist die Zurschaustellung des Reichtums, denn es gibt immer jemanden, der weniger davon hat. Wenn du keine Freude an deinem Geld hast, kannst du dich immer noch am Neid der anderen hochziehen.

Maxim spielte solche Spielchen nicht mehr. Er war zum Wohle seiner Tochter hier und nicht zu seinem eigenen. Es war ihre Veranstaltung. Eine von vielen, die sie organisierte. Oksana hatte schon immer eine fürsorgliche Seele gehabt, war immer darauf aus, denen zu helfen, die weniger Glück im Leben gehabt hatten. Er hatte diese engelsgleiche Eigenschaft seiner Tochter gehegt und gepflegt. Er hatte ihr viele Notlügen aufgetischt, um sie vor der düsteren Realität des Geschäftslebens im postsowjetischen Russland zu schützen, damit sie für immer dieselbe fürsorgliche Seele bleiben konnte. Jetzt saß sie im Vorstand mehrerer Wohltätigkeitsorganisationen und schien nie auch nur eine Minute Zeit für sich zu haben.

Ich nehme einen Tag frei, wenn es keine Kriege mehr gibt. Sie hatte es nicht nötig, auch nur einen einzigen Tag zu arbeiten und wollte dennoch nicht vom Reichtum ihres Vaters leben. Immer wieder erinnerte er sie daran, dass ihr eines Tages alles gehören würde. Warum also warten? Sie hatte zahlreiche Argumente dafür, und er liebte sie deswegen umso mehr.

Natürlich lehnte Oksana jede Art von Zuwendung ab, aber sie war froh, wenn sie ab und zu vom Einfluss ihres Vaters profitieren konnte. Sie war kein naives Kind mehr und wusste genau, warum sie in solchem Luxus aufgewachsen war. Sie wusste auch, dass, wenn die Tochter von Maxim Borisyuk jemanden zu einer Spendenaktion einlud, die aufgeforderte Person auch hinging. Es konnten 1000 Dollar pro Teller sein; sie ging hin. Wenn es um Spenden für eine nachhaltigere Energieversorgung ging und derjenige ein Oligarch der Kohle- und Gasindustrie war, ging er hin. Sie sagten alle anderen Pläne ab und gingen. Sie gingen hin, lächelten und spendeten eine Summe. Eine großzügige Summe.

Und deshalb glaubten sie alle, Anrecht auf sein Ohr zu haben. Maxims Leibwächter leisteten gute Arbeit, indem sie alle außer den wichtigsten Gästen fernhielten. Dabei war das kaum nötig – Maxim konnte jeden ignorieren, mit dem er nicht sprechen wollte – aber seine Tochter würde sich Sorgen um ihn machen, wenn er unbegleitet wäre. Nicht, dass sie sich Sorgen um seine Sicherheit gemacht hätte. Oksana machte sich Sorgen, dass er einsam sein könnte. Sie versuchte oft, ihn mit geeigneten Geschiedenen und Witwen zu verkuppeln, auch wenn er ihr ehrlich gesagt hatte, dass er nicht noch einmal heiraten würde. Drei ehemalige Ehefrauen waren mehr als genug. Maxim hatte den leisen Verdacht, dass sie sich auch Sorgen machte, dass er noch einmal stürzen und nicht wieder aufstehen würde. Was lächerlich war. Das war nur das eine Mal vor der Hüftoperation passiert. Mittlerweile scherzte er über seine Cyborg-Kräfte, um ihre Bedenken zu zerstreuen. Vielleicht wollte sie, dass er jemanden fand, die ihm half, falls er wieder stürzte. Dafür hatte er natürlich Bedienstete.

Du brauchst jemanden in deinem Leben, der nicht dafür bezahlt wird, da zu sein, sagte Oksana ihm immer.

Als sein Leibwächter eine Diskussion über Plastik unterbrach, entzündet sich das Temperament, das Maxim jahrzehntelang zu dämpfen gelernt hatte, in einer plötzlichen Stichflamme. Seine Tochter hielt eine wortgewandte und überzeugende Rede, die einige der schlimmsten Umweltverschmutzer Russlands dazu zu bringen schien, ihre Position zu überdenken. »Was?«, schnauzte Maxim und drehte sich scharf zu dem Leibwächter um, der seine Tochter so unhöflich unterbrochen hatte.

Der Leibwächter war mehr als einen Kopf größer als er. Er mochte das Vierfache von Maxim wiegen. Konnte sein Rückgrat so leicht brechen wie einen Zweig. Und doch wich dieser Berg vor Angst einen Schritt zurück. Er stammelte eine Entschuldigung und gestikulierte in Richtung einer Frau, die am Rande des Ballsaals wartete. Maxim schluckte seine Wut hinunter und stellte seinen Gesichtsausdruck auf etwas um, das dem Anlass angemessener war, entschuldigte sich bei seiner Tochter und ihrer Begleitung und ging mit dem Bodyguard zu Luda Zakharova.

Sie war eine große Frau, viel größer als Maxim. Jung war sie auch. Zumindest hielt er sie trotz ihrer grauen Haare für jung, denn sie war sehr jung gewesen, als Maxim sie kennengelernt hatte. Er konnte immer noch das frische und überarbeitete Gesicht der Politikerassistentin sehen. Den Politiker hatte Maxim natürlich in der Tasche gehabt, obwohl er sich nicht mehr an den Namen des Mannes erinnern konnte. Ein pummeliger Narr, der Zakharovas Talent vergeudet hatte. Sie war eine erstklassige Studentin gewesen, die Stipendien im Ausland erhalten hatte. Grundstudium in Oxford. Ein Master-Abschluss in Stanford. Es bedurfte vieler vorsichtiger Verführungskünste, um sie in sein Geschäftsimperium zu locken. »Ich habe gehört, dass du wegen deiner Tochter hier bist«, begann sie und kam direkt zur Sache, ohne Smalltalk oder eine Begrüßung, »also

werde ich versuchen, mich kurz zu fassen.«
Maxim nickte, um seine Wertschätzung zu zeigen.
Sie fuhr fort: »Der Kreml möchte, dass du dich so bald wie möglich mit ihm zusammensetzt.«
Er ärgerte sich. »Ich weiß, was das bedeutet. Sie wollen einen weiteren Gefallen.«
»Natürlich«, stimmte sie zu, denn sie war an die endlosen Akte des guten Willens gewöhnt, die Maxim vollbringen musste, um die Regierung zum Freund und nicht zum Feind zu haben. »Außerdem brauchen die Lobbyisten in London schnellstens zusätzliche Gelder, um die Exzesse unseres neuen Freundes im Parlament zu decken.«
»Es gibt niemanden, der gieriger ist als die, die in Reichtum geboren wurden«, sagte er und schüttelte den Kopf. »Gib ihnen was sie wollen, aber im Gegenzug will ich Druckmittel haben.«
»Wir haben bereits ausreichend E-Mails gesammelt.«
»Zu trocken, um einen Skandal zu verursachen. Besorg Fotos, oder besser noch, Videos.«
»Ich werde dafür sorgen, dass unsere Lobbyisten verstehen, was von ihnen verlangt wird«, sagte sie mit einem leichten Nicken. »Und vergiss nicht, dass ich morgen in Belarus sein werde, um den Präsidenten zu treffen. Soll ich ihm ein Präsent mitbringen?«
Borisyuk schüttelte den Kopf. »Nicht, nachdem er mir diese hässliche Uhr gegeben hat. Warum sollte ich wissen wollen, wie hoch mein Ruhepuls ist oder wie viele Schritte ich gemacht habe?«
»Ich glaube, er hatte gute Absichten.«
»Er kann sowas gern tragen, wenn er so besorgt um seine Gesundheit ist«, sagte Maxim. »Lass sie bitte schön verpacken und gib sie ihm zurück. Stell sicher, dass er weiß, dass

es meine Idee war. Sorg dafür, dass er kein Auge zu tut, weil er sich den Kopf darüber zerbricht, was das bedeutet.« Er lächelte bei dem Gedanken. »Am nächsten Morgen musst du mit ihm frühstücken, damit du mir sagen kannst, wie müde er aussah.«

Zakharova, immer die Stimme der Zurückhaltung, sagte: »Ich werde mir ein angemessenes Zeichen unserer Freundschaft ausdenken, welches wir ihm geben können.« Als ihr Telefon klingelte, entschuldigte sie sich und wandte sich ab, um anzunehmen. Sie konnte ihre Gefühle so gut verbergen wie niemand sonst, den er kannte, und doch sah er Sorgenfalten in ihrem Gesicht, als sie sich nach einem kurzen Gespräch mit dem Anrufer wieder zu ihm umdrehte. »Maxim«, begann sie mit sanftem Ton und hielt das Telefon an ihre Brust, um das Mikrofon zu dämpfen, »du musst diesen Anruf annehmen.«

Er war nicht überzeugt. »Die einzige Person, die mir wirklich etwas bedeutet, ist in diesem Raum.« Er schaute zu seiner Tochter, die wie eine Zarin vergangener Großreiche Hof hielt. Worum es auch immer ging, konnte also warten. Zakharova wollte etwas sagen, aber Maxim war noch nicht fertig. »Wenn ich hundert Millionen an der FTSE verloren habe, was soll's? In zwei Stunden, wenn die Veranstaltung vorbei ist, sind sie immer noch verloren.«

Zakharova bewegte sich nicht. Sagte dem Anrufer nicht, dass Maxim beschäftigt war. Drückte das Telefon immer noch an ihre Brust.

»Bitte«, sagte sie.

»Wer ist es?«

Sie warf einen Blick auf seine Tochter und sagte dann: »Es geht um deinen Schwiegersohn. Es tut mir unendlich leid, Maxim. Kirill ist tot.«

Sein Blick fiel auf Oksana, die seinen Blick auffing und ihm mit einem kleinen Winken und einem warmen Lächeln Anerkennung zollte. Borisyuk behielt seine Miene bei, damit sie nicht auf etwas anderes schließen konnte. Innerlich trauerte er jedoch bereits um seine Tochter, litt ihren Schmerz. Er hatte nie das Geräusch ihrer Schreie vergessen, als er sich zu ihr hinunterbeugte, um ihr in ihre unschuldigen kleinen Augen zu schauen und ihr zu sagen, dass Mutter nicht aus dem Krankenhaus nach Hause kommen würde. Dreißig Jahre später war seine Tochter eine starke, fähige Frau, selbst eine Mutter und Maxim wusste, dass er ihr ein zweites Mal das Herz brechen musste.

Seine Tochter widmete sich wieder ihrem Gespräch und er wandte seine Aufmerksamkeit Zakharova zu, die immer noch mit dem Telefon an der Brust wartete. Er machte eine Geste und sie reichte es ihm.

Ohne zu grüßen, sagte er: »Erzähl mir alles.«

KAPITEL 32

Der Strand lag irgendwo unter ihm. Unsichtbar, aber laut lachend, ausgelassen und sorglos: tobende Kinder, und auch ein paar Erwachsene. Vielleicht spielten sie Ball oder bauten Sandburgen. Victor stellte sich Sonnenschirme vor, die so weiß waren, dass sie fast leuchteten. Er stellte sich vor, wie die Menschen sorglos unter ihnen faulenzten, Cocktails schlürften und lasen. Einige dösten zweifellos. Sie schlossen die Augen, fielen in einen zufriedenen Schlummer, an einem öffentlichen Ort, freiwillig, völlig ungeschützt, so verletzlich, wie sie nur sein konnten, ohne sich auch nur im Entferntesten in Gefahr zu sehen.

Sie konnten nicht einmal seinen Neid nachvollziehen. Wenn er sich ein wenig über die Brüstung lehnte, konnte er nach unten schauen und den Strand sehen. Das tat er aber nicht. Er blieb zurück und hielt sein Rückgrat gerade, um dem Feind, der unten lauern und auf eine solche Achtlosigkeit warten könnte, keine Gelegenheit zu bietend. Die Wahrscheinlichkeit, dass ein Profi einen so sichtbaren Angriff riskierte, war minimal. Doch ein Amateur würde vielleicht rücksichtslos vorgehen, ohne sich um die unvermeidliche Gefahr zu kümmern:

Zeugen; Leute beim Sonnenbaden und Schwimmen. Außerdem waren Amateure immer noch in der Lage, geradeaus zu schießen. Er hatte nicht die Absicht, ihnen die Arbeit zu erleichtern.

Victor beobachtete ein Paar Jetskis, die parallel zum Ufer entlangfuhren, weit genug entfernt, dass er nur ein leises Zischen ihrer Motoren hörte. Ein Pärchen, nahm er an. Sie bogen in die sanfte Brandung ein, schossen über eine Welle in die Luft, und krachten wieder ins Wasser hinunter, um

dann in die Ferne zu rasen, konkurrierend und doch kooperativ in ihrer gemeinsamen Freude.
Die Möwen glitten über sie hinweg, ohne es eilig zu haben, und warteten ab, bis der Privatstrand des Hotels weniger überfüllt war und bessere Möglichkeiten zum Plündern bot. Er wünschte ihnen viel Glück bei ihren Unternehmungen, dachte an die wilden Hunde in Mittelamerika.
Das Hotel lag auf einem kleinen Landvorsprung, der in das Mittelmeer hineinragte. Auf dieser Landzunge standen keine anderen Gebäude. Dahinter, weiter im Landesinneren, befand sich eine Art kleines Dorf, bestehend aus einem Dutzend teurer Villen, die von der langen Küstenstraße, zurückgesetzt waren. Das Hotel war das größte Gebäude in dieser Gegend und überblickte das Dorf von einer steilen Anhöhe aus. Auf der anderen Seite der Häuser stieg das Land zu einem unbewohnten, mit dichtem Gestrüpp bewachsenen Hügel an. Die Hügelkuppe lag etwa zweihundert Meter entfernt; ein guter Ort für einen geduldigen Schützen. Victor hatte den Hügel bereits umrundet, bevor er sich dem Hotel genähert hatte, und dabei festgestellt, dass die Palmen vor dem Hoteleingang die Sicht auf das Ziel behinderten. Mit diesem Wissen konnte Victor sich beim Portier bedanken und sich einen seltenen Smalltalk leisten.
Die Suite lag auf der anderen Seite des Hotels, mit Blick auf das Meer.
Jeder Scharfschütze auf dem Hügel, der hoffte, Victor an einem Fenster zu erwischen, würde bitter enttäuscht werden.
Er hatte eine Vorliebe für den Blick aufs Meer, die weit über die atemberaubende Schönheit des glänzenden türkisfarbenen Wassers hinausging, das mit strahlend weißen

Segelbooten gesprenkelt war. Die Pflastersteine auf der Terrasse waren rau unter seinen Füßen. Damit die Gäste nicht ausrutschen, nahm er an. Er atmete die Luft ein und spürte die warme Sonne auf seiner Haut. Eine leichte Brise zerzauste sein Haar und kühlte sein Gesicht. Er blieb unbewegt und starrte mehrere Minuten lang auf das Mittelmeer hinaus. Das war der Grund, warum er die Aussicht so sehr mochte. Er konnte still stehen, ohne sich um das damit verbundene Risiko kümmern zu müssen, denn das erledigte der Ort für ihn.

Wenn er auf das Meer hinausschaute, war er so sicher wie nie zuvor. Wenn er nach links oder rechts, nach Osten und Westen blickte, sah er das Mittelmeer, die konkave Küstenlinie außer Sichtweite hinter sich und dann weit entferntes Land in Form zweier ähnlicher Ausläufer. Der Ausläufer im Westen war etwa einen Kilometer entfernt, während der Ausläufer im Osten näher und trotzdem noch knapp fünfhundert Meter von seiner Position entfernt war. Bei den unbeständigen und unvorhersehbaren Winden, die vom Meer her wehten, würde niemand einen solchen Schuss abgeben. Nicht einmal mit einer fingergroßen Kaliber-50-Kugel. Selbst die besten Scharfschützen der Welt hätten Mühe, eine Kugel in seiner Nähe zu platzieren, wenn sie von einem Segelboot aus schossen, das sich nach dem Willen der Wellen bewegte.

Er war sich nicht sicher, ob sie das Hotel ausgesucht hatte, um seine besonderen Bedürfnisse zu befriedigen, aber wenn ja, hätte sie keinen geeigneteren Ort wählen können. Der Privatstrand unter ihm war schmal und kurz und füllte eine flache Spalte in der Klippenwand. Feiner goldener Sand und eine sanft plätschernde Brandung. Durch den Schutz der Klippen an beiden Flanken, das Meer vor sich und das einsame Hotel im Rücken, war er fast – *fast* – versucht, den Strand zu besuchen. Nach der Kälte von Minnesota wollte er die Sonne nicht nur auf seinen Schultern spüren. Zu dieser Jahreszeit, nach dem Ende der Saison, lagen die Temperaturen noch in den niedrigen Zwanzigern. Er fragte sich, ob der alte Mann aus dem Gefängnisbus ein paar dringend benötigte Kilos zugelegt hatte und ob JT die Steroide, die er wollte, in die Finger bekommen hatte.

Da der Zugang zum Strand auf Hotelgäste beschränkt war, verringerte sich die Wahrscheinlichkeit, dass ein Widersacher dies ausnutzte. Victor konnte die Five-Seven, die Georg in einer kleinen Tasche bereitgestellt hatte, jederzeit griffbereit haben. Er konnte warten, bis die Liege, die am weitesten vom Hotel entfernt stand, frei war. Er konnte sie und sich so positionieren, dass er jeden sehen würde, der sich vom Hotel aus näherte. Niemand konnte vorhersagen, wann er den Strand nutzen würde, weil er selbst nicht wusste, wann er es vielleicht täte, also konnte auch niemand auf einem Segelboot warten, bereit in voller Tauchausrüstung ins Meer zu springen und aus der Brandung aufzutauchen, um ihn zu überraschen, wenn er am verwundbarsten war. Badeshorts und ein Leinenhemd würden die meisten seiner Narben und kleineren Wunden verdecken. Vielleicht konnte er ein ganzes Kapitel eines Buches lesen, bevor das Ignorieren des Protokolls unerträglich wurde und er woanders hingehen musste, um seinen Verstand zu schonen. Das Problem war natürlich die vielen Zimmer mit Blick auf den Strand. Ein Bewaffneter könnte jedes von ihnen nutzen, um auf ihn zu schießen. Der breite Sonnenschirm würde da kein Hindernis sein, selbst wenn er ihn vollständig abschirmte. Anhand der Maße der Liege und der daraus resultierenden Schatten wäre es einfach, zu

erkennen, wo unter dem Schirm er sich befand.
Der Sonnenschirm war kein wirkliches Hindernis für die Arbeit von einem der Fenster aus. Er konnte keine Lösung für diese Schwachstelle finden. Also kein Buchlesen am Strand. Er kam sich ein bisschen dumm vor, weil er einen Moment damit verschwendet hatte, darüber nachzudenken. Sein beruflicher Instinkt war so ausgeprägt, dass er innerhalb eines Augenblicks entscheiden konnte, wie hoch das Risiko einer Aktion war und wie hoch das Risiko zu einem bestimmten Zeitpunkt wäre. Aber einen Moment mit der Idee zu spielen war beinahe so gut, wie sie wahrhaftig auszuführen. Besser ein Durchspielen vom Lesen am Strand als gar nichts.
Er bewegte sich erst, als er Schritte hinter sich hörte: nackte Füße, die auf dem hochflorigen Teppich näher kamen, dann auf die Fliesen tapsten.
»Unbeweglich wie eine Statue«, sagte sie. Er drehte sich zu Phoenix um.
»Ich dachte schon, du wärst in der Sonne mit dem Geländer verschmolzen.«
Beinahe hätte er gelächelt.
Sie trug sein Hemd, als wäre es das Oversize-Herzstück der Haute Couture Show eines Designers. Als sie seinen Blick sah und vielleicht seine Gedanken las, starrte sie ihn mit einem intensiven Blick an und schritt, eine Hand an der Hüfte, die andere frei schwingend, vorwärts. Ihr Gesichtsausdruck war wie eingefroren und doch voller Elan.
Vor langer Zeit hatte sie gemodelt, wie sie ihm einmal erzählt hatte, zwischen kleinen Schlucken von einer frisch geöffneten Flasche Champagner aus dem Keller ihres Schlosses. *Ziemlich erfolglos*, hatte sie erklärt. *Ich hatte die Größe und die Wangenknochen, aber einen gesunden Appetit,*

und das ging einfach nicht. Als ein gewisser Designer mit einem riesigen Ego und einem schrägen Toupet zu mir sagte, ich müsse weniger auf den Hüften haben, sagte ich ihm, dass er mehr Follikel auf seinem Kopf brauche, also hätten wir beide Pech. Danach wurden meine Bookings verfickt rar.

Es war das erste Mal, dass er ihr sagte, sie solle in seiner Gegenwart keine Schimpfwörter benutzen. Seitdem hatte sie nicht mehr damit aufgehört.

Sie stand neben ihm und starrte auf das Meer hinaus, so wie er es eben getan hatte. »Was genau sehen wir uns an?«

»Nichts«, antwortete Victor mit ungewöhnlicher Ehrlichkeit. »Überhaupt nichts.«

Sie verschränkte ihre Arme auf dem rauen Stein und stützte ihren Kopf darauf. »Das ist mir die liebste Art von Nichts.«

Die Sonne schien von oben auf ihre Wange. Sie schloss ihre Augen, um sie vor dem grellen Licht zu schützen. Die paar Sommersprossen auf ihrer Nase blieben diesem dennoch ausgesetzt. Ihre goldenen Haare hatte sie bis auf ein paar Strähnen, die die Meeresbrise zu einem wilden Tanz aufwirbelte, hinter die Ohren zurückgeschoben. Er beobachtete, wie sich winzige Schweißperlen an ihren Schläfen bildeten. Victor schwitzte selbst, wie er feststellte. Obwohl ihm die Sonne um diese Jahreszeit nicht zu heiß war, war seine Körpertemperatur durch die Anstrengung immer noch erhöht.

Mit geschlossenen Augen sagte sie: »Es gibt etwas, das ich dir sagen muss.«

Er nahm sie an die Hand, zog sie mit sich, vom Balkon, und sagte: »Das kann bis später warten.«

KAPITEL 33

Der Grundstein für die Bratva wurde in den siebziger Jahren gelegt, als Maxim und seinesgleichen nur eine Ansammlung von zusammengewürfelten Straßengaunern waren. Ihre gemeinsame Abneigung gegen staatliche Autoritäten hatte sie vereint. Einfachere Zeiten, die nie zurückkommen würden. Oft dachte er wehmütig an die Jahre vor dem Fall der Mauer, als es so wenige Möglichkeiten gab. Damals waren sie glücklich gewesen, dachte er. Bevor Gier und Ehrgeiz die Oberhand gewannen und in dem Ausverkauf, der der Untergang der Sowjetunion war, wichtiger wurden als Glück. Als die Oligarchenklasse aus der Asche aufstieg, wuchsen Reichtum und Einfluss der Bratva im Gleichschritt. Seitdem hatte er viele Freunde verloren, viele durch seine eigene Hand. Einige hatten ihn verraten. Andere verriet er zuerst. Und dann, als neue Macht in den Kreml zog, wurde der Bratva nicht nur erlaubt, ungehindert zu wachsen, sie wurde sogar ermutigt. Solange diejenigen, die ihnen beim Wachsen halfen, angemessen belohnt wurden.

Nicht einmal Maxim selbst wusste, wie viel Geld durch die Finger der Bruderschaft ging, obwohl viele spekulierten, dass er an der Spitze einer Organisation stand, die allein in Russland einen Jahresumsatz von mehr als 100 Milliarden US-Dollar erzielte. Niemand hatte eine Ahnung, wie hoch diese Zahl weltweit war.

Die Bratva, wie sie heute existierte, umfasste viele verschiedene Einheiten, die unabhängig voneinander auf der ganzen Welt agierten, doch alle verneigten sie sich vor Maxim. Es war allerdings schon einige Jahre her, dass er jemanden dazu gebracht hatte, sich vor ihm zu verbeugen. Seit ein paar Jahren stand er dazu, dass eine solche

Zeremonie nicht nur unnötig war, sondern ihm auch ein wenig unangenehm. Wahre Loyalität muss man sich ohnehin erst verdienen. Knechtschaft durch Angst hielt nur so lange an, wie er furchterregend erschien. Jetzt, wo er weder jung noch stark genug war, um selbst für Furcht zu sorgen, schätzte er seinen Einfluss umso mehr. Er hatte Tausende von treuen kleinen Brüdern, die für ihn Angst verbreiteten. Er würde sich wahrscheinlich sogar zur Ruhe setzten, wäre da nicht die Gewissheit, dass er damit sein Todesurteil unterschrieb. Es gab zu viele Menschen, die nach seiner Macht gierten, um ihn einfach in Ruhe zu lassen.

Die Aktivitäten der Bruderschaft bedurften mittlerweile nur noch selten seiner Aufsicht geschweige denn seines Eingreifens. Das Tagesgeschäft erledigte sich von selbst, die rechtmäßigen Diebe kümmerten sich um die Soldaten und die Soldaten kümmerten sich um sich selbst. Die blutige Schreckensherrschaft, die seinen Thron gesichert hatte, hatte er schon lange gelockert. Kopflose Leichen tauchten nur noch in Ausnahmefällen im Fluss auf; Maxim war jetzt fast ausschließlich ein rechtschaffener Geschäftsmann. Er konnte es selbst nicht so recht glauben, dass die gefürchtetste Person im postsowjetischen Russland – neben dem großen Mann selbst – zu einem Immobilienmogul geworden war, der immer mehr Eigentumswohnungen für die immer größer werdende russische Mittelschicht baute.

Im Ausland sahen die Dinge jedoch anders aus. Die Bratva setzte ihr kriminelles Erbe fort und Maxim ließ sie gerne gewähren. Er konnte das scheinbar gutmütige Gesicht der russischen Mafia bleiben und sich mit Politikern und Philanthropen herumtreiben, ohne dass sie sich dabei unwohl fühlten. Solange niemand die Fundamente all dieser Eigentumswohnungen ausgrub, natürlich.

Daher war es lange her, dass er Anlass dazu hatte mit anderen Bratva-Mitgliedern als Zakharova zu sprechen.
»Erzähl mir alles«, sagte Maxim nun zu dem Anrufer. Es war einer der ranghöchsten *Zakonnyy Vor;* sein Mann in Marseille, der inzwischen den Namen Castellan trug. Er hatte sogar einen filigranen französischen Akzent in seinem Russisch. Maxim hatte Castellan nie wirklich gemocht. Das war nicht ungewöhnlich. Maxim mochte die meisten Leute nicht, die zur Bruderschaft gehörten. Immerhin waren sie Kriminelle.
Castellan sagte: »Ich habe kaum Details, deshalb kann ich Ihnen leider nicht viel sagen, aber ich wollte, dass Sie es sofort von mir erfahren.«
»Wie?«, blieb auch Maxims Frage detailarm.
»Eine Überdosis Schmerztabletten, heißt es. Seine Kopfschmerzen wurden im Gefängnis immer schlimmer, das wusste jeder. Er hatte einen großen Vorrat an Opioiden.«
»Wie viele Pillen hat er genommen?«
»Das kann ich Ihnen nicht sagen«, antwortete Castellan. »Nur, dass eine leere Flasche neben ihm gefunden wurde, als man seine Leiche entdeckte.«
»Ein Abschiedsbrief?«
»Ich glaube nicht.«
»Beweise für einen Kampf?«
»Nicht, dass ich wüsste.«
Maxim sah zu Oksana hinüber, deren Gäste an jedem ihrer Worte hingen. »Wenn ich diesen Anruf beende, muss ich meiner Tochter sagen, dass ihr Mann nie wieder nach Hause kommen wird.« Er holte tief Luft. »Da er in deinem Auftrag in den USA war, solltest du mir das nächste Mal, wenn wir miteinander sprechen, etwas mehr zu erzählen haben. Hast du das verstanden?«

»Ganz sicher«, versprach Castellan.
Maxim gab das Telefon an Zakharova zurück, sie legte auf. Er gestikulierte nach seinem Leibwächter. »Sag Oksana, dass ich sofort mit ihr sprechen muss. Unter vier Augen.«
»Das mit Kirill tut mir aufrichtig leid, Maxim.«
»Er war ein Schwiegersohn, kein Sohn, also brauchst du mir dein Mitleid nicht zu bekunden«, sagte Maxim, der sich jetzt nicht mehr als Immobilienmogul, sondern als Chef der größten kriminellen Organisation der Welt präsentierte. »Wenn ich dich aber gleich vor meiner Tochter nicht wie ein Kind heulen sehe, werde ich dir eigenhändig die Augäpfel herausreißen und die Tränen aus ihnen herausdrücken.«

KAPITEL 34

Die Suite war riesig. Ein wahrer Genuss. Unter keinen Umständen können zwei Menschen so viel Platz auf einer Reise brauchen, schon gar nicht für die kurze Zeit, die Phoenix und er hierbleiben würden. Aber wie Victor war sie eine Person, die aus Sicherheitsgründen viel Zeit allein verbrachte. Er hatte festgestellt, dass er umso mehr Platz brauchte, je länger er allein an einem Ort war. Alle Mauern wurden mit der Zeit unweigerlich zu Begrenzungen, die sich langsam verengten. Vielleicht ging es Phoenix genauso, und deshalb hatte sie eine so extravagante Suite für ihre kurze Tändelei gebucht. Er würde es nie erfahren, denn er würde sie nie fragen, und sie würde ihm nie ihr Inneres offenbaren, so wie er auch nie seines offenbaren würde.

Er wusste nur wenig über sie. Trotz der körperlichen Nähe herrschte zwischen ihnen immer noch eine gewisse Reserviertheit. Eine Zeit lang waren sie verfeindet gewesen, als sie einen Anschlag auf sein Leben vermittelt hatte, für den ein beträchtliches Kopfgeld in Aussicht gestellt worden war. Als Phoenix irgendwann den Betrag verraten hatte, hatte er gescherzt, die Summe sei so hoch, dass er ernsthaft in Erwägung ziehe, sich selbst zu töten.

Er hatte mehrere ihrer Auftragnehmer umbringen müssen, bevor er es schließlich geschafft hatte, sie aufzuspüren. Dazu musste er Gefallen einfordern, einen Geheimdienst einschalten und viel Zeit und Mühe investieren. Er hatte die Bedrohung, die sie für sein Leben darstellte, beenden wollen, doch stattdessen war der Beschluss gefallen, zusammenzuarbeiten. Mit ihr als Vermittlerin und ihm als Auftragnehmer erwies sich das Arrangement für beide

Parteien als äußerst profitabel.
Ein Makler ist im Grunde genommen ein Mittler. Das Bindeglied zwischen einem Auftraggeber und einem Auftragnehmer. Sie sorgte für den Schutz beider, indem sie sicherstellte, dass der Auftraggeber keine Verbindung zu dem Attentat und der Mörder keine Verbindung zu dem Motiv hatte. Ein unvollkommenes System, wie alle anderen auch, aber es war im Allgemeinen besser für alle Beteiligten. Victor hatte mit Kunden direkt verhandelt, wenn er keine andere Wahl hatte. Er hatte die Erfahrung gemacht, dass Kunden ihn viel eher als entbehrlich ansahen, wenn sie direkt mit ihm zu tun hatten. Wenn ein Makler als Puffer fungierte, waren die Kunden in der Regel weniger geneigt, ihn zu entbehren. Es gab auch noch andere Vorteile. Der Auftrag für seine Tötung, dessen Belohnung Phoenix einst so gerne mithilfe ihrer Killer einkassieren wollte, war schließlich hinfällig geworden, als der Kunde Victor für tot hielt. Das bedeutete, dass es nichts gab, was Victor davon abgehalten hatte, andere Aufträge desselben Kunden anzunehmen, die dieser über Phoenix vermitteln ließ. Er war immer zufrieden mit seinen Diensten.
Nachdem sie geduscht hatte, löffelte Phoenix etwas Kaviar vom Tablett des Wägelchens, das der Zimmerservice hineingeschoben hatte, und häufte ihn auf ein Dreieck aus getoastetem Sauerteig. »Du solltest dir was gönnen. Du könntest es gebrauchen, denn du bist im Moment ein bisschen dünn.«
Er drehte sich vom Fenster weg und sah, wie sie den Toast über der Hand zum Mund führte, um Krümel aufzufangen oder verirrte Fischeier. Sie hatte den Kaviar zu einer instabilen Pyramide aufgeschichtet, die jeden Moment einzustürzen drohte.

»Sag nichts.« Ihr Blick war auf den wackelnden Haufen gerichtet. »Ich habe alles unter Kontrolle.«
»Wenn du meine Aufträge auf ähnliche Weise unter Kontrolle hast, müssen wir reden.«
Sie schüttelte den Kopf, während sie kaute: »Wenn du dich nicht beeilst, esse ich den Rest auf.«
»Bitte sehr«, sagte er. »Ich hätte lieber einen Burger und einen Milchshake.«
»Ehrlich gesagt, bin ich überrascht, dass sie dich überhaupt in das Hotel gelassen haben. Du bist praktisch ein Barbar.«
»Es scheint dich nicht zu stören.«
»Das liegt daran, dass du so oder so nicht mein Typ bist«, versicherte sie. Er warf ihr einen skeptischen Blick zu. Im Gegenzug schaute sie ihn erstaunt an. »Wenn ich dich wirklich mögen würde, würde ich dich sehr, sehr weit von mir fernhalten, um unser beider Willen. Die Tatsache, dass wir diese gelegentlichen Verabredungen haben, liegt genau darin begründet, dass ich dich nicht mag. Ich bevorzuge einen intellektuelleren Partner, um ehrlich zu sein.«
Erneut warf er ihr einen Blick zu.
„Und all diese Beulen und Narben an dir.« Sie rümpfte die Nase. »Nichts für mich. Das ist alles ein bisschen dick aufgetragen, findest du nicht?«
Er antwortete nicht.
Je länger er schwieg, desto mehr gefiel es ihr, obwohl sie versuchte, das zu verbergen. »Ein Mann, der zu viel Zeit damit verbringt, sich herauszuputzen, ist nicht sehr anziehend, sogar ein bisschen traurig, oder? Schwer, sich von jemandem verführen zu lassen, der sich vor einem klebrigen Toffee Pudding fürchtet.«
Wenn er glaubte, dass sie ihr berufliches Urteilsvermögen durch ihre persönlichen Interaktionen trüben würde, hatte

er keine andere Wahl, als das unvermeidliche Ende voranzutreiben. Seine Brokerin war seine wertvollste Verbindung, was bedeutete, dass sie auch seine größte Schwachstelle war. Er musste jederzeit wissen, dass ihre Handlungen und Entscheidungen aus einer rein geschäftlichen Perspektive heraus getroffen wurden. In dem Moment, in dem er das bezweifelte, würde er die Verbindung kappen.

Er nahm seine Anzugjacke von der Lehne des Sessels und zog sie vor dem großen, messinggerahmten Spiegel an. »Du solltest wirklich versuchen, eine zu tragen, die dir richtig passt«, sagte sie ihm. »Deine Blessuren sind nicht so schlimm, dass sie so einen Aufzug nötig machen würden.«

»Irgendwann vielleicht«, sagte er ohne Aufrichtigkeit.

»Ich habe sehr gute Beziehungen zu einem außergewöhnlichen Schneider in Marseille«, sagte sie mit einem Fingerschnippen. »Nicht, dass Marseille ein zweites Paris wäre.« Sie hielt mit einem nachdenklichen Stirnrunzeln inne. »Aber ganz ehrlich, ich finde, dass man abseits der Mainstream-Orte bessere Handarbeit findet. Seien wir ehrlich, Marken können so leicht mit Reputation verwechselt werden, und das kann zu Faulheit führen. In Marseille gibt es nichts, was auch nur annähernd an die Rue du Faubourg Saint-Honoré herankommt, aber wen interessiert das schon?«

»In der Straße gibt es ein schönes Hotel«, sagte Victor. Dann dachte er an Jackson Pollock und sagte: »Schöne Tapete.«

»Faszinierend«, sagte sie mit ungefiltertem Sarkasmus. »Wie auch immer, du wirst Relou mögen. Er ist auch ein ziemlich geheimnisvoller Mann.«

Etwas in ihrem Tonfall erregte seine Aufmerksamkeit.

Victor sagte: »Lass mich raten: Er war nicht immer ein Schneider.«

»Oh, im Herzen war er das immer. Er brauchte nur ein wenig Zeit, um dem Ruf der Mode zu folgen. Du brauchst nur zu fragen und ich kann einen Termin für dich ausmachen.«
»Ich werde darüber nachdenken.«
»Fantastisch.« Phoenix lächelte. »Ich werde noch einen richtigen Gentleman aus dir machen.«
»Lass uns nicht übertreiben.«
»Doch«, erwiderte sie. »Erzählt's du es mir jetzt oder nicht?«
»Ich verstehe nicht«, gab Victor zu.
Mit einer aggressiven Handbewegung winkte sie ihn heran. »Das hier«, sagte sie, zischte es fast. »Die eben erwähnten Beulen und Narben. Ich bin es gewohnt, dass du aussiehst, als wärst du in einen Raubtierkäfig gestolpert, aber heute wirkst du total ausgemergelt.« Sie musterte ihn mit einem Blick voller Abscheu. »Du bist wie eine verrutschte Formatierung, ganz gestreckt und zu schmal.« Sie runzelte die Stirn, um nachzudenken. »Nein, du bist ein Ballon, dem das Helium ausgesaugt wurde.« Sie zog die Wangen ein, um das zu betonen.
»Erinnere mich nochmal daran, warum ich dich nie getötet habe? Ich komme nicht mehr ganz dahinter.«
»Oh, das ist einfach«, antwortete sie. »Du bist ganz vernarrt in mich. Sie formte mit ihren Händen jeweils ein *L* und rahmte damit ihr Gesicht, während sie mit den Wimpern klimperte. »Und wer könnte dir das verdenken?«
Er entschied sich, nicht zu antworten.
Dabei hatte er eine Geschichte, um seinen Gewichtsverlust zu erklären, hatte eine Erklärung für genau diese Thematik formuliert und einstudiert. Es war kein Zufall, dass er ihr zuvor ausgewichen war, sondern eine sorgfältige Überlegung. Er wollte die Frage nicht beantworten, weil er die Umstände, die sie zu ihren Fragen veranlasst hatten, nicht

noch einmal durchleben wollte. Jetzt wurde ihm klar, dass er sich nicht ewig verstecken konnte.
Er holte tief Luft und sagte: »Ich bin noch auf dem Weg der Besserung.«
Sie schürzte ihre Lippen, als sie ihn untersuchte. „Im Äther gab es keine Hinweise auf Probleme während des Auftrags, abgesehen von deinen Schrammen und Kratzern.«
»Davor«, antwortete er knapp. Er berührte seinen linken Oberschenkel, wo er eine Narbe von einer Schusswunde hatte. »Ich bin mir sicher, dass du diese Neuheit bemerkt hast.«
»Das kann ich nicht behaupten. Ich habe längst den Überblick verloren, was neu ist und was schon immer da war.«
Sie spreizte ihre Finger vor sich, um sie besser untersuchen zu können. »Ich dagegen muss sagen, dass ich meine Lebensentscheidungen überdenken würde, wenn ich mir auch nur einen Nagel einreißen würde.«
»Wie auch immer«, sagte Victor, als er sich der Tür näherte, »ich muss ein Flugzeug erwischen.«
Phoenix war noch nie eine Freundin von Abschieden gewesen, also erwartete er nicht viel mehr als ein klassisches »Bon voyage.«
Stattdessen sagte sie zu seiner Überraschung: » Komm nach deiner Operation wieder zu mir.«

KAPITEL 35

Sie nannten es einen *Club*. Sie waren ein Teil der Bratva, der Bruderschaft, und doch nannten sie sich selbst *der Club*. *Der Club* hatte Hunderte Mitglieder, die von einem achtköpfigen Vorstand organisiert wurden. Diejenigen, die im Vorstand saßen, waren schon immer im Club, weil sie es waren, die ihn gegründet hatten. Ein bisschen wie der UN-Sicherheitsrat, hatten sie irgendwann festgestellt. Der Vergleich passte, da waren sie sich einig, denn die Mitglieder des Clubs hatten eine Art Krieg gewonnen, indem sie mit koordinierter Brutalität und Terror diejenigen, die zuvor die Stadt regierten, vertrieben hatten. Das war vor langer Zeit, als nur wenige von den Bratva wussten und niemand ahnen konnte, was aus ihnen werden würde. Jetzt tat der Club alles in seiner Macht Stehende, um einen weiteren Krieg zu vermeiden, zumindest innerhalb der Bruderschaft. Alle anderen waren Freiwild.

Marseille hatte 111 offizielle Bezirke, die in 16 städtische Arrondissements unterteilt waren. Diese wiederum waren in je acht Sektoren unterteilt. Jedes Mitglied des Clubs regierte einen dieser Sektoren, ob es den einheimischen Kriminellen gefiel oder nicht.

Kein einzelner Mann konnte eine ganze Stadt kontrollieren, also führte jeder der Bosse ein eigens Netzwerk mit seiner eigenen Hierarchie, seinen eigenen Geschäftsinteressen, seinen eigenen Regeln. Kein anderes Mitglied des Clubs hatte ein Mitspracherecht, wenn es darum ging, wie ein anderer seine Geschäfte führte. Das wäre unhöflich. Aber da sich die Interessen – manchmal absichtlich und manchmal aus Versehen – überschnitten, war ein gewisses Maß an Rücksichtnahme notwendig. Dass man sich ab und zu

auf die Zehen trat, war allen klar, und wenn das passierte, erwarteten alle eine Entschuldigung. Eine Entschuldigung gehörte einfach zum guten Ton. Das System war nicht perfekt, denn die Vorstellung von einer Entschuldigung des einen Mitglieds konnte für das andere eine Beleidigung sein. Daher musste der Vorstand des Clubs oft schlichten, der Sicherheitsrat eine Resolution verabschieden.
Wenn es eine Situation gab, die mehrere Mitglieder betraf, tagte der Clubvorstand, um eine Lösung zu finden. Vereinten sie ihre Erfahrung gab es nicht viel, was nicht gelöst werden konnte. Ein Weltverbesserer im Büro des Bürgermeisters, der einen profitablen Bereich des Chefs von Sektor Sieben zu sehr unter Druck setzte, könnte ein uneheliches Kind aus einer Affäre in einem Bezirk haben, der vom Chef des dritten Sektors kontrolliert wurde. Vielleicht beschloss die Mutter, mit dem rotznäsigen Balg am Tag des Sommergartenfestes, zu dem die Mächtigen und Schönen eingeladen waren, vor der Haustür des Weltverbesserers aufzutauchen. Vielleicht würde ein Skandal inszeniert und der Weltverbesserer müsste von der Beförderung absehen, die er öffentlich anstrebte.
Alle gewannen. Vor allem die Mutter, auf deren Namen Offshore-Konten eingerichtet wurden, damit es ihr und dem Kind nie wieder an etwas fehlte.
Der Club zog es vor, auf diese Weise zu arbeiten. Gewalt war immer der letzte Ausweg. Aus ihren eigenen Kriegen wussten sie, dass so etwas wie ein Dominoeffekt wirklich existiert. *Du tötest einen von meinen Leuten und ich töte zwei von deinen ...*
Und selbst wenn die Opfer nicht zu einem Netzwerk gehörten, hatten sie trotzdem geliebte Menschen. Jeder bedeutete jemandem etwas. Auch die, die niemanden hatten. Töte

den falschen Versager ohne einen Freund auf der Welt und es ist vielleicht genau dessen Leichenbeschauung, zu der ein Ermittler gerufen wird, der einfach nicht aufgibt. Denn er macht gerade eine Scheidung durch; verliert nicht nur das Haus, sondern sie nimmt auch noch den Hund mit. Dieser Ermittler, der ebenso ein einsamer Versager ist wie das Opfer, hat zufällig nichts anderes zu tun, als dessen Fall zu bearbeiten. Er lässt sein ganzes Leben aus den Fugen geraten, nur damit er den Fall nicht aufgeben und sich der Realität, der Einsamkeit stellen muss. Das ging nicht. Denn dann gibt es eine ganze Welt voller Schmerz für nichts.

Stattdessen versuchte der Club immer, angespannte Situationen zu deeskalieren. Wenn der Versager die Aufmerksamkeit auf das Geschäft eines Mitglieds lenkte, weil er in einer Gasse Crack verkaufte, in der sich zufällig eine Tür befand, die zu einem ganzen Labor führte, dann baten sie ihn, woanders zu verkaufen. Wenn die Überredungskünste fehlschlugen, gaben sie ihm einen Koffer voller Geld. Wenn das Schmiergeld nicht schmierte, versuchten sie es mit weniger netten Worten. Wenn die Drohungen nicht fruchteten, kam schließlich Gewalt ins Spiel. Zumindest war das, was die meisten tun würden. Der Club jedoch würde versuchen, das Problem weiter zu umgehen. Sie würden den Versager verfolgen lassen und herausfinden, wer ihn mit dem verkauften Stoff versorgt hat. Der Club würde versuchen, den Lieferanten zu überreden, sich zu weigern, an den Versager zu verkaufen oder darauf zu bestehen, dass er woanders verkauft, und wenn das nicht funktionierte, würde man versuchen, ihn zu bezahlen. Es war selten, dass ein Problem so weit ging. Fast immer gab es jemanden in der Kette, der auf die Schmeicheleien, das Geld oder die Drohungen einging.

Wenn nicht, wurde es chaotisch.
Die Mitglieder des Clubs durften keine leeren Drohungen aussprechen. Schon gar nicht zweimal.
Der Club machte sich fast nie selbst die Hände schmutzig. Überall hatten sie Freunde. Jedes Mitglied des Clubs hatte jede Menge Leute, die es anrufen konnte. Wenn der Versager, der Crack verkaufte, im Gebiet des Bosses von Sektor Sechs war, kümmerte sich der Boss von Sektor Zwei darum. Er könnte ein paar unabhängige Leute zusammentrommeln oder einen Gefallen bei einer Crew einfordern, die ihm etwas schuldete. Sie würden aufs Land fahren und den Versager, der Crack verkaufte, und seinen Lieferanten, der sich nicht fügen wollte, leiden lassen. Sollte der Polizist, der die Scheidung durchmacht, zur Leichenbeschauung gerufen werden, wäre es egal. Er könnte hundert Jahre lang an dem Fall arbeiten und würde trotzdem nie herausfinden, dass der Versager und sein Lieferant von einer Bande umgebracht wurden, die quer durch die Stadt gefahren ist, um zwei unbekannte Männer zu zerhacken – auf Geheiß eines Bosses, der einem anderen Boss, der nur wollte, dass der Versager sein Crack in einer anderen Gasse verkauft, einen Gefallen getan hat.
Ein gutes System, Castellan war stolz darauf, es gegründet zu haben. Und wenn die Angelegenheit noch mehr Raffinesse erforderte, holte sich der Club Hilfe von außen. Wenn es keine Möglichkeit gab, schmutzige Hände zu vermeiden, waren diese Hände nicht ihre eigenen.
Sie trafen sich regelmäßig, immer im Hafen, denn der beste Weg, um ihre Interessen zu wahren, war die ständige Einigung auf neue Resolutionen. Eine einstimmige Einigung war natürlich unwahrscheinlich, denn der Club war schließlich der Sicherheitsrat der Vereinten Nationen, mit

einer gleichwertigen Stimme pro Mitglied. Aber Castellan kontrollierte den Hafen und damit auch den Nachschub an Heroin und allem anderen, was der Club importierte oder exportierte, so dass die Abstimmungen in der Regel nach seinem Willen ausfielen. Wenn Castellan etwas brauchte, dann brauchte der Club es auch. Wenn Castellan Geld verdiente, tat es der Club ebenso. Wenn er Geld verlor, verloren sie alle Geld.

Auch wenn er es nie laut aussprechen würde, es war nicht nur *der Club*, es war *sein Club*.

Als Castellan nach dem Gespräch mit Maxim Borisyuk das Telefon beiseitelegte, atmete er tief durch und goss sich einen weiteren Schluck finnischen Wodka ein. Die Flasche kam frisch aus dem kompakten Gefrierschrank im Besprechungsraum, war mit Eis überzogen und der Wodka glitt mit eisiger Geschmeidigkeit seine Kehle hinunter. Er blickte aus dem Fenster auf den Hafen, wo die größten Cargo-Kräne der Welt die Container mit Leichtigkeit von den Schiffen hoben, bevor hybride Portalhubwagen sie an Land brachten und die Container zu ordentlichen Stapeln aufschichteten.

Der Hafen war eine Stadt für sich, mit über 40 000 Beschäftigten. Mit den Besatzungen, den Passagieren und den unzähligen Tagesjobs wurden jedes Jahr Millionen von Menschen hindurchgeschleust, so dass es unmöglich war, den Überblick darüber zu behalten, wer dort sein sollte und wer nicht. Das hatte Castellan schon immer an dem Hafen gemocht, abgesehen von der Infrastruktur für die Schmuggelgeschäfte, die er hier abwickelte.

Castellan kontrollierte den Hafen, weil er die Inspektionen kontrollierte. Er hatte genug Zollbeamte auf seiner Gehaltsliste, um eine 24/7-Schmuggelaktion zu gewährleisten.

Wenn die anderen Mitglieder des Clubs Drogen oder andere Waren einführen oder abtransportieren wollten, mussten sie sich an Castellan wenden. Sein Hafen. Sein Club.
»Wie hat Maxim die Nachricht aufgenommen?«, fragte ihn der Chef von Sektor Fünf.
»Er will natürlich Antworten. Und da Kirill in meinem Auftrag in den USA war, möchte Maxim, dass ich ihm diese Antworten liefere.«
Nichts, womit sie nicht gerechnet hätten, also gaben sich alle entspannt, obwohl sie alle nervös waren. Sie hielten sich zwar für den UN-Sicherheitsrat, aber Marseille war das Ausmaß ihrer Welt und die Welt war viel größer als Marseille.
Die Welt gehörte Maxim Borisyuk.
Der Chef von Sektor Fünf sagte: »Maxim ist ein alter Mann, der sein Feuer verloren hat. Er akzeptiert alles, was man ihm sagt, weil er sich nicht traut, Fragen zu stellen, deren Antworten ihm vielleicht nicht gefallen.«
»Andere werden in seinem Namen fragen«, sagte der Chef von Sektor Zwei. Obwohl Castellan zu einem gewissen Grad zustimmte, war das seiner Meinung nach irrelevant. »Unser Freund hat mir versichert, dass die Verbindung zwischen uns und dem Tod von Kirill bald verwischt sein wird.«

KAPITEL 36

Victor blieb vor der Tür stehen und schaute zu Phoenix zurück. »Zweimal im selben Monat? Ich denke, wir sollten nicht zulassen, dass die Lust auf Vergnügen uns dazu bringt, vermeidbare Risiken einzugehen.« Sie keuchte. »Du arrogantes Arschloch.«

»Keine Schimpf-«

»Ja, ja«, unterbrach sie ihn. »Fluch nicht, tob nicht, nenn mich nicht Killer... Ich kenne inzwischen alle deine kleinen Ticks und es ist mir völlig egal.« Sie sammelte sich einen Moment. »Als ob du so ein guter Liebhaber wärst, dass ich alle Vorsicht in den Wind schießen würde, nur um einen weiteren Tag in deinem Bett zu verbringen. Ich kann mir einfach nicht helfen. Oh, bitte.«

»Dann verstehe ich nicht, warum wir uns erneut treffen sollten.«

»Ich habe etwas zu besprechen«, sagte sie. »Deshalb möchte ich, dass du zurückkommst.«

»Ich bin jetzt hier«, sagte Victor. »Warum warten und das Risiko erhöhen, bemerkt oder beschattet zu werden? «

»Weil ich viele Teller balanciere, die sich drehen, und ich muss abwarten und zusehen, welche sich weiterdrehen und welche von ihren Stangen fallen und auf dem Boden zerschellen.«

»Interessante Metapher, aber hilft mir leider gar nicht.«

»Kommst du zurück oder nicht?«

Er dachte einen Moment lang nach. Es war schon ein beträchtliches Risiko, seine Brokerin überhaupt zu treffen, dazu noch in der Region des Landes, in der sie wohnte. Und dieses Land war zudem jenes, in dem seine sorgfältig aufgebaute Existenz unwiederbringlich aus den Fugen geraten war. Da es keine berufliche Notwendigkeit gab, sich mit Phoenix zu treffen, war das Risiko völlig vermeidbar. Eine Tatsache, der er sich ständig bewusst war. Jede Handlung, die das Risiko erhöhte, sollte nicht toleriert werden.

Fast immer, wenn er seine Wachsamkeit vernachlässigte, traten Probleme auf. Die Schusswunde in seinem linken Oberschenkel war eine hässliche Erinnerung daran. Nur wenige der Protokolle, die er sich ausgedacht hatte, basierten nicht auf vergangenen Erfahrungen, deren Wiederholung er vermeiden wollte.

Sie nörgelte. »Es ist kein Hinterhalt, keine Sorge.«

»Ich mache mir keine Sorgen.«

»Wir haben diese dummen Spielchen längst hinter uns«, sagte sie. »Und wir sind als Team viel zu profitabel, als dass einer von uns sie wiederaufnehmen würde.«

Er schaute auf seine Hände. »Nach dem Eingriff werde ich mich eine Weile zurückziehen. Mindestens ein paar Wochen lang untertauchen.«

»Es macht keinen Unterschied, wenn du das noch ein paar Tage hinausschiebst.«

»Es ist schon ein Risiko, in die USA zurückzukehren«, sagte er. »Es wäre noch riskanter, hierher zurückzukehren.« Dass er sogar in Erwägung zog, das Protokoll für Phoenix zu ignorieren, bedeutete, dass er ihre Geschäftsbeziehung beenden musste – ohne Verzögerung. Er überlebte nur, weil er die Bedrohungen erkannte und beseitigte, bevor sie sich voll entfalten konnten.

Es wäre ein Leichtes, sie jetzt zu ermorden, dachte er bei sich. Sie war fit, in hervorragender Verfassung, aber kein Profi nach seinen Maßstäben. Er konnte sie von hinten in den Würgegriff nehmen und sie würde innerhalb von Sekunden bewusstlos werden, wenn die Blutzufuhr zu ihrem Gehirn zum Stillstand kam. Er konnte den Würgegriff aufrechterhalten, bis der Sauerstoffmangel den Hirntod sicherte. Er würde genau den Moment spüren, in dem ihr Puls aufhörte zu schlagen. Nur ein kleiner Schmerz. Er zog es vor, mit einem Minimum an Leid zu töten, wenn möglich. Es wäre unhöflich, ihr weitere Qualen zuzufügen, die vermieden werden konnten.

Keine wirklichen Konsequenzen, obwohl er nie erfahren würde, wie viele Informationen sie über ihn gesammelt hatte. Sie musste irgendwo ein Dossier mit allem, was sie wusste, haben. Doch damit sie sicher war, mussten alle diese Informationen sicher aufbewahrt werden. Sollte sie jemals von den Behörden festgenommen werden, mussten alle Beweise für ihre zahlreichen kriminellen Aktivitäten für jeden außer sie unzugänglich sein. Er ging davon aus, dass sie Computer und andere elektronische Geräte so oft wechselte, wie normale Menschen ihre Unterwäsche. Ihr Haus musste sauber sein. Kein Papierkram oder andere Gegenstände, die sie belasten könnten. Soweit er wusste, führte sie ihre Geschäfte nie von ihrem Haus aus. Im Umkreis von einer Stunde an der Küste oder im Landesinneren gab es Dutzende von Städten und Dörfern, in denen sie ins Internet gehen und ihre Geschäfte erledigen konnte.

Sie erkannte die Stille als das, was sie war und seufzte enttäuscht. »In Anbetracht unserer außerberuflichen Aktivitäten kann ich nicht umhin, mich ein wenig beleidigt zu fühlen, dass du dich immer noch weigerst, mir zu vertrauen.«

Er war sich nicht sicher, ob sie wirklich erwartete, dass er ihr vertraute oder ob sie nur davon überzeugt war, dass er es tun sollte. Wie auch immer, sie konnte ihm niemals vertrauen, egal, wie ihre persönliche Beziehung zueinander war. Sobald sich ihre Wege trennten und die Geschäfte wieder aufgenommen wurden, musste sie ihn genauso als Bedrohung betrachten wie er sie. Sie war genauso eine Söldnerin wie Victor. Vielleicht hatte sie das vergessen, aber er würde bei einer solchen Scharade nicht mitspielen.

»Wenn ich bei dir den falschen Eindruck erweckt habe, dass ich irgendjemandem auf dieser Welt vertraue, dann entschuldige ich mich.«

»Glaubst du, ich würde hier sein und mein Leben aufs Spiel setzen, wenn ich dir nicht vertrauen würde?«, fragte sie in einem Ton, dessen Ernsthaftigkeit er nicht erwartet hatte. Das war weniger eine Frage als eine Herausforderung. »Ich weiß nicht einmal deinen Namen.«

Er kannte ihren Namen. Zumindest kannte er den Namen, unter dem sie ihre Hotels buchte. Ihr Chateau gehörte einer Firma, die auf den Jungferninseln registriert war. Diese Firma bezahlte alle Rechnungen für die Versorgungsunternehmen. Nichts lief auf den Namen einer Privatperson. Er vermutete, dass sie mehrere Identitäten hatte. Vielleicht mehr als er selbst. So viele Fälscher er auch über Phoenix kennengelernt hatte, er war sich sicher, dass sie einige davon für sich behielt. Es wäre dumm von ihr, all ihre wichtigen Ressourcen mit ihm zu teilen, und obwohl er nicht allzu viele gesicherte Informationen über sie hatte, war er sich sicher, dass sie nicht dumm war.

Er kannte jeden Zentimeter ihres Körpers und doch war ihr Geist eine unerforschte Weite, in der er nicht ohne Begleitung wandern durfte. Er respektierte das. Es war unvermeidlich, dass sie eines Tages wieder zu Feinden wurden. Auch wenn keiner von ihnen das aussprach, war es eine Tatsache. Irgendwann würde ein so großes Kopfgeld auf ihn ausgesetzt werden, dass sie es einfach nicht ablehnen konnte. Oder ihr privilegiertes Wissen über ihn würde zu sehr zu einem Risiko werden, um ungeachtet zu bleiben. Viele andere Szenarien lagen zwischen diesen beiden offensichtlichsten Ergebnissen ihrer Vereinigung. Es hat keinen Sinn, das anzusprechen. Wenn das Endergebnis nur der Untergang von einem von ihnen sein konnte, warum dann das ganze beschleunigen und eine ansonsten für beide Seiten vorteilhafte Vereinigung früher als nötig beenden?

Er war sicher, dass sie dasselbe fühlte.

Aber er sah, dass er sie auf eine Weise verletzt hatte, die er nicht beabsichtigt hatte. Phoenix war beleidigt und er würde niemanden beleidigen, wenn es sich vermeiden ließe, schon gar nicht sie.

»Ich werde wiederkommen«, sagte er. »Schon, um alles über deine drehenden Teller hören.«

Sie lächelte und klatschte vor lauter Freude in die Hände.

»Lass uns Touristen spielen, wenn du zurückkommst«, sagte sie.

»Ich kann dir ein paar versteckte Orte zeigen und wir können einen Kaffee trinken. Ich kenne ein tolles kleines Lokal in der Altstadt von Nizza.«

»Dann sehe ich dich dort«, sagte Victor.

KAPITEL 37

Hyaluronsäure ist aus gutem Grund zu einem der weltweit am häufigsten verwendeten Hautfüller geworden. Diverse Labore haben die Chemikalie unter diversen Markennamen synthetisiert. Victor, der sich regelmäßig kosmetischen Behandlungen unterzog, um sein Aussehen zu verändern, hatte im Laufe der Jahre viel über das klare Gel gelernt. Am häufigsten wurde es verwendet, um die Lippen zu verschönern, Augenringe und Tränensäcke zu kaschieren und Falten zu glätten. Victor hatte das ganze Jahr über einen niedrigen Körperfettanteil und daher schlanke, definierte Gesichtszüge. Hyaluronsäure-Injektionen konnten sein Gesicht verändern, indem sie seine Wangenknochen und seine Kieferlinie rundeten, seine Nase verbreiterten und sogar die Form seiner Augen neu zuschnitten. Victor hatte festgestellt, dass selbst kleine Veränderungen erhebliche Auswirkungen auf sein gesamtes Erscheinungsbild haben konnten, vor allem, wenn er nicht in direktem Licht stand, denn dann wirkten sich diese subtilen Veränderungen am deutlichsten auf die Schattierungen seines Gesichts aus.

Er bevorzugte die Verwendung gegenüber anderen Füllstoffen wegen der sofortigen, aber ebenso vorübergehenden Wirkung von Hyaluronsäure. Mehrere Ampullen, die ihm zur Restrukturierung seines Gesichts injiziert wurden, sodass er aus der Ferne nicht mehr zu erkennen war, würden im Laufe einiger Monate auf natürliche Weise abgebaut werden, so dass er mit bloßem Auge nicht mehr zu erkennen war. Und es kam noch besser: Diese Veränderungen konnten in Sekundenschnelle rückgängig gemacht werden, wenn er eine plötzliche Veränderung brauchte. Das Enzym Hyaluronidase würde, wenn es an dieselbe Stelle

gespritzt würde, die Hyaluronsäure bei Kontakt auflösen.
Er zog es vor, auf Dermatologen zu verzichten und entschied sich stattdessen für große Kliniken und Salons, die kosmetische Behandlungen anboten. Auf diese Weise war es zwar schwieriger, die besten Ergebnisse zu erzielen, aber er vermied die prüfenden Fragen und die akribische Buchführung eines Arztes.
Doch für seine jetzigen Injektionen brauchte er die präzisen Fähigkeiten einer Expertin.
Dr. Maddy Cho lächelte, als er ihr Büro betrat. Sie hatte glänzende Zähne, die so weiß waren wie ihr Arztkittel. Ihr Haar war schwärzer als der Nachthimmel. »Mr. Pendleton«, sagte sie und ging mit ausgestreckter Hand auf ihn zu, »wie schön Sie wiederzusehen.«
»Nennen Sie mich doch Bill«, sagte Victor, nahm die Hand und schüttelte sie. »Bitte.«
»Natürlich. Bitte, Bill, kommen Sie rein und setzen Sie sich.«
Er setzte sich auf den bereitgestellten Stuhl und sie setzte sich auf ihren eigenen und drehte sich auf dem Sitz zu ihm.
»Ich muss sagen«, begann Cho, »ich bin wirklich sehr neugierig, wie es gelaufen ist.« Sie hielt ihre Hand hoch und zeigte gekreuzte Finger. »Habe sie die ganze Zeit so gehalten.«
»Das hat Ihren Job sicher ein bisschen erschwert.«
»Das können Sie laut sagen«, spielte sie mit.
Verschwörerisch lehnte sie sich nach vorne. »Erst heute Morgen habe ich einer Frau Botox gespritzt, um ihre Krähenfüße zu glätten.« Sie zog eine Grimasse. »Nur habe ich nicht getroffen.«
Mit verschränkten Fingern versuchte sie, einen Stift von ihrem Schreibtisch zu nehmen, was ihr gerade noch gelang, aber es war unmöglich, ihn genau zu steuern, und sie

machte unregelmäßige Stichbewegungen.
»Autsch«, sagte Victor.
Cho nickte und legte den Stift weg. »Die arme Frau wird sechs Monate lang so aussehen.«
Sie legte eine Fingerspitze unter ihr Auge und zog das untere Augenlid nach unten, um den vollen Augapfel und die feuchte, rosafarbene Innenseite des Augenlids zu enthüllen.
Sie bemerkte etwas und keuchte.
»Was hat man ihnen denn angetan?«, rief sie in übertriebenem Entsetzen.
Cho nahm seine rechte Hand in ihre und beugte sich näher heran, um sich die Wunde anzusehen, die durch die präparierte Zahnbürste verursacht worden war. Sie heilte gut, obwohl es noch keine Woche her war.
»Ich nehme an, Sie würden mir nicht glauben, wenn ich Ihnen sage, dass das beim Lesen passiert ist?«
»Das ist ein ordentlicher Papierschnitt. Nehmen die dieses Buch zufällig auch zum Rasieren her?«
»Nein, aber als Schutzschild.«
»Wie bitte, was?«
Er sagte: »Unwichtig. Sagen wir einfach, ich hätte vorsichtiger sein sollen.«
»Das kann man wohl sagen«, stimmte Cho zu. »Wenigstens wurde es gut behandelt. Aber Sie werden eine Narbe behalten.« Sie sagte das, als wäre es eine untröstliche Tragödie. »Ich kann Ihnen die Kontaktdaten einiger sehr guter plastischer Chirurgen geben. Leider habe ich hier keine Laser und so etwas.«
Victor, der die Kontaktdaten vieler solcher Spezialisten hatte, sagte: »Danke, das wäre sehr nützlich.«
Sie holte ihm ein paar Visitenkarten und er steckte sie in

eine Tasche. Er wusste aus eigener Erfahrung, dass viele der besten Spezialisten auf dem Gebiet der Schönheitschirurgie nur schwer zu finden waren, wenn man sie nicht traf oder empfohlen bekam. Diejenigen, die ihre Dienste schätzten, legten auch Wert auf Diskretion. Filmstars wollten nicht fotografiert werden, wenn sie eine solche Klinik betraten oder, noch schlimmer, wenn sie sie mit bandagierten und geschwollenen Wunden verließen.

Auch die Beschilderung dieser Hautarztpraxis konnte für alles Mögliche stehen. Hohe Büsche schirmten den Eingang und den Parkplatz ab. Ein berühmter Schauspieler konnte vorfahren und aussteigen, ohne von Passanten oder Paparazzi beobachtet zu werden. In der Klinik gab es mehrere Ärzte mit unterschiedlichen Spezialisierungen für chirurgische und nicht-chirurgische Eingriffe. Die Jalousien waren zum Schutz der Privatsphäre immer runtergelassen, so dass er nicht nach draußen sehen konnte, egal wo er saß. Ein ganzes Team von Attentätern könnte dort parken und er würde es erst merken, wenn sie mit geholsterten Waffen hineinstürmen würden. Er würde nicht gewarnt und hätte auch keine Deckung. Eine bessere Chance, ihn zu töten, konnte man sich nicht wünschen. Zum Glück wurde die Klinik mit unglaublicher Effizienz geführt. Kaum hatte Victor an dem kostenlosen Gurken- und Weizengraswasser genippt, wurde ihm mitgeteilt, dass die Ärztin ihn empfangen würde. Das gefiel ihm. Wenn er zu seinen eigenen Bedingungen wartete, war Victors Geduld grenzenlos. In einer Umgebung, die er nicht kontrollieren konnte, konnte diese Geduld jedoch auf die Probe gestellt werden.

Als sie sich wieder auf ihren Platz gesetzt hatte, sagte sie: »Also, haben Sie den Job bekommen?« Cho zog mit jedem Wort mehr Grimassen, weil sie Angst vor der Frage und vor

der Antwort hatte.
Victor seufzte und schaute weg.
»Oh, nein«, rief sie. »Das kann ich nicht glauben. Das ist doch lächerlich. Ich bin wirklich empört. Vor allem, weil ich genau weiß, wie viel Sie der Eingriff gekostet hat. Das ist unethisch, wenn Sie mich fragen.«
»Ehrlich gesagt«, räusperte sich Victor: »Ich versuche, mir in meinem Beruf nicht zu viele Gedanken über Ethik zu machen. Die Modewelt ist rücksichtslos.« Sie hielt inne und dachte über etwas nach. »Dann bin ich aber verwirrt. Ich dachte, Sie wären hier, um vor der Kampagne aufzufrischen … oder währenddessen. Ich fürchte, ich habe keine Ahnung, wie das Hand-Modelling-Geschäft funktioniert.«
»Ich auch nicht«, sagte Victor, wieder ehrlich. »Ich bin nicht wegen einer Auffrischung hier. Ich möchte den Eingriff rückgängig machen.«
»Oh, stimmt etwas nicht?«
Er sagte ihr nicht, dass er das Gefühl hatte, ein wenig an Geschicklichkeit verloren zu haben, was er erwartet hatte, und dass er nicht mehrere Monate warten wollte, bis sich eine Waffe in seinem Griff wieder so anfühlte wie früher. Die Hyaluronsäure hatte die Dimensionen seiner Hände verändert, die Handballen verdickt, die Art, wie sich die Haut faltete und die Anordnung der Falten verändert. Sie hatte auch seine Finger unterspritzt, was ebenfalls die Hautfalten und deren Anordnung veränderte, aber auch ihre Form, denn der Füllstoff ließ sie runder und praller erscheinen. Diese Unterschiede änderten jedoch nichts an den Fingerabdrücken selbst, weshalb jede Fingerspitze mit einer hauchdünnen Silikonmembran überzogen worden war.
Die restliche Zeit reichte eine einfache Silikonlösung aus,

damit er keine Fingerabdrücke hinterließ.
Er sagte: »Diese Hände sind einfach nicht meine. Wenn Sie verstehen.«
»Klar«, antwortete Cho. »Sicher. Mit ihnen war von vornherein alles in Ordnung. Die Hände waren wunderschön. Es gab nie einen Grund, sie zu ändern.«
»Sie sind zu freundlich«, sagte er.
Sie überprüfte ihre Notizen, um die genauen Stellen der vorherigen Injektionen zu sehen, und bereitete dann die Hyaluronidase vor.
»Ich kann mich nicht erinnern«, begann sie, »aber ich glaube, Sie haben das letzte Mal keine örtliche Betäubung bekommen?«
Er nickte. Er wollte keine Taubheit in seinen Händen, egal wie vorübergehend, vor allem nicht in Verbindung mit dem unvermeidlichen Verlust der Geschicklichkeit, die ihm seine dickeren Finger und die volleren Handflächen gaben. Und er wollte nicht, dass diese Geschicklichkeit zurückkehrte, um dann durch die örtliche Betäubung abgestumpft zu werden.
Innerhalb von fünf Minuten war alles vorbei. Abgesehen von winzigen Einstichstellen gab es fast keine sichtbaren Veränderungen, aber eine Volumenverringerung von vielleicht zehn Prozent. In den nächsten Tagen würden sie noch ein bisschen mehr schrumpfen und die Falten würden sich vertiefen.
Sie unterhielten sich weiter, während sie mit ihm zum Empfangsbereich ging. Die Klinik war in pastellgelben und cremefarbenen Tönen gehalten, die durch lavendelfarbene Akzente ergänzt wurden. Auch die Luft duftete nach Lavendel. Es war ein so angenehmer Ort und die Ärztin so begabt, dass es wirklich schade war, dass er nicht

wiederkommen würde. »Was steht bei Ihnen als Nächstes an?«, fragte Cho. »Ich nehme an, Sie ziehen sich aus dem Handmodel-Business zurück oder machen zumindest eine Pause?«

»Das war nicht so ganz meine Stärke«, gab er zu.

»Vielleicht ist das auch besser so«, sagte sie. »Vielleicht sollten Sie etwas anderes machen, das etwas weniger ... gnadenlos ist?«

KAPITEL 38

Weil er bei seinem letzten Besuch den Zug genommen hatte, um sich mit Phoenix zu treffen, flog Victor dieses Mal direkt nach Nizza. Er zog es vor, nicht in einer geraden Linie zu reisen, aber er wollte auch nicht zweimal die gleiche Strecke nehmen. Der Flughafen war immer überfüllt und die Stadt immer voller Touristen. Wenn er also auf direktem Weg reiste, konnte er besser in den Menschenmassen verschwinden.

Ein Schild am Flughafen verkündete, dass Nizza das *TOR ZUR CÔTE D'AZUR* sei. Seine Vorhersagen bezüglich des überfüllten Flughafens war so exakt eingetroffen wie sein Flug, doch da die Saison noch nicht ganz vorbei war, war es seine Vorstellung von Hölle und Paradies zugleich. Der Flughafen schien so voll zu sein, dass er jederzeit explodieren konnte. Einerseits bedeutete das, dass er in einer Menschenmenge schwerer zu entdecken war – eigentlich fast unmöglich –, andererseits bedeutete es, dass seine Privatsphäre nie frei von Eindringlingen war. Victor hatte die Erfahrung gemacht, dass das ohnehin schon eingeschränkte räumliche Bewusstsein des Durchschnittsmenschen im Urlaub noch weiter eingeschränkt wurde. Sie waren so sehr von ihren eigenen Absichten eingenommen, dass sie die Welt um sich herum kaum wahrnahmen.

In gewisser Weise, so vermutete er, war es ein Cousin des Überlebensinstinkts, der alle Sinne auf die unmittelbarste Bedrohung ausrichtet und alles andere ausblendet.

Selbst Victor, der die Fälle, in denen er die Beherrschung verlor, an einer Hand abzählen konnte, wurde hier mehr als einmal an die Grenzen seiner Geduld gebracht.

Er nahm ein Taxi vom Flughafen ins Stadtzentrum und saß

auf dem Rücksitz direkt hinter dem Fahrer, der die ganze Fahrt über plauderte. Victor begnügte sich mit Smalltalk, da er die Sprache nur rudimentär beherrschte, so dass der Austausch etwas gestelzt war. Der Fahrer konnte zwar etwas Englisch, aber bei weitem nicht fließend, und seine fröhliche Art sorgte dafür, dass die Momente, in denen er sich nicht verständlich machen konnte, bald in Lächeln und Lachen ausarteten.

Victor ließ sich vom Fahrer an einem Hotel etwas außerhalb des Zentrums von Nizza absetzen. Er bezahlte den Fahrer in bar und winkte die Quittung ab. Ein Pförtner empfing ihn am Hoteleingang und Victor suchte sich einen Sessel in einer Ecke der Lobby, in dem er saß und wartete und die Leute beobachtete, die nach ihm eintraten. Ab und zu schaute er auf seine Uhr oder lehnte Erfrischungen höflich ab, wenn sie ihm angeboten wurden. Er interessierte sich nur für diejenigen, die die Lobby betraten und sich umschauten. Der Platz, den er sich ausgesucht hatte, stand so weit wie möglich vom Eingang entfernt. In der Lobby gab es genug Platz für viele Stühle und Tische. 19 Gäste tranken Kaffee oder schlürften Cocktails, die von Kellnern in makellosen Uniformen von der nahegelegenen Bar geliefert wurden. Topfpflanzen und Säulen unterbrachen die Sichtlinien. Jeder, der ihn entdecken wollte, müsste erst einmal richtig suchen.

Er gab ihr dreißig Minuten, ignorierte jeden, der zu alt oder zu jung war, um im selben Gewerbe tätig zu sein wie er, sowie alle Personen mit schwerem Gepäck.

Damit blieben nur sechs Personen übrig, die nach ihm das Hotel betreten hatten. Von diesen ließ er alle aus, die direkt zur Rezeption oder zu den Aufzügen gingen, die dank der durchsichtigen Glastüren schon vor dem Betreten

der Lobby zu sehen waren.
Damit blieben zwei Menschen übrig.
Ein Mann und eine Frau, die gemeinsam reinkamen. Beide trugen elegante Geschäftskleidung. Er trug einen marineblauen Anzug und sie ein schwarzes Kleid. Er war groß, hatte graues Haar und war braun gebrannt. Ihr Haar war schwarz wie ihr Outfit und aus der Stirn zurückgekämmt. Sie trug eine schwarze Tasche in ihrer linken Hand. Sie betraten die Lobby 15 Minuten, nachdem Victor sich in den Sessel gesetzt hatte.
Er erkannte sie nicht vom Flughafen, obwohl es durchaus möglich war, dass sie schon da waren, als er ankam. Keiner von ihnen war auffällig genug, um unter den Hunderten von anderen Menschen am Flughafen herauszustechen. Wenn sie wussten, wen sie suchten, wäre er im Vergleich dazu leicht zu erkennen gewesen.
Der Mann war vielleicht 40 und die Frau etwas jünger. Beide waren in guter Verfassung, obwohl ihre Kleidung es schwierig machte, zu erkennen, ob sie fit und schlank oder einfach nur dünn und schwach waren. Beide hatten keine offensichtlichen Zeichen, die sie als Bedrohung auswiesen. Keine Handschuhe. Keine Ohrstöpsel. Die Anzugjacke des Mannes zeigte nicht die Ausbuchtung einer Pistole im Holster. Die Tasche der Frau bewegte sich nicht so, dass man vermuten konnte, dass sie mit einer Maschinenpistole bepackt war. Victor achtete darauf, dass sein Blick woanders hinging, als sie ein paar Schritte näher kamen. Während er in entspannter Haltung saß und seinen Blick auf den Barbereich richtete, der durch eine bogenförmige Öffnung von der Lobby abzweigte, behielt er das Paar in seinem Blickfeld.
Er war sich noch nicht sicher. Sie könnten wegen eines

Geschäftstreffens hier sein, oder sie waren professionelle Attentäter, die ihn ins Visier genommen hatten. Bis er sich sicher war, behandelte er sie so, als wären sie Letztere.

Das hieß, sie waren gut. Einem Taxi zu folgen, ohne vorbeugende Maßnahmen zu ergreifen, war einfach, aber sie mussten gewusst haben, dass er kommen würde, um am Flughafen auf ihn zu warten. Das bedeutete, dass sie wussten, dass die Identität, unter der er reiste, gefälscht war, oder dass sie Teil einer größeren Operation waren, die ihn bereits länger verfolgt hatte. So oder so, sie waren zu gefährlich, um sie am Leben zu lassen.

So kurz nach seinem Flug hatte er keine Waffe. Aber selbst, wenn er eine Pistole im Hosenbund gehabt hätte, hätte er in einem Hotel nicht geschossen, solange es vermeidbar war. So etwas zieht Aufmerksamkeit auf sich.

Ob sie ihn gesehen hatten, konnte er nicht sagen. Wenn sie gut waren, und das glaubte er, dann mussten sie ihn entdeckt haben. Dass er das nicht feststellen konnte, bedeutete, dass sie besser als gut waren.

Der Mann und die Frau nahmen ungefähr in der Mitte der Lobby Platz. Das war in vielerlei Hinsicht eine schlechte Wahl, obwohl sie dem Eingang zugewandt waren. Sie würden ihn beim Verlassen des Hotels sehen, was im Moment vielleicht ihre einzige Absicht war. Hätten sie draußen gewartet, hätte er sie bemerken können. Hier, in der Lobby, fielen sie nicht auf. Sie konnten sich unauffällig verstecken. Und mit den vielen Spiegeln und anderen reflektierenden Oberflächen in der Lobby konnten sie ihre Flanken gut beobachten.

Es war gegen die Vorschriften, gefährliche Feinde nicht zu beseitigen, aber es war auch gegen die Vorschriften, sie an einem öffentlichen Ort mit vielen Zeugen zu töten. Er

dachte einen Moment lang nach und stand dann auf.
Zielstrebig durchquerte er die Lobby und ging auf den Torbogen zu, der zum Barbereich führte und, was noch wichtiger war, zu einer Reihe von Toiletten, die durch ein diskretes Schild gekennzeichnet waren. Wenn der Mann und die Frau ihn gesehen hatten und über die Spiegel auf ihre Flanken achteten, würden sie ihn in diese Richtung gehen sehen. Wenn sie hier waren, um ihn zu töten, dann boten ihnen die Toiletten die perfekte Gelegenheit.
Als er unter dem Torbogen hindurchging, öffnete sich die Bar am Ende eines kurzen Ganges. Zu Victors Rechten führte ein Korridor ab, in dem er vier Türen sehen konnte, die zu getrennten Toiletten für Männer, Frauen und Behinderte sowie zu einem Wickelraum führten.
Auf der Herrentoilette war er allein. Er trat in die nächstgelegene Kabine und wartete.
Zwei Minuten schienen genau richtig zu sein: genug Zeit für den Mann und die Frau, um die Vorteile der sich bietenden Gelegenheit abzuwägen und zu handeln. Der Mann würde zuerst reingehen, während die Frau draußen wartete, um die anderen zu informieren und um in der Nähe zu sein, falls Verstärkung benötigt würde. Wenn sie länger als zwei Minuten warteten, riskierten sie, dass Victor fertig wurde und ging, bevor sie zuschlagen konnten.
Er würde den Mann im blauen Anzug drei Sekunden, nachdem er durch die Tür gekommen war, angreifen. So lange, schätzte Victor, würde der Mann brauchen, um die kurze Strecke über den gefliesten Boden bis zur ersten Kabine zurückzulegen. Victor würde herausstürmen, den Attentäter überraschen und ihn mit Ellbogenschlägen ins Gesicht außer Gefecht setzen, wobei er auf die Wangen oder den Kiefer zielen würde, weil er ihm keine Platzwunden an

Augen oder Nase verpassen und dabei seinen eigenen Anzug mit Blut besudeln wollte. Dann würde Victor den Mann in die Kabine zerren. Wenn er dann noch stand, ein Würgegriff. Wenn er stürzen würde, gäbe es einen Tritt ins Genick, um die Wirbelsäule zu brechen.

So oder so, höchstens zehn Sekunden.

Die Frau draußen würde jeden zufälligen Gast davon abhalten, während dieser zehn Sekunden hereinzukommen, also war das ein Problem weniger, das gelöst werden musste. Sie würde im Gegenzug allerdings schwieriger handzuhaben sein. Vielleicht würde er die Waffe des toten Mannes nehmen und sie damit woanders hinschicken. Der Wickelraum machte Sinn. Die Chance auf Unterbrechungen war geringer. Wenn sie schallgedämpfte Waffen hatten, konnte er sie einfach erschießen, wobei er die Mündung gegen ihr Fleisch drücken würde, um das Geräusch weiter zu reduzieren. Ohne Schalldämpfer könnte er sie stattdessen mit einer Pistole erschlagen. Zwei Schläge auf die Schläfe oder den Hirnstamm würden ausreichen und er könnte immer noch ohne Blutflecken aus dem Hotel gehen.

Eine vorübergehende Unannehmlichkeit, aber dafür würde er ein paar Wegwerfwaffen bekommen, die mit Sicherheit nicht zurückverfolgt werden konnten, was ein angemessener Tausch für seine Mühen war. Aber der Mann im blauen Anzug folgte Victor nicht innerhalb dieser zwei Minuten auf die Toilette. Er wartete noch zwei weitere, falls Sie nur langsam improvisierten – trotzdem nichts. Als er in die Lobby zurückkehrte, standen sowohl der Mann als auch die Frau auf und begrüßten ein anderes Paar in Geschäftskleidung, das gerade angekommen war. Viel Lächeln, Umarmen und Luftküsse. Ein Geschäftstreffen, wenn auch zwischen guten Bekannten.

Victor lobte das Outfit der Frau in Schwarz, bevor er ging.
«Excusez-moi, je voulais juste vous dire à quel point votre tenue est joli.»
«Merci», antwortete sie geschmeichelt. «C'est gentil de le dire.»
Als er das Hotel verließ, hörte er, wie eine der Neuankömmlinge fragte, wer Victor sei und die Frau antwortete, dass sie absolut keine Ahnung habe.

KAPITEL 39

»Entschuldigung«, sagte der Mann, als er an ihnen vorbeiging, und verlangsamte seinen Schritt, um die Frau in dem schwarzen Kleid ins Auge zu fassen. »Ich wollte nur anmerken, dass ihr Outfit einfach fantastisch ist.«

»Danke«, erwiderte sie überrascht und lächelte. »Das ist sehr nett von Ihnen.«

Er wirkte aufrichtig und doch schien sein Verhalten auf eine Art und Weise unkonventionell, die sie nur schwer beschreiben konnte. Er hatte dunkles Haar, dunkle Augen und trug einen anthrazitfarbenen Anzug. So gewöhnlich, dass er außergewöhnlich war. Dann ging er an ihrer kleinen Gruppe vorbei und steuerte ohne weitere Worte auf den Ausgang zu. Er schaute nicht zurück. »Wer war das?«

Die Frau in dem schwarzen Kleid sagte: »Ich habe absolut keine Ahnung.«

Der große Mann mit den grauen Haaren sagte: »Na ja, wer auch immer er ist, er hat recht, weißt du?« Er fragte das so, als hätte ihn eine plötzliche Offenbarung überrumpelt. »Das ist wirklich ein tolles Outfit.« Sie lächelte und winkte abweisend mit einer Hand.

Unbeirrt fuhr er fort. »Ernsthaft, wie konnte ich das bis jetzt nicht bemerken? Du bist eine Augenweide. Vielleicht sollte ich meine Augen bald mal wieder testen lassen.«

»Das ist wahrscheinlich eine gute Idee.« Sie blickte zu seinem grauen Haar hoch. »Du alterst mit einer exponentiellen Geschwindigkeit.«

Sie lachte und die anderen stimmten mit ein.

Er musste grinsen, tat aber so, als sei er beleidigt. »Das ist eine sehr harte Bemerkung. Autsch. Du sollst wissen, dass ich nicht älter werde, sondern besser.« Er schaute die

anderen beiden an. »Ihr wisst doch, dass das stimmt, oder? Männer werden mit dem Alter nur besser.«
Der andere Mann lachte: »Hey, zieh mich nicht in diesen Liebesstreit hinein. Egal wie ich reagieren würde, ich müsste mich auf die Seite von jemandem schlagen. Ich weiß, wann ich neutral bleiben muss.«
Die andere Frau sagte: »Warum kann es nicht beides sein?«
Der Mann mit den grauen Haaren gestikulierte, um mehr zu erfahren. »Beides wovon?«
»Altern und Besserwerden«, antwortete sie. »Ich sehe keinen Grund, warum sich beides gegenseitig ausschließen sollte. Das Altern sollte nicht als ein negativer Teil des Lebens angesehen werden.«
Er nickte. »Weißt du was? Das gefällt mir. Ich werde besser, weil ich älter werde.«
Die Frau in dem schwarzen Kleid sagte: »Das kannst du dir selbst erzählen.«
»Oh, das werde ich. Mach dir darüber keine Sorgen.« Die Frau blieb unbeeindruckt. »Weißt du überhaupt noch, wie es war, jung zu sein?«
»Die Jugend ist gar nicht so toll, wenn wir mal ehrlich darüber nachdenken. Was macht es schon, wenn deine Haut glatter ist und dein Haar mehr Farbe hat? Ich würde keine zwanzig Jahre zurückgehen, selbst wenn du mich dafür bezahlst. Jung zu sein ist ein Fluch. Du siehst so gut aus wie nie zuvor, und trotzdem bist du so unsicher, dass du gar nicht weißt, was du tun sollst, um es zu genießen. Ich bin in meinen Vierzigern glücklicher mit mir selbst als ich es mit 25 jemals war. Du nicht auch?«
Der Mann mit den grauen Haaren nickte zustimmend, während die Frau im schwarzen Kleid halbherzig mit den Schultern zuckte. Nur der andere Mann nahm zu diesem

Zeitpunkt nicht an der Diskussion teil, weil er sich dem gläsernen Eingang der Lobby näherte.
Als er sich wieder zu den anderen dreien umdrehte, nickte er. Die Frau in dem schwarzen Kleid stieß einen Seufzer der Erleichterung aus.
Der Mann mit den grauen Haaren sagte: »Das war knapp.«
Sie nickte. »Das war nicht nur zu knapp, es war *viel* zu knapp.«
Als der andere Mann zu ihnen zurückkehrte, sagte er: »Was zum Teufel ist gerade passiert? Ich kann spüren, wie mir der Schweiß den Rücken runterläuft.«
Sie sagte: »Er hat uns enttarnt.«
»Das ist mir klar. Aber wie?«
Der Grauhaarige sagte: »Vielleicht solltest du ‘nen Gang runterfahren, okay? Du hast ihn nicht gesehen. Du warst draußen.«
»Und es war gut, dass wir draußen waren, stimmt's? So konnten wir reinkommen und eure Ärsche retten.«
»Danke«, sagte der Mann mit den grauen Haaren in sarkastischem Ton. »Vielen Dank.«
»Es ist eine Teamleistung«, sagte die Frau im schwarzen Kleid. »Wenn die Rollen getauscht gewesen wären, hätte er dich auch bemerkt.«
Der andere Mann erwiderte: »Das bezweifle ich.«
Sie sagte: »Lasst uns mit den Schuldzuweisungen aufhören, so kommen wir nicht weiter. Was geschehen ist, ist geschehen. Wenn das alles vorbei ist, können wir uns an einen Tisch setzen und durchgehen, was unter anderen Umständen hätte passieren können, aber das ist was für die Rente. Jetzt gilt es. Wir müssen wissen, was hier und jetzt falsch gelaufen ist, damit wir es beim nächsten Mal vermeiden können. Okay?«

Der Mann mit den grauen Haaren kratzte sich am Kopf. »Die einzige Erklärung, die ich geben kann, ist, dass er es einfach wusste.«
»Das macht keinen Sinn«, sagte der andere.
»Er saß hinten in der Ecke, damit er den Eingang beobachten konnte. Das ist nicht sein Hotel, das garantiere ich dir. Er ließ das Taxi draußen halten und kam herein, setzte sich auf den Stuhl und beobachtete, wie wir hereinkamen.«
Ein Moment der Ruhe, während sie darüber nachdachten.
»Es war also am Flughafen. Da hat er uns entlarvt«, sagte die zweite Frau. »Das heißt, jeder von uns könnte aufgefallen sein.«
Die Frau in Schwarz schüttelte den Kopf. »Ich glaube nicht, dass das der Fall ist. Er wusste nicht, dass wir durch diese Tür kommen würden. Er konnte es nicht wissen. Wir wussten es auch nicht, oder? Wir haben uns erst dazu entschlossen, als wir befürchteten, dass er nicht wieder herauskommt. Wir haben nichts falsch gemacht. Er tat einfach so, als würde er verfolgt werden. Er suchte sich ein Hotel aus, das groß genug war, um die richtige Art von Lobby zu haben. Dann setzte er sich hin und beobachtete, ob jemand nach ihm hereinkam. Und das taten wir dann auch.« Sie hielt inne. »Er wusste nicht, dass ihm jemand folgte, bis zu dem Moment, als wir auftauchten. Wir haben die ganze Arbeit für ihn gemacht.«
»Scheiße«, sagte der Mann mit den grauen Haaren. »Nein.« Sie schüttelte den Kopf. »Es ist okay. Er hat uns gesehen, uns verdächtigt und uns dann den Rücken zugedreht. Das ist sogar noch besser.«
»Wie kann das besser sein?«
»Weil wir seinen Test bestanden haben. Er weiß nicht, wer wir sind.« Der andere Mann sagte: »Aber wenn er einen

von uns ein zweites Mal sieht, wird er seine Meinung sofort ändern. Wir haben diesen einen Test bestanden und das bedeutet, dass wir beim nächsten Mal garantiert durchfallen werden.«

»Dann sorgen wir dafür, dass er uns nicht sieht, stimmt's?« Sie wartete nicht auf eine Antwort. »Wir vier sind von jetzt an einzig und allein Backup, bis die Zeit reif ist. Sag den anderen, dass sie bei ihm extrem vorsichtig sein sollen. Er ist noch besser, als ihr Briefing vermuten lässt.«

KAPITEL 40

Nizza war ein Touristenziel, seit die englische High-Society beschlossen hatte, dass es viel besser war, den Winter irgendwo zu verbringen, wo das Klima angenehmer war als auf den britischen Inseln. Victor hatte genug Winter dort verbracht, um genau zu wissen, wie sich die Aristokraten gefühlt hatten.

Am nächsten Morgen war er mit Phoenix verabredet, so dass er einen ganzen Tag Zeit hatte, um die Gegenüberwachung durchzuführen. Es war immer ein zusätzliches Risiko, sie zu sehen, und diese erhöhte Gefahr musste durch gründlichere Vorsichtsmaßnahmen ausgeglichen werden. Das Taxi, das er nach dem Verlassen des Hotels nahm, setzte ihn in der Nähe des Bahnhofs ab. Von dort weggehend bog er in die Avenue Jean Médecin ein, eine Fußgängerzone mit bunten Schaufenstern und vielen grünen Bäumen. Alle paar Minuten rauschten Straßenbahnen vorbei. Je weiter er nach Süden ging, desto teurer wurden die Schaufensterauslagen. Ein amerikanisches Touri-Ehepaar, in der Hitze schwitzend, rote Gesichter, fragte ihn nach dem Weg. Er zuckte mit den Schultern und tat so, als spräche er kein Englisch.

Er fand es nicht ungewöhnlich, dass Fremde ihn ansprachen. Er sah aus und verhielt sich, als wäre er ein Einheimischer. Er versuchte, nicht zu freundlich zu erscheinen, andererseits war es noch schlimmer, durch Streitlust aufzufallen. Das Gleichgewicht war immer fließend und was in einem Moment funktionierte, konnte im nächsten versagen.

Die Gegenüberwachung war einfach genug, um sie in einer Stadt mit vielen Touristen durchzuführen. Außerdem war es angenehm. Victor konnte selbst ein Tourist sein,

während er nach Beobachtern Ausschau hielt und Schritte unternahm, um Schatten zu entkommen, die er nicht identifizieren konnte.
Er ließ sich von den Menschenmassen durch den urbanen Teil Nizzas treiben, die westlich des Paillon-Ufers lag, welches zum Teil aufgeschüttet und bebaut worden war. Er schlenderte die Promenade des Anglais entlang und ließ sich von den Menschenmassen Weg und Tempo vorgeben. Die Meeresbrise, die über die Uferpromenade wehte, war kühl und angenehm, bauschte sein Hemd und ließ die Palmen, die die beiden breiten Fahrbahnen trennten, zerzausen.
Er sah viele Taschendiebe auf seinem Spaziergang. Sie waren leicht zu erkennen, wenn man einmal die Muster kannte, und er kannte die Muster, war er vor langer Zeit doch selbst einer gewesen. Taschendiebe schauten nie weit nach vorne. Ihre Blicke waren immer ein wenig nach unten gerichtet: Sie suchten nach Taschen, in denen ein dickes Portemonnaie oder ein schlankes Handy steckte, nach einem Rucksack oder einer Tasche mit offenem Reißverschluss. Sie liefen auch nie in geraden Linien, immer im Zickzack durch die Menschenmenge. Es gab sie auf jeder Straße, aber die meisten Menschen entkamen mit ihrem Hab und Gut. Taschendiebe sind Opportunisten. Es gibt keinen Grund, einen riskanten Diebstahl zu begehen, wenn in der nächsten Minute weitere potenzielle Opfer vorbeikommen. Alles, was es braucht, ist ein unaufmerksamer Tourist mit bequemer Kleidung. Einige der Taschendiebe arbeiteten in kleinen Gruppen. Meistens waren es nur zwei oder drei, obwohl drei perfekt waren. Ein Aufklärer, meist groß, damit er die Menge am besten überblicken kann. Ein Ablenker, oft weiblich, weil weniger bedrohlich. Und natürlich

der Taschendieb, wahrscheinlich klein, um besser ungesehen zu bleiben, und schlank, um leichter in enge Räume und enge Taschen zu schlüpfen. Aus diesen Gründen meist jung und meistens männlich. Die einfachste Ablenkung besteht darin, nach dem Weg zu fragen, und so Augen und Ohren des Ziels auf sich zu ziehen. Oder der Ablenker lässt seinen Reiseführer fallen, stolpert oder tanzt anderweitig aus der Reihe. Die beste Ablenkung, aber auch die riskanteste, ist die Bodenwelle. Vor der Zielperson anzuhalten ist die einfachste Möglichkeit, und der plötzliche Körperkontakt bietet dem Taschendieb die perfekte Gelegenheit zum Handeln. Diese Methode eignet sich zwar am besten in engen Gassen, kann aber überall angewendet werden.

Victor war immer der Dieb in seiner Bande gewesen; er war der Kleinste und Dünnste, der Jüngste. Als er zu groß wurde, um ein effektiver Taschendieb zu sein, war seine Bande zu profitableren Aktivitäten übergegangen.

Später, in der wohlhabenden Gegend von Cimiez, bewunderte er das Franziskanerkloster und die Aussicht auf die Stadt von seinen Gärten aus, dann erkundete er die ausgedehnten römischen Ruinen. Georgs Kurier hatte Victors bestellte Five-Seven hinter einem losen Ziegelstein in einem Bogen des Amphitheaters versteckt. Er freute sich zwar, dass er zwei 20 schüssige Magazine entdeckte, aber er machte sich eine mentale Notiz, Georg darauf hinzuweisen, dass ihre Kuriere mehr Respekt für historische Stätten benötigen.

Er hörte, wie eine Frau ihren Mann fragte: »Kannst du dir vorstellen, wie es war, ein Gladiator zu sein?«, und Victor fragte sich, wie es ist, jemanden zu haben, mit dem man solche Spekulationen betreiben kann. Der Mann antwortete nur mit einem Achselzucken und biss in sein Eis.

Er verbrachte ein wenig länger in der Ruine, als optimal, also achtete er darauf, seinen Spaziergang im nahegelegenen Park zügig zu vollziehen, wobei er sich in den Schatten der Olivenbäume hielt und die knorrigen Stämme nutzte, um mögliche Scharfschützenlinien zu blockieren. Wie immer sah er viele potenzielle Bedrohungen, aber keine mehr als einmal und keine, die sich von einer potenziellen zu einer endgültigen Bedrohung entwickelte.

Er nahm einen Umweg zurück ins Stadtzentrum über den Universitätscampus und den Parc de Valrose, wo er eine Pause einlegte, um einem Trio junger Tänzer zuzusehen, das vor einer begeisterten Menge energiegeladene, fast akrobatische Nummern aufführte, während er sich vergewisserte, ob jemand in der Menge mehr an ihm als an der Tanznummer interessiert war.

Als er sicher war, dass er nicht beschattet wurde, ging er in die Altstadt auf der Ostseite des Flusses, die sich um den Fuß von Le Château erstreckt, ein Hügel, der so genannt wird, weil auf ihm einst ein Schloss stand. Hier war es ruhiger. Es war immer noch viel los, aber die Straßen waren schmal und wurden von hohen Gebäuden abgeschirmt, viele fünf oder mehr Stockwerke hoch und in warmen Ocker-, Rot- und Orangetönen getüncht. Am Hafen beobachtete er die Fähren, die Passagiere nach Korsika übersetzten, und die hellen Segelboote, die auf den Wellen glitzerten. Touristen fuhren auf gemieteten Fahrrädern vorbei.

Nizza gefiel ihm, wie die meisten französischen Städte. Die Stadt hatte einen gewissen Charme, eine Kombination aus französischer Identität und italienischen Wurzeln. Es war eine Schande, dass er nicht öfter nach Frankreich kommen konnte. Als er eine Zeit lang in der Schweiz gelebt hatte, war er regelmäßig zu Besuch gekommen. Das hatte sich geändert, als ein Job in Paris so schiefgelaufen war, dass sein Protokoll eine systematische Abwesenheit verlangte. Dieser Vorfall hatte ihn in das Visier zu vieler mächtiger Feinde gebracht. Die meisten von ihnen hielten ihn jetzt für tot. Und es war besser, wenn er nichts unternahm, um sie vom Gegenteil zu überzeugen. Obwohl sein Gesicht jetzt anders aussah als damals und er sich in den Deckmantel einer neuen Identität hüllte, musste er seine Aufenthalte hier einschränken. Ohne Phoenix wäre er vielleicht gar nicht zurückgekehrt. Trotz seiner besonderen Vorliebe für die Normandie und die Provence. Er mochte die Geschichte dieser Regionen. Vor allem die mittelalterlichen Dörfer und Schlösser erkundete er gerne. Bei diesen Ausflügen konnte er einen geschichtsbegeisterten Touristen spielen, ohne spielen zu müssen.

Das Café, in dem er sie treffen sollte, lag in der Nähe einer Dockstation für Vélo Bleu. Sie hatte Platz für zwanzig Fahrräder, aber nur vier standen dort. Sie waren bei Touristen sehr beliebt. Er sah sie auf fast jeder Straße. Das Café selbst war unauffällig. Es war klein. Der Duft, der aus dem Inneren drang, ließ vermuten, dass der Kaffee tatsächlich ausgezeichnet war.

Auf der anderen Straßenseite stand ein altes Gebäude. Vielleicht ein Jahrhundert zuvor gebaut worden. Vielleicht sogar zwei. Rotbraune Schindeln. Pastellgelbe Fassade. Es nahm eine Ecke eines kleinen Blocks ein. Sechs Stockwerke. Es war im Laufe der Jahre modernisiert worden, ohne jedoch das Flair der Altstadt zu verlieren. Es sah aus, als hätte es vielleicht einmal einem wohlhabenden Kaufmann gehört und wäre Mitte des letzten Jahrhunderts in Büros umgewandelt worden. Am Samstag war es leer.

Da es nach Süden ausgerichtet war, hatte man alle Fensterläden dieser Fassade geschlossen, um eine Überhitzung der Innenräume zu verhindern.
Ihm gefiel, dass es unbewohnt war. Er musste nicht nach Scharfschützen an den Fenstern Ausschau halten. Natürlich rechnete er nicht mit solchen.
Auch wenn ihre Beziehung nicht ewig dauern konnte, war er sicher, dass er als Erster entscheiden würde, wann es Zeit war, sie zu beenden, nicht Phoenix.

KAPITEL 41

Wie immer wachte Victor in seinem Hotelzimmer auf, lange bevor sein Wecker klingelte. Der Wecker diente nicht dazu, ihn zu wecken, sondern ihm mitzuteilen, wann er sein Gespür verlor. Durch jahrelanges aufmerksames Beobachten und Training wusste er, wie viel Ruhe er brauchte, wie viel Treibstoff er wobei verbrauchte, wie lange es dauerte, seine Wunden zu heilen, und wie viel Anstrengung nötig war, um seine Fitness zu erhalten. Der Tag, an dem der Wecker ihn aus dem Schlaf holte, war der Tag, an dem er dabei versagte, sich selbst einzuschätzen. Dieser Tag würde kommen, das wusste er. Das Einzige, was er nicht wusste, war, ob es das Alter oder eine Nachlässigkeit in der Disziplin sein würde.

Er blieb einen Moment lang still liegen und lauschte auf irgendwelche Geräusche, die hier nicht hingehörten. Er hörte seinen eigenen Atem, ein Motorrad in der Ferne, aber sonst nichts. Keine Schritte, die sich näherten. Kein Rascheln von Kleidung. Keine Türscharniere.

Trotzdem reagierte er, als ob er dadurch geweckt worden wäre. Solange er nichts anderes wusste, wurde er angegriffen. Er griff nach der Pistole in seinem Hosenbund und richtete sich auf, während er auf die drei Punkte im Raum zielte, an denen er einen Feind erwartete.

Eine schnelle, geübte Bewegung; die Waffe von rechts zur Mitte und dann ruckartig nach links.

Die Tür, das Fenster, der Sessel. Niemand.

Nur die Schatten von Mördern, die an den Rändern seines Unterbewusstseins lauerten.

Er hätte sich an der Tür positioniert, weshalb er als erstes dorthin zielte. Aber er hätte nicht gewartet, bis ein

gefährliches Ziel aufgewacht wäre. Er hätte es getötet, während es schlief. Nicht jeder Attentäter war so effizient.
Einige Profis wollten, dass ihre Beute wusste, was auf sie zukam. Andere genossen es, zuerst ein paar Worte zu sagen, eine Machtdemonstration oder Theatralik um der Theatralik willen – Action-Film-Killer.
Es geschah selten, dass sie lange genug dabei waren, um Victors Niveau zu erreichen. Aber es war nicht unmöglich. Er war schon früher auf solche Attentäter gestoßen und zweifelte nicht daran, dass es wieder passieren konnte.
Er hatte den Sessel im Raum so platziert, dass er in einer Linie mit der Tür stand und somit im Blickfeld aller, die den Raum betraten. Vielleicht würde die Platzierung des Sessels den Attentätern den Bruchteil einer Sekunde abverlangen, wenn ihnen als erstes der Sessel ins Auge sprang. Einige Profis schliefen schließlich auf Stühlen.
Was in Victors Augen eine schreckliche Idee war. Schneller aufzustehen ist kein Trost für die Unbeweglichkeit eines steifen Rückens und eines schmerzenden Nackens. Ganz zu schweigen von den kumulativen Auswirkungen, die entstehen, wenn man nie richtig schläft und Körper und Geist sich daher nie vollständig erholen. Oder die langsame Schwächung, wenn man jede Nacht viele Stunden in einer Haltung verbringt, für die der menschliche Körper nicht geschaffen ist. Zu viel Zeit im Sitzen zu verbringen, hatte mehr Menschen getötet, als Victor jemals töten könnte, hatte mehr getötet, als er zählen wollte.
Profis, die auf Stühlen schlafen, sind nie in Bestform. Sie machen es ihren späteren Henkern nur in jeder anderen Hinsicht leichter.
Als er vom Bett aufstand, rieb Victor seine Hände aneinander und beugte seine Finger, froh, dass sie sich wieder

wie seine eigenen anfühlten. Auf den ersten Blick hatten sie sich durch die Hyaluronsäure nicht verändert und doch waren sie Victor fast fremd vorgekommen. Nach ein paar Wochen hatte er sich an das enge Gefühl in seinen Fingern gewöhnt. Eine unangenehme Schwellung verursacht durch die Hyaluronsäure, ein Dehnungsgefühl, das die Haut pulsieren ließ. Jetzt fühlte es sich wieder natürlicher an, eine Faust zu ballen. Er konnte es schneller tun und die Faust war fester und stärker. Er war froh, dass er es nur mit Häftlingen und Knastmessern zu tun gehabt hatte und nicht mit Attentätern, da seine Geschicklichkeit limitiert gewesen war.

Er trug seine Silikonlösung auf und ließ sie trocknen, bevor er irgendetwas im Raum berührte. Es war ein einfacher Trick, den er schon seit langem anwandte, um eine Barriere auf seiner Haut zu schaffen, die verhinderte, dass das Fett seiner Finger Abdrücke hinterließ. Für den Kirill-Auftrag hatte er natürlich auf dieses Protokoll verzichten müssen, aber er war auch nicht bereit, seine eigenen Fingerabdrücke in das US-Strafrechtssystem aufzunehmen. Auf den Silikonmembranen, die er zur Erfüllung des Vertrags getragen hatte, war jeweils der Fingerabdruck einer anderen Person eingestanzt. Zusammen mit den durch die Hyaluronsäurefüllung veränderten Konturen und Falten seiner Hände glichen die Abdrücke, die die Polizisten auf dem Revier und im Gefängnis genommen hatten, nicht seinen eigenen. Durch Wärme wird Silikon weich und verformbar. Ein echter Finger wäre nicht in der Lage, Abdrücke darauf zu hinterlassen, aber ein 3D-Print eines Fingers, in Kunstharz gedruckt, konnte die Arbeit mit nur wenig Druck erledigen. Das ganze Verfahren war extrem heikel und zeitaufwändig, aber das Ergebnis überstieg Victors Ansprüche sogar. Jede winzige Membran war auf einer für das bloße Auge nicht erkennbaren Ebene perforiert, damit die Haut darunter atmen konnte. Diese poröse Beschaffenheit verlieh ihnen ein mattes Finish und machte sie aufgrund ihrer Transparenz so gut wie unsichtbar. Die Textur war nicht ganz so wie die der Haut. Victor konnte den Unterschied spüren, aber niemand, der seine Abdrücke genommen hatte, hatte sich die Mühe gemacht, seine Finger zu untersuchen, geschweige denn sie zu berühren, um zu prüfen, ob sie sich echt anfühlten. Mit dem bloßen Auge waren sie nicht zu unterscheiden, und was die Augen sehen, glaubt das Gehirn.

Die Membranen waren mit medizinischem Klebstoff befestigt worden, wie er auch in den Haarsystemen vieler Hollywood-Schauspieler verwendet wird. Das war ein weiterer Grund, warum er einen Dermatologen in Kalifornien gewählt hatte. Weder Öl noch Wasser konnten ihn auflösen. Stattdessen musste man ihn abkratzen und Isopropylalkohol verwenden, um die Rückstände zu entfernen. Dafür hatte Victor fast eine Stunde gebraucht, nachdem er mit Spector zu Mittag gegessen hatte.

Die Membranen ständig über Landesgrenzen zu transportieren, war jedoch ein zu großes Risiko, um von dieser Methode häufig Gebrauch zu machen. Daher verwendete er das Lösungsmittel, er in einer Handdesinfektionsflasche aufbewahrte, die sich niemand zweimal ansah.

Als er aufstand, schmerzte sein linker Oberschenkel. Es schien, als ob der Wechsel von der Horizontalen in die Vertikale etwas auslöste. Vielleicht die Veränderung des Blutdrucks. Er massierte den Muskel, bis das Unbehagen nachließ.

Phoenix hatte so getan, als würde sie die neue Narbe nicht

bemerken, obwohl sie nicht zu übersehen war. Er war sich nicht sicher, ob die Wunde ihm immer noch Schmerzen bereitete oder ob das nur in seinem Kopf war. Eine Kugel hatte seine Oberschenkelarterie gestreift und manchmal hatte er das Bedürfnis, sich zu vergewissern, dass die Wunde – obwohl sie vor einigen Monaten von hervorragenden Chirurgen behandelt worden war – nicht wieder aufgegangen war.

Die Genesung war hart gewesen. Wie Phoenix festgestellt hatte, war er etwas unter seinem Optimalgewicht. Es hatte viele Wochen gedauert, bis er wieder in der Lage war, Sport zu treiben, und selbst dann nur mit einem Bruchteil seiner üblichen Intensität. Körperliche Höchstleistung war Priorität seiner Qualifikationen und er war nicht annähernd an seinem Optimum. Er war schwächer und wurde schneller müde. Auf eine seltsame Art und Weise war es, als wäre er wieder jung, wieder schmächtig, der Druck, sich beweisen zu müssen. Ein Kind, das sich damit zufriedengab, Autos und Schmuck zu stehlen und den Erlös für hedonistische Unternehmungen auszugeben. Der Junge, der den falschen Leuten Unrecht getan hatte und in den Schatten eines Rekrutierungsstandes flüchtete, um Prügel zu vermeiden. Der Junge, der dann vor einem Rekrutierungsoffizier über sein Alter gelogen hatte, der gerne ein Auge zudrückte, während er Unterschriften fälschte.

Die Erinnerung ließ ihn innehalten, denn er hatte seit Jahren nicht mehr an diese Zeit gedacht. Er konzentrierte sich darauf, in der Gegenwart zu überleben, indem er ständig Informationen aufnahm und analysierte, sodass Erinnerungen für ihn kaum mehr Ablenkungen waren, denn Ablenkungen konnten tödlich sein.

Er verdrängte die unerwünschten Erinnerungen, badete, zog sich an und machte sich auf den Weg, um Phoenix zu treffen.

KAPITEL 42

Am frühen Sonntagmorgen schien die Stadt fast leer. Asynchrones Glockengeläut begleitete ihn auf seinem Rundgang durch die Altstadt. Am Vormittag war Nizza dann zum Leben erwacht. Überall, wo er hinging, roch es nach Kaffee und Zigaretten.

Eine Frau mit einem breitkrempigen Hut saß rauchend und eine Zeitschrift lesend vor dem Café. Schon von weitem konnte er erkennen, dass es nicht Phoenix war. Aber irgendetwas an ihr faszinierte ihn, obwohl er keine Ahnung hatte, warum. Das Café hatte eine schmale Fassade. Unter einer hellblauen Markise standen eine Handvoll kleiner runder Tische und Stühle mit niedriger Lehne, alles aus dunkel gebeiztem Holz. Dafür, dass sie so viel Zeit im Freien verbrachten, waren die Möbel tadellos gepflegt. Victor konnte lediglich geringe Abnutzungserscheinungen an den Beinen und vereinzelte Sonnenschäden feststellen.

Im Inneren des Cafés war es ruhig. Ein Paar aß Crêpes und trank Orangensaft in der hinteren Ecke. Ein Mann, dem die Bartstoppeln bis zu den Wangenknochen geklettert waren, bediente die Espressomaschine, nachdem er Victors Bestellung aufgenommen hatte.

Er entschied sich, draußen zu sitzen. Vielleicht wegen der Frau mit dem breitkrempigen Hut, vielleicht aber auch nur, um die frische Luft zu genießen, während er an seinem Kaffee nippte.

Nur eine Straße weiter war das Altstadtviertel schon voller Besucher, aber in dieser kleinen Ecke gab es keine wirklichen Sehenswürdigkeiten und wenig Grund zum Verweilen. Das Bürogebäude mit den geschlossenen Fensterläden auf der anderen Straßenseite war zwar ansehnlich, aber eher unauffällig. Nur ein paar Fußgänger kamen vorbei, strömten in diese oder jene Richtung. Er rechnete damit, dass er auf Phoenix würde warten müssen, da er überall zu früh ankam.

Sie hatte Recht mit dem Kaffee. Köstlich und stark, was es schade machte, dass er den Laden danach für mindestens ein paar Jahre meiden musste. Bis er es für angemessen hielt, für einen weiteren Espresso zurückzukehren, hatte der Typ mit den wangenknochenhohen Stoppeln vielleicht schon den Bohnenlieferanten gewechselt. Der Kaffee würde vielleicht nie wieder so gut sein.

Dann erkannte Victor, dass er nie wieder in dieses Café kommen durfte, denn einer der Rollläden des gegenüberliegenden Bürogebäudes war geöffnet worden. Gestern waren sie alle noch geschlossen gewesen.

Wir haben diese dummen Spielchen längst hinter uns, hatte sie gesagt.

Er trank seinen Espresso aus, wiegte den Kopf hin und her, um seinen Nacken zu knacken, und überquerte die Straße.

KAPITEL 43

Sie hatten ihren Kaffee noch nicht lange ausgetrunken, als der Killer von seinem Platz vor dem Café aufstand und die Straße überquerte. Zuerst dachten sie, dass sie etwas übersehen haben mussten. Das musste ein Irrtum sein, ganz sicher. Vielleicht wollte er sich nur die Beine vertreten, während er auf seine Brokerin wartete.

Schnell wurde klar, dass es nicht so war. Er ging direkt auf sie zu.

Keiner ihrer Pläne zog dieses Szenario in Erwägung. Ein paar Sekunden lang wusste niemand, was zu tun war. Der Anführer, Walker, handelte nur langsam. An sich war er ein guter Taktiker, aber es fehlte ihm an Improvisationstalent. Das Team hatte sich bereits im Gebäude verteilt, während sie warteten. Es gab keinen Grund, auf einem Haufen zu warten, man hätte sich bloß gegenseitig auf die Füße getreten. Sie hatten keine ausgeklügelte Kommunikationsausrüstung, weil keiner davon ausgegangen war, diese zu benötigen. Jetzt wurde Walker das Ausmaß dieser Fehleinschätzung bewusst. Er musste ein Telefon benutzen, um in aller Eile einige der Jungs anzurufen, von denen er wusste, dass sie unten waren und ihnen sagen, dass sie sich auf Besuch gefasst machen mussten.

Er hatte ihnen nicht hilfreiches mehr durchzugeben als eine einfache Anweisung: »Schießt nicht daneben.« Sie wussten, mit wem sie es zu tun hatten. Dieser Typ bedeutete Ärger. Das hatte sie ihnen gesagt.

Als die Schüsse ertönten, wurde Walker nervös. Ein paar gedämpfte Schüsse und er hätte gewusst, dass seine Männer unten an der Treppe dem Eindringling ein schnelles Ende bereitet hatten. Stattdessen hörte er mehrere laute

Schüsse.
Der beste Auftragnehmer von Phoenix ließ sich nicht so leicht töten.
Walker befahl den anderen, den ungebetenen Gast abzufangen. Er hatte acht bewaffnete Männer unter seinem Kommando. Wie fähig dieser Kerl auch sein mochte, an acht konnte er nicht vorbeikommen.
Oder?
Walker wartete im Stockwerk, von dem aus sie das Café überwacht hatten. Er hatte eine kleine .22er, seine persönliche Waffe und war ein guter Schütze. Allerdings hatte er schon lange keine Waffe mehr im Gefecht abfeuern müssen. Er war Anführer, kein Schütze.
Er schritt durch die Büros auf und ab und lauschte den Feuergefechten unter ihm.
»Kommt schon«, forderte er seine Männer auf, »kommt schon«. Dann war es still und er war sich nicht sicher, was das Ergebnis war. Mit angehaltenem Atem wartete er ab und fragte sich, ob einer seiner Männer Meldung machen würde, dass es vorbei war – oder nicht. Als er nicht länger ertragen konnte, es nicht zu wissen, bewegte er sich wieder, trat zurück in das Großraumbüro und sah, wie Phoenix' bester Auftragnehmer sich zu ihm umdrehte.
Für Walker wurden die Dinge danach schmerzhaft.

TEIL VIER

KAPITEL 44

Während er Walker ersticken ließ, eilte Victor durch das Bürogebäude zurück, nichts als Phoenix' Verrat im Kopf. Er war nicht überrascht, denn ihre Geschäftsbeziehung hatte schon immer eine begrenzte Lebensdauer gehabt, aber er war trotzdem überrumpelt worden. Er hatte nicht damit gerechnet, dass das Ende so schnell kommen würde. Er korrigierte sich: Er hatte nicht erwartet, dass sie den ersten Schritt machen würde.

Seine Naivität ärgerte ihn, weil er ihr die Unbekümmertheit abgekauft hatte, als sie zusammen waren.

Vielleicht war es mehr als nur Ärger, den er fühlte. Er verdrängte die Gedanken und wurde sich der immer lauter werdenden Sirenen bewusst. Sie näherten sich. Während eines Feuergefechts schien die Zeit nach anderen Regeln zu laufen. Die vier Minuten, die er gebraucht hatte, um das Gebäude von Walkers Killerkommando zu säubern, konnten auch fünf oder sechs gewesen sein. Das war viel zu lang. Er war froh, dass Phoenix das Café gegenüber als Ort für die Falle gewählt hatte. Die engen, verwinkelten Straßen der Altstadt würden die Reaktion der Polizei verlangsamen. Hätte sie sich dafür entschieden, ihn an einem anderen Ort in der Stadt angreifen zu lassen, wäre das Gebäude vielleicht bereits umstellt.

Als er die letzte Treppe erreichte, öffnete sich vor ihm der Eingang und er sah das blaue Aufblitzen einer Polizeiuniform, also trat er in den angrenzenden Flur, wo der junge Söldner in einer Blutlache lag. Seine toten Augen schienen Victor zu beobachten, wie er da mit dem Rücken zur Wand stand, die linke Schulter dicht an der Ecke des Treppenhauses.

Es gab keine «Arrêter, le policier»-Rufe, also hatten der oder die Polizisten ihn nicht gesehen. Das bedeutete, dass es besser war, die Waffe in seinen Hosenbund zustecken.
Er kontrollierte seine Atmung, um seine Herzfrequenz zu senken. Drei Paar Füße.
Er hörte sie kommen. Sie waren leise, aber nicht lautlos. Vorsichtige Schritte auf hartem Boden. Die Ersthelferinnen und Ersthelfer. Sie wussten nicht, was sie zu erwarten hatten. Zweifellos wurden sie von der Notrufzentrale mit spärlichen Details versorgt, die im Grunde nichts wusste, außer dass Zeugen Schüsse gemeldet hatten. Gewiss hatten sie über Funk den toten Mann auf der Straße gemeldet, der aus einem sechsstöckigen Fenster gestürzt war, so dass weitere Einheiten unterwegs waren. Vielleicht eine taktische Einheit von RAID oder GIGN.
Victor wollte bis dahin längst weg sein.
Er drängte die drei Ersthelfer, sich schneller zu nähern als in ihrem vorsichtigen Tempo. Sie waren zögerlich, weil sie die Lage nicht einschätzen konnten und verständlicherweise besorgt waren, in eine lebensbedrohliche Situation zu geraten.
Sie konnten nicht wissen, dass Victor sie nicht töten würde, wenn sie ihm eine andere Wahl ließen. Er hörte sie auf der Treppe. Ein langsamer Aufstieg. Er stellte sich vor, dass zwei Seite an Seite vorauskämen und der dritte Polizist ein paar Schritte dahinter wäre. Die Chancen standen gut, dass die ersten beiden zunächst nach rechts zu seinem Versteck oder nach links zu dem zweiten Schützen am Fuße der nächsten Treppe schauen würden. Das hielt Victor für gut genug. Entweder würde die Leiche ihre Aufmerksamkeit auf sich ziehen und Victor würde sie von hinten angreifen, oder sie würden ihn sehen, wenn sie ihre Flanke kontrollierten, und

er würde auf Intensität statt auf Listigkeit setzen.
Er zog die erste Option vor, aber das Endergebnis wäre das gleiche.
Sie kontrollierten ihre Flanke.
Bevor die beiden Polizisten reagieren konnten, setzte sich Victor in Bewegung.
Sein linker Unterarm schob die erste Pistole zur Seite und schaffte so Platz für einen Handballenschlag, der den Beamten am Kiefer traf. Er steckte den Schlag gut weg und strauchelte bloß benommen zurück, anstatt bewusstlos umzufallen. Es wäre besser für Victor gewesen, wenn der Polizist rückwärts in seinen Partner gestolpert wäre, der zu nah hinter ihm war. Stattdessen drehte er sich um und versperrte Victor in dem engen Gang die Angriffslinie und gab gleichzeitig dem Partner eine klare Sichtlinie, die ihm das Zielen ermöglichte. Bevor der zweite Polizist die Chance dazu hatte, ging Victor in die Tiefe und verpasste dem ersten Kerl einen weiteren Handballenschlag – diesmal einen Aufwärtshaken – ins Gesicht. Das brachte ihn zu Fall und schleuderte ihn nach hinten in den Partner, der keine Chance hatte, seine Waffe stabil zu halten, da er nach hinten stolperte, um überhaupt auf den Beinen zu bleiben. So hatte Victor genug Zeit, ihn zu erreichen. Er riss dem Polizisten die Waffe direkt aus der Hand. Er drehte sich schnell um neunzig Grad und schleuderte die Waffe in das Gesicht des Dritten, der hinter den ersten beiden auftauchte.
Er fiel die Treppe hinunter, die Nase blutüberströmt, und schlug am Fuß der Treppe auf.
Der zweite Polizist hatte sich inzwischen von seiner Überraschung erholt und wich Victors Versuch aus, genau das Gleiche mit ihm zu machen. Doch er wich instinktiv aus. Und opferte dafür seine Balance.

Victor trat gegen sein tragendes Bein und zielte dabei auf die Seite des Knies, um das Gelenk in eine Richtung zu knicken, für die es nicht geschaffen war, doch er traf etwas zu hoch. Kein ernsthaftes Trauma. Aber jede Menge Schmerzen. Der Polizist war zunehmend passiv, strauchelte und blieb nur stehen, weil die Flurwand verhinderte, dass er umkippte. Er schaffte es, sich wegzudrücken und drehte sich in Victors Ellbogenschlag.

Augenblicklich verlor er das Bewusstsein, fiel schlaff gegen die Wand und rutschte sie hinunter, wobei die Haut seiner Wange ein quietschendes Geräusch auf dem glatten Lack erzeugte.

Zwei waren bewusstlos und einer kampfunfähig, also hielt sich Victor mit weiteren Schlägen zurück. Die ersten beiden würden erst in einigen Minuten oder sogar Stunden wieder aufwachen. Wenn sie wieder zu sich kämen, würde die Gehirnerschütterung sie für Tage außer Gefecht setzen. Keiner von ihnen hatte die Chance gehabt, ihn richtig zu sehen, also gab es keinen Grund, noch mehr Leichen im Gebäude zu hinterlassen.

Der Polizist, der am Fuße der Treppe lag, war jedoch immer noch nicht bewusstlos, also beugte sich Victor hinunter, um eine Handvoll Haare des Mannes zu packen, und schlug seinen Kopf auf den Boden, um sicherzustellen, dass er dort liegen blieb, bevor er das Gebäude mit einem langsamen, lässigen Gang verließ, als ob nichts passiert wäre.

Sollten weitere Polizisten eintreffen oder auf ihn warten, wollte er, dass ihr erster Eindruck von ihm harmlos war. Er wollte, dass sie ihn als Zuschauer betrachteten, nicht als Täter. Und wenn es nur für ein paar Sekunden so wäre.

Er sah zwar nur ein einziges Polizeifahrzeug und keine weiteren Polizisten, aber er konnte sie kommen hören. In der

Nähe heulten Sirenen. Vielleicht ein Streifenwagen in einer Parallelstraße oder am Ende dieser Gasse.
Die Gäste des Cafés blickten in seine Richtung, und auch die Fußgänger waren stehengeblieben. Es war nur eine kleine Gruppe, weil es noch früh am Sonntagmorgen war, aber für seinen Geschmack waren es viel zu viele Zeugen. Er setzte eine generisch gutmütige Miene auf, damit er ihnen nicht im Gedächtnis blieb, wenn sie später nach ihm befragt würden. Glücklicherweise gab es etwas viel Interessanteres, das von ihm ablenkte.
Der Bewaffnete, den Victor aus dem Fenster gestoßen hatte, war ein grausiger Anblick auf der Straße.
Blut umgab den Leichnam und zog sich in einer fast zwei Meter langen Spur über die Pflastersteine, ausgehend von der Stelle, an der sein Kopf aufgeschlagen war. Jemand in der Nähe, der den Leichnam zum ersten Mal sah, schrie auf. Victor zog es vor, Zivilisten aus solchen beruflichen Unvermeidlichkeiten herauszuhalten, wenn es sich vermeiden ließ. Doch während er jemandem ein vorübergehendes psychisches Trauma zugefügt hatte, schenkte er ihm auch eine Geschichte, die er noch jahrzehntelang auf Partys erzählen würde. Für manche kein schlechter Tausch, dachte er.
Er bemerkte, dass der bärtige Barista, der ihm den exzellenten Kaffee zubereitet hatte, nach draußen getreten war und nachdenklich in seine Richtung blickte. Die Gäste interessierten sich mehr für das Chaos, obwohl Victor die Frau mit dem breitkrempigen Hut nicht sehen konnte. Der Bärtige drehte den Kopf, um Victor beim Weggehen zu verfolgen. Das war ein Problem, gegen das er nichts tun konnte, ohne die Wahrscheinlichkeit, dass man sich an ihn erinnert, exponentiell zu erhöhen.
Die Leiche lag auf der Straße zu Victors Linken, also ging

er nach rechts, weg vom Brennpunkt der versammelten Menge.
Die Zahl der Menschen, die auf den Schrei und die Sirenen zueilten, wuchs von Sekunde zu Sekunde und sie waren begierig, die Ursache zu entdecken. Sobald sie den toten Mann sahen, würden sich einige abwenden. Die meisten aber nicht, das wusste Victor. Sie würden die Leiche und das Blut anstarren, bis die Polizisten auftauchen und sie zurückdrängen würden. Sie würden Fotos machen und Videos mit ihren Handys aufnehmen. Die grausamen Aufnahmen würden auf der ganzen Welt von sensationsgeilen Menschen gesehen werden. Der Anblick von Tod und Trauma hatte Victor noch nie gestört, aber er konnte nicht verstehen, warum jemand danach suchte und sich daran ergötzte.
Es gab eine Menge Blut. Aus dem geöffneten Schädel, natürlich. Aber auch aus zahlreichen Hautrissen, die der Aufprall verursacht hatte. Die Zuschauer würden nicht wissen, dass der Mann geschubst wurde, und die Polizisten wahrscheinlich auch nicht, aber die Sanitäter und der Gerichtsmediziner würden es mit Sicherheit entdecken. Die Blutexplosion sagte eindeutig, dass der Mann keinen Selbstmord begangen hatte. Bei einem Selbstmord weiß das Gehirn, was passieren wird, und der Körper reagiert darauf, indem er das Blut aus der Haut zu den lebenswichtigen Organen zieht. Ein Überlebensmechanismus, der zufälligerweise auch weniger Dreck auf dem Bürgersteig bedeutet.
Der Schütze hatte nicht gewusst, dass er in den Tod stürzen würde, und weniger als eine Sekunde Abstieg war nicht viel Zeit, um sich mit der Situation zu beschäftigen. Gerade lang genug für den kurzen Schrei des Schreckens.
Nicht annähernd lange genug, um Buße zu tun. Victor

wusste, dass er, wenn ihre Rollen vertauscht wären, einen sehr langen Sturz bräuchte, um seine Sünden bereuen zu können.

Ein Polizeiauto bog in die Straße ein und kam vor dem Bürogebäude zum Stehen, nachdem es ihn, ohne ihn eines Blickes zu würdigen, überholt hatte. Die Tarnung als unbeteiligter Zuschauer funktionierte immer noch.

Victor widerstand der Versuchung, jetzt, wo er etwas Abstand hatte, zu beschleunigen und loszulaufen. Das würde nur dafür sorgen, dass sie ihn bemerkten und ins Visier nahmen. Er musste darauf setzen, dass die eintreffenden Polizisten das Gebäude betraten oder zumindest damit begannen, die Menge zu bändigen und die Unversehrtheit des Tatorts zu sichern.

Ein Blick über die Schulter sagte Victor, dass er seinem Instinkt vertrauen sollte: Er sah die Polizisten, die aus ihrem Fahrzeug stiegen, und den bärtigen Cafébesitzer, der auf sie zueilte und in Victors Richtung wies.

KAPITEL 45

Er bog um die erste Ecke, die sich vor ihm auftat, und sprintete die schmale, gepflasterte Straße entlang. Er war froh über seine lauten Schritte, die wie eine Hupe wirkten, damit die Fußgänger gewarnt waren und ihm aus dem Weg gehen konnten. Er streifte Stapel plattgedrückter Pappkartons, die zum Abtransport vor den Schaufenstern abgestellt waren, und zerstreute sie in alle Richtungen, bevor sich die Seitenstraße zu einem kleinen Markt öffnete, auf dem Säcke mit Reis, riesige Gläser mit Oliven und viele Gewürze, die die Luft aromatisierten. Frauen in Burkas und Männer in Trainingsanzügen kauften und feilschten. Victor spürte ein paar Blicke auf sich, aber er spürte keine Feindseligkeit, sondern nur Neugierde. Er bahnte sich seinen Weg über den Platz und schlüpfte hinein und hinaus, wenn die Menge es zuließ. Er hatte es nicht eilig. Er wollte keine Aufmerksamkeit erregen und weil er von Menschen umringt war, war er ein schwierigeres Ziel, wenn ein verfolgender Polizist leichtsinnig genug war, in die Menge zu schießen.
Er rannte einen abschüssigen Pfad hinunter, vorbei an mit Flecken übersäten Mauern; Dreck und Graffiti. Der Weg machte eine scharfe Kurve, bevor sich die Gasse zur angrenzenden Straße öffnete. Ein Geländewagen versperrte den Ausgang zur Gasse, also sprang Victor mit Anlauf auf die Motorhaube, rollte sich darauf ab und fiel auf der anderen Seite herunter. Der Besitzer, der daneben an seinem Stand saß, schimpfte. Auf der anderen Straßenseite befand sich ein Park, also steuerte Victor in diese Richtung. Er wusste nicht, ob die Polizei zu Fuß hinter ihm herlief, aber er hörte die heulenden Sirenen nur eine Straße weiter.
Im Park verlangsamte er seinen Sprint erst zu einem Joggen,

dann zum Gehen. Das Wichtigste bei der Flucht war es, nicht zu weit laufen, hatte er gelernt. Ein Mensch in Bewegung war leicht zu sehen und zu hören. Jemand, der rannte, fiel in fast jeder Umgebung auf. Eine vorübergehende Vergrößerung der Entfernung hatte keinen Nutzen, wenn sie nicht aufrechterhalten werden konnte. Es war besser, sich langsamer zu bewegen, weniger Lärm zu machen und unauffälliger zu sein. Wer rannte, neigte dazu, den Kopf zu heben, den Blick nach vorne zu richten und in die Ferne zu schauen. Wenn man mit hoher Geschwindigkeit unterwegs war, musste man das, was auf einen zukam, rechtzeitig erkennen, denn es kam in der Regel sehr schnell näher. Das hatte den Nachteil, dass man dem, was am nächsten war, weniger Aufmerksamkeit schenken konnte.

Victor setzte sich auf eine Bank am anderen Ende des Platzes zu einer älteren Frau, die den Tauben in der Nähe Brotkrümel zuwarf. Sie nickten sich zur Begrüßung höflich zu, dann lehnte er sich zurück und streckte einen Arm über die Rückenlehne, als ob er die Sonne genießen wollte. Sie murmelte, wie laut die Sirenen seien und ob sie wirklich so viel Lärm an einem Sonntagmorgen machen müssten.

Victor nickte zustimmend.

Ein paar Augenblicke später rannten zwei Polizisten direkt an ihm vorbei. Kopf hoch. Die Augen nach vorne gerichtet, in der Ferne nach jemandem Ausschau haltend, der floh und nicht in entspannter Pose im Freien saß.

Die rennenden Polizisten hatten die Tauben aufgeschreckt, die wie ein einziger Flügelschlag davonflogen.

Die ältere Frau schimpfte und hob den Finger in Richtung der Polizeibeamten.

Victor mochte es nicht, zu fluchen, nicht einmal in der Geste, obwohl er in diesem Moment eine gewisse Belustigung

empfand. Er wartete vielleicht eine halbe Minute, bis er die Schritte nicht mehr hören konnte, und stand wieder auf.
Er nickte der älteren Frau zum Abschied höflich zu, die allein saß und die Rückkehr der Tauben herbeisehnte. So nützlich das Anhalten auf der Flucht sein konnte, so nützlich war es, sich in der Öffentlichkeit zu verstecken. Als er eine Reisegruppe entdeckte, die die Sehenswürdigkeiten der Altstadt ablief, änderte er die Richtung und mischte sich in den Pulk. Er behielt das gleiche Tempo bei, während er seinen Kopf ebenfalls nach oben neigte, um die schöne Architektur zu bewundern.
Zwei Streifenwagen mit Blaulicht und ein Krankenwagen hatten sie bereits überholt, als die Gruppe den Fluss im Zentrum von Nizza überquerte. Victor entfernte sich erst, als er einen offenen Friseursalon sah und schlenderte hinein, um seine Haare schneiden und sich rasieren zu lassen. Seine Wangen und sein Kiefer waren so glatt wie eh und je, und sein Haar war bis auf wenige Millimeter gekürzt. Victor kaufte in einem Laden, der sonntags geöffnet hatte, neue Kleidung, warf seinen Anzug weg und ersetzte ihn durch eine Hose, ein Poloshirt und einen Blazer. Er tauschte seine guten Brogues gegen billige Wanderstiefel und überließ erstere einem dürren Obdachlosen, während er sich in derselben Gasse die Stiefel anzog.
»Merci, merci«, sagte der Mann mit großen, dankbaren Augen. Fahle Haut spannte sich über sein Gesicht, das durch schlechte Entscheidungen abgenutzt war. Er war vielleicht zwanzig Jahre alt, aber er hätte genauso gut siebzig sein können.
»Ich werde mich gut um sie kümmern«, versicherte der junge Mann.
»Ich verspreche es, ich verspreche es…«, wiederholte er

immerzu und drückte die Schuhe fest an seine Brust, als ob Victor es sich anders überlegen und sie zurücknehmen würde, nur um sich einen Spaß daraus zu machen.
Er erinnerte Victor an keine bestimmte Person und doch an Menschen, die er vor langer Zeit gekannt hatte, und in einem Moment unverzeihlicher Schwäche übergab Victor das gesamte Bargeld, das er bei sich hatte, und lehnte das daraus resultierende Angebot, die kostbare Flasche Sahnelikör des jungen Mannes zu teilen, höflich ab.
Als er die Gasse verließ, konnte Victor nicht sicher sein, ob er hinter sich ein Lachen oder ein Schluchzen hörte, aber er zwang sich, nicht zurückzuschauen.

KAPITEL 46

Draußen wehte eine kühlende Meeresbrise. Drinnen war die Luft dick und heiß. Castellan spürte die Feuchtigkeit auf seiner Haut und die Hitze in seiner Kehle, als er einatmete. Der Schweiß glitzerte auf seinem Gesicht. Das schüttere Haar klebte in widerspenstigen Strähnen an seiner Kopfhaut. Schweißperlen hingen an seiner Nasenspitze und an seinem Kinn. Sein weißes Unterhemd hatte Flecken an den Stellen, an denen er sich die Hände abgewischt hatte, und war so sehr mit Schweiß durchtränkt, dass es fast durchsichtig geworden war. Er stank. Er stank immer. Von seinem Bürofenster aus beobachtete er, wie ein Containerschiff den Hafen passierte und aufs Meer hinausfuhr. Das Schiff war riesig und mit weit über 20 000 Containern beladen. Der Hafen selbst konnte problemlos mehr als eine Million Container auf einmal aufnehmen. Jeden Tag legten mehr als zwei Dutzend Containerschiffe in Marseille an, die aus Hunderten von Häfen auf der ganzen Welt kamen und auch wieder dorthin fuhren. Es war schon ein gewaltiger Komplex, als Castellan als *kleiner Bruder* und Begleiter einer Heroinlieferung aus dem Schwarzen Meer in Marseille ankam.

Er hatte die Stadt nie verlassen und beobachtet, wie der Hafen im Laufe der Jahre zu seiner heutigen gigantischen Größe mit drei Millionen Quadratmetern Lagerfläche herangewachsen war.

Der Hafen bestand eigentlich aus zwei separaten Häfen. Der östliche Hafen in der Stadt diente der Abfertigung von Kreuzfahrtschiffen und dem Umschlag von Gütern, die in andere Regionen des Mittelmeers gingen. Der westliche Hafen in Fos – wo Castellan seinen Sitz hatte – bildete das kommerzielle und industrielle Herz des Hafens. Tag und Nacht liefen Schiffe ein und Fracht wurde be- und entladen; Handelszüge kamen und gingen; Boote kamen und gingen auf der Rhône.

Dieses Treffen des Clubs war natürlich nicht geplant. Da so viel auf dem Spiel stand, hatte der Sicherheitsrat Schwierigkeiten, sich auf seine Resolutionen zu einigen. Castellan ließ das Gezänk zu einem weißen Rauschen verblassen. Er beobachtete, wie seine Kräne ein riesiges Frachtschiff mit Schwarzmeerheroin beluden, das für Boston und den lukrativen amerikanischen Markt bestimmt war.

»Alles, was wir aufgebaut haben, ist jetzt in Gefahr«, hörte er einen der Chefs mit lauter Stimme sagen.

Ein anderer sagte: »Es ist zu spät, es sich anders zu überlegen. Kirill ist tot. Wir können ihn nicht zurückholen, weil die Dinge ein wenig unbequem geworden sind.«

»Die Person, über die wir mit dieser ganzen Geschichte in Verbindung gebracht werden können, ist nach wie vor auf freiem Fuß«, betonte der Chef von Sektor Fünf. »Jede Sekunde, die das so bleibt, ist eine Sekunde, in der Maxim die Wahrheit erfahren kann. Ich hoffe, niemand hat vergessen, dass es dann keinen Ort auf diesem Planeten mehr gibt, an dem wir vor seinem Zorn sicher sind. Maxim hat sein Feuer nicht verloren, er hat es nur vergessen. Aber dieses Feuer hat denjenigen nicht vergessen, der es einst in sich trug. Das Feuer sehnt sich danach, wieder entfacht zu werden.«

Castellan spürte die Angst, die in den Raum kroch. Sie schlich sich ungesehen und ungehört unter der Tür hindurch und infizierte alle, die bei ihm saßen, ob sie es nun zeigten oder nicht. Furcht ist die Saat des Zweifels. Zweifel ist schlimmer als Angst, die mit der Zeit immer vergeht. Aber

die Zweifel wachsen nur, je länger sie unangefochten bleiben. »Ich weiß, wie man jedes Feuer löscht«, sagte Castellan, während er nach einer Flasche finnischem Wodka griff. Er lächelte und einige der Chefs lächelten auch.
Er ging um den Tisch herum und füllte die Gläser nach, wobei er den Chef von Sektor Fünf bis zuletzt stehen ließ. »Ah«, sagte Castellan und ließ die Reste in der Flasche hin und her schwappen, »lass mich eine neue holen.«
Die Chefs nahmen ihre Getränke in die Hand und warteten, bis alle einen Drink hatten, um auf das anzustoßen, was sie sich erhofften.
Der Chef von Sektor Zwei bemerkte, dass Castellan den Deckel nicht von der neuen Flasche abgeschraubt hatte. Der Chef von Sektor Fünf sah dies nicht, als Castellan hinter ihm auftauchte. Er sah nicht, wie Castellan die Flasche in seiner Hand umdrehte, so dass er der Hals zum Griff wurde. Ein einziger Schlag nach unten auf die Schädeldecke genügte, um den Chef von Sektor Fünf auszuknocken. Castellan brauchte nicht einmal mit voller Wucht zuzuschlagen. Die Flasche bestand aus dickem Glas und enthielt ein Kilo beschleunigender Masse. Beim Aufprall gab sie ein dumpfes Geräusch von sich und der Chef von Sektor Fünf kippte in seinem Sitz nach vorne.
Bei den Treffen des Clubs waren keine Waffen erlaubt. Als der treue Dieb, der den Boss von Sektor Fünf begleitete, eine Hand in seine Jacke steckte, um nach seiner Waffe zu fassen, griff er ins Leere.
Unbeirrt richtete er sich auf, während sein Chef benommen und zusammenhangslos stöhnte.
»Setz dich hin!«, schrie Castellan ihn an, und hielt die Wodkaflasche mit dem blutigen Ende in das Gesicht des Mannes. Der treue Dieb erstarrte und blickte sich dann am Tisch um,

zu den anderen Bossen und ihren eigenen treuen Dieben, die alle still und unbeweglich dasaßen. Dann ließ er sich wieder auf seinen Stuhl sinken.
Castellan drehte seinen Griff an der Flasche, schraubte den Verschluss ab und warf ihn weg. Dann packte er den Chef von Sektor Fünf an den Haaren, zog ihn in einen wackeligen Stand und drehte seinen Kopf nach hinten, so dass er an die Decke blickte.
Außer einem unzusammenhängenden Röcheln und einem kraftlosen Fuchteln mit den Armen gab es keinen Widerstand.
Als er die Haare des Chefs von Sektor Fünf losließ, schob Castellan dem Mann den Flaschenhals in den Mund, bis es nicht mehr weiterging. Während er die Flasche mit einer Hand festhielt, drückte Castellan mit der anderen Hand die Nasenlöcher des Mannes zu, während der Wodka seine Kehle hinunterlief.
»Ihr müsst wissen, das ein Vorgehen, wenn wir es einmal beschlossen haben, auch das richtige Vorgehen ist«, sagte Castellan zu den anderen Chefs, während der Chef von Sektor Fünf erstickte und ertrank. »Wir dürfen keine Zweifel haben, denn wir können nicht ändern, was geschehen ist.«
Benommen von dem Schlag auf den Kopf dauerte es nicht lange, bis der Chef von Sektor Fünf erschlaffte. Castellan zog die Flasche und ließ ihn nach vorne auf den Tisch fallen, wo eine Mischung aus Wodka, Blut und Erbrochenem aus ihm herausfloss.
»Glückwunsch«, sagte er zu dem treuen Dieb, der neben der Leiche saß. »Du bist jetzt verantwortlich für Sektor Fünf.«
»Danke«, zwang der Mann sich schwacher Stimme eine Antwort ab.
Castellan wischte sich die Hände ab und sagte zu den

anderen Mitgliedern: »Wir brauchen nur Geduld. Unsere Freundin, die sich bereits als so nützlich erwiesen hat, hat mir mitgeteilt, dass das heute Morgen bloß ein kleiner Rückschlag war. Wie heiß auch immer, Maxims Feuer wird bald nichts mehr zum Verbrennen finden.«

Der Chef von Sektor Drei sagte: »Ihre Falle ist bereits gescheitert, das müssen wir uns vor Augen halten.«

»Jeder hier hat das im Blick«, sagte Castellan und goss sich einen dringend benötigten Drink aus einer frischen Flasche ein. »Und genau deshalb hat sie nicht nur eine, sondern viele Fallen aufgestellt.«

KAPITEL 47

Töten war eine dursttreibende Arbeit. Im Fußraum des Autos, das er auf dem Weg aus Nizza gestohlen hatte, stapelten sich die leeren Wasserflaschen. Victor fuhr auf der Küstenstraße nach Westen, das Mittelmeer zu seiner Linken, vorbei an Stränden und Luxushäfen mit vertäuten Yachten und Segelbooten, die auf dem glitzernd türkisfarbenen Wasser fast alle weiß in der Sonne lagen. In der Ferne klebte ein Schleier aus Wattewolken an den Hügeln, der Rest des Himmels war klar.

Die Hügel waren mit Dörfern und einsamen Villen entlang der Küste übersät. Das Chateau von Phoenix mit Blick auf das Meer war nur über eine einzige Straße zu erreichen, deren Zugang mit einem Umweg ins Landesinnere verbunden war. Das Gebäude aus dem späten 19. Jahrhundert war baufällig gewesen, als Phoenix es erwarb. Sie hatte Victor versichert, dass es angesichts seines Zustands ein Schnäppchen war, aber ihm den tatsächlichen Preis nicht verraten. Ihr britischer Sinn für Bescheidenheit war im Spiel, und das schien das einzige Mal zu sein, dass sie Victor gegenüber Bescheidenheit zeigte. Er konnte sich nicht vorstellen, dass sie das Chateau zu ihren Lebzeiten vollständig renovieren würde, selbst wenn sie irgendwann in ferner Zukunft eines natürlichen Todes sterben würde. Vielleicht war das ja der Sinn der Sache: ein Projekt, das sie nie vollenden konnte. Denn was würde sie tun, wenn das Schloss erst einmal wieder in seinem alten Glanz erstrahlte? Victor sah den Reiz darin, sich ein Ziel zu setzen, das nie erreicht werden konnte. Immer zu streben, bedeutet, immer ein Ziel zu haben. Früher wollte Victor der Beste sein, und das motivierte ihn, härter zu trainieren, länger zu üben und seine

Arbeit auf höchstem Niveau zu erledigen. Dann, als er zu lange Profi war und sich zu viele Feinde gemacht hatte, wurde es zu seinem einzigen Ziel, am Leben zu bleiben. Und genau wie Phoenix' Renovierung des Schlosses war auch sein Ziel unerreichbar. Er würde nicht lange leben. Er hatte schon länger überlebt, als er einst vorausgesagt hatte. Seitdem fühlte sich jeder Tag wie ein Sieg an, den er sich aber immer wieder neu verdienen musste.

Das Gelände war so angelegt, dass es ruhig war, und dennoch würde Victor hier keinen Frieden finden. Es gab keine Aussichtspunkte für einen Scharfschützen – Victor zählte die Spitzen der Alpen am Horizont nicht – und doch fühlte er sich viel zu angreifbar, nachdem er über die hohe Mauer auf der Nordseite geklettert war. In der Ferne ragten Inseln aus dem glitzernden Wasser des Mittelmeers. Makellose Rasenflächen umgaben den Infinity-Pool auf drei Seiten. Es gab keinen Garten, sondern viele. Jeder hatte ein anderes Thema. Victor war kein Gartenbauexperte und die vielen Details der jahreszeitlich blühenden Pflanzen, Sträucher und Bäume überforderten ihn, obwohl er frisches Obst schätzte. Der Anbau von Orangen war vielleicht etwas, das er sich selbst vorstellen konnte, wenn er jemals so viel Reichtum und eine so rücksichtslose Einstellung zur Sicherheit hätte. Es war unmöglich, ein solches Anwesen angemessen zu bewachen. Ein Dutzend kompetenter Sicherheitsleute könnte einem das Gefühl von Sicherheit geben, und doch würde er hier keine Mühe haben, an zwölf wachsamen Männern vorbeizukommen. Bei so viel Platz, den es zu nutzen galt, so vielen unnötigen toten Winkeln, die durch den Pavillon, das Gästehaus, die Quartiere der Bediensteten, die endlosen Zierhecken, Pflanzgefäße und Statuen entstanden, konnte er sich vorstellen, dass der Alarm nur

dann ausgelöst würde, wenn die Person, die sie schützen sollten, nicht auf das morgendliche Klopfen des Dienstmädchens an ihrer Zimmertür reagierte. Phoenix sagte, dass die Gärten wie ein Dschungel aussahen, bevor sie das Anwesen übernahm, und dass sie jeden Landschaftsgärtner, Baumchirurgen und Floristen an der Riviera brauchte, um sie zu bändigen. Es gab keine patrouillierenden Wachen. Nur ein paar Lichter und Kameras sorgten für so etwas wie Sicherheit. Für Victor machte es keinen Sinn, dass jemand wie Phoenix an einem solchen Ort leben wollte. Nicht nur ungeschützt, sondern auch so unverschämt einladend für Feinde. Und doch hatte er sie nur dank der Hilfe und der Ressourcen eines Geheimdienstes hier aufgespürt. Er konnte sich nicht vorstellen, dass viele, die ihr etwas antun wollten, Zugang zu solchen Ressourcen hatten. Dennoch lebte sie auf eine Art und Weise, die er für unnötig leichtsinnig hielt. Drinnen fühlte er sich zu einem bestimmten Empfangsraum hingezogen. Es war der Raum, in dem sie sich das erste Mal getroffen und kennengelernt hatten. Sie hatte ihn beim Spielen auf dem Flügel vorgefunden, oder viel mehr seinen klirrenden Mangel an Übung bemerkt. Alle diese Räume hatten Decken, die mehr als dreimal so hoch waren wie er. Die Böden waren aus poliertem Parkett. Der Kamin war so groß, dass man problemlos eine Leiche darin verbrennen konnte.
An den Wänden hingen Porträts alter Filmstars aus der Zeit, als sie die Filmfestspiele im nahe gelegenen Cannes besuchten und auf dem Schloss des Vorbesitzers wilde, dekadente Partys feierten – bevor er in eine Schuldenspirale taumelte und schließlich in den Bankrott. Phoenix sagte, sie sei drei Generationen zu spät geboren worden und beklagte sich darüber, dass sie nie die Gelegenheit

hatte, die wilden Zwanziger zu genießen, abgesehen von den alten Filmen, die sie sich jeden Abend im Kinosaal des Schlosses anschaute. Sie sehnte sich danach, Kleider mit niedriger Taille, Cloche-Hüte und »diese ganzen Perlen« zu tragen. Als Victor sie einmal darauf hinwies, dass nichts sie davon abhalte, zuckte sie nur mit den Schultern.
Früher war dieser Teil der Küste als das englische Viertel bekannt, weil hier einst die Aristokraten sommerten. Dann, nach dem Zweiten Weltkrieg, kamen viele Auswanderer hierher. Sie erzählte ihm, dass der Krieg Europa so sehr verändert hatte, dass auch die Seele dieses Ortes eine andere war. Nach so viel Blutvergießen gab es keinen Weg zurück. Das Bewusstsein des Kontinents würde für immer gezeichnet sein. Ein solcher Konflikt würde sich nie wiederholen und doch würde Europa seinem Erbe nie entkommen. Niemand hatte diesen Krieg wirklich gewonnen, denn auch Generationen später waren die Menschen noch immer betroffen. Ein Soldat der Royal Navy, der unaussprechliche Dinge gesehen hatte, kehrte nach Hause zurück und sprach nie wieder darüber. Stattdessen trank er alles, was nötig war, um die Stimmen derer zu übertönen, die ertrunken waren, und fügte in diesem Rausch seinen Kindern, die er eigentlich so liebte, Schmerzen zu. Diese Kinder wiederum wuchsen gezeichnet von diesen Erfahrungen auf und verletzten wie ihr Vater ihre eigenen Söhne und Töchter, wenn auch auf andere Weise. Und diese Kinder würden mit anderen Narben aufwachsen, vielleicht mit so starken Narben, dass sie nie eigene Söhne und Töchter haben würden. Der Krieg, der vor langer Zeit zu Ende ging, raubte also auch Jahrzehnte später noch Leben.
Natürlich wusste er, dass Phoenix von sich selbst sprach. Sie brauchte es nicht zuzugeben. Er hatte sie nie gefragt, warum

sie allein in einem Schloss lebte, das Dutzende beherbergen könnte. Er kannte die genauen Maße nicht, aber allein das Chateau selbst musste insgesamt eine Raumfläche von einem Quadratkilometer haben. Acht Schlafzimmer, zwei davon waren Suiten in der Größe von Familienwohnungen. Die beiden letzten waren renoviert worden und erstrahlten wieder in ihrem ursprünglichen Glanz. Phoenix wohnte im Sommer in dem nach Süden ausgerichteten Schlafzimmer mit Blick auf die Küste und im Winter auf der gegenüberliegenden Seite des Schlosses, wo sie morgens die Vorhänge zurückziehen und die schneebedeckten Alpen am Horizont sehen konnte.

In ihren Zwischenspielen hatte sie sich damit begnügt, ihm von sich selbst zu erzählen. Zuerst fand er das verwirrend und nahm an, dass jeder Einblick, den sie gewährte, nur Manipulation oder Ablenkung war. Victor erzählte normalerweise nur dann etwas über sich selbst, wenn er kurz davor war, die Zuhörer zu töten und es keine Rolle spielte, was sie hörten. Schließlich hatte er begriffen, dass Phoenix auf eine Weise ehrlich zu ihm war, wie er es bei ihr nie sein konnte. Er fand das rücksichtslos. Manchmal fühlte er sich verpflichtet, sie an das unvermeidliche Ende ihrer Geschäftsbeziehung zu erinnern, und dass sie sich selbst einen Nachteil verschaffte, weil sie so offen zu ihm war. Das tat er natürlich nicht. Obwohl es sich im wahrsten Sinne des Wortes unfair anfühlte – als würde man bei einem Spiel mit strengen Regeln schummeln – begrüßte Victor die Ergänzungen zu seinem mentalen Dossier über sie. Wenn die Zeit gekommen war, würde es keine Regeln mehr geben, das hatte er immer gewusst. Dieses Spiel war eines, bei dem Victor gerne schummeln würde, um zu gewinnen.

Jetzt fragte er sich, ob sie das auch verstand und es ihr

einfach egal war. Schließlich hatte er sie schon einmal gefunden. Er wusste, wo sie wohnte, und sie war nicht bereit, umzuziehen. *Ich laufe nur auf einem Laufband*, hatte sie ihm einmal gesagt, *und auch nur dann, wenn im Fitnessstudio eine Flasche Champagner auf Eis neben der Maschine steht.* Wenn er also bereits alles wusste, was er aus beruflicher Sicht über sie wissen musste, was machte es dann noch aus, was er sonst noch wusste? Zu wissen, wo sie zur Schule gegangen war, machte in diesem Zusammenhang keinen Unterschied. Solche Erkenntnisse machten es im Gegenteil nicht leichter, sie zu töten.

Er fand nirgendwo in dem Gebäude eine Spur von ihr. Fast nichts wies darauf hin, dass es ihr Zuhause war. Er hatte gehofft, hierher zu kommen, bevor sie von dem Massaker in der Altstadt von Nizza erfuhr. Es war jedoch nicht auszuschließen, dass er zu spät kam. Sie war eine kluge Frau. Vielleicht hatte sie falsches Vertrauen in die Fähigkeiten des Killerkommandos – neun Bewaffnete, das klang auf dem Papier nach einer ganzen Menge, aber sie kannte das Risiko, wenn sie ihn verfolgte. Auch wenn sie nicht ganz so umsichtig war wie er, war sie doch eine vorsichtige Frau. Niemand wurde zu einem so produktiven Vermittler von Auftragsmorden, indem er auf Vorsicht verzichtete. Er stellte sich vor, dass sie inzwischen weit weg war. Vielleicht war sie schon weit weg, bevor er den offenen Fensterladen in einem Gebäude gesehen hatte, in dem es keinen geben sollte.

Er konnte es ihr nicht verübeln. Er hatte sie beide immer als eine vorübergehende Vereinbarung betrachtet. Der Verrat war unausweichlich, wenn er genug Zeit hatte. Sein Fehler war, dass er sie in der Hotelsuite nicht umgebracht hatte, als er die Gelegenheit dazu hatte. Als er gerade über die

Vorzüge einer solchen Tat nachgedacht hatte, musste sie bereits über sein Schicksal entschieden haben.
Victor wusste, dass in den meisten Kämpfen derjenige, der den ersten Schlag ausführte, den Sieg davontrug.
Ihrer hatte ihn jedoch verfehlt. Sie würde es noch einmal versuchen, das wusste er.
Ob sie den zweiten Schlag schon parat hatte oder ob sie ihn jetzt eilig vorbereitete, konnte er nicht wissen. Aber es machte keinen Unterschied. Er sollte bereits außer Landes sein.
Das Protokoll wies ihn an, aus Europa zu verschwinden. Vielleicht nie mehr zurückkommen. *Du wirst Relou mögen*, hatte sie ihm bei ihrem letzten Treffen gesagt. *Auch er ist ein ziemlich geheimnisvoller Mann.*
Wenn Phoenix dachte, er würde weglaufen, kannte sie ihn wohl nicht.
Victor blieb.

KAPITEL 48

In den ersten Jahren, nachdem er sie aus der Politik weggelockt hatte, schirmte Maxim Zakharova von einem Großteil der Gewalttaten der Organisation ab und behielt sie erst als Assistentin, dann als Beraterin an seiner Seite, bis er sie nach und nach die verschiedenen Operationen der Bruderschaft leiten ließ. Als er keinen Schleier mehr zwischen sie und die Realität des Geschäfts ziehen konnte, war das auch nicht mehr nötig. Ihr Wille war so eisern wie ihr Magen. Sie war genauso rücksichtslos, wie er es einst gewesen war. Und obwohl Maxim technisch gesehen immer noch als Chef der Bratva fungierte, war sie weitaus besser darin, als er es je gewesen war. Es tat ihm wirklich weh, dass er ihr das nie sagen konnte. Denn obwohl er sie gut genug kannte, um zu wissen, dass sie nicht den Wunsch hatte, ihn zu verdrängen, konnte er nicht riskieren, das Feuer des Ehrgeizes in Zakharova weiter anzuheizen. Sie respektierte ihn. Sie schätzte seine Meinung. Wenn er ihr sagte, dass sie eine bessere Chefin war als er, dann würde sie vielleicht anfangen, sich selbst als die wahre Chefin zu sehen, mit Maxim auf einem Thron, der ihr gehörte.

Der Gedanke, dass Zakharova ein Feind werden konnte, machte ihm Angst.

Gleichzeitig fühlte er sich schuldig, weil er ihr das Lob vorenthielt. Dass sie nur noch ein paar Jahre warten musste, um das zu bekommen, was ihr eigentlich zustand, erleichterte ihm die Sache ungemein.

Als sie den Salon seiner Datscha betrat, schenkte er ihr einen Kaffee aus einer silbernen Kanne ein, der von seinen Bediensteten in dem Moment frisch gebrüht worden war, als sie durch das Haupttor geschleust wurde.

»Wie hat der Präsident die Nachricht aufgenommen, dass du nicht mehr nach Belarus kommen wirst?«

»Er war erwartungsgemäß verärgert«, antwortete sie in ihrem sorgenvollen Ton. »Aber er weiß, dass dies eine persönliche Angelegenheit ist, die unsere ungeteilte Aufmerksamkeit erfordert.«

Maxim ließ einen Zuckerwürfel in den Kaffee fallen, den er eingeschenkt hatte, und rührte mit einem kleinen Silberlöffel um.

Sie nickte dankend, als er ihr den Kaffee präsentierte.

»Oksana?«

»Ist verzweifelt.«

Zakharova nippte an ihrem Getränk.

»Ich bin schuld, sagt sie mir«, fuhr Borisyuk mit einem resignierten Seufzer fort. »Ich hätte Kirill gar nicht erst nach Amerika gehen lassen sollen.«

»Was willst du tun?«

Einmal hatte Maxim erwogen, ihr einen Antrag zu machen. Trotz der fehlenden Zuneigung zwischen ihnen hatte er um seiner Tochter Willen daran gedacht. Oksana wäre begeistert gewesen, dass er jemanden hatte, das wusste er. Es war natürlich eine dumme Idee. Zakharova würde das Angebot nur ablehnen, so vorteilhaft es kurzfristig auch für sie sein mochte, und sie könnte ihn danach nie wieder respektieren.

»Ich möchte deine Gedanken hören.«, sagte er zu ihr.

»Kirill drohten viele Jahre im Gefängnis. Selbst mit den besten Anwälten, die wir ihm besorgen konnten, gab es nicht sehr viel Hoffnung.«

»Trotz all seiner Schwächen war er kein Feigling. Und er liebte meine Tochter sehr, ungeachtet ihrer ehelichen Probleme.«

»Er war immer nachsichtig«, sagte sie, taktvoll wie immer.

»Ich könnte mir eine versehentliche Überdosis Heroin vorstellen, aber nicht von einem ärztlich verschriebenen Schmerzmittel.«
»Ich habe das Gefühl, dass du dich bereits entschieden hast.« Er dachte einen Moment lang darüber nach und schüttelte dann den Kopf. »Ich brauche Gewissheit, für den einen wie für den anderen Fall.«
Zakharova nickte: »Sag mir, was du brauchst.«
»Ich bin den Rest der Woche beschäftigt«, sagte er ihr, ohne in ihre Richtung zu schauen. »Du wirst dich also um die Details kümmern müssen.«
»Natürlich«, sagte sie. »Ich werde mich mit unseren Freunden in Washington in Verbindung setzen, damit sie wissen, dass wir schnelle Antworten erwarten und nicht bloß Vermutungen. Ich werde dafür sorgen, dass Kirills Leiche zurückgebracht wird, sobald sie die entsprechenden Untersuchungen und Tests durchgeführt haben.«
»Ja, ja«, sagte Maxim ungeduldig. »Das weiß ich alles. Ich möchte, dass unsere Leute nachforschen.«
»Ich bin mir nicht sicher, ob das eine gute Idee ist«, antwortete sie vorsichtig. Auch wenn sie offen reden konnten, wollte sie ihn nicht beleidigen. »Die Amerikaner werden auch ohne meinen Anruf gründliche Arbeit leisten, da bin ich mir sicher. Ich weiß nicht, was unsere eigenen Ermittlungen noch erreichen könnten, außer die Aufmerksamkeit auf Kirills Aktivitäten und« – sie blickte auf ein gerahmtes Foto seiner Tochter – »seine Verbindungen zu lenken.«
»Ich habe nicht gesagt, dass ich ein Team von Soldaten auf US-Boden haben will«, erklärte er die Geduld verlierend. »Ich will keinen Hammer. Ich will ein Skalpell.«
»Ich verstehe«, sagte sie nach einer kurzen Pause.
»Du bist mit meiner Strategie nicht einverstanden?«

»Ich denke, diese Dinge haben die Tendenz, in unvorhersehbare Richtungen auszuufern«, war ihre vorsichtige Antwort. »Jede dieser Richtungen kann schlecht für das Geschäft sein.«

»Du hast Recht«, stimmte Maxim zu. »Natürlich hast du recht.« Er nahm das gerahmte Foto von Oksana lächelnd in die Hand. »Aber ich brauche die Wahrheit. Ich werde meine Tochter nicht anlügen und ich werde sie nicht mit unbeantworteten Fragen zurücklassen. Vielleicht trage ich die Schuld. Wenn ja, muss ich das wissen. Ich brauche jemanden, der mir diese Antworten besorgt, egal was passiert.«

»Ich verstehe deine Lage«, sagte sie und stellte Tasse und Untertasse ab. »Und du möchtest, dass ich ihn kontaktiere?«

Maxim nickte.

»Und es gibt nichts, was ich tun kann, um dich umzustimmen? «

»Wenn ich ihr auch nur eine einzige Träne des Schmerzes nehmen kann, werde ich das tun, egal, was es kostet«, sagte er. »Bring mir mein Skalpell.«

KAPITEL 49

Es war bereits Nachmittag, als Victor Marseille erreichte. Er hatte den gestohlenen Wagen in einer der kleinen Städte an der Küste stehen lassen und den Rest der Strecke mit dem Zug zurückgelegt. Die Stadt hatte etwas Ungepflegtes an sich, das sie von ihren Nachbarinnen an der Riviera unterschied. Viele Stadtteile waren jahrhundertealt und längst verfallen. Nicht so malerisch wie Nizza und auch nicht so freundlich. Die Gegend um den Hafen und die vielen Märkte unter freiem Himmel war schmutzig. Überfüllt. Die Kriminalitätsrate hoch. Die Stadt hatte eine lange Geschichte krimineller Aktivitäten und war einst die Hauptroute für den Heroinhandel nach Europa gewesen. Morde durch das organisierte Verbrechen waren häufig. Die Stadt war Heimat diverser Banden, die sich einen ständigen Kampf um Territorium und Vorherrschaft lieferten. Vor allem die nördlichen Bezirke waren für ihre Bandenkriminalität bekannt. Viele Stadtteile galten als No-Go-Areas.

Victor hatte es hier trotzdem immer gemocht. Einer Stadt, die zu sauber war, traute er nicht. In glitzernden Wolkenkratzern passierten genauso viele Verbrechen wie in dunklen Gassen. Zumindest arbeiteten die, die letztere begingen, ohne Vorspiegelung falscher Tatsachen und ohne Gesetze, die sie nicht nur schützten, sondern auch noch ermutigten.

Die unmittelbare Umgebung des Bahnhofs war nicht gerade angenehm. Er sah Prostituierte und Drogendealer, ohne dass er hinsehen musste. Diebe waren überall, ebenso wie Anzeichen von Obdachlosigkeit und Drogensucht. Zwei Prediger, beide mit Megaphonen, wetteiferten darum, gehört zu werden. Der eine bot die Rettung durch

Jesus an, der andere die Erlösung durch Mohammed. Einige Passanten trugen geräuschunterdrückende Kopfhörer.
Er wusste, was er finden wollte, hatte aber keine Ahnung, wie er es finden konnte.
Victor dachte daran, was Phoenix gesagt hatte, als er sie das letzte Mal gesehen hatte. Relou, der Schneider, bei dem sie eine Anprobe zu arrangieren angeboten hatte. Sie verstanden sich sehr gut. Sie kannte ihn über seinen Beruf hinaus. Sie nannte ihn *einen geheimnisvollen Mann*. Sie sagte, dass Victor ihn *mögen* würde; sie schien sich dessen unheimlich sicher zu sein. Das sagte ihm, dass sie Relou auf die gleiche Weise kannte, wie sie ihn kannte. Bedeutete das, dass es sich um eine geschäftliche Beziehung handelte oder dass auch sie die beruflichen Grenzen überschritten hatten? Er war sich nicht sicher. Damals hatte er die Information in seinem Gedächtnis abgespeichert, um sie in ferner Zukunft zu nutzen. Er hatte geahnt, dass er Relou irgendwann nachgehen musste, aber jetzt geschah das, lange bevor er das Bedürfnis dazu hatte.
Phoenix hatte ihm gesagt, dass Marseille kein Paris sei, wenn es um Schneider ging, was ihm einerseits half und andererseits die Suche nach Relou erschwerte. Hätte Marseille seine eigene Savile Row oder Rue du Faubourg Saint-Honoré gehabt, hätte er genau gewusst, wo er seine Suche beginnen musste. Weder das Internet noch das Telefonbuch waren ihm eine Hilfe. Relou war ein Spitzname, kein Vorname. Das bedeutete, dass er seine wahre Identität geheim hielt, was Victor seltsam fand, da sie ihn so gern zu haben schien. Vielleicht hatte sie den Anschein erweckt, dass sie freizügig über Relou sprechen würde, aber sie hatte trotzdem ihre professionelle Distanz gewahrt. Vielleicht war Relou ein Name, den sie sich in diesem Moment

ausgedacht hatte, um Victor nicht zu viel zu verraten. Vielleicht hat sie das Angebot anfangs aufrichtig und ehrlich gemacht, dann aber gemerkt, dass sie zu viel gesagt hatte, und die übrigen Details nicht verraten.

Angesichts der vielen Leichen in Nizza und der Bedrohung, die immer noch von dort ausging, war es kein guter Plan, ziellos durch Marseille zu irren. Victor konnte sich fast überall einfügen und trotzdem war er hier ein Außenseiter. Wenn ihm jemand gefolgt war oder hier nach ihm suchte, hatte er einen erheblichen Nachteil. Er würde ihre Gesichter nicht erkennen, bis sie sich selbst verraten würden. Wenn es sich um Einheimische handelte, wäre es noch schwieriger, sie aus einer Menschenmenge herauszufiltern. Er hatte keine andere Wahl. Er durchsuchte die Stadt nach Schneidereien, nach Relou.

Alle, die er fand, waren an einem Sonntag geschlossen. Er würde morgen früh wiederkommen müssen. Aber wenn er ihn jetzt fand, konnte er morgen Zeit sparen. Marseille sah in der Morgensonne kaum einladender aus. Wie in jeder anderen Stadt gab es auch hier extreme Kontraste zwischen den Stadtteilen und Nachbarschaften, zwischen Arm und Reich, hier im Zentrum wurde die Armut beiseitegeschoben. Sie wurde sozusagen versteckt, um die Touristen nicht zu stören. Und wie in jeder anderen Stadt auch, war das Einkaufszentrum riesig. Victor ignorierte die Einkaufszentren, Kaufhäuser und die großen Geschäfte entlang der Hauptstraßen. Stattdessen schaute er sich in den Seitenstraßen um. Seiner Erfahrung nach waren die besten Kunsthandwerker kleine Geschäfte, die nicht die Mittel hatten, die Wuchermieten in den großen Einkaufszentren zu zahlen, und es zudem nicht nötig hatten.

Anspruchsvolle Kunden, die bereit sind, für exzellente

Qualität einen höheren Preis zu zahlen, sind auch bereit, längere Strecken auf sich zu nehmen, um ihren Einkauf zu tätigen.
Die Globalisierung hatte niemanden verschont. Einst gab es an der Riviera Dutzende von renommierten Maßschneidern. Jetzt waren solche Handwerker rar geworden. Die internationalen Marken hatten fast alle guten unabhängigen Geschäfte geschluckt.
Relou würde seinen eigenen Laden haben, den er mit den Erträgen aus seiner früheren Karriere gekauft hatte, und Victor konnte sich nicht vorstellen, dass Phoenix vom Schneider einer seelenlosen, industriellen Marke schwärmen würde.
Als die Sonne unterging, hielt Victor vor einer Schneiderei ohne Schaufenster oder Deko an. Das einfache Schild zeigte die Silhouette eines Mannes in einem Anzug über der Aufschrift DEPUIS 1907.
Das Fehlen einer Schaufensterfront hatte offensichtliche Vorteile in Bezug auf Privatsphäre und Sicherheit. Das Geschäft war lediglich über eine schmale Fußgängerzone erreichbar. Die Schatten konnten nirgendwo warten und beobachten. Keine Straße bedeutete, dass es keine Überfälle aus dem Auto heraus gab und dass keine Fahrzeuge geparkt waren, in denen ein Killerkommando wartete.
Wenn das Relous Laden war, hatte er eine gute Wahl getroffen. Victor hatte vor, ihm das am nächsten Morgen zu sagen.
Nachdem er eine Umgebungssicherung durchgeführt hatte, schlief Victor in dem schlimmsten Hotel, das er finden konnte. Ein heruntergekommenes, schmutziges Etablissement in einer der kriminellsten Gegenden der Stadt, in der die Gebäude im Laufe der Jahrhunderte so stark verfallen waren, dass sich die Dachrinnen der einzelnen Dächer fast

berührten, obwohl der Abstand zwischen den Gebäuden am Boden vielleicht zwei Meter betrug. Auf der Straße vor dem Hotel wurden offen Drogen verkauft. Die anderen Bewohner warteten auf den Aufzug, während er die Treppe zu seinem Zimmer nahm. Unter anderen Umständen wäre er bis zum Morgengrauen aufgeblieben und hätte bis zum Mittag geschlafen. Stattdessen schlief er, solange er konnte. Ein weiterer Tag, beschloss er, war alles, was er riskieren konnte. Wenn er länger bliebe, könnte er sich genauso gut den Behörden stellen. Ein weiterer Tag, bevor er die Stadt, dann das Land und schließlich den Kontinent verließ. Er würde seine Route nicht planen, damit ihn niemand auf dem Weg abfangen konnte. Die Einzelheiten würde er später dem Zufall überlassen.

Wenn er Phoenix nicht bald finden würde, würde er es nie tun.

KAPITEL 50

Victor führte im Morgengrauen eine Umgebungssicherung durch, bevor die Geschäfte öffneten, und hielt weiterhin Ausschau nach potenziellen Gegnern und Sicherheitskräften, während er neue Kleidung kaufte und seine alte entsorgte. An der Ecke der Schneiderei, in der er Relou vermutete, befand sich ein Café, gefolgt von mehreren Modeboutiquen mit großen und aufwendigen Schildern, die den Blick auf das der Schneiderei versperrten, bis Victor fast vor dem Laden stand. Jede Schaufensterfront war schmal, doch die der Schneiderei war gar nicht erst vorhanden, der Eingang bestand aus nicht mehr als einer schwarz lackierten Tür und einer Sprechanlage aus Messing. Er drehte sich zur Seite, um die Fußgänger an sich vorbeilaufen zu lassen. Die Straße war gerade breit genug für zwei Personen, ohne dass sie sich quetschen oder zur Seite treten mussten, oder für eine einzelne Person und ihre Einkaufstaschen. Er nahm seine Sonnenbrille ab und hängte sie in die Brusttasche seiner Jacke. Im Schatten der Sonne blieb er ruhig und wartete einen Moment, um sicherzugehen, dass an beiden Enden der Straße keine Bedrohung auftauchte.

Die Zeit war nicht auf seiner Seite, sonst hätte er umfangreichere Sicherheitsmaßnahmen ergriffen. Je länger er hierblieb, sowohl in diesem Land als auch in dieser Region, desto gefährlicher wurde es. Viele Leichen am selben Ort zu lassen, war nie eine gute Idee. Es würde ein enormer Druck entstehen, den Täter zu finden. Vielleicht würde eine ganze Task Force dazu eingerichtet werden. Selbst die besten Forensiker würden Tage brauchen, um den Tatort vollständig zu verstehen, und das war der einzige Vorteil. Anfangs würde es schwer sein, die Teile zusammenzufügen. Wenn

sie sicher waren, dass er der einzige Täter war, musste er weit weg sein. Auf einem anderen Kontinent, an einem Ort ohne Auslieferungsabkommen mit Frankreich. Dann wäre er monatelang unterwegs. Er hatte einen Vorrat an Identitäten und würde sie alle aufbrauchen, bis er glaubte, dass er weit genug weg und genügen Zeit vergangen war, um wieder an die Arbeit gehen zu können.
Ihm wurde klar, dass er ohne Phoenix als seine Brokerin vielleicht gar nicht in seinen Beruf zurückkehren würde. Es war Jahre her, dass er für mehrere Broker gearbeitet hatte. Obwohl er sich noch an die Kontaktdaten einiger von ihnen erinnerte, gab es keine Garantie, dass diese Kommunikationskanäle noch offen waren. Es war gut möglich, dass die Broker aus seiner Vergangenheit inzwischen tot waren oder sich anderen Tätigkeiten zugewandt hatten. Die Kontaktaufnahme mit einem oder mehreren von ihnen war mit allerlei Risiken verbunden. Vor Phoenix hatte er für verschiedene Nachrichtendienste Schwarzarbeit geleistet. Diese Geheimdienstler hielten ihn jetzt alle für tot und er konnte sich nicht vorstellen, die Bedrohungen auf sich zu nehmen, die damit verbunden waren, wieder für sie zu arbeiten – Bedrohungen, die überhaupt erst dazu geführt hatten, dass er als tot gelten musste. Er konnte sich allerdings vorstellen, wie sie gucken würden, wenn er aus dem Grab auferstanden vor ihrer Tür auftauchen würde.
Probleme für einen anderen Zeitpunkt. Victor blickte nie zu weit in die Zukunft. Er musste das Heute überleben, bevor er sich auf das Morgen konzentrieren konnte und der Kreislauf von neuem begann.
Mit einem Fingerknöchel betätigte er die Klingel. Er stand in entspannter Haltung da, den Kopf nach unten geneigt, um sein Gesicht vor den Kameras zu verbergen. Auch wenn

sein neuer Anzug zweifellos weit unter der Qualität war, die hier geboten wurde, ließ er ihn seriös und elegant aussehen. Wie einen Kunden.
»Oui?«, fragte die Stimme, die durch den kleinen Lautsprecher auf der Messingtafel kam.
»Ich habe einen Termin«, sagte er. »Ich bin hier, um meinen neuen Anzug abzuholen.«
Ein Glücksspiel. Derjenige, der ihn ansah, würde ihn nicht als Kunden erkennen, wobei zwischen der letzten Anprobe und der Fertigstellung des Anzugs einige Wochen vergehen konnten. Seiner Erfahrung nach arbeiteten die besten Maßschneider nach genauen Plänen. Sie ließen keine Laufkundschaft herein. Sie waren einfach zu beschäftigt, um jemanden ohne Termin zu messen und zu bedienen. Also dachte er sich, dass die Abholung wahrscheinlich genauso funktionieren würde. Wenn niemand innerhalb der nächsten halben Stunde sein Outfit abholen wollte, würde es zu Verwirrung kommen und dann zu Fragen, die er nicht beantworten konnte, und innerhalb weniger Augenblicke wäre die List vorbei. Wenn ein Kunde seinen Anzug abholen sollte, dann ...
Der Summer ertönte und die Tür wurde entriegelt. Victor stieß die Tür mit einer Schulter auf und trat ein.

KAPITEL 51

Hinter der Tür befand sich ein kleiner Vorraum, der in einen kurzen Flur mündete, welcher wiederum in den eigentlichen Laden führte. Der Vorraum bot genug Platz für eine Hutablage und einen Kleiderständer, während der Flur nur breit genug für eine einzelne Person war. Victor machte ein paar Schritte und fühlte sich eingekesselt und verwundbar. Ein Feind könnte in der Öffnung vor ihm auftauchen und Victor wäre machtlos.

Kein Feind tauchte auf, nur ein Mann, der einen hochwertigen Kleidersack trug, betrat den Flur, als Victor ihn zur Hälfte durchquert hatte.

Er hatte ordentliches weißes Haar und ein rotes Gesicht. Blaue Augen blickten Victor über schlaffe Wangen an. Der Mann trug einen marineblauen Dreiteiler, ein cremefarbenes Hemd und eine orangefarbene Krawatte. Die Falten seines Halses wölbten sich über den Kragen. Sein Mund formte ein dünnes, missbilligendes Lächeln. Er schritt auf Victor zu und füllte den Gang vor ihm aus. Es gab keine Möglichkeit, aneinander vorbeizukommen, es sei denn, der Mann duckte sich und Victor sprang über ihn hinweg.

»Also?«, sagte der Mann ungeduldig.

Victor verstand solche Menschen. Hochnäsigkeit kam in vielen Formen vor und alle waren seiner Erfahrung nach hässlich. Er wusste genau, wie es ablaufen würde, wenn Victor nicht nachgab. Der Mann würde niemals zurückziehen. Er war es gewohnt, seinen Willen durchzusetzen, und wäre verblüfft, wenn jemand wie Victor nicht sofort tun würde, was man ihm sagte. Der Mann hatte natürlich keinen Plan B, weil er noch nie einen gebraucht hat. Aus der Hochnäsigkeit würde Sturheit werden, und wenn Victor immer noch nicht zur Seite treten würde, würde diese Sturheit in Empörung umschlagen. An diesem Punkt würde der Mann versuchen, Victor aus dem Weg zu räumen. Er konnte nicht wissen, auf wie viele Arten Victor dafür sorgen würde, ihn das bereuen zu lassen. Nach Victors Erfahrung überdachte niemand sein Verhalten schneller als jemand, der plötzlich und überraschend gequält wurde.

Er konnte den Arm des Mannes fast mühelos auskugeln. Er konnte einen Finger nach dem anderen brechen. Er konnte Druckpunkte nutzen, von deren Existenz der Mann nicht einmal wusste.

Es gab viele Möglichkeiten, dem Mann so viel Schmerzen zuzufügen, dass der seine gesamte Weltsicht überdenken würde.

Victor trat zurück in den Vorraum.

Der Mann atmete seufzend aus. *Wurde auch Zeit.*

Er ging weiter, die Welt drehte sich nach seinen Vorstellungen, so wie sie es immer getan hatte, und Victor ließ ihn gewähren.

Die Ladenfläche war zwar klein, bot aber trotzdem viel Platz für die Präsentation. Auf mehreren runden Tischen waren Hemden, Krawatten, Taschentücher und Manschettenknöpfe ausgestellt. Weitere Auslagen säumten die Wände. In einer Ecke standen zwei hochlehnige Ledersessel, zwischen denen ein kleiner Couchtisch stand. Ein dicker Teppich verteilte die Farbe von Karamell auf dem Boden. An verschiedenen Stellen lagen Perserteppiche darauf. Das Holz der Tische und Stühle hatte den gleichen dunklen Farbton, fast schwarz, außer dort, wo die polierten Oberflächen das Licht in sattem Mahagoni reflektierten. Die Schautische hatten Schubladen mit glänzenden Messingbeschlägen.

In der Stille hörte Victor eine Uhr ticken. Er sah keine, also

musste es eine große Uhr in einem Hinterzimmer oder eine kleine unter dem Tresen sein. Auf jeden Fall war es ein Gerät aus Glas, poliertem Messing und Holz: kein Plastik, keine Elektronik. Das Ticken der Uhr hatte eine solide, schwere Resonanz. Der Klang hatte etwas Beruhigendes an sich. Es war, als wäre er in ein einfacheres, zivilisierteres Zeitalter zurückgereist. Außerhalb der Schneiderei entwickelte sich die Welt in einem beängstigenden Tempo. Hier jedoch stand die Zeit still und er war froh darüber. Wenn er die Wahl hätte, würde er vielleicht nie wieder hinaus gehen und in seine eigene Zeit zurückkehren. Dann kam ihm der Gedanke, dass es vielleicht gar keine Uhr gab und das Geräusch von irgendeinem Gerät kam. Einem Tablet oder einem Laptop. Wie Hintergrundmusik, um eine bestimmte Stimmung zu erzeugen. Es gefiel ihm nicht, die Wahrheit nicht zu kennen. Es kam ihm wie ein grausamer Trick vor, um ihn an der Realität zweifeln zu lassen.
In einer Ecke des Ladens stand eine kopflose Schaufensterpuppe, die eine Soldatenjacke aus der napoleonischen Zeit trug. Er nahm an, dass sie echt war. Eine Antiquität, Jahrhunderte alt.
»Ich bin dabei, sie zu restaurieren«, sagte ein Mann, der den hochflorigen Teppich betrat. »Hier sind Musketenkugeln durchgegangen«, er berührte seine linke Schulter, »hier«, er berührte seinen rechten Ärmel, »und hier«, er berührte seine linke Brust.
»Autsch«, sagte Victor.
Der Schneider trug einen steinbraunen dreiteiligen Anzug, eine dunkelrote Krawatte und ein strahlend weißes Hemd. Das Jackett war geknöpft und geziert von einem Maßband, das um seinen Hals hing. Er hatte einen Bart, der zu gleichen Teilen blond und grau war. Sein Haar war an den

Seiten und hinten kurz geschnitten und an den Spitzen etwas länger, wo es dünn und strähnig war. Er trug eine runde Brille mit dunklem Gestell, die tief auf seiner Nase saß. Grüne Augen blickten Victor über die Ränder an.

»Wenn Sie genau hinsehen«, begann der Schneider, »können sie erkennen, wie sich die Fäden unterscheiden. Vorausgesetzt, man weiß, wonach man suchen musst. Hinter Glas und einen Meter weit entfernt ausgestellt, sieht man den Unterschied nicht.«

Victor antwortete mit einem höflichen Nicken. Er warf einen Blick auf den nächstgelegenen Schautisch mit seiner Mischung aus konservativen Farben und protzigen Tönen.

Der Schneider machte einen kleinen Schritt auf ihn zu. »Sollen Sie Monsieur Belouches Marineblazer abholen?«

»Nicht ganz.«

»Ich glaube nicht, dass Sie Madame Monfleur sind, die wegen des Smokings ihres Gattens hier ist.« Er hielt inne. »Sie müssen also der Ehemann sein, auch wenn Ihr Smoking um die Taille herum ein bisschen ... sackig fallen wird. Glückwunsch zur Diät. Vielleicht hätten Sie mich darauf hinweisen können, die Taille anzupassen, bevor Sie kommen.«

»Sackig ist gut«, sagte Victor. »Ich habe gern ein bisschen Spielraum.«

»In diesem Fall darf ich Ihnen das nächste Sportgeschäft empfehlen, um einen Trainingsanzug zu kaufen. Sie sind nicht Monfleurs Ehemann, genauso wenig wie Sie Belouche sind.«

»Ich bin jemand anderes«, räumte Victor ein.

Der Schneider schürzte in Gedanken seine Lippen. Er hielt seine Handflächen vor seinem Bauch zusammen. Die beiden Daumen klopften gegeneinander. Es war eine entspannte

Haltung.

Victor bediente sich oft selbst dieser Geste. Hände vor dem Bauch bedeuteten, dass die Arme bereits am Ellbogen angewinkelt und die Muskeln bereits aktiviert waren. Wenn sich diese Gliedmaßen schnell bewegen mussten – sei es zur Verteidigung oder zum Angriff – waren sie schneller, als wenn sie schlaff an den Seiten baumelten. Diese Hände waren besser platziert, um zu schlagen, zu greifen oder zu blocken. Vielleicht eine Gewohnheit aus dem früheren Leben des Schneiders oder alte Instinkte, die zurückkehrten, weil er Victor als Bedrohung empfand. Vielleicht war es aber auch nur eine bequeme Haltung.

»Ich habe keinen Termin«, sagte Victor zu ihm. »Ich wünschte, ich hätte einen. Ich wünschte, ich wäre hier, um mein Maß für einen Anzug nehmen zu lassen, aber leider habe ich nicht das Bedürfnis nach einem guten Anzug.«

»Jeder hat das Bedürfnis nach einem guten Anzug. Aber ich mache keine guten Anzüge. Wenn Sie einen Anzug tragen, den ich für Sie zugeschnitten habe, werden Sie ihn nicht mehr ausziehen wollen. Wenn Sie nachts im Bett liegen, werden Sie davon träumen, ihn zu tragen.«

»Lassen Sie es mich anders ausdrücken«, sagte Victor. »Ich hätte sehr gerne einen. Aber trotz all meinen Verfehlungen werde ich ein solches Kleidungsstück nicht wissentlich verschwenden.«

»Was meinen Sie mit *verschwenden*?«

»Man zieht keine Wildlederstiefel an, wenn es draußen stürmt.« Der Schneider blickte ihm direkt in die Augen, als er sagte: »Ich fürchte, wir können unter keinen Umständen Ausnahmen für irgendjemanden machen. Wir sind immer voll ausgebucht. Der einzige freie Termin steht auf einem Kalender, der noch nicht gedruckt ist.« Er blickte an Victor vorbei in diese ferne Zeit. »Wenn Sie einen Termin zum Vermessen vereinbaren möchten, müssen Sie uns anrufen. Am besten am Morgen. Bitte beachten Sie, dass es viele Wochen dauern wird, bis wir Sie für eine Anprobe unterbringen können.«

»Eine gemeinsame Bekannte hat mir versichert, dass für mich eine Ausnahme gemacht werden kann.«

»Dann lag sie falsch oder Sie haben sie falsch verstanden«, sagte der Schneider. »Alles, was wir hier tun, muss sorgfältig geplant werden. Jede Anprobe, jeder Faden der Nadel. Wir machen keine Ausnahmen, auch nicht bei außergewöhnlichen Umständen.«

»Nicht einmal für Ihre alte Brokerin?«, fragte Victor.

KAPITEL 52

Es gab fast keine Reaktion und trotzdem nahm Victor sie wahr. Der Schneider war Relou. Sein Gesichtsausdruck veränderte sich nicht und seine Körpersprache blieb so, wie sie während des ganzen Gesprächs gewesen war; still und steif. Es war die Art, wie er antwortete. Sie sprachen in einem bestimmten Rhythmus, jeder antwortete dem anderen, ohne zu zögern. Diese Frage verursachte jedoch eine kleine Pause, bevor Relou antwortete: »Nicht einmal für meine Mutter.« Endlich bewegte sich Relou. Ein höflicher Schritt nach vorne und eine ebenso höfliche, aber strenge Geste in Richtung Ausgang. »Wenn Sie so freundlich wären.«

»Das ist der Haken, Relou«, sagte Victor. »Ich bin nicht freundlich.«

Relou hielt einen Moment inne und fragte: »Woher kennen Sie diesen Namen?«

»Nennen Sie viele Leute Relou?« Er schüttelte den Kopf. »Nur eine.«

Er hielt Victors Blick fest. In einer anderen Umgebung, so stellte er sich vor, würde Relou einen kurzen Blick nach links und nach rechts werfen. Hier, in seiner eigenen Schneiderei, war das nicht nötig. Relou kannte den Grundriss mit verbundenen Augen.

»Sie müssen jetzt gehen«, sagte Relou in einem Ton, der nicht bedrohlich klang, und doch verstand Victor die Drohung, denn er ging nirgendwo hin. Im selben besänftigen Ton sagte Victor: »Ich fürchte, das werde ich nicht tun.«

»Ich stelle keine Bitten.«

»Sie sind zwischen größeren Läden auf einem schmalen Streifen eingezwängt, also gibt es keine Werkstatt im hinteren Bereich. Also ist sie unten, im Keller. Die Frau, die auf

den Klingelknopf geantwortet hat, ist jetzt dort.«
»Und?«, sagte Relou.
»Weiß sie, was Sie gemacht haben, bevor Sie dieses Geschäft gekauft haben? Woher Sie das Geld hatten, um es zu kaufen?« Relou war still.
»Dann vergessen Sie, was Sie gerade denken«, sagte Victor.
»Sie wissen nicht, was ich denke.«
»Ich weiß, dass Sie mich durch die Tür gelassen haben, weil jemand in den nächsten dreißig Minuten seinen neuen Anzug abholen will. Angenommen der Rest Ihrer Kunden ist wie der, den ich im Flur angetroffen habe, dann bezweifle ich, dass es den Besitzer dieses Anzugs freuen wird, wenn er erfährt, dass er morgen wiederkommen muss. Das Gleiche gilt für alle Anproben heute Nachmittag, die abgesagt werden müssen.« Victor warf einen Blick auf den Teppich. »Sie bekommen das Blut nie wieder raus. Wie lange wird es dauern, bis ein Ersatzteppich verlegt ist? Ganz zu schweigen von der Möglichkeit, dass Sie damit nicht durchkommen oder ihre Empfangsdame den Anblick Ihres wahren Ichs nicht erträgt.« Er hielt eine Sekunde inne. »Sie müssen sich das sehr genau überlegen.«
Relou hatte sich das gut überlegt, das konnte Victor sehen. Er hatte keinen Grund zu glauben, dass Relou zu impulsiven Handlungen neigte, und doch war er schon lange nicht mehr im Geschäft. Das Abwägen von Handlungen und Konsequenzen war vielleicht einmal seine zweite Natur gewesen. Mittlerweile könnte diese Fähigkeit völlig verloren gegangen sein. Da Relou vielleicht nur in unmittelbaren Zusammenhängen dachte, hielt Victor es für angebracht, ihm bei diesem Denkprozess zu helfen.
»Es ist ja nicht so, dass Sie heute noch eine Waffe tragen, oder?«, fragte Victor. »Sie würde den Schnitt Ihres Anzugs

ruinieren, was nicht gerade eine gute Werbung für Ihr Talent als Schneider wäre.« Er drehte seinen Kopf ein wenig, um sich im Raum umzusehen. »Sie haben natürlich eine in der Nähe. Nicht hier drinnen. Ich nehme an, dass es hinten mindestens ein Vorzimmer gibt, bevor die Treppe in den Keller hinunterführt. Wenn ja, würde ich sie dort aufbewahren. Wenn ich Sie wäre, meine ich. Wenn ich wie Sie in den Ruhestand gegangen wäre, würde ich jetzt nicht eine Schneiderei oder sonst etwas betreiben.«

Relou sagte: »Was würden Sie stattdessen tun?«

»Ich war einmal so naiv zu glauben, ich könnte Sprachen unterrichten.«

»Naiv? Wieso das?«

»Ich wurde daran erinnert, dass niemand von uns ohne Konsequenzen davonkommen kann, nur weil wir es gerne würden.« Er berührte mit zwei Fingern sein Brustbein. Unter seinem Hemd befand sich eine kleine Narbe. »Ich wurde von einer *Accuracy International AW* angeschossen.« Endlich änderte sich Relous Gesichtsausdruck abrupt. Er war skeptisch. »Dann sind Sie unter einem guten Stern geboren. Ein Kugel aus so einem Gewehr hätte Sie in zwei Hälften schießen müssen.«

»Ich glaube nicht an Glück«, sagte Victor. »Aber damals habe ich an Fensterscheiben geglaubt, die aus geschichteten Glas- und Polymerplatten bestehen.«

»Ach?«, fragte Relou.

»Die Hersteller solcher Fensterscheiben behaupten, dass sie kugelsicher seien«, erklärte Victor. »Wieder einmal war ich einer naiven Fantasie erlegen. Ich hätte die Behauptung testen sollen.«

»Es gibt keinen kugelsicheren Schutz«, sagte Relou. Victor nickte.

»Damals war ich noch jung.« Er hielt inne, dachte über diese Aussage nach und fügte dann hinzu: »Jünger.« Er hielt wieder inne. »Ich bin nicht hier, wegen dem, was Sie mal waren, sondern weil Sie jemanden kennen. Ich will nur über Phoenix reden und dann wieder gehen. Fünf Minuten Ihrer Zeit. Wie Sie diese fünf Minuten verbringen wollen, liegt ganz bei dir.«
Relou dachte über diese fünf Minuten nach, das konnte Victor sehen. Nun war Relous alte Denkweise zurückgekehrt. Er war nicht mehr Schneider, sondern wieder Profi. Er ging die verschiedenen möglichen Aktionen und Konsequenzen durch. Vielleicht ein bisschen langsamer, als er es in seiner besten Zeit getan hätte, aber die Räder drehten sich noch immer. Niemand verlernt das Fahrradfahren.
»Also«, sagte Victor, nachdem er Relou genügend Zeit zum Nachdenken gelassen hatte, »was soll es sein?«
Relou antwortete.

KAPITEL 53

Kurz vor sechs Uhr morgens Ortszeit landete ein Gulfstream G650ER Jet auf einem kleinen privaten Flugplatz in Minnesota. Das dreißig Meter lange Flugzeug war direkt aus St. Petersburg hergeflogen, eine Reise von über 7000 Kilometern, die fast 14 Stunden gedauert hatte. Die G650ER hatte eine vierköpfige Besatzung: Pilot, Co-Pilot und zwei Stewardessen. Das Chartern des Flugzeugs kostete fast 12.000 Dollar pro Stunde, wobei 200.000 Dollar pauschal im Voraus zu zahlen waren. Als Neukauf kostete der Jet knapp 70 Millionen US-Dollar. Das Unternehmen, dem das Flugzeug gehörte, verfügte über eine bescheidene Flotte von drei Flugzeugen, die in Osteuropa stationiert waren und hauptsächlich auf dem Kontinent und im Nahen Osten eingesetzt wurden, um wohlhabende Privatpersonen, Firmenkunden, Oligarchen und Ölbarone, Prominente und manchmal auch Königshäuser zu befördern. Transatlantikflüge waren zwar kein Eckpfeiler des Geschäfts der Firma, aber sie waren nicht ungewöhnlich.

Die meisten Kunden waren Stammkunden, die die Unannehmlichkeiten kommerzieller Flugterminals gerne gegen ein maßgeschneidertes Reiseerlebnis nach ihrem eigenen Zeitplan eintauschten, weil Komfort für sie vor allem anderen stand. Manche wollten vor allem Privatsphäre. Andere hatten so viel Geld, dass sie nicht wussten, wofür sie es sonst ausgeben sollten. Einige charterten Jets, nur damit sie ihre Teacup-Chihuahuas auf dem Sitz mitnehmen konnten. Ein profitables Unternehmen, das erst an diesem Morgen von einer Briefkastenfirma gekauft wurde, die weit über den Marktwert hinaus zahlte, um die Eigentümer zu einem überstürzten Verkauf zu bewegen. Es ging alles so schnell, dass die vierköpfige Mannschaft noch nicht einmal wusste, dass sie einen neuen, anonymen Eigentümer hatte. Sie würden alle ihre Jobs behalten. Zumindest vorerst, denn der neue Besitzer brauchte die Jets nur für einen einzigen Zweck. Genauer gesagt, wollte der neue Besitzer die G650ER des Unternehmens.

Das Flugzeug bot bis zu 19 Passagieren Platz und war der Gipfel des modernen Luxus. Sonderangefertigte Ledersitze und Plüschteppiche. Das Essen hatte Restaurantqualität und die Weinkarte war von einem prämierten Sommelier zusammengestellt worden. Auf dieser Reise wurde das alles ignoriert. Das Einzige, was zählte, war die gigantische Reichweite der Gulfstream von 7.500 Kilometern. Sie konnte direkt von Russland in die USA fliegen, ohne in Heathrow auftanken zu müssen, wodurch die damit verbundenen zusätzlichen Kontrollen vermieden wurden.

Das Luxusflugzeug diente gerade dazu, eine einzelne Person über den Atlantik zu bringen, die ihr eigenes Essen mitgebracht hatte und alle Angebote von Wein oder anderen Erfrischungen ablehnte und während des langen Fluges insgesamt vielleicht zwei Dutzend Worte sprach. Fast alle davon waren *Nein, danke* oder *Ich brauche nichts.* Er schlief nicht. Er sah sich nicht die neusten Filme an. Er flirtete nicht mit den Stewardessen, die ekelige Anspielungen von Menschen mit viel Reichtum und wenig Anstand gewöhnt waren.

Er scrollte nur durch Dokumente auf einem Tablet-Computer und machte handschriftliche Notizen in einem gebundenen Büchlein.

Die Stewardessen hatten keine Ahnung, welcher Arbeit er nachging. Falls er während des Fluges eine Pause machte, hatten sie es nicht bemerkt.

Kalte Luft wehte ins Innere, als einer der Stewardessen den Ausgang öffnete und mit einem höflichen Lächeln wartete, das Frösteln unterdrückend.
Obwohl es kaum zu ignorieren war, blieb er in seine Notizen vertieft. Als er nach einiger Zeit fertig war, stand er auf, nahm seinen bescheidenen Koffer und verabschiedete sich mit einem höflichen *Dankeschön*.
Man hatte vor seiner Ankunft angerufen, um sicherzustellen, dass ein bestimmter Zollbeamter die Abfertigung durchführte, die darin bestand, dass der Mann nur mit den geringsten Kontrollen durchgewunken wurde. Damit war das Skalpell von Maxim Borisyuk frei und konnte seine Arbeit tun.

KAPITEL 54

Victor hatte Recht. Eine Waffe hätte den Schnitt von Relous Anzug ruiniert, deshalb trug er stattdessen ein Messer. Er war zwar schon lange aus dem Beruf raus, doch auch wenn er etwas an Geschwindigkeit verloren hatte, war er immer noch schnell. Die Handflächen, die er vor seinem Bauch zusammengehalten hatte, brachen auseinander, als er seine Füße in eine Kampfhaltung brachte, die linke Hand streckte sich zum Angriff aus und die rechte wanderte in eine Tasche, um das Messer zu ziehen: ein kleines Klappmesser ließ seinen polierten Stahl aufblitzen.

Zwischen ihnen stand einer der runden Tische mit einer Vielzahl von Krawatten. Victor hatte seine Position sorgfältig gewählt. Relou konnte nicht einfach angreifen, da der Tisch ihn blockierte.

»Du wirst noch deinen Anzug ruinieren«, sagte Victor. Er machte einen kleinen Schritt nach links, woraufhin Relou dasselbe tat, um den Tisch zwischen ihnen zu halten und dem Schneider die Möglichkeit zu nehmen, das Hindernis zu überwinden. Relou tastete sich immer noch an ihn heran und war noch nicht bereit, sich auf einen Angriff einzulassen. Der Tisch verhinderte einen geraden Weg zu Victor und damit jede Effektivität.

Der Angriff müsste um ihn herum ausgeführt werden, was jede Chance auf Geschwindigkeit zunichtemachen würde.

»Ich kann Ihre Gedanken lesen«, sagte er zu Relou. »Vergessen Sie nicht, dass Sie im Ruhestand sind. Sie haben die letzten Jahre mit Scheren und Nähnadeln verbracht, nicht mit Kampfmessern. So gut Sie auch waren, das sind Sie jetzt nicht mehr.«

»Glauben Sie wirklich, dass Sie der erste Killer sind, der vor meiner Tür auftaucht?«, fragte Relou und umrundete den Tisch weiter in Richtung Victor, während Victor sich weiter von ihm wegbewegte. »Mein Ruhestand war nicht so ruhig, wie Sie vielleicht denken.«

»Ich bin nicht hier, um Sie zu töten«, versicherte Victor. »Ich bin auf der Suche nach Phoenix. Sie hat mich verraten. Zugegeben, nicht zum ersten Mal. Aber das ist das zweite und letzte Mal, dass das passiert.«

»Wenn Sie glauben, dass ich meine ehemalige Brokerin verraten würde, dann liegen Sie nicht nur falsch bei mir, sondern haben auch keine Ahnung von ihr.«

»Sie müssen sich keine Sorgen um ihre Rache machen, sondern um mich.«

Ein spöttisches Lächeln kräuselte seine Lippen. »Sie wissen noch weniger über mich, als ich dachte, wenn Sie glauben, ich würde auf Drohungen reagieren.«

»Ich drohe nicht, ich handle«, erwiderte Victor. »Aber ich ziehe es vor, das Ganze so zivil wie möglich zu halten. Sie sagen mir, was ich wissen muss, und ich gehe meiner Wege. Sie führen Ihr Leben als Schneider weiter, als ob nichts davon passiert wäre. Und wer weiß? Vielleicht komme ich eines Tages zurück und lasse Maß nehmen.«

Relous Gesichtsausdruck blieb unverändert. Er war konzentriert und entschlossen, umkreiste den Tisch, den Blick auf Victor gerichtet. Es gab keine Reaktion auf Victors Worte. Aber er dachte nach, das war klar. Er wog den Vorschlag gegen die Alternative ab und versuchte, den Wahrheitsgehalt des Vorschlags abzuwägen. Konnte er Victor vertrauen? Nein, natürlich nicht, war die Antwort. Denn Relou verstand Victor genauso gut wie Victor ihn.

Relous Miene blieb undurchsichtig, aber seine Bewegungen verrieten ihn. Seine langsamen Seitwärtsschritte nach

links wurden etwas leiser, als er sein Gewicht auf den linken Fuß verlagerte, der auf dem Teppich aufsetzte.
»Es muss nicht so laufen«, sagte Victor.
Relou hörte nicht mehr zu. Dann wurden seine Schritte etwas breiter und er bereitete sich auf den Angriff vor.
»Tun Sie es nicht«, warnte Victor. Die Gegensprechanlage summte.
Relou stellte das Kreisen ein. Victor tat das Gleiche. Keiner von beiden bewegte sich. Keiner blinzelte.
Dieselbe Stimme, die auf Victors eigenes Klingeln geantwortet hatte, sprach jetzt wieder. Er hörte sie sowohl schwach und körperlos aus der Gegensprechanlage draußen als auch leise und widerhallend aus der Werkstatt unten. »Oui?«
Victor konnte die Antwort nicht hören, dann summte es einen Moment später an der Tür. Jemand war hier, um sein Kleidungsstück abzuholen. Madame Monfleur oder Monsieur Belouche.
Relou warf Victor einen Blick zu.
Dieser Blick enthielt eine Frage und einen Vorschlag. Victor dachte kurz nach, beantwortete dann die Frage und stimmte dem Vorschlag mit einem Nicken zu.
Mit einer schnellen, geschmeidigen Bewegung klappte Relou das Messer weg und steckte es zurück in seine Tasche. Victor trat in die nächstgelegene Ecke und setzte sich in einen der Sessel mit den hohen Lehnen.
Er stellte sich vor, wie er als Kunde darauf wartete, einen perfekt sitzenden anthrazitfarbenen Anzug anzuprobieren. Er nahm eine entspannte Haltung ein, stützte die Ellbogen auf die Armlehnen der Stühle und schlug die Beine an den Knöcheln übereinander. Relou kehrte in seine ursprüngliche Haltung zurück und legte die Handflächen vor seinem

Bauch zusammen.
Victor hörte, wie sich der Eingang schloss und Schritte auf den Flur drangen, bevor eine Frau den Laden betrat. Er behielt sie in seinem Blickfeld, während er über den Anzug nachdachte, den er abholen wollte. Ein maßgeschneiderter Anzug, kostspielig. Ein Anzug, für den er in den letzten Wochen dreimal zur Anprobe gekommen war, nachdem er mehrere Wochen auf der Warteliste dafür gestanden hatte. Wie viele Wochen hatte er gewartet, um ihn heute abzuholen, fragte er sich? War er immer noch aufgeregt oder war er ungeduldig, das in die Hände zu bekommen, was so viel Zeit und Geld gekostet hatte? Vielleicht war es ein Geschenk an ihn selbst oder eine Belohnung für den Antrag, oder war er so wohlhabend, dass alle seine Anzüge maßgefertigt waren und jeder einzelne Tausende Euro kostete? Letzteres nicht, entschied er, denn der Anzug, den er jetzt trug, war von der Stange. Er fand ein gewisses Vergnügen daran, solche Figuren zu erschaffen, sich selbst in verschiedenen Gestalten vorzustellen und ein anderes Leben zu leben. Wie die Vorstellung, sein Buch am Strand zu lesen. Es war besser als nichts.
Die Frau blickte in seine Richtung, als sie eintrat, bevor sie ihre Aufmerksamkeit Relou zuwandte, geschäftsmäßig empfing er sie. Sie trug eine dunkle Jeans und einen schwarzen Blazer. Ihre Schuhe waren flach und bequem. Ihr langes kastanienbraunes Haar hatte sie zu einem Dutt hochgesteckt. Braunes Leder bedeckte ihre Hände. Die Kleidung war einfach, aber raffiniert, teuer. Sie war nicht geschminkt, soweit er es erkennen konnte. *Madame Monfleur*, dachte Victor.
Dann überlegte er, dass das schlichte Outfit, das sie trug, die perfekte Kleidung für einen Profi war, der Luxus schätzte,

aber nicht auffallen wollte. Ihre hochgesteckten Haare verhinderten, dass sie ihr in die Quere kamen oder gegen sie verwendet wurden. Die Handschuhe boten den offensichtlichen Vorteil. Relou fragte: »Kann ich Ihnen helfen?«

Sie sah Victor einen Moment lang an, bevor sie antwortete. »Ich muss mit Ihnen reden. Unter vier Augen.«

»Ich fürchte, ich bin im Moment sehr beschäftigt«, sagte Relou in einem höflichen, bedauernden Ton. »Ich muss mich um einen Kunden kümmern.« Er gestikulierte zu Victor. »Vielleicht können Sie später wiederkommen? Morgen? Ich habe keine Zeit, neue Kunden zu bedienen, ohne einen Termin zu vereinbaren.«

»Sie müssen sich Zeit für mich nehmen.«

Nach und nach passte Victor seine Sitzposition an, indem er seine Beine öffnete und die Fußsohlen fest auf den Boden stellte. Er lehnte sich nach vorne und richtete seinen Rücken auf, sodass sein Kopf direkt über seinen Hüften lag. Relou wies mit einer Geste auf den Ausgang. »Darf ich bitten.« Sie schaute zu Victor, dann wieder zu Relou.

Mit einer geschickten, schnappenden Bewegung wanderte ihre rechte Hand zu ihrer Hüfte, wo sie eine Gürteltasche trug, und schnappte wieder zurück, um eine kompakte SIG zu greifen, die sie auf Relou richtete. Er reagierte nicht.

Sie sagte: »Hast du jetzt Zeit für mich?«, und dann zu Victor: »Bleib sitzen, wenn du das überleben willst.« Ihr Blick war auf Relou gerichtet, so dass sie die Waffe in Victors Hand nicht sah.

Erst als er sagte: »Oh, ich werde das auf jeden Fall überleben«, schaute sie wieder in seine Richtung. Er hatte seine FN auf ihre Körpermitte gerichtet. »Du vielleicht auch, wenn du die Nerven behältst.«

Sie stieß einen schweren Seufzer der Enttäuschung aus.

Dann lächelte sie, während sie ungläubig den Kopf schüttelte. Victor konnte sehen, dass sie sich über sich selbst ärgerte, weil sie überrumpelt worden war. Sie hielt die SIG auf Relou gerichtet und fragte ihn: »Wer ist dein Freund?«
»Er ist nicht mein Freund. Er ist hierhergekommen, um mich zu töten. Bist du auch deshalb hier?«
Sie sagte: »Ich stelle hier die Fragen.«
»Ich glaube, das tun wir alle«, sagte Victor. »Vielleicht können wir verhindern, dass sich die Situation verschlimmert, indem wir einfach die Fragen beantworten, die man uns stellt?«
Relou, der in den Lauf der SIG starrte, stimmte mit einem Nicken zu. »Hört sich vernünftig an.«
Die Frau dachte einen Moment lang darüber nach und zuckte dann mit den Schultern. »Klar, warum nicht? Ich fange gleich mal an.« Sie fragte Victor: »Wer bist du und warum wolltest du diesen Schneider töten?«
»Ich hatte nicht die Absicht, ihn zu töten. Ich wollte nur Informationen. Er war derjenige, der die Gewalt auslösen wollte. Und wer ich bin: Nenn mich JT. Du bist dran.«
»Ich bin Salomé«, sagte sie. »Ich bin auf der Suche nach Phoenix.«
»Das ist er auch«, warf Relou ein.
Sie drehte sich in Victors Richtung, die Augenbrauen vor Überraschung zusammengekniffen. »Sag bloß...«, fing sie zu lächeln an, »...Phoenix hat dich auch hintergangen.«
»Hintergehen wollen, könnte man sagen.«

KAPITEL 55

Unter dem Laden lag eine Werkstatt, in der Stoffe zugeschnitten und genäht wurden. Victor hatte keine Ahnung, wie viele verschiedene Stoffarten er sah, aber es mussten Tausende sein. Eine riesige Vielfalt an Fäden, Farben und Texturen.

Eine alte Frau, klein und gebeugt, schaute überrascht, als Relou zusammen mit Victor und Salomé in die Werkstatt hinabstieg. Relou nahm sie beiseite und sagte ihr, sie könne sich den Rest des Tages frei nehmen. Victor konnte die genauen Worte des Protests nicht hören. Er sah jedoch ihren Ausdruck der Bestürzung.

So ging sie an ihm vorbei, schüttelte den Kopf und murmelte vor sich hin. Die zwei Minuten, die sie zum Gehen brauchte, standen sie schweigend da. Auf dem Weg nach draußen knallte sie die Tür ins Schloss.

Relou erklärte: »Sie hat hier gearbeitet, seit sie ein Kind war. Für den allerersten Schneider, seine Nachfolger und jetzt für mich. Einer der Gründe, warum wir so unflexible Arbeitszeiten haben, ist, dass sie nicht mehr so lange nähen kann und ich es nicht übers Herz bringe, sie zu entlassen.«

Salomés SIG steckte wieder in ihrem Holster. Sie hielt ihre Hand in dessen Nähe, während sie in der Werkstatt herumlief. »Nette Geschichte, aber das ist mir wirklich scheißegal.«

Victors eigene Waffe steckte ebenfalls. Er hatte kein Bedürfnis, seine Hand in der Nähe der Waffe zu halten. »Pass auf, was du sagst, bitte.« Sie warf ihm einen Blick zu und erwartete eine Pointe. Als keine kam, zuckte sie mit den Schultern und wandte sich zu Relou: »Wo ist Phoenix?« Er machte einen resignierten Eindruck. Er war seiner ehemaligen Brokerin gegenüber immer noch loyal, aber er verstand seine Lage nur zu gut. Als es nur um ihn und Victor ging, war Relou bereit gewesen, ein Risiko einzugehen. Nun stand er gegen JT und Salomé, Relou wusste, wann er sich zurückziehen musste. »Ich weiß nicht, wo sie ist«, sagte er. Salomé stieß einen schweren Seufzer aus und schüttelte den Kopf.

Victor beobachtete ihre Handlungen mehr als Relou.

»Ich weiß, wo sie wohnt«, erklärte der Schneider. Salomé antwortete: »Wir alle wissen, wo sie wohnt.«

Victor sagte ihm: »Sie ist nicht da. Deshalb bin ich jetzt hier. Anonymität war schon immer ihr bester Schutz, aber sie bietet keinen Schutz vor denen, die sie bereits kennen. Phoenix scheint mir nicht die Art Mensch zu sein, die flieht. Sie wird ihr Leben nicht damit verbringen, von einem Hotel zum nächsten zu ziehen.«

»Sie wird einen Unterschlupf haben«, fügte Salomé hinzu.

»Genau«, bestätigte Victor.

Relous Blick wechselte zwischen den beiden hin und her.

»Warum sollte sie mir sagen, wo sich ein solcher Unterschlupf befindet?«

»Weil sie nicht immer so vorsichtig war«, sagte Victor. »Niemand beginnt dieses Leben, und weiß, welche Vorsichtsmaßnahmen er treffen muss, um zu überleben. Ich wusste es nicht. Ich musste es bei der Arbeit lernen. Dir ging es sicherlich genauso.« Er warf einen Blick auf Salomé. »Dir auch.«

Sie hob nur Augenbrauen.

»Sie wird dir nicht gesagt haben: *Hier befindet sich mein Unterschlupf*«, fuhr Victor fort. »Aber sie wird etwas gesagt haben, das uns helfen kann. Vielleicht hat sie eine Reise gemacht und verraten, dass sie dort leben oder sich zur Ruhe setzen möchte oder dass sie eine Villa gesehen hat,

die sie kaufen möchte.«
»Das ist schon sehr lange her«, sagte Relou. »Wer weiß, ob sie diesen Ort noch besitzt?«
»Das müssen wir herausfinden«, antwortete Victor. Salomé knurrte frustriert. »Sag uns einfach, was du weißt. Hör auf, uns hinzuhalten.«
Relou blieb still.
Sie sagte: »Oder soll ich losgehen und deine Assistentin zurückbringen? Ich bin sicher, sie ist nicht weit gekommen.«
»Halt sie da raus.«
Salomé ging in der Werkstatt umher und blieb an einer der vielen Nähmaschinen stehen. »Vielleicht lege ich ihre Hand darunter und wir können sehen, wie oft sie schreit, bevor du den Mund aufkriegst.«
Relou, der bis jetzt trotz der Situation sehr ruhig geblieben war, wurde rot vor Wut. Er dachte an das Klappmesser in seiner Tasche und an Salomés Kehle, da war sich Victor sicher. Also sagte er: »Das wird nicht passieren.« Er blickte zu Salomé: »Ich meine es ernst.«
»Wir sind hier auf derselben Seite«, sagte sie. »Wir müssen nicht nett zu ihm sein.«
Relous Blick war immer noch auf Salomé und ihre Kehle gerichtet.
Victor sagte ihm: »Die alte Frau wird in Ruhe gelassen, aber du musst uns etwas geben.«
»Warum hast du die Waffe nicht benutzt?«, fragte Relou ihn. »Vorher, meine ich. Als nur wir da oben waren.«
»Höflichkeit unter Geschäftsleuten«, sagte Victor. »Und?«
»Und ich wollte dich nicht zwingen, bevor es nicht absolut notwendig war. Ich ziehe es vor, wenn möglich, zivilisiert zu sein. Deshalb ist deine Assistentin völlig sicher, was auch immer hier passiert. Er hielt inne. Aber wenn du uns nicht

sagst, was du über Phoenix weißt – und ich weiß, dass du etwas weißt – dann wird es deine Hand unter der Nadel sein.«

Salomé lächelte.

Relou atmete aus und nickte. »Vor einigen Jahren, lange bevor ich in den Ruhestand ging, es war noch in den Anfängen der Arbeit mit Phoenix, da waren wir noch nicht so vorsichtig. Wie du schon sagtest, muss man diese Dinge in der Praxis lernen. Wir haben uns persönlich getroffen, um Aufträge zu besprechen. Wir trafen uns auch wegen anderer Dinge. Sie erzählte mir von dem verfallenen Schloss, das sie restaurierte. Ich erzählte ihr von der Schneiderei, die ich kaufen wollte. Damals vertrauten wir uns gegenseitig. Ich vertraue ihr auch jetzt noch, deshalb fällt es mir schwer zu glauben, was du mir erzählt hast. Jedenfalls hatte sie ein kleines Refugium, wie sie es nannte, wenn sie Ruhe und Frieden brauchte.«

Salomé wurde ungehalten: »Wo?«

»Eine Hütte«, antwortete Relou. »Im Landesinneren, vielleicht einhundert Kilometer. In der Nähe des Dorfes Goult. Ich war nur ein einziges Mal dort.« Relou senkte beschämt den Kopf.

Salomé schaute zu Victor und gestikulierte dann zu Relou. Eine subtile Geste mit der Hand, die eine Frage impliziert, auf die Waffe zustrebend.

Victor schüttelte den Kopf und fragte Relou nach dem Standort der Hütte. Trotz des einmaligen Besuchs erinnerte sich der Schneider an genügend Details, sodass Victor zuversichtlich war, dass sie das Haus in dieser dünn besiedelten Gegend finden würden.

Salomé zuckte mit den Schultern und sagte dann: »Fahrgemeinschaft? Ich denke, da wir in der gleichen Situation

sind, können wir auch unsere Ressourcen bündeln. So können wir ein größeres Gebiet abdecken und so weiter.«
»Das klingt sinnvoll.«
Salomé ging die Treppe hoch und rief Relou zu: »Ich bin sicher, wir müssen dich nicht daran erinnern, dass es ein Fehler wäre, sie zu warnen.«
Mit leiser Stimme antwortete er: »Ich wüsste nicht einmal, wie ich sie warnen sollte.«
»Vergiss nicht, dass du keine Wahl hattest«, sagte Victor zu ihm. »Und wenn es hilft, werde ich dafür sorgen, dass Phoenix das versteht.«
Der Schneider nickte. Seine Augen blieben niedergeschlagen. »Gib ihr eine Chance, es zu erklären«, sagte er. »Vielleicht denkst du anders, wenn du verstehst, warum.«
Victor sagte: »Es ist mir egal, warum«, und ging die Treppe hinauf.

KAPITEL 56

Er fand Salomé vor der Schneiderei wartend. Sie hatte sich eine Zigarette angezündet. »Glaubst du, er sagt die Wahrheit?«, fragte sie. »Über die Hütte?«

»Ich glaube, du hast ihn von der Notwendigkeit der Wahrhaftigkeit überzeugt.«

»Er wäre noch überzeugter gewesen, wenn du mich nicht daran gehindert hättest, seine Assistentin zurückzubringen.«

»Ich habe dich nicht aufgehalten«, korrigierte Victor. »Und das spielt jetzt auch keine Rolle mehr. Was geschehen ist, ist geschehen. Und ich brauche Antworten.«

«Mais bien sûr», sagte sie und blies den Rauch aus. »Ich habe dich zuerst nicht erkannt, als ich den Laden betreten habe. Hättest genauso gut eine andere Person sein können als die, die ich gestern Morgen im Café gesehen habe.«

Victor stellte sich die Besucherschaft des Cafés vor. »Du hast einen breitkrempigen Hut getragen.«

»Eine einfache Ablenkung«, fuhr sie fort. »Die Leute sehen den Hut, nicht mich.« Sie rümpfte die Nase. »Mir war der Bart lieber. Du sahst vornehmer aus. Wie ein Geschichtsprofessor. Jetzt siehst du aus wie ein Schläger.«

»Danke«, sagte er in einem Ton, den sie nicht verstand. Er strich sich über den Kiefer und dachte an den Bart, den er bei der Arbeit trug, um genau dasselbe zu bewirken wie Salomé mit ihrem Hut. Effektiv, aber er hätte es merken müssen. Er hätte besser aufpassen müssen. Zu seiner Schande war seine Wachsamkeit durch Phoenix' Aktion gesenkt worden. Ehre, wem Ehre gebührt. Sie musste ihren Verrat seit dem ersten Tag geplant haben, an dem sie sich getroffen hatten. In dem Wissen, dass der Tag kommen würde, an dem sich ihre Wege trennten, und dass ein solcher Verrat nur auf einem soliden Fundament aufgebaut werden konnte.

»Ich war auch mit Phoenix verabredet«, sagte Salomé. »Das bedeutet, dass sie uns beide an diesem Tag sterben sehen wollte. Du bist direkt an mir vorbei ins Café gegangen und ich habe mir nichts dabei gedacht. Dann bist du zu meiner Überraschung direkt wieder rausgegangen, hast die Straße überquert und das Bürogebäude betreten. Zuerst schien es unwichtig zu sein. Ein Fremder, der seine Meinung über den Kaffee geändert hat. Ein paar Augenblicke später fielen die Schüsse, kaum hörbar. Gedämpft, natürlich. Ich begriff nur langsam, was ich da sah.« Sie hielt inne, um ihre Worte zu überdenken. »Ich begriff nur langsam das *Warum*, meine ich. Ich glaube, es war der Besitzer, der als Nächster erahnte, was diese Geräusche waren, obwohl er sich selbst nicht sicher zu sein schien. Zivilisten sind nur selten bereit es zu glauben, wenn die Zivilisation als eine Illusion entlarvt wird, nicht wahr? Als dann der Mann mit dem Kopf voran auf die Straße stürzte, gab es kein weiteres Leugnen.«

Victor hörte zu.

»Ich dachte schon, du hättest dein Glück zu sehr herausgefordert, als du noch nicht herausgekommen warst, als die Polizei auftauchte. Da habe ich beschlossen, mich zu verabschieden. Sonst hätten wir vielleicht schon gestern dieses Gespräch gehabt.« Sie hielt inne. »Woher wusstest du, dass es ein Hinterhalt war?«

»Geöffnete Fensterläden«, antwortete er. »Die waren am Tag zuvor noch nicht offen.«

Sie dachte eine Sekunde darüber nach und lächelte dann breiter. »Danke, dass du uns beiden das Leben gerettet hast.«

»Woher wusstest du von Relou?«

»Weil ich schon sehr lange für Phoenix arbeite.«

»Sie redet zu viel, oder?«

»Das habe ich damals auch gedacht. Jetzt weiß ich, dass das alles nur gespielt war. Die wohlwollende Brokerin. Keine Bedrohung für irgendjemanden.«

»Mich hat sie damit auch gekriegt«, räumte Victor ein.

Sie gestikulierte. »Mein Auto ist da entlang.«

Den Fußgängern ausweichend gingen sie die schmale Straße entlang. Die Brise wehte den Rauch von Salomés Zigarette in Victors Gesicht und das Gefühl war besser als jeder Meereswind. An der Kreuzung vor ihnen war ein Peugeot an der Bordsteinkante geparkt. Ein Mann saß hinter dem Lenkrad, ein zweiter stand neben dem Auto. Er war jenseits seiner Dreißiger, groß und schlank, trug eine Baseballkappe über der Sonnenbrille und eine Sweatshirtjacke mit halb hochgezogenem Reißverschluss. Eine Cargohose. Praktische Wanderschuhe. Victor vermutete ein Messer in einer der Hosentaschen und eine Pistole im Bund.

»Du hast mir nicht gesagt, dass du zu einer Crew gehörst.«

Salomé zuckte mit den Schultern und warf die Zigarette weg. »Du hast nicht gefragt. Ist das ein Problem?«

»Das kommt darauf an«, antwortete er, »ob du das Sagen hast.« Sie schnaufte und lächelte, als ob es keine Alternative gäbe.

Vielleicht gab es keine. Vielleicht würde sie nie Befehle von einem anderen Menschen annehmen.

»JT gehört jetzt zu uns«, sagte sie zu dem Mann am Auto. »Er hat das gleiche Ziel, also sei freundlich. Ich muss einen Anruf tätigen.«

Sie trat zur Seite und fischte ein Telefon heraus. Der klare Himmel und die helle Sonne ließen die sandigen Pflastersteine blendend weiß leuchten. Der Mann, der am Auto lehnte, nahm seine Sonnenbrille ab, als Victor näherkam. »Ich bin Miller.« Victor nickte.

Miller war offensichtlich Amerikaner und ungefähr so groß wie Victor, was vor allem für seinen Oberkörper galt. Seine Beine waren ein bisschen zu kurz für seine Statur. Er würde nicht schnell auf die Beine kommen. Auch seine Arme waren etwas zu kurz, so dass er im extremen Nahkampf effektiver sein würde, als es seine Größe vermuten ließ. Der Kapuzenpulli gab ihm einen falschen Anschein von Masse. Er hatte schmale Schultern und dünne Beine.

Miller sagte: »Freut mich, dich kennenzulernen und so. Wir werden uns gut verstehen, das merke ich jetzt schon. Was auch immer du brauchst, ich bin dein Mann. Salomé sagt, sei freundlich, also werde ich dich behandeln, als wärst du einer von uns.«

Victor sagte: »Ich brauche dich nicht als Freund. Unsere Absichten stimmen überein, das ist alles.«

»Jeder braucht doch einen Freund«, lachte Miller.

»Ich nicht. Ich arbeite allein.«

»Merkt man, bist so ein verdammter einsamer Wolf, stimmt‘s?«

»Keine Flüche.«

Miller spielte mit seiner Sonnenbrille. »Ist *verdammt* zu sagen jetzt Fluchen?«

»Das war es schon immer«, antwortete Victor. »Also hör auf, es zu sagen.«

»Aber sicher, Pater.«

»Wie ich dir gesagt habe: Wir sind hier unter Freunden. Du willst, dass wir auf deine Ticks und No-Gos Rücksicht nehmen? Dann machen wir das. Wir werden sogar unsere Sünden büßen, uns taufen lassen und der Heilsarmee beitreten, wenn es das ist, was du willst. Wir werden nicht nur

Freunde, sondern beste Freunde. Die Art von Freunden, die alles tun, was du willst.«
»Wer ist der Typ hinter dem Lenkrad?«
»Boulanger«, sagte Miller. »Er ist Franzose.« Victor hob eine Augenbraue. »Miller und Baker?«
»Natürlich nicht unsere richtigen Namen.«
»Offensichtlich«, sagte Victor. »Warum sollten Freunde auch ihre richtigen Namen benutzen?«
»Damit wir Freunde bleiben können«, gab Miller zurück. »Wie heißt du noch mal richtig?«
»Touché.«
Miller richtete sich auf. »Hör zu, das hier ist alles andere als deine Vorstellung von einer guten Zeit. Das verstehe ich. Wir alle wären lieber woanders und würden etwas anderes tun. So sind die Würfel aber nicht gefallen, also warum versuchen wir nicht, das Beste daraus zu machen, ja? Salomé will es so, also bekommt Salomé es auch, okay? Wenn du dich weigerst, mitzuspielen, wird Salomé wie ein Tsunami auf mich und Boulanger niedergehen. Das bedeutet, dass ich und Boulanger dann auf dich wie ein Tsunami niedergehen müssen. Das heißt, dass zwei Tsunamis niedergehen. Das sind verdammt viele Tsunamis.«
»Fluch nicht«, sagte Victor erneut.
Miller hielt die roten Handflächen hoch. »Ticks und No-Gos. Mein Fehler.« Er öffnete die Beifahrertür und gab Victor ein Zeichen einzusteigen.
»Ich werde hinten sitzen.«
Miller zuckte mit den Schultern, um Unverständnis bei gleichzeitiger Gleichgültigkeit auszudrücken, und öffnete die Hintertür für Victor, der hinter dem Beifahrersitz Platz nahm, auf den sich Miller setzte.
»Ich bin Boulanger«, stellte Boulanger sich selbst vor. Er

musterte Victor im Rückspiegel.

Boulanger war etwas älter als Miller, dennoch ebenfalls jung. Er hatte einen viel massigeren Körperbau, war bestimmt einen Kopf größer. Seine Schultern waren so breit und seine Gliedmaßen so dick, dass Victor sich nicht sicher war, wie der Mann überhaupt in das Auto passen konnte.

»Boulanger ist unser Mann fürs Grobe«, sagte Miller mit einem Grinsen. »Ach wirklich.«

Sein Gesicht war rot und glänzend und seine Augen blutunterlaufen. Victor stellte sich vor, wie das Herz unter der massiven Brust mit rasender Geschwindigkeit schlug, nur um so viel Masse am Laufen zu halten. Boulanger sagte nichts weiter, was auch Sinn machte. Wenn er so viel redete wie Miller, würden sie nie etwas erreichen.

Vor langer Zeit hätte Victor dies vielleicht für einen Hinterhalt gehalten und wäre dem mit seinem eigenen Angriff zuvorgekommen, aber jetzt verstand er mehr als in seinen ersten Tagen als Profi. Er hatte gelernt, Menschen zu lesen und die subtilen Anzeichen einer bevorstehenden Gewalttat zu erkennen, und Miller und Boulanger zeigten keinerlei Anzeichen. Sie waren beide entspannt und ein wenig gelangweilt. Und was am meisten auffiel: Sie waren müde. Boulanger unterdrückte ein Gähnen und Miller stieß einen Seufzer der Anstrengung aus, als er seine Mütze abnahm und sich an der Kopfhaut kratzte. Menschen, die im Begriff waren, jemanden zu ermorden, waren nie müde, egal wie ausgelaugt sie körperlich waren. Dafür sorgten die Nebennierenhormone. Hätten Miller und Boulanger vorgehabt, ihn zu töten, wären sie geistig und körperlich wach gewesen, möglicherweise unruhig vor lauter nervöser Energie.

Was auch immer es war, es war kein Vorspiel für Gewalt.

Victor war angenehm überrascht. Er traute diesen beiden Männern nicht, dasselbe galt für Salomé – denn er traute niemandem, schon gar nicht seinen Kollegen – und doch war er zufrieden damit, es vorerst hierbei zu belassen.
Als sie mit dem Telefonieren fertig war, kletterte Salomé auf den Rücksitz. »Wie kommt ihr Jungs zurecht?«
»Wie Essig und Öl«, sagte Miller. Salomé sagte: »Allons-y«, und gab Boulanger einen kleinen Klaps auf den Arm.
Boulanger antwortete mit einem Nicken und ließ den Peugeot an.
Miller schien sich zu freuen, dass es losging. »Holen wir uns diese Sch-« Er unterbrach sich selbst und wandte sich dann an Victor. »Ticks und No-Gos, richtig?«
Victor nickte ihm nur zu.
Miller sagte zu Boulanger: »Wir müssen aufpassen, wie wir mit diesem Mann reden. Wir dürfen den Namen des Herrn nicht missbrauchen oder so etwas.«
»Dein Ernst?«
Miller sagte: »So ernst wie der Bandscheibenvorfall meiner Mutter. Der Typ ist ‘ne Hausnummer.«
Boulanger blickte Victor im Rückspiegel in die Augen. »Du tötest Menschen für Geld, aber beim Fluchen und Blasphemie ziehst du eine Grenze. Was macht das für einen Sinn?«
Victors Tonfall war wehmütig. »Ich habe nie behauptet, dass ich konsequent bin.«

KAPITEL 57

Sie fuhren von Marseille aus nach Norden und folgten Relous Anweisungen. Einhundert Kilometer. In der Nähe von Goult. Eine lange Reise von der Küste ins Hinterland der Provence. Sie fuhren durch kleine Städte und Dörfer und die Landschaft veränderte sich immer wieder: von sanften Hügeln mit trockenem Gras und Palmen über schimmernde Weizenfelder bis hin zu scheinbar endlosen Weinbergen. Der Peugeot war alt. Der Innenraum schmutzig. Die Polster zerfleddert und abgenutzt. Es stank nach altem Tabak und Schweiß.

»Entschuldige unseren fahrbaren Untersatz«, bat Salomé. »Ich hoffe, du denkst jetzt nicht schlecht von uns.«

»Er ist entbehrlich«, sagte Victor. »Das gefällt mir.«

Sie nickte. »Wir fackeln ihn ab, sobald wir fertig sind.«

Boulanger hielt sich an das Tempolimit. Manchmal fuhr er ein bisschen schneller und manchmal knapp darunter. Auch das gefiel Victor. Es zeugte von Kompetenz, auch wenn es nicht besonders klug gewesen war, einen Steinwurf von Relous Laden entfernt zu parken. Angesichts ihrer Absichten hätten sie subtiler vorgehen sollen.

Außerdem hätte Miller darauf bestehen sollen, dass Victor auf dem Beifahrersitz saß.

Profis, gewiss, nur waren sie noch jung. Sie hatten noch einen weiten Weg vor sich, bis sie die Feinheiten ihres Berufs voll und ganz verstehen würden.

Die Hütte, die Relou beschrieben hatte, lag an der Mündung eines engen Tals, das von Ackerland gefüllt war. Vor der Revolution sicherlich das Anwesen eines Adeligen.

Boulanger und Miller hielten sich im Auto zurück, während Victor und Salomé sich zu Fuß der Hütte näherten.

Ein einfaches Steingebäude. Zwei Stockwerke. Vielleicht vier oder fünf Zimmer. Aus Victors Sicht auf keinen Fall ein verteidigungsfähiges Gebäude, auch die Umgebung war diesbezüglich mangelhaft. Phoenix war eben keine Taktikerin. Ihre Vorstellung von Verteidigung war nicht dieselbe wie die seine. Pragmatismus und Einfallsreichtum hatten sie all die Jahre am Leben gehalten.
Das und die Beseitigung von Bedrohungen, bevor sie ihr überhaupt so nahekamen wie sie jetzt.
Salomé sagte: »Von hier aus sieht es nicht nach viel aus, vor allem nicht im Vergleich zu ihrem Chateau. Ich hatte etwas Beeindruckenderes erwartet.«
»Ein Safe House, das auffällt, ist kaum sicher. Hätten wir nicht gewusst, dass es Phoenix gehört, hätten wir nie einen zweiten Blick darauf geworfen.« Boulanger kam hinzu und machte Meldung. »Draußen steht kein Fahrzeug.« Salomé schüttelte den Kopf. »Das bedeutet nichts. Es könnte hinten stehen oder woanders geparkt sein, so dass das Haus aus der Ferne unbewohnt erscheint.« Sie hielt inne. »Ein Safe House, das auffällt, ist nicht sicher, oder?«
Der Franzose stimmte zu.
Ohne den Fahrersitz, der ihn einschränkte, wirkte er noch größer. Er war vielleicht doppelt so schwer wie Victor und nur ein bisschen dick dabei. Kein Mensch war dafür gebaut, so viel Masse zu tragen, also war Boulanger's Körperbau auf supraphysiologische Mengen Anabolika zurückzuführen. Das bedeutete, dass er einen Vorrat an Stoff bei sich hatte. Victor konnte sich nicht vorstellen, dass ein Attentäter Nadeln und Ampullen mit sich herumtrug, also mussten es orale Steroide sein. Die Temperatur war mild, trotzdem schwitzte Boulanger. Salomé sprach mit ihm und deutete dabei auf Victor. »Er und ich werden das erledigen.

Ihr bleibt hier und behaltet die Umgebung im Auge. Sagt uns Bescheid, wenn ihr etwas oder jemanden seht, der nicht an seinem Platz ist. Ich will nicht, dass sich ein Killerkommando von hinten an uns heranschleicht, während wir drinnen sind. Ist das klar?« Boulanger zuckte mit den Schultern und nickte als Antwort, was bedeutete, dass er verstanden hatte, aber den Sinn nicht sah. Victor fand das interessant. Noch mehr, dass sie dem Franzosen daraufhin einen mahnenden Blick zuwarf. Sie war mit seinem Verhalten nicht zufrieden, aber Victor erkannte noch etwas anderes in dem Blick, den sie ihm zuwarf. Vielleicht dachte sie, dass er sie vor Victor schlecht aussehen ließ.

Oder vielleicht war es etwas ganz anderes.

Weder Victor noch Salomé brauchten das Haus zu betreten, um zu sehen, dass es unbewohnt war. Dem verwitterten Äußeren nach zu urteilen, war der dieselbetriebene Generator draußen schon seit Jahren nicht mehr eingeschaltet worden. Das Gelände war zugewachsen. Die Pflastersteine unter dem wuchernden Unkraut fast unsichtbar. Von den Fensterrahmen blätterte der Lack. Das Glas selbst war blind und verschmutzt.

»Hat es einen Sinn, hineinzugehen?«, fragte Salomé.

Victor umrundete das Gebäude und suchte nach Anzeichen, die darauf hindeuten, dass Phoenix oder jemand anderes hier gewesen war. Er fand nichts.

»Ich schätze, es kann nicht schaden«, sagte sie, als er nicht antwortete. Sie knackte das Schloss, während er seine Untersuchung fortsetzte.

Sie war schnell. Schneller als er gewesen wäre.

Das Innere war so, wie es das Äußere vermuten ließ. Kein einziges Anzeichen dafür, dass jemand anderes als sie in den letzten Jahren einen Fuß hineingesetzt hatte.

Salomé sagte: »Ich werde oben nachsehen.« Jede Stufe knarrte und ächzte, als sie aufstieg.
Er sicherte das Erdgeschoss, was weniger als eine Minute dauerte. Die Eingangstür öffnete sich in einen Raum, der abgesehen von einem alten Sessel und einer Staffelei in einer Ecke leer war. In der kleinen Küche fand Victor einige nicht-verderbliche Lebensmittel in Schränken, deren Scharniere quietschten, als er sie einen nach dem anderen öffnete. Ein paar Obstkonserven. Etwas italienisches Mehl. Korsische Oliven in Salzlake im letzten Schrank, den er überprüfte.
Fast hätte er die Schranktür geschlossen, aber stattdessen nahm er eines der Gläser heraus. Die Oliven darin waren dick und grün. Das Etikett war handgeschrieben. »Hast du etwas gefunden?«, fragte Salomé. »Oben gibt es nichts außer einem Bett ohne Bettzeug. Nicht ein einziges Kleidungsstück. Kein Telefon.«
»Oliven aus Montemaggiore«, sagte Victor, drehte den Deckel des Glases auf und nahm eine aus der Salzlake. »Willst du eine?«
»Ich passe, merci.«
»Dein Pech«, sagte er und ließ die Olive in seinen Mund fallen. Dann stellte er das Glas zurück, dahin, wo er es gefunden hatte. Er kaute und schluckte. »Was jetzt?«
»Offensichtlich ist Phoenix nicht hier und war es auch schon lange nicht mehr. Vielleicht wusste Relou das und hat uns trotzdem hergeschickt.«
»Das glaube ich nicht«, sagte Victor. »Er hat seine Niederlage eingesehen.«
»Was schlägst du dann vor?«
»Ich bin mir nicht sicher, aber es ist fast an der Zeit, aufzuhören und aus Frankreich zu verschwinden, solange ich

noch kann.«
»Sei nicht so voreilig«, begann Salomé. »Ich habe einige Kontakte. Bis jetzt haben sie mir immer geholfen. Vielleicht hatten sie bei anderen Spuren mehr Glück.«
»Andere Spuren?«
»In Marseille«, antwortete sie. »Ich habe viele Freunde an vielen Orten. Ein weiterer Vorteil, wenn du nicht alleine arbeitest, ist, dass du anderen Leuten einen Gefallen tun kannst und sie dir im Gegenzug einen Gefallen tun. Du bist nicht darauf angewiesen, alles selbst zu machen.«
»Klingt nützlich.«
«Tout à fait», stimmte sie mit einem Nicken zu. »Wie lange arbeitest du schon für Phoenix?« Salomés Blick war auf die Szenerie draußen gerichtet. »Schon immer, denke ich. Zumindest scheint es so zu sein.«
»Seid ihr auch schon immer zu dritt?«
»Warum ist das wichtig?«
»Ich mache nur Smaltalk«, erklärte Victor. »Es kommt nicht oft vor, dass ich andere aus unserem Gewerbe treffe, die ich nicht auch töten will.«
Salomé lächelte ein wenig.
»Du wolltest nie alleine arbeiten?«, fragte er. »Warum sollte ich?«
»Mehr Geld. Ein durch Drei geteiltes Honorar ist dreimal mehr wert, wenn es nicht geteilt wird.«
Sie schüttelte den Kopf: »Es geht nicht immer nur ums Geld. Wir sind ein Team. Wenn das alles vorbei ist, solltest du bei uns bleiben. Versuche einmal, Teil einer Familie zu sein.«
»Ich bin kein guter Teamspieler.«
»Du bist also ein Einzelkämpfer, der niemandem gegenüber loyal sein kann?«, fragte Salomé. »Das ist eine [illegible]le Existenz, mon ami.«

Victor widersprach nicht.
»Ich kann ruhig schlafen, weil ich weiß, dass ich Teil eines Teams bin«, führte sie aus. »Die Jungs halten mir den Rücken frei und ich ihnen. Wenn mir etwas zustößt, werden sie mich rächen. Hast du jemanden da draußen, der dasselbe für dich tun würde?«
»Nein«, gab Victor zu.
Salomé gab ein zischendes Geräusch von sich, als sie sich eine Zigarette anzündete. »Das hast du davon, wenn du keine Loyalität zeigst. Du bekommst keine zurück.«

KAPITEL 58

Es fühlte sich gut an, aus dem Gefängnis raus zu sein. Es war zwar seit einiger Zeit klar gewesen, aber Nikkitin hatte nicht erahnt, wie gut es sich anfühlte; jeder kleine Aspekt des Lebens war jetzt tausendmal angenehmer. Sogar das Pinkeln war jetzt ein Vergnügen, weil er es tun konnte, wann immer er wollte, ohne dass ein Zellengenosse in der Nähe war.

»Glaubt mir«, sagte er zu seinen kleinen Brüdern, »ihr solltet darauf achten, dass ihr wenigstens einmal eingebuchtet werdet. Ihr wisst erst zu schätzen, wie es ist, frei zu sein, wenn ihr zum ersten Mal eingesperrt seid.«

»Nicht nötig«, sagte einer seiner kleinen Brüder und zuckte mit den Schultern. »Ich weiß meine Freiheit mehrmals am Tag zu schätzen.«

»Das wissen wir«, rief ein anderer, »wir können dich durch die Wände hören, wie du dir einen runterholst.« Nikkitin lachte. Es war schön, wieder Teil des Rudels zu sein. Er nippte genussvoll an seinem Bier. Nach nur zwei Flaschen war er bereits angetrunken. Ein weiterer Vorteil der paar Monate im Knast, auch wenn er nicht zugeben wollte, dass seine Toleranz gesunken war.

Schon gar nicht hier auf der Hausparty. Zu Nikkitins Ehren, obwohl er selbst keine mehr hatte. Seine eigene Bande von kleinen Brüdern bestand durchweg aus jungen Kerlen. Keiner jenseits der Dreißig. Die meisten nicht mal lange in ihren Zwanzigern. Einige waren russische Staatsbürger, während die meisten US-Bürger waren, entweder eingewandert oder in den USA geboren. Nikkitin hatte das Sagen, auch als er im Gefängnis war, und er war nur auf Kirills Geheiß hineingekommen. In der Nacht, als Kirill gestorben war, hatte Nikkitins Anwalt dafür gesorgt, dass er bald darauf entlassen wurde. Nikkitins Anwalt hatte auch Kirill vertreten, arbeitete seit Jahren nur für die Bratva. Nikkitin hatte einen Mann in einer Bar angegriffen, die der Bratva gehörte. Als die Zeit gekommen war, zogen die Zeugen ihre Aussagen zurück und die Anklage musste fallen gelassen werden. Es bestand nie die Gefahr, dass Nikkitin verurteilt werden würde. Trotzdem brauchten seine Brüder nie einen Vorwand, um eine Party zu feiern.

Das Haus selbst gehörte einem anderen Ableger der Bratva, doch nur Nikkitin und seine Crew nutzten es. Ein Ort, an dem sie abhängen und ihre Ware lagern konnten. Da sie die Drogen in medizinischen Vorräten transportierten, standen überall Kisten mit Fläschchen, Döschen und Gläsern herum. Eine Schachtel mit Injektionsnadeln stand oben auf einem Stapel offen, weil die Brüder sie wie Darts geworfen hatten, um zu sehen, ob sie in der Tür stecken bleiben würden. Das taten sie, manchmal.

Einer von den Dartspielern näherte sich Nikkitin. Der Typ war 19, mit derart knochigen Knien und Ellenbogen, dass sie ihn nur *„konkretnyy"* – Beton, nannten. Er schlurfte mit gerunzelter Stirn und nach unten gezogenen Mundwinkeln heran, als sei er verwirrt oder unsicher. Nervös kratzte er sich den rasierten Hinterkopf.

»Jemand möchte dich sprechen«, sagte Beton und blickte dabei über die Schulter und machte eine träge Geste in Richtung des Flurs und des dahinter liegenden Eingangs.

Als er niemanden sah, gluckste Nikkitin. »Ist er ein Geist?«

Die Jungs in der Nähe lächelten oder lachten.

Beton machte nicht mit. »Er sagte, er sei ein Diener Gottes.«

Im Glauben, er habe sich wegen der lauten Musik verhört, fragte Nikkitin: »Was hat er gesagt?«

»Er sagt, er sei ein Diener von...«

Nikkitin hatte sich nicht verhört. »Dann sag ihm, dass er sich verpissen soll«, antwortete er, immer noch lächelnd, aber mit der Geduld am Ende. »Das ist kein Ort für einen Priester. Wir alle hier sind Teufel.«

Betons unsichere Haltung uferte ins Unbehagen aus. »Er wird nicht... Ich glaube nicht, dass er irgendwo hingeht.«

»Schick ihn weg«, befahl Nikkitin und griff nach einem weiteren Getränk vom Nachbartisch. »Kannst du das glauben?«, sagte er zu einem der Jungs, die neben ihm saßen. »Boss«, sagte der Mann zurück, obwohl sein Blick nicht auf Nikkitin gerichtet war.

Beton hatte sich nicht bewegt. Er stand da und kratzte sich am Hinterkopf, immer noch unsicher, immer noch unruhig. In seiner plötzlichen Wut darüber, ignoriert zu werden, schleuderte Nikkitin die Flasche gegen die nächstgelegene Wand.

Sie zerschellte, und braune Glassplitter prallten von der Wand ab, schäumendes Bier floss über die Lackierung.

Beton wich erschrocken zurück.

Alle anderen im Raum stoppten, was sie gerade taten.

»Schaff ihn weg«, wiederholte Nikkitin.

Mit Unbehagen, das in Angst umschlug, schüttelte Beton den Kopf. Nikkitin war sprachlos. Er war so verblüfft, dass seine Wut verpuffte. Beton ignorierte seinen Befehl nicht nur, sondern weigerte sich regelrecht, ihm zu gehorchen. Er wusste, dass seine gesamte Mannschaft ihn anschaute. Sie erwarteten, dass er aufstehen und Beton für seinen Ungehorsam verprügeln würde, augenblicklich. Stattdessen zögerte Nikkitin. Er sah, dass Beton weniger Angst vor seinem Chef hatte als vor dem Besucher. Das machte keinen Sinn. Es sei denn ...

»Bring ihn her«, herrschte Nikkitin.
Beton nickte und zog sich zurück. Alle Augen im Raum schauten in Nikkitins Richtung.
»Macht die Musik aus«, sagte Nikkitin in den Raum, den beklommene Stille eingenommen hatte. Das einzige Geräusch waren Nikkitins Atemzüge; ein und aus, ein und aus.
Dann Schritte. Schlurfende Turnschuhe auf Beton, auf Dielen. Ein zweiter Satz: harte Absätze auf Holz, aber irgendwie weich und widerhallend, als ob die Gesetze der Physik für sie anders gelten würden.
Beton erschien mit gesenktem Kopf. Er stand mit abgewandtem Blick an der Tür und gestikulierte den Weg zurück, den er gekommen war.
Zuerst erschien der Schatten des Mannes, dunkel auf dem Boden. Dann seine Silhouette im Türrahmen. Dann betrat er den Raum und verschwamm mit der Dunkelheit. Eine dunkle Hose und ein dunkler Blazer über einem dünnen grauen Pullover. Vielleicht vierzig. Ein Typ, an dem Nikkitin auf der Straße vorbeigehen würde, ohne zweimal hinzuschauen, ohne ihn zu registrieren. Ein normaler Bürger, der ein normales, langweiliges Leben führt.
Aber keine solche Person würde in ein Haus voller Bratva gehen und nach ihrem Chef fragen, ohne ein einziges Anzeichen von Angst. Solche Anzeichen gab es in vielen Formen, wusste Nikkitin. Nicht nur Schweißausbrüche oder nervöse Zuckungen. Manche Jungs überkompensierten und trugen ihre Arroganz und Angeberei zur Schau. Sie hatten das Bedürfnis zu beweisen, sie hätten keine Angst, weil sie ganz von der Angst gelenkt wurden. Dieser Mann hatte das nicht nötig.
Die Art und Weise, wie sein Blick auf Nikkitin ruhte, als ob

alle anderen im Haus nicht mehr existierten und er mit Nikkitin ganz allein war, deutete darauf hin, dass dieser Mann vielleicht überhaupt nichts fühlte.

Die vorherige Erwartung der kleinen Brüder verwandelte sich in Verwirrung. Keiner von ihnen verstand es, weil sie alle zu jung waren. Sie waren zu unerfahren, zu früh in ihrer Bratva-Karriere, um von diesem Mann gehört zu haben. Nikkitin selbst hatte ihn fast vergessen. Verdrängt viel mehr. Es war schon schwer genug, nachts zu schlafen, ohne dass dieser Name seine Träume heimsuchte. Nur war der Mann vor ihm kein bloßer Albtraum.

»Weißt du, wer ich bin?«, fragte der Mann.

Früher wurde er *Nav* genannt, was der Name war, den die alten Slawen der Unterwelt gaben. Manche nannten ihn auch *Chernobog*; Teufel. In den letzten Jahren war er Haros gewesen, obwohl manche auch *Charos* oder *Charon* sagten. Je nachdem, wo in der Welt er die Menschen ins Reich der Toten brachte. Sie alle bedeuteten mehr oder weniger das Gleiche, auch wenn die Aussprache und die Übersetzungen die Dinge durcheinanderbrachten. Deshalb antwortete Nikkitin mit einem anderen Namen.

»Der Fährmann.«

Unter diesem Namen kannte man ihn heute in der Bratva. An den Ufern des Flusses Styx wartete Maxim Borisyuks oberster Vollstrecker und sein gefürchtetster Henker, die Toten hinüberzutragen.

KAPITEL 59

Auf dem Weg zurück nach Marseille war es still im Auto. Victor war nachdenklich und er war sich sicher, dass es Salomé und ihren beiden Jungs genauso ging. Die Sonne stand schon tief, als sie den nördlichen Stadtrand erreichten.

»Wohin gehen wir?«, fragte Victor.

»Wir treffen meinen Kontaktmann«, sagte Salomé. »Ich zumindest. Ihr Jungs könnt euch abkühlen, bis ich fertig bin.«

Boulanger fuhr in ein Industriegebiet und hielt an einem Maschendrahtzaun, der im Wind rasselte. Dahinter standen im Halbdunkel verrostete Eisenbahnwaggons. Salomé verabschiedete sich – »Wir sehen uns« – und kletterte hinaus. »Hoffentlich mit guten Neuigkeiten.«

Boulanger fuhr wieder los. Durch die Heckscheibe sah Victor, wie Salomé telefonierte. Sie hatte sich abgewandt, sodass er ihre Lippen nicht lesen konnte.

»Wohin fahren wir?«, fragte Victor. Miller antwortete. »Firmengelände.«

»Details, bitte.«

»Was willst du wissen? Es ist ein verlassenes Restaurant in einem Einkaufszentrum. Na ja, in dem, was die Franzosen ein Einkaufszentrum nennen. Das ganze Gebäude hätte schon lange abgerissen werden sollen, aber niemand hat sich dazu durchgerungen, es abzureißen, wie man es mit der Hälfte der Gebäude in dieser verfallenen Stadt tun sollte. Die anderen Gebäude stehen leer. Vielleicht fehlt es uns ein bisschen an Komfort. Aber wenn es um Privatsphäre geht, ist es unschlagbar.« Miller atmete aus und strich sich über den Bart. »Wenn diese Wände sprechen könnten ...«

Das Schild für das Einkaufszentrum war durch Graffiti

verunstaltet worden. Die Liste der Geschäfte darunter war nicht mehr zu lesen. Der Smog hatte es mit einer dichten Schicht aus dunklem Dreck überzogen, der fast die gleiche Farbe wie die Schrift hatte, die im richtigen Licht vielleicht noch lesbar gewesen wäre, wenn sich nicht viele Graffiti-Tags überlagert hätten. Ein ganzer Regenbogen von gesprayten Farben wetteiferte um die Vorherrschaft. Victor konnte kein einziges Wort, kein Symbol ausmachen.

Auf dem Parkplatz hinter dem Gebäude gab es Platz für etwa 30 Autos und bis auf zwei waren alle leer. Ein rostiger BMW war in der hintersten Ecke geparkt. Er sah aus, als stünde er schon seit Jahren dort. Daneben stand ein neuerer Geländewagen, dessen Innenbeleuchtung eingeschaltet war, der Motor lief. Qualm zog aus dem offenen Schiebedach. Als Boulanger einparkte und die Türen öffnete, fuhr der Geländewagen weg und Victor sah ein paar Teenager mit geröteten Augen und breitem Grinsen davonfahren.

Er registrierte einen Spirituosenladen, eine Reinigung, einen Haushaltswarenladen, ein Café, ein Fischrestaurant und einen Mini-Markt. Einige Fenster waren mit Brettern vernagelt, andere mit Zeitungspapier abgedeckt. Nur der Spirituosenladen hatte Sicherheitsrollläden. Abgesehen von großstädtischem Unrat war der Parkplatz leer. Wo die Wände auf den Boden trafen, gab es gelbe Urinflecken und Schlimmeres. Bloß das Umgebungslicht der Stadt erhellte den Platz. *Ein guter Ort für eine Hinrichtung,* dachte Victor, obwohl Miller und Boulanger immer noch keine Anzeichen für kommende Gewalt zeigten. Keine Überwachungskameras, keine Fenster, die man übersehen konnte, kein vorbeilaufender Fußgänger. Victor kletterte aus dem Auto und folgte den beiden Jungs zur Hintertür des Fischrestaurants. Miller hatte die Schlüssel und sperrte auf. Er hielt die

Tür auf, damit Boulanger zuerst eintreten konnte, dann gab er Victor ein Zeichen, ihm zu folgen. Victor mochte es nicht, flankiert zu werden, selbst von Leuten, die keine unmittelbare Bedrohung darstellten. Er gehorchte trotzdem. In diesem Fall zog er es vor, mitzuspielen.

Drinnen betätigte Boulanger einen Lichtschalter. Es gab nicht viel über diese Umgebung zu erfahren, obwohl Victor während des kurzen Spaziergangs gut aufpasste. Er sah Türen, die zu einem Lagerraum, einem Kühlraum, einem Büro oder Pausenraum, einer Personaltoilette, öffentlichen Toiletten, der Küche und der Restaurantetage führten. Boulanger stieß mit der Handfläche die Tür zum Speisesaal auf. Ein anständig großes Lokal mit Platz für vielleicht achtzig oder hundert Gäste. Das meiste Mobiliar war verschwunden, aber einige Tische waren zurückgelassen worden, unverkauft und ungewollt. Einer davon wurde offensichtlich von Miller und Boulanger benutzt, wenn man die dazugehörigen Stühle, den Aschenbecher, die Zeitung, die Spielkarten und die vielen Kaffeebecher zum Mitnehmen sowie die Behälter für Pasta, Pizza und Schawarma betrachtete. Aber keine Meeresfrüchte.

»Ihr habt diesen Ort hier schon lange«, sagte Victor. Miller warf einen Blick in seine Richtung.

»Bitte was?«

Victor deutete auf die Container, die auf dem Tisch standen.

»Oder großen Appetit«, sagte Miller mit einem Grinsen.

Victor nahm einen der gebrauchten Kaffeebecher vom Tisch, um ihn genauer zu betrachten.

Miller beobachtete ihn. »Wir können gleich was Frisches besorgen. Brauchst nicht an den Resten zu knabbern.«

Victor nickte und stellte den Becher wieder ab.

»Die Anwälte streiten sich gerade darum, wer für den Abriss

und den Neubau zahlen soll. Es wird Jahre dauern, bis hier wieder jemand vorbeikommt. Ich wette, dass wir bis dahin mit dem Job fertig sind.«

»Welcher Job?«, fragte Victor.

Miller zögerte einen Moment lang verwirrt. »Na, Phoenix finden. Das ist doch unsere Aufgabe, oder? Das ist der Job, den wir versuchen zu erledigen.«

»Ich verstehe«, sagte Victor.

Ein paar Stühle standen im Raum verstreut, umgeschmissen wie nach einem Tobsuchtsanfall. Einer war zertrümmert. Auf dem Boden lagen Styroporstücke von den Deckenplatten, Holzstücke von den Möbeln, Putz von den Wänden und Glasscherben von den zerbrochenen Spiegeln, die den heruntergekommenen Raum auch noch bedrohlich wirken ließen.

In der Mitte des Raums erstreckten sich vier dekorative Säulen vom Boden bis zur Decke, allesamt von Graffiti verunstaltet.

Miller zuckte mit den Schultern, so dass die Kapuze in seinem Nacken zum Buckel wurde. »Wir haben eine elektrische Herdplatte an der Bar. Etwas Suppe. Knabbereien. Es ist nicht das Four-Seasons, aber für unsere Ansprüche genügt es.«

Die Bar des Restaurants befand sich in einer Ecke des Raumes. Wie der Rest des Raumes war auch sie in die Jahre gekommen und durch Wassereinbrüche und Vandalen beschädigt worden. Die Hocker, die mit dem Boden verschraubt waren, waren ihrem Platz treugeblieben, aber die Vinylpolster waren alle aufgeschlitzt und zu ausgefransten Streifen zerrissen worden. Die Schaumstoffpolsterung quoll aus dem Inneren heraus oder war herausgerissen und auf den Boden geworfen worden, so dass sie einen gelben

Heiligenschein um die Bar bildete. Glasscherben zahlreicher zerbrochener Flaschen hatten sich unter den Schaum gemischt. Eine schmutzige Kochplatte stand auf der Theke. Lebensmittel und Emaillebecher standen daneben.
Victor blieb vorsichtig, aber die Schritte von Miller und Boulanger knirschten auf dem Styropor und dem Glas. Größere Trümmerteile schienen sich am Rande des Raumes angesammelt zu haben, weshalb Victor vermutete, dass die beiden Männer sie nach Lust und Laune weggetreten oder -geworfen hatten. Ein roter Teppich bedeckte den Boden. Schmutz und Wasserschäden hatten ihn an vielen Stellen schwarz gefärbt. Der Styroporstaub schien fast wie Schnee darauf zu liegen.
Miller zupfte an einem ausgefransten Streifen der Tapete. »Du kannst mich verrückt nennen, aber mir gefällt es hier irgendwie.«
»Hast du Hunger?«, fragte Boulanger, während er Dosensuppe in einen Topf goss, den er auf die Platte gestellt hatte.
Victor nickte. »Klar.«
Miller nahm an einem Tisch Platz und rieb sich in Erwartung einer warmen Mahlzeit die Handflächen, was Victor zum Anlass nahm, sich umzusehen.
Die Küche war in einem noch schlechteren Zustand als der Speisesaal, stellte er fest. Wände und Boden waren gefliest und so verdreckt, dass das ursprüngliche Blau zu einem stumpfen Grau verkommen war. Die große Arbeitsfläche aus rostfreiem Stahl war mit altem Fett und Rattenkot überzogen. Die Rohre waren aus den Wänden gerissen und in einem spitzen Winkel geknickt worden. Einige Fliesen waren in spinnennetzartige Risse mit ordentlichen Löchern in der Mitte gespalten. Victor tippte auf einen Hammer.

Überall standen Takeaway-Kartons herum, die meisten zerrissen oder plattgedrückt. Die Deckenplatten waren größtenteils heruntergekommen. Victor konnte freiliegende Drähte, Rohre und Lüftungsschächte sehen, die alle dunkel und verrottet waren. Die einzige Farbe, die nicht der gleichen Fäulnis zum Opfer gefallen war, stammte von zwei roten Feuerlöschern an einer Wand. Das brachte Victor dazu, sich über die Qualität der Unruhestifter in diesem Teil der Stadt Gedanken zu machen. Wäre dies der Aufenthaltsort seiner eigensinnigen Teenager-Crew gewesen, wären die Feuerlöscher unter den ersten Gegenständen gewesen, die weggerissen worden wären. Er konnte sich ein episches Duell vorstellen, bei dem jeder versuchte, den anderen mit Kohlenmonoxidgas zu besprühen, während die anderen lachend zusahen und anfeuerten. Er sah keine Küchenutensilien, was nicht überraschend war. Sie wären längst verkauft oder von Gläubigern mitgenommen worden, und alles, was übriggeblieben wäre, hätten dieselben Leute weggeschnappt, die zum Spaß Rohre aus den Wänden rissen oder die Decke zum Einsturz brachten.
Aber solche Typen waren selten gründlich, das wusste Victor genau.
Er ging auf ein Knie, um unter die lange Stahlfläche zu schauen. Der Raum zwischen den Schränken und dem Boden war noch schmutziger als befürchtet. Victor spähte in die Dunkelheit und durchsuchte die Trümmer, bis er den plattgedrückten Karton eines Imbisses entdeckte, der leicht schräg auf dem Boden lag, weil er durch etwas angehoben wurde.
Victor streckte einen Arm aus, um die Kiste zu erreichen und sie zur Seite zu schieben.
Ein Küchenmesser lag dort, wo die Kiste gestanden hatte. Es

war schmutzig, aber von der Spitze bis zum Griff aus rostfreiem Stahl. Die Klinge war natürlich abgestumpft. Keine Chance, in die Haut zu schneiden, geschweige denn die Kleidung. Die Spitze hatte jedoch nichts von ihrer Gefährlichkeit verloren.

Victor zog das Messer zu sich und steckte es, mit dem Griff voran, in seinen linken Hemdsärmel. Der Griff war so dick, dass sein Ärmel ihn auf halber Höhe des Unterarms festhielt. Er verstellte die Manschette und drückte den Stoff gegen die Spitze der Klinge, so dass sie ein paar Millimeter durchdrang und das Messer weiter sicherte. Jede aggressive Bewegung würde das Messer freischütteln, also hielt Victor seinen Arm so ruhig wie möglich und hob seine Faust, um seinen Unterarm von einer senkrechten Haltung in einen Winkel von etwa 45 Grad zu bringen. Diese Position wirkte natürlich genug, um nicht aufzufallen, und seine Anzugjacke verbarg die Ausbeulung in seinem Ärmel.

Er hörte, wie Boulangers schwere Schritte sich näherten, und stand, bevor Boulanger die Tür erreichte. »Die Suppe ist fertig.«

»Toll.«

Er starrte Victor einen Moment lang an und schaute sich dann interessiert im Zimmer um, um zu sehen, ob etwas anders war. »Hier gibt es nichts zu sehen.«

Victor stimmte zu.

KAPITEL 60

Der Fährmann machte nicht besonders viel her, dachte Nikkitin. Er hatte sich einen riesigen Mann mit furchterregenden Gesichtszügen vorgestellt. Zwei Meter groß, mit roten Augen vielleicht. Dieser Mann war vielleicht 1,80 groß, wenn überhaupt. In dem schummrigen Licht war es schwer zu erkennen, aber seine Augen könnten blassblau gewesen sein. Er sah weder stark noch schnell aus, wirkte nicht im Entferntesten furchterregend.

Der Schein kann trügen, hatte Nikkitin gelernt. Obwohl man sie körperlich nicht verwechseln konnte, erinnerte ihn der Fährmann in gewisser Weise an den Mann, der zuletzt mit Kirill gesprochen hatte – nicht, dass jemand Nikkitin das glaubte. Beide Männer wirkten auf seltsame Weise normal. Es gab keinen Grund, sie zweimal anzuschauen.

»Ich bin froh, dass du weißt, wer ich bin«, sagte der Fährmann, ohne Anzeichen wirklich froh zu sein. »Weißt du, warum ich hier bin?«

»Nein«, antwortete Nikkitin mit ruhiger Stimme.

Er spürte die Augen seiner kleinen Brüder auf sich gerichtet. Sie sahen, was er sah, nur hatten sie kein Vorwissen. Nikkitin hatte ihnen nicht von dem Fährmann erzählt. Seines Wissens kam der Fährmann nie in die USA. Und in diesem Glauben hatte er besser geschlafen.

»Ich habe ihn durchsucht«, fügte Beton hinzu, begierig darauf, zu gefallen und seinen Wert zu zeigen. Der Fährmann sagte: »Ich trage keine Waffen.« Diese Enthüllung trug nur zur Verwirrung der Brüder im Raum bei. Der unauffällige Mann hatte keine Waffe und war allein, warum also Nikkitins Reaktion?

Der Fährmann fragte: »Was ist mit Kirill passiert?«

»Er starb an einer Überdosis«, begann Nikkitin. »Opiate gegen seine Kopfschmerzen, sie ...«
»Ich brauche keine Zusammenfassung der Fakten«, unterbrach ihn der Fährmann. »Ich habe gefragt, was mit ihm passiert ist.«
»Ich bin mir nicht sicher.«
»Er war dein direkter Vorgesetzter. Sein Tod bedeutet, dass du seine Position erben wirst.«
Nikkitin schüttelte den Kopf und versuchte verzweifelt, seine Anklage zu entlasten. »Nein, nein, nein. Niemals. Ich war es nicht, ich schwöre es. Ich habe Kirill nicht getötet.«
»Er wurde also ermordet? Er hat sich nicht selbst umgebracht?«
»Ich bin nicht sicher.«
»Wer hatte Zugang zu seiner Zelle? Vielleicht ein Wächter? Ich hätte gerne einen Namen.«
Nikkitin erklärte stotternd: »Kirill hielt seine Treffen immer mitten in der Nacht ab. Er hatte eine Vereinbarung mit dem Gefängnis.«
»Eine Routine also«, überlegte der Fährmann, »die ausgenutzt werden könnte. Wen hat er in dieser Nacht getroffen?«
Nikkitin zögerte. »Einen Auftragskiller.«
»Erklär mir das.«
»Kirill hat ihn angeheuert, um Grigori zu erschießen, aber die Bullen haben ihn verhaftet und in denselben Knast gesteckt wie uns. Kirill wollte wissen, warum er so dumm war, sich erwischen zu lassen. Er hat viel Geld bezahlt, um sicherzustellen, dass der Mord nicht mit ihm in Verbindung gebracht werden kann.«
»Kirill hat in derselben Nacht, in der er eine tödliche Überdosis nahm, mit einem Attentäter gesprochen?« Nikkitin brachte es nicht über sich, das verbal zu bestätigen, also nickte er stattdessen.

»Du hast nicht gedacht, dass es da eine Verbindung geben könnte?«
»Klar, habe ich. Aber es war Kirill, der darum gebeten hat, ihn zu sehen, nicht umgekehrt. Er war wütend, dass der Mörder sich hat festnehmen lassen.«
»Der Attentäter ist noch im Gefängnis, nehme ich an.«
»Sie haben ihn am nächsten Tag entlassen.«
Der Fährmann warf ihm einen ungläubigen Blick zu. »Er wurde nicht wegen des Mordes an Grigori Orlov angeklagt?«
»Nein.«
Der Fährmann drehte seinen Kopf nach rechts und schaute einen Moment lang zu Beton. »Glaubst du nicht, dass dieser Attentäter für Kirills Tod verantwortlich ist?«
»Ich weiß es nicht.«
»Wer wollte Kirill tot sehen? Welche Feinde hatte er, die vielleicht einen Killer angeheuert haben, um ihn im Gefängnis zu erwischen?«
Nikkitin konnte nur mit den Schultern zucken. »Woher soll ich das wissen?«
»Hey«, pöbelte einer der Brüder, der seinen Chef verteidigen wollte, den Fährmann an, »was soll das hier?«
Der Fährmann ignorierte die Frage und stellte selbst eine weitere: »Warum hat Kirill Orlov töten lassen?«
»Er hat gehört, dass Orlov mit dem FBI gesprochen hat. Ich schätze, er wollte nicht, dass Orlov etwas sagt, was seinen eigenen Deal gefährden könnte.«
»Welchen Deal?«
»Er hat selbst mit dem FBI gesprochen«, erklärte Nikkitin. »Um seine Strafe zu verringern. Ich kenne die Details nicht, da müssen Sie seinen Anwalt fragen.«
»Das werde ich«, sagte der Fährmann. Er drehte seinen Kopf nach links und schaute kurz zu den Brüdern von Nikkitin,

die dort saßen. »Wer weiß über diesen Ort Bescheid?«

»Nur wir«, antwortete Nikkitin und gestikulierte zu seiner Mannschaft. »Niemand sonst darf hinein.«

»Das ist gut zu hören«, sagte der Fährmann.

Er zog seine Anzugsjacke aus, während er den Kopf hin und her drehte, und warf sie über eine Schulter, wobei er den Kragen mit Daumen und Zeigefinger festhielt. Eine harmlose Aktion, obwohl sie angesichts der Kälte im Gebäude widersinnig war.

Beton, der während des gesamten Gesprächs still und unbeholfen dastand, wollte den Raum verlassen.

»Keiner verlässt den Raum«, sagte der Fährmann in einem sanften, sachlichen Ton.

Der kleine Bruder, der ihn unterbrochen hatte, sprang auf die Füße. »Was soll das? Wer bist du, dass du uns was sagen kannst?«

»Setz dich«, sagte Nikkitin zu ihm. »Bitte.«

Er tat nichts dergleichen; stattdessen zog er ein Messer und hielt es hoch. »Verpiss dich«, schrie er den Fährmann an und trat näher, »bevor ich dir das Gesicht abziehe.«

In seiner Faust hielt er ein Teppichmesser mit einer jungfräulichen Klinge. Die kleinen Brüder von Nikkitin bevorzugten solche Waffen. Klein bedeutet, dass sie leichter zu verstecken sind, und erfahrene Messerkämpfer wissen, dass kurze Klingen oft schwerer zu entwaffnen sind als ihre längeren Vettern. Mehr Klingenlänge bedeutet, dass man mehr manipulieren und eine größere Hebelwirkung ausüben kann. Die kleine Klinge des Teppichmessers wurde schon nach wenigen Zentimetern zu einer tödlichen Spitze.

Es gab fast keine Möglichkeit, sie zu kontern, ohne sich dabei schwere Wunden zuzuziehen. Deshalb hatte der Fährmann auch seine Jacke ausgezogen, wie Nikkitin sah.

Bevor der Bruder nahe genug herankommen konnte, um ihn zu bedrohen, holte der Fährmann aus, streckte seinen Arm aus und peitschte die Jacke über die Schulter nach vorne in das Gesicht des Jungen. Kein Schaden, nur eine Ablenkung, die das Zucken auslöste, das den Kopf zurückwarf und den Jungen einen Schritt zurückweichen ließ. Der Fährmann nutzte diesen Moment, um die Jacke zurückzureißen und sie in beide Hände zu nehmen, um sie um das Messer und die Faust, die es hielt, zu bündeln. Die zusammengeknüllte Jacke schützte die Hände des Fährmanns vor der Klinge. Wie scharf die Klinge auch sein mochte, sie war unter dem Mikroskop immer noch eine Säge und brauchte Reibung, um effektiv zu sein.

Der Fährmann riss die Hand nach unten, um den kleinen Bruder aus dem Gleichgewicht zu bringen, und ging in die Hocke, um ihn mit dem Gesicht voran zu Boden zu ziehen. Er schrie auf, als seine Nase brach und er Zähne verlor. Mit einer brutalen Drehung überstreckte der Fährmann das Handgelenk und riss ihm das Messer aus der Hand. Er machte keine Anstalten, es in die Hand zu nehmen und ließ es davonklappern.

Während er den Arm des jungen Mannes kontrollierte, der nun hinter seinem Rücken in der Luft hing, drehte sich der Fährmann zum nächsten Gegner um, der von hinten auf ihn zukam. Auch er hatte ein Messer, hielt es aber furchtsam von sich weg, so als wäre es bereits gegen ihn gerichtet. Um sicherzugehen, dass alle einen guten Blick auf die Szene hatten, drehte der Fährmann den Arm in seinen Händen so, dass er sich nach hinten über die Schulterblätter des Bruders am Boden streckte. Das Gelenk verhinderte, dass sich der Arm weit abspreizen konnte. Bis der Fährmann eine Hand am Ellbogen ansetzte und kräftig nach unten drückte, sodass die Schulterpfanne explodierte und der Arm schlaff über den Rücken fiel. Eine Sekunde lang war es still im Raum. Keiner konnte so recht glauben, was gerade geschehen war. Der kleine Bruder am Boden hatte eine gebrochene Nase, mehrere Zähne verloren und seine rechte Schulter würde nie wieder dieselbe sein. Er war blass vor Schmerz und Schock, sein Gesicht knallrot vom Blut.

»Wenn wir jetzt weitermachen könnten«, sagte der Fährmann und erhob sich wieder zu seiner vollen Größe.

Nikkitins Brüder waren mutig und loyal wie eh und je. Sie konnten nicht zulassen, dass ein so brutaler Angriff auf einen der ihren ungestraft blieb. Nikkitin sah es kommen. Das tat der Fährmann auch.

Seine linke Hand schoss hervor, schnappte sich eine Injektionsspritze aus der offenen Kiste in der Nähe und stieß die Nadel seitlich in Betons Hals.

Genauso schnell riss der Fährmann sie wieder heraus und schleuderte die Spritze in den linken Augapfel des nächstbesten Bruders, der gerade versuchte, eine Waffe unter seinem Sweatshirt hervorzuziehen.

Ein Bogen aus pulsierendem Purpur spritzte aus Beton Hals und er umklammerte mit beiden Händen die Wunde, während er auf die Knie sank. Bevor Nikkitin um Gnade betteln konnte, schnappte sich der Fährmann die heruntergefallene Pistole des Mannes mit der Nadel im Augapfel und richtete sie auf dessen Gesicht.

KAPITEL 61

Victor aß die Suppe, die Boulanger zubereitet hatte. Sie benutzten alle die Emailletassen, schlürften zuerst, während die Suppe noch dampfte, und löffelten dann, als sie abkühlte. Sie war nicht schlecht. Natürlich war sie zu salzig, wie es bei Dosensuppen immer der Fall war, aber das erleichterte die Flüssigkeitszufuhr. Er ließ das meiste von der Suppe übrig: Flüssigkeitszufuhr hin oder her, er wollte keinen vollen Magen haben.

Wasser tropfte von der Decke, die überall Lücken aufwies, wo die Styroporplatten heruntergefallen waren oder wo sie zwar an Ort und Stelle geblieben waren, aber Löcher hatten, weil alles mögliche dagegen geworfen worden war, entweder von Miller und Boulanger aus Langeweile oder von Landstreichern oder Vandalen, die Frieden durch Zerstörung suchten. Victor erinnerte sich an längst vergangene Zeiten, in denen er zerschlagen und zerstört hatte, um eine kleine Atempause von der Plagerei des Lebens zu bekommen. Wenn er nichts hatte, war das Zerstören das, was dem Besitz am nächsten kam. Ein Aufblitzen von lachenden Gesichtern in seinem Kopf brachte ihn fast zum Lächeln.

In einem der zerbrochenen Spiegel sah er eine verzerrte Gestalt – Miller, der ihn neugierig betrachtete. Victor verdrängte seine Erinnerungen und ärgerte sich über sich selbst, weil er seine Wachsamkeit vernachlässigt hatte. Nur ein Moment der Ablenkung, ein paar Sekunden des Nachdenkens, konnten tödlich sein. Er wusste das, denn er hatte solche Momente ausgenutzt, um Ziele zu töten, die ihn sonst hätten kommen sehen. Bevor er sein Talent zum Töten perfektioniert hatte, hatte er einfach gewartet. Als er noch jung und unerfahren war, hatte er mit Geduld seine Unreife

und mangelnde Kompetenz überwunden. Alle Ziele waren irgendwann verwundbar. Jeder ließ seine Deckung fallen, wenn man nur lange genug die Nerven behielt. Victor, der schon von klein auf Geduld brauchte, hatte Erfolg, wo andere, selbst die mit mehr Erfahrung, versagt hatten. Er hatte festgestellt, dass Geduld etwas bewirken kann, was Talent allein nicht vermag.
»Ich weiß, was du denkst«, sagte Miller. »Du fragst dich, welche schlimme Tat du in einem früheren Leben begangen hast, um dich gerade hier wiederzufinden.«
»Du hast meine Gedanken gelesen«, sagte Victor. »Nicht gerade der Jetset-Lifestyle, von dem du träumst, oder?«, sagte Miller mit einem Lächeln. »Wo sind die Smokings und Cocktails, habe ich recht?«
Boulanger verputzte seine Suppe als Erster und verschlang einen zweiten Becher, bevor Miller seine Suppe halbwegs ausgetrunken hatte. Der Franzose leckte sich die Finger und wischte den Rest an seiner Hose ab. Er stand von seinem Platz auf und verließ den Raum. Um seine Steroide zu nehmen, vermutete Victor.
Jetzt waren sie nur noch zu zweit und Miller fragte: »Gefällt es dir? Gefällt dir, was wir tun?«
»Warum willst du das wissen?«
Miller ärgerte sich. »Warum sollte ich das nicht wissen wollen? Neugierde ist uns angeboren. Außerdem müssen wir uns die Zeit vertreiben, während wir warten. Wir müssen über etwas reden. Ich bin nicht schüchtern. Es macht mir nichts aus, wenn du ein wenig über mich weißt, also fange ich an. Ja, ich mache das gerne. Siehst du, nichts Besonderes? Du kannst es auch ...«
Sein Telefon klingelte. Mit einer entschuldigenden Geste zog er das Wegwerfhandy aus der Tasche und sagte: »Ja?«

Er hörte der Stimme in der Leitung ein paar Sekunden lang zu. »Klar, hier ist alles in Ordnung. Lass dir Zeit.«
Ohne ein weiteres Wort legte er auf. »Salomé?«, fragte Victor.
»Ja«, kam die Antwort, stumpf und mürrisch. Er ging auf und ab.
»Gibt es Fortschritte?«
»Was?«, riss es Miller aus seinen Gedanken.
»Ihr Kontakt«, antwortete Victor. »Wollte sie nicht besprechen, was man über Phoenix herausgefunden hat?«
»Ja, ja. Sicher. Wir machen Fortschritte.«
»Das heißt?«
»Du musst dir keine Gedanken über die Einzelheiten machen, okay?«, sagte Miller mit erhobener Stimme. »Alles, was zählt, ist, ruhig zu bleiben und auf Salomés Rückkehr zu warten.«
»Ich bin immer ruhig«, sagte Victor. »Aber glaubst du, dass das alles funktionieren wird?«
»Was soll das heißen?«
»Das hier.« Victor deutete auf die Umgebung, auf die Suppe. »Die Nummer. Ich bin nur hier, um herauszufinden, was los ist, und jetzt weiß ich es.« Er wies auf die Kaffeetasse, die er vorhin untersucht hatte. »Da ist Lippenstift drauf und Salomé trägt keinen. Wer dann?«
Miller zog seine Waffe, schnell und sanft. Keine weiteren Fragen.
Victor hob seine Hände, so dass sie etwa auf Schulterhöhe waren. Miller kam fast bis auf Armeslänge heran und sagte dann: »Du wirst ein guter Junge sein und geduldig und still warten, bis Salomé hier ist.«
»Mit dem Rest deiner Crew? Deshalb warten wir doch hier, oder? Die anderen sind an verschiedenen Orten verteilt.«

»Was habe ich gesagt? Keine Fragen mehr!«, knurrte Miller. »Ich habe gestern in einem Hotel ein paar von euch gesehen, aber ich war überzeugt, dass ich mich geirrt habe. Nun, sie haben mich überzeugt. Ich bin beeindruckt. Sie sind besser als du. Ich habe dir zu viel zugetraut, als wir uns vorhin kennengelernt haben. Du warst nicht entspannt, weil du mir nichts Böses wolltest. Du warst entspannt, weil nichts passieren würde, bis die ganze Mannschaft zusammen ist. Keiner nimmt auch nur das geringste Risiko in Kauf, nach dem, was letztes Mal passiert ist.«

»Halt die Klappe und gib deine Waffe her.«

Victor schaute auf seine erhobenen Hände. »Willst du, dass ich meine Hände oben lasse oder willst du, dass ich meine Waffe abgebe? Ich kann nicht beides tun.« Miller überlegte einen Moment und sagte dann: »Beweg dich keinen Zentimeter. Ich nehme dir die Waffe ab.«

Er drängte nach vorne.

Victor schaute auf seinen Hosenbund hinunter. »Sie gehört dir.« Miller griff danach und Victor schüttelte sein linkes Handgelenk, um die Messerspitze aus seiner Manschette zu lösen.

Als Miller die Waffe nahm, ließ Victor seine linke Hand fallen, so dass das Messer direkt aus seinem Ärmel in seine wartende Hand rutschte.

Miller erkannte die Gefahr erst, als die Klinge in seine Kehle eindrang. Das Messer trat nur auf einer Seite seines Ösophagus ein, erreichte die Wirbelsäule nicht oder war von ihr abgelenkt worden, so dass Miller trotz des Schocks noch stehen konnte, starr wie eine Statue. Es war nur wenig Blut zu sehen. Das Messer selbst verschloss die Wunde, die es verursacht hatte.

Millers Augen waren groß und seine Haut war blass.

Victor sagte: »Die Antwort auf deine Frage von eben ist: Ja.« Ein krächzender Laut kam über Millers Lippen. »Ich habe es früher gemocht«, gab Victor zu. »Damals, als ich anfing. Aber ich habe gemerkt, dass alles, was mit Emotionen zu tun hat, dich zu einem schwächeren Killer macht. Je distanzierter du bist, je weniger du dich um die Sache kümmerst, desto besser wirst du. Aber du musst daran arbeiten«, fuhr er fort. »Das kommt nicht von alleine. Du musst dich zwingen, nichts dabei zu fühlen. Du musst dich jede Sekunde am Tag anstrengen, bis es dir zu einer zweiten Natur wird. Das ist wie Zwiebeln schneiden«, sagte Victor, während er die Klinge aus Millers Kehle zog, um dem Strom von Blut freien Lauf zu lassen. »Nur ohne die Tränen.«

Ein Schatten erschien in der Tür: Boulanger kehrte zurück. Victor ließ das Messer zu Boden fallen und griff nach den Pistolen.

Aber er konnte keine losreißen. Der Schock hatte Millers Griff ungeahnte Kraft verliehen.

Da er keine andere Wahl hatte, griff Victor wieder das Messer auf und stürzte auf Boulanger zu, als dieser den Raum betrat. Der Franzose schlenderte ahnungslos herein, summte vor sich hin und bemerkte erst, was geschah, als Victor auf ihn zustürzte. Boulanger hatte gerade noch genug Zeit, seine Pistole zu ziehen, aber bei weitem nicht genug, um mit ihr zu zielen, bevor Victor ihn erreichte.

Angesichts seiner Größe und Muskulatur würde ihn eine einzige Wunde nicht aufhalten, selbst wenn Victor eine Arterie oder das Herz selbst treffen würde, also stach er auf Boulangers Kopf ein, mit dem Ziel, die Klinge durch die dünnste Stelle des Schädels an der Schläfe und in das Gehirn zu rammen.

Im plötzlichen Schmerz zusammenzuckend ließ Boulanger seine Waffe fallen, aber das war auch schon alles, denn … Das Messer zerbrach an seinem Schädel.

KAPITEL 62

Die Spitze durchbohrte die Haut und durchschlug den Knochen, dann brach die Klinge ab, bevor Victor sie ganz bis zum darunter liegenden Gehirn durchstoßen konnte. Sein Angriffswinkel war nicht ideal, obwohl er eigentlich hätte ausreichen müssen. Das Messer schien solide zu sein, aber die Klinge bog sich mehr, als sie verkraften konnte.

Für das bloße Auge unsichtbare, durch jahrelangen Gebrauch entstandene Stressfrakturen, vermutete Victor, als der Splitter wegzischte und das Licht in Stakkato-Blitzen reflektierte, so dass nur ein wenig Blut aus der schmalen Wunde in Boulangers Kopfhaut und ein abgebrochenes Küchenmesser in Victors Hand zurückblieben.

Boulanger nahm ihn in den Clinch. Ohne die Spitze war das Messer vorne stumpf, im Gegenzug war es dort nun scharf. Dennoch war es zu breit, um damit zuzustechen, und zu schmal, um es zum Schneiden zu benutzen, aber die zwei Ecken waren hart und scharf.

Victor schwang das Messer wie einen kurzen Knüppel oder eine Axt und hackte die Ecken in Boulangers Arme und Schultern, der Franzose klammerte und ignorierte die schnellen, schmerzhaften Angriffe, die teilweise sogar seinen Kopf trafen, um Victor fast mühelos wieder nach unten zu schleudern.

Er rollte sich ab, um den Sturz abzufangen, konnte aber nicht schnell genug auf die Füße springen, um den riesigen Franzosen aufzuhalten, der auf ihn zustürmte. Die Masse und die Beschleunigung waren viel zu groß, um ihn zu stoppen, und als Boulanger mit ihm zusammenstieß, rissen sie einen Tisch mit.

Victor war zwar schneller, aber er bekam die Hauptlast des

Aufpralls ab und wirkte wie ein Kissen für den Koloss, der ihn zu Boden drückte.
Victor blockte und parierte die ersten ungeschickten Angriffe, als Boulanger sich auf die Knie zwang, bevor Victor seinen Kopf hin und her schwang, damit die präziseren Angriffe, die seine Deckung durchbrachen, nicht mit voller Wucht treffen konnten.
Victor rollte sich beiseite, und Boulangers geballte Faust schlug auf den Boden.
Deshalb schlug Victor hauptsächlich mit der Handfläche und den Ellbogen zu. Wenn er schlug, dann meist auf den Körper. Ein Schädel kann so hart sein wie Beton, wenn der Schlag ungünstig trifft. Als der Schlag auf den Boden Boulangers Hand beschädigt hatte, machte es keinen wirklichen Unterschied mehr. Seine Reaktion beschränkte sich auf einen Moment des Innehaltens. Das war alles, was Victor brauchte, um aus der Reichweite des Franzosen zu entkommen.
Nur unsicher kam er auf die Beine und fand gerade sein Gleichgewicht wieder, als Boulanger aufstand und sich abermals auf ihn stürzte. Als er einen weiteren wuchtigen Schlag ausführte, wich Victor aus und hackte mit dem abgebrochenen Messer auf den Oberschenkel seines Gegners ein.
Boulanger brüllte und versuchte erneut, ihn zu packen.
Victor stach auf seine Hände, dann auf seine Schulter, dann auf seinen Hals ein. Schnelle, flinke Angriffe. Es war keine wirkliche Kraft nötig, um Blut zu vergießen.
Weiches Fleisch gegen scharfe Stahlkante. Der offensichtliche Nachteil war, dass sein Gegner keinen Schaden davontrug. Victors Angriffe verursachten Schmerzen, aber keine wirklichen Verletzungen. Die Wunden waren zu

oberflächlich. Selbst der Schlag in den Nacken, mit dem Victor eine Halsschlagader durchbohren wollte, blutete kaum. Boulanger schlug weiter zu, unversehrt und unbeirrt. Aber er wurde immer langsamer.

All diese zusätzliche Masse benötigte zusätzlichen Sauerstoff von einem Herz-Kreislauf-System, das nur für die Hälfte der erforderlichen Arbeit ausgelegt war. Sein Gesicht schimmerte und feuchte Flecken verdunkelten sein Hemd unter den Achseln und auch auf der Brust und den Schultern. Sein Mund hing offen, nach Luft schnappend. Jedes Mal, wenn er Victor traf, brauchte Boulanger so lange, um sich von der Anstrengung des Schlags zu erholen, wie Victor brauchte, um den Schmerz und die Verwirrung abzuschütteln.

So verloren die Schläge unweigerlich an Wucht. Sie hatten noch die gleiche Masse, aber immer weniger Beschleunigung, da Boulanger immer müder wurde. Und wenn er mit weniger Kraft schlug, erholte sich Victor schneller als Boulanger. Je mehr Boulanger angriff, desto schlimmer machte er es für sich selbst. Je mehr er versuchte zu gewinnen, desto schneller würde er verlieren.

Victor entschied sich, den fatalen Fehler in Boulangers Taktik nicht zu erklären.

Stattdessen grunzte er, schnitt bei jedem Schlag Grimassen und taumelte bei jedem Aufprall, suggerierte ihm, dass er gleich geschlagen wäre, bis Boulanger vor lauter Eifer fast zusammenbrach und sich gegen eine Wand stemmen musste, um stehen zu bleiben.

Victor hielt das für einen guten Zeitpunkt, die Nummer abzubrechen.

Nur wusste der Franzose um die Endlichkeit seiner Ausdauer. Doch er hatte immer noch seine Kraft und nutzte sie,

um einen Stuhl auf Victor zu schleudern.
Kein Geschoss dieser Größenordnung hätte Victors Reflexe jemals besiegen können, das klobige Möbel war leicht zu berechnen. Es war jedoch ein guter Wurf, der ihn mitten ins Gesicht getroffen hätte, wenn er sich nicht unter die Flugbahn geduckt hätte. Das war die eigentliche Absicht des Franzosen, wie Victor feststellte, als Boulanger den Moment ausnutzte, indem er einen ganzen Tisch anhob und ihn auf Victor schleuderte, dem die Schnelligkeit nichts mehr nutzte, wenn es keinen Platz zum Ausweichen mehr gab. Der Tisch war zu groß. Es gab kein Entrinnen und er wurde zu Boden geworfen.
Der Aufprall nahm Victor den Atem und er spürte, wie das Messer seinen geschwächten Griff verließ.
Boulanger zog eine Grimasse und stieß ein kehliges Knurren aus, als ihm das Blut aus den vielen kleinen Rissen, die Victor in seine Kopfhaut verursacht hatte, ins Gesicht rann. Der Franzose hatte noch mehr Wunden an seinen Gliedmaßen, die er sich kurz ansah. Alle bluteten, alle waren schmerzhaft, aber sie hielten ihn nicht auf.
Victor rang nach Luft, sein Zwerchfell war gelähmt. Er drehte seinen Kopf in dem erfolglosen Versuch, das abgebrochene Messer oder eine andere mögliche Waffe zu finden, bevor Boulanger auf ihn zustürzte. Der Franzose war allerdings unsicher auf den Beinen, und sein massiver Brustkorb hob und senkte sich mit großen, schnellen Atemzügen. Er wirkte so erschöpft, dass Victor dachte, sein gelähmtes Zwerchfell würde sich erholen, bevor Boulanger wieder zu Atem gekommen war. Boulanger machte jedoch weiter. Er wusste, dass er nur noch eine weitere große Anstrengung brauchte und sich dann ausruhen konnte.
Ohne Wind in den Segeln konnte Victor nichts tun, um

zu verhindern, dass Boulanger sich bückte, ihn am Revers packte und ihn erst auf die Füße und dann auf Zehenspitzen hochzog.
Victor versuchte, seine bleiernen Arme rechtzeitig zu heben, um sich zu schützen, aber er war zu schwach und zu langsam.
Boulanger, dessen Gesicht sowohl vom Schweiß als auch von den senkrechten Rinnsalen glänzte und der wegen des hohen Blutdrucks knallrot war, grinste trotz seiner Schmerzen und Müdigkeit und versetzte Victor einen Kopfstoß.
Was blieb, war Klingeln in den Ohren und Schwärze vor den Augen.

KAPITEL 63

Es war eine enorme Anstrengung, angesichts dieser überwältigenden Schönheit nicht wie ein Kind zu weinen. Er musste seine gesamte Willenskraft aufbieten, um die Übermacht der Gefühle im Zaum zu halten. Selbst wenn sein eigenes Leben auf dem Spiel stünde – wenn das Leben seiner einzigen Tochter auf dem Spiel stünde – er könnte nicht so tun, als wäre er nicht gerührt. Schließlich war er nicht nur ein Monster. Und selbst die abscheulichsten Monster hatten Gefühle. Ob ein missgestalteter Troll, der unter einer Brücke lauert, oder ein heimtückischer Drache, der sich in der dunkelsten Höhle versteckt, sie sind mehr als nur Monster. Er war mehr als die Summe der vielen Übel, die er inszeniert, und der schrecklichen Qualen, die er der Welt zugefügt hatte. Weil er durch Kunst an den Rand des Weinens gebracht werden konnte, wusste Maxim Borisyuk, dass er noch eine Seele hatte.

»Brava«, rief er. »Brava.«

Er rief seine Anerkennung so laut und klatschte mit solcher Kraft, dass seine Kehle heiser war und seine Handflächen brannten.

Er rief lauter, klatschte vehementer.

Die Primaballerina lächelte breit und freudig, als sie Borisyuks Beifall und den des gesamten Saals entgegennahm. Er konnte ihre Augen aus dieser Entfernung nicht hinreichend sehen, um sicher zu sein, dass sie weinte, aber er wusste, dass diese Augen voller Tränen sein mussten. Er brauchte sie nicht zu sehen, denn er spürte, wie sie ihm über die Wangen zu rinnen drohten.

Der stürmische Applaus dauerte mehrere Minuten. Als sie und die anderen Tänzerinnen und Tänzer sich zum letzten

Mal verbeugten, nahmen nur noch die Alten und Gebrechlichen nicht an den stehenden Ovationen teil. Borisyuk war natürlich der Erste, der aufstand. Künstliche Hüfte hin oder her.

Er hatte das mit einer solchen Geschwindigkeit und Begeisterung getan, dass er seinen Leibwächter aus dem Schlummer geschreckt hatte. Der Trottel war irgendwann nach der letzten Pause eingeschlafen und langsam immer tiefer in den Sitz gesunken, bis seine Knie weit gespreizt waren – die Barriere der Loge hinderte ihn daran, seine Beine auszustrecken – und sein Kinn auf seiner Brust lag. Borisyuk hatte den Mann schlafen lassen, weil es besser war, als seinen gelangweilten Gesichtsausdruck zu beobachten, obwohl nur ein einziges Schnarchen einen Tritt gegen das ihm nächste Schienbein zur Folge gehabt hätte.

Gut, dass er keine Feinde hatte, die es wagen würden, sich im Zentrum Moskaus gegen ihn zu stellen, sonst würde sich der Leibwächter noch den Sabber aus dem Mundwinkel wischen, während Borisyuk schon in der Loge verblutete. Zwischen den Beifallsrufen warf er dem Mann einen missbilligenden Blick zu.

Wie viele reiche Männer, die in Armut geboren worden waren, war Borisyuk nicht mit der Liebe zum Ballett aufgewachsen. Er war nur deshalb zu den ersten Aufführungen gegangen, weil seine erste Frau unter ihresgleichen, den postsowjetischen Neureichen Russlands, als Kunstmäzenin angesehen werden wollte. Am Anfang war Borisyuk wie sein Leibwächter gewesen. Nur seine Ausdauer als jüngerer Mann hatte ihn bei all den endlosen Grands jetés und Pirouetten wachgehalten. Er hatte nicht verstanden, was er da sah, und war erst gelangweilt und dann müde geworden. Das stets warme Veliky-Theater, die schummrige

Beleuchtung und mehrere großzügige Portionen Wodka hatten da auch nicht gerade geholfen.

Aber mit der Kunst war es wie mit dem Wodka. Die ersten zögerlichen Schlucke lösten nur Abneigung und Ekel aus, bis man fast unbemerkt auf den Geschmack kam. Borisyuk konnte weder von Wodka noch von Ballett genug bekommen.

Seit den Tagen, in denen er jammernd wie ein verwöhntes Kleinkind zu seinen ersten Vorstellungen geschleppt worden war, hatte er zwei weitere Ehefrauen erlebt. Jetzt hatte er keine Frau mehr und war zu alt und zufrieden mit seinem Junggesellendasein, um eine andere zu finden, also ging er allein ins Ballett und manchmal auch in die Oper. Sein Leibwächter hatte keine andere Wahl, als ihn zu begleiten, also betrachtete Borisyuk den Mann nicht als Gesellschaft im eigentlichen Sinne. Oksana liebte das Ballett genauso sehr wie ihr Vater und war doch immer zu sehr damit beschäftigt, die Welt zu retten, um mit ihm zu kommen, selbst vor dem unglücklichen Ableben ihres Mannes. Er hatte sie nicht gebeten, ihn heute Abend zu begleiten. Auf dem Weg aus dem Theater sagte er einem der rot gekleideten Logenwächter, er solle Blumen an die gesamte Besetzung schicken. Während die Prima der offensichtliche Star und das überragende Talent war, gefiel Borisyuk der Gedanke nicht, dass andere Tänzerinnen und Tänzer, die zwar weniger talentiert, aber nicht weniger arbeitswillig waren, außenvorblieben. Genauso saß er in der Bratva nur dank der gemeinsamen Anstrengung der unzähligen Bratskaya in der Welt an der Spitze.

Luda Zakharova wartete in seiner Limousine auf ihn, nachdem sie den Abend damit verbracht hatte, Laptop und Telefon für ihn zu verwalten. In dieser einfacheren Zeit, die nie zurückkommen würde, hatte Borisyuk nicht einmal ein Telefon benutzt. Alles war von Angesicht zu Angesicht erledigt worden. Er musste seinen Brüdern nur in die Augen sehen, wenn er ihnen Befehle gab, um zu wissen, dass sie loyal waren, und er wollte die Feinde, die er zum Tode verurteilt hatte, jammern und betteln sehen. »Wie war die Show?«, fragte sie ihn, ohne von ihrem Bildschirm aufzublicken. Ihre Finger tippten so schnell auf die Tasten, dass sie für Borisyuks alte Augen nur noch ein verschwommenes Knäuel waren.

»Ich werde es mir nächste Woche wieder ansehen.«

»Schön, dass es dir gefallen hat«, sagte sie ohne Wärme in der Stimme und hob ihren Kopf vom Bildschirm, um ihm in die Augen zu sehen.

»Du hast vom Fährmann gehört«, sagte er, ihren Gesichtsausdruck lesend.

Sie nickte. »Während du drinnen warst.«

»Erzähl«, forderte er sie auf.

»Er ist der Meinung, dass Kirill ermordet wurde.« Sie gab wieder, was sie wusste: Kyrills mitternächtliche Treffen, die Ermordung von Grigori Orlov durch einen Mann, der im selben Gefängnis gelandet war. Aber was sie nicht vollständig erklären konnte, war:

»Warum?«

»Das ist derzeit unklar«, gab sie zu. »Aber ich habe mich mit unseren Kontakten im Justizministerium in Verbindung gesetzt und einige interessante Informationen über den Mann herausbekommen, der wegen Orlovs Tod verhaftet und dann in dasselbe Gefängnis wie dein Schwiegersohn gesteckt wurde.« Ihre Finger wischten über das Trackpad des Laptops, schlossen und öffneten Fenster, die Borisyuk nicht sehen konnte, dann schwenkte sie den Computer, um

ihm den Bildschirm und das Foto eines Mannes zu zeigen. »Das ist das Gesicht von William Pendleton. Verhaftet, aber nicht angeklagt. Nach Ablauf der 24 Stunden wurde er aus dem Gefängnis entlassen. Das ist das letzte Mal, dass ihn irgendjemand gesehen hat.«
»Wer ist er?«
»Niemand. Zumindest auf dem Papier. Wir graben zwar weiter, aber ich habe das Gefühl, dass wir nichts mehr über ihn finden werden, wenn der Fährmann recht hat.«
»Verluste?«, fragte er.
Sie nickte. »Dein Skalpell ist eher eine Kettensäge.«
»Wenn er die Wahrheit zutage bringt, ist es mir egal, wie viel Chaos er anrichtet. Wer hat diesen Mann angeheuert, um meinen Schwiegersohn zu töten?«
Zakharova sagte: »Es tut mir leid, aber es sieht so aus, als ob Kirill vorhatte, einen Deal mit den Behörden zu machen.«
Borisyuk dachte einen langen Moment über diese Enthüllung nach. »Ein Verräter also«, sagte er. »Aber immer noch Oksanas Ehemann.«
»Für eine geringere Strafe, die in einem Gefängnis mit minimaler Sicherheit verbüßt worden wäre«, fuhr Zakharova fort, »hätte Kirill den Ermittlern geholfen, Castellans Vertriebsnetz in Nordamerika aufzudecken. Angesichts seiner Beteiligung an dieser Operation habe ich keinen Zweifel daran, dass Kirill die Heroinlieferungen aus Marseille so stark beeinträchtigt hätte, dass Castellan sich nie wieder erholt hätte. Ich würde sagen, das ist ein guter Grund, deinen Zorn zu riskieren.«
Maxim dachte über das nach, was ihm gesagt worden war. »Ein Motiv allein ist kein Beweis.«
»Meine Meinung.«
»Dann soll er Beweise finden. Sag dem Fährmann, er soll

in den USA zusammenpacken und nach Marseille fahren.«
»Er meinte auch, dass Schnelligkeit entscheidend wäre.«
»In der Tat«, stimmte Borisyuk zu. »Aber warum erzählst du mir das?«
»Weil er mich von deinem neuen Jet aus angerufen hat«, erklärte sie. »Er wird morgen früh in Frankreich landen.«

KAPITEL 64

Nachdem Victor wieder zu sich gekommen war, gab es einen Moment, der keinen Sinn ergab. Er öffnete seine Augen und stellte fest, dass er nichts mehr sehen konnte. Vielleicht war er durch den Kopfstoß erblindet oder es war eine Augenbinde. Erst nach einem langen Moment begriff er, dass nichts seine Sicht behinderte. Er lag mit dem Gesicht nach unten auf dem Boden und schaute auf den dunklen Teppich des heruntergekommenen Restaurants.

Er blinzelte, alle Konzentration aufbringend, so dass die Textur des Teppichs klarer hervortrat. Er konnte weder die Feuchtigkeit noch den Dreck riechen, der sich in den Fasern festgesetzt hatte, nur sein eigenes Blut. Seine Nasenlöcher waren verstopft davon. Er schmeckte es auch. Wo es in seinen Mund sickerte, war es flüssig geblieben. Wenigstens war die Nase nicht gebrochen. Der dumpfe Schmerz drang zwischen seinen Augenbrauen hervor, also vermutete er, dass er ausreichend schnell gewesen war, um seinen Kopf nach unten zu drehen, bevor ihn Boulangers Schlag traf. Die Wucht hatte sein Gehirn im Schädel durchgeschüttelt und das empfindliche Gewebe in seinen Nasenhöhlen zerrissen. Victor hatte keine Erinnerung an den Aufprall selbst. Er musste augenblicklich das Bewusstsein verloren haben. Das Neigen seines Kopfes hatte seine Nase vor einem direkten Treffer bewahrt und er hatte den Schlag so gut überstanden, wie es nur ging. Vielleicht hätte das Zertrümmern seiner Nase zu Haarrissen in einem oder beiden Augenhöhlenknochen geführt. Er konnte sich nicht sicher sein und wollte auch nicht überprüfen, ob es zu unerträglichen Schmerzen kam. Dieses Experiment konnte warten. Wahrscheinlich war er nicht länger als ein oder zwei

Minuten bewusstlos gewesen war. Das Blut in seinen Nasenlöchern war gestockt, aber nicht verkrustet. Er konnte immer noch gut atmen.

Er konzentrierte sich auf sein Gehör und versuchte, sich ein mentales Bild von seiner Situation zu machen, ohne sich vorher bewegen zu müssen. Er wusste nicht, ob er allein im Raum war. Vielleicht hatte Boulanger ihn aus irgendeinem Grund verlassen oder er machte einfach kein auffälliges Geräusch. Victor hatte keine Lust, seine Rückkehr herbeizurufen, solange es sich noch vermeiden ließ. Und wenn Boulanger noch hier war, wollte Victor die Fassade der Bewusstlosigkeit so lange wie möglich aufrechterhalten und die Aufmerksamkeit des Mannes nicht auf sich ziehen, solange er noch benommen und verwirrt war. Es hatte ihn große Mühe gekostet, seine Augen auf den Boden zu richten, obwohl dieser nur wenige Zentimeter von seinem Gesicht entfernt war. Er vermutete, dass der Rest seines Körpers nicht leichter zu kontrollieren sein würde. Jede Sekunde, die er still lag, war eine zusätzliche Sekunde, um sich zu erholen.

Victor versuchte, flach zu atmen, damit sich sein Brustkorb nicht vollständig ausdehnte und die Aufmerksamkeit auf sich zog. Er spannte verschiedene Muskeln in seinen Armen und Beinen an, um sie auf Verletzungen und Funktion zu überprüfen. Bei einigen war es anstrengender als bei anderen, aber die meisten gehorchten. Er glaubte nicht, dass er noch die Kraft hatte, aufzustehen. Es würde mindestens einige Minuten dauern, bis er in der Lage wäre, halbwegs normal zu funktionieren. Das Problem war allerdings, dass er mit jeder Minute, die er wartete, das Risiko vergrößerte. Wenn Boulanger kam, um ihn zu töten, während Victor noch kampfunfähig war, war es egal, wie sehr er sich erholt hatte. Wenn Boulanger zurückkam, war Victor lieber mit einem schrecklichen Gefühl auf den Beinen, als dass er mit weniger Schwindel herumlag.

Eine Sekunde lang erlaubte er sich noch die Vorstellung, dass Boulanger nicht zurückkommen würde. Der Franzose könnte nach dem Fallenlassen von Victor nach einem Puls gesucht und keinen gefunden haben. Ein schwacher Puls ist für den Ungeübten nicht zu ertasten. Victor wusste, dass nicht jeder, der tot schien, auch tot war. Früher hatten die Leichenbestatter eine kleine Messingglocke um den großen Zeh frisch eingetroffener Leichen geschlungen, für den Fall, dass der Neuankömmling nicht wirklich tot war. Wenn das Bewusstsein zurückkehrte, läutete die Glocke und die Person konnte eine vorzeitige Einbalsamierung oder Beerdigung vermeiden. Victor konnte nicht umhin, sich zu fragen, wie oft eine solche Glocke heute noch gebraucht wurde und wie viele Unglückliche sich im Sarg die Fäuste blutig schlugen oder auf dem Einbalsamierungstisch aufwachen mussten.

Es war möglich, dass Boulanger Victor fälschlicherweise für tot gehalten hatte. Darauf wollte er aber nicht sein Leben verwetten.

Er spürte ein winziges Beben auf dem Boden. Er vermutete, dass Boulanger sich irgendwo im Restaurant bewegte. Victor war froh, dass der Franzose nicht im selben Raum war und darauf wartete, dass seine Sinne zurückkehrten, damit er bei Bewusstsein war und seinen bevorstehenden Tod wahrnehmen konnte. Manche Killer waren Sadisten und töteten, ob sie dafür bezahlt wurden oder nicht. Victor hatte schon viele solcher Leute getroffen. Der Gehaltsscheck war ihnen nur ein Vorwand.

Er hörte keine Schritte, also kam Boulanger nicht näher.

Sein enormes Gewicht hätte ansonsten den Teppich und den Zement darunter erbeben lassen. Nicht wahrnehmbar durch besohlte Schuhe oder sogar barfuß, doch Victors ganzer Körper war auf dem Boden ausgestreckt. Während seine Augen Mühe hatten, sich zu konzentrieren, und sein Gehör stummgeschaltet war, schärfte sein Gehirn seine übrigen Sinne.

Steh auf, sagte er sich.

Er zwang sich auf die Knie. Als er seinen Kopf über seine Schulter hob, verschwamm seine Sicht und es heulte in seinen Ohren. Eine Welle der Übelkeit durchschwappte ihn, Victor atmete, die Augen fest geschlossenen tief ein, bis sie vorüber war.

Keine donnernden Schritte als Antwort, also wusste er, dass Boulanger nicht zurückgekehrt war, um nach ihm zu sehen. Von der Übelkeit befreit, versuchte Victor aufzustehen. Jede kleine Bewegung war ein Kampf: Erst hob er ein Knie an, um einen Fuß fest auf den Boden zu setzen, dann stieß er sich mit der Handfläche von diesem Knie ab. Er war erschöpft. Es gelang ihm nicht, aus eigener Kraft genügend Halt zu finden, und er griff nach einem Tisch in der Nähe, um sich abzustützen. Er scheiterte erneut. Seine Sinne kehrten schnell zurück und er fühlte sich stark genug, aber er konnte seine Gliedmaßen nicht richtig koordinieren. Sein Gleichgewicht war gestört, und der Betonboden fühlte sich an, als würde er von heftigen Wellen geschüttelt werden. Er kippte nach vorne und stützte sich mit den Armen auf dem Boden ab, um nicht zu fallen. Dann zog er seine Knie unter sich und nutzte sie zur Stabilisierung, bevor er sich auf seine Hände stützte. So musste er einen Moment innehalten und Luft einsaugen, bis er bereit war, den Rest des Weges auf seine Füße zu kommen. Er zog eine Grimasse und stöhnte, und jede Faser seines Körpers schien zu schmerzen und sich seinen Bemühungen zu widersetzen. Er zitterte unter der Anstrengung, Schweiß tropfte ihm von Nase und Kinn, dann stieß er sich mit den Händen ab, schob seine Beine nach vorne, schaffte es irgendwie, seine Füße aufzusetzen. Er balancierte gegen den Schwindel an und legte seine Arme neben seinem Oberkörper ab, während er sich aufrichtete. *Fast geschafft.* Obwohl es ihm wie eine Ewigkeit vorkam, seit er wieder zu Bewusstsein gekommen war. Er atmete tief ein und konzentrierte sich darauf, den schwankenden Boden wegzuschieben und seine Beine in einer stabilen Bewegung auszustrecken. Er stand, schneller als sein Gleichgewicht es zuließ, denn er wusste, dass eine plötzliche Bewegungsexplosion nötig war, um seine Schwäche zu überwinden. Auf seinen Füßen schien der Boden den Wogen eines Orkans ausgeliefert. Er machte mehrere Schritte, um gegen die Wellen anzukämpfen und stehen zu bleiben, und versuchte, sich auf die nächstgelegene Wand zuzubewegen, so dass diese seinen Vorwärtsschwung stoppte, als er auf sie zu taumelte.

Er lehnte sich dagegen. Jede Sekunde, die er noch stand, war ein Sieg. Die Wand fühlte sich feucht und kalt an und war fast erfrischend für seine Handflächen. Als er sich schließlich abstieß, um ohne Stütze zu stehen, hinterließ er Abdrücke aus Kondenswasser.

Als seine Kraft zunahm, verbesserte sich auch seine Wahrnehmungsfähigkeit. Er konnte seinen eigenen Atem wieder hören. Die Details des Raumes waren wieder scharf zu erkennen. Er konnte das Graffiti an den Wänden sehen, konnte das Weiß der Styroporbrocken auf dem Boden ausmachen. Er konnte das zerbrochene Glas des Spiegels und das verzerrte Bild von Boulanger sehen, der ihm entgegenstarrte.

KAPITEL 65

Obwohl Victor wieder bei klarem Verstand war, wusste er, dass er immer noch zu schwach war, um ein zweites Mal eine Chance gegen den Riesen zu haben. Selbst mit seiner vollen Kraft war Boulanger zu mächtig für ihn gewesen, mit all der supraphysiologischen Unterstützung.

Trotzdem stieß sich Victor von der Wand ab und stellte sich ihm.

Sein Blick war bereits auf Victor gerichtet. Und erst jetzt wurde Victor klar, dass Boulanger nicht zurückgekehrt war, wie er zuerst gedacht hatte: Er hatte das Zimmer gar nicht verlassen. Er war hier bei Victor gewesen, als er aufgewacht war und versucht hatte, aufzustehen. Boulanger war die ganze Zeit da gewesen, als Victor bewusstlos gewesen war. Er saß auf dem Boden, lehnte an einem umgekippten Tisch. Seine Beine waren vor ihm ausgestreckt.

Er sah erschöpft aus, versuchte, wieder zu Atem zu kommen. Auch er hatte sich noch nicht von den Strapazen des Kampfes erholt.

Er beschloss, Boulanger zu töten, während dieser noch geschwächt war. Doch nachdem Victor ein paar Schritte nähergekommen war, sah er, dass das nicht nötig war.

»Hm, man erlebt doch immer wieder was Neues«, stutzte Victor. Boulangers rotes Gesicht war blass geworden und schimmerte von frischem Schweiß. Er atmete flach und keuchend.

Victor nutzte die Gelegenheit, um seine Jacke zurechtzurücken und Schmutz und Styropor von seinen Ärmeln zu klopfen.

»Übertragener Schmerz«, erklärte Victor.

Boulanger umklammerte seinen linken Arm, hoch oben an

der Schulter. Sein Gesicht war nicht nur blass vor Erschöpfung, sondern auch vor Leid.
Der Franzose zog eine Grimasse und seine Fingerknöchel wurden weiß, als er seinen Arm fester umklammerte. Victor sagte: »Eigentlich ist es dein Herz, das schmerzt, aber die Art, wie das Nervensystem funktioniert, führt dazu, dass du den Schmerz an anderer Stelle spürst.« Boulanger schwieg, als Victor auf ihn zukam.
»Das sind natürlich die Steroide. Offensichtlich trägst du zu viel Gewicht mit dir herum. Dein Herz-Kreislauf-System interessiert nicht, ob dieses Gewicht aus Muskeln oder Fettzellen besteht. Masse ist Masse. Jedes Mal, wenn dein Herz schlägt, versucht es, Blut durch einen Körper zu pumpen, der doppelt so groß ist, wie die Natur ihn vorgesehen hat. Hast du dir nie überlegt, dass das einen Preis hat? Und dann ist da noch das Blut selbst. Viel zu viele rote Blutkörperchen, die es dicker machen, als es sein sollte, aufgrund der übermäßigen anabolen Stimulation. Dein armes Herz, das ohnehin schon mit der ganzen Masse zu kämpfen hat, muss Joghurt durch Blutgefäße pumpen, die eigentlich für Milch gedacht sind. Jetzt kann es nicht mehr genug Blut für sich selbst bekommen. Du hast es zu stark belastet.« Er hielt inne. »Es war von vorneherein klar, dass das passieren würde: Ob nun heute wegen der Belastung, oder eines Tages als etwas älterer Mann, der morgens einfach nur von seinem Stuhl aufsteht. Tröste dich mit der Tatsache, dass es in dem Moment vorbei war, als du das Zeug zum ersten Mal genommen hast.«
Boulanger sah zu Victor auf, die Augen halb geschlossen. Er war noch bei Bewusstsein, wurde aber mit jeder Sekunde schwächer.
Er durchsuchte Boulangers Taschen; der Franzose hatte

keine Kraft, ihn aufzuhalten. Victor fand die Schlüssel für das Auto draußen, eine Brieftasche mit etwas Bargeld und Boulangers Telefon. Klar, ein Wegwerfhandy, aber ein modernes.

»Ich habe auch Sachen genommen, als ich in deinem Alter war«, gab Victor zu, als er Boulangers Sachen durchsuchte. »Nicht so etwas Grobes wie Anabolika. Ich habe verstanden, dass eine Zunahme an Masse nicht dasselbe ist wie eine Zunahme an Leistungsfähigkeit. Ich werde wohl kaum in einer Menschenmenge untertauchen, wenn ich zwei Meter breiter bin, oder? Der beste Kampf ist immer der, den man nicht kämpfen muss.« Victor deutete auf sich, dann auf Boulanger. »Siehst du?«

Der sterbende Franzose antwortete nicht.

Als der Bildschirm des Telefons aufleuchtete, hielt Victor es vor Boulangers Gesicht und der Bildschirm wurde entsperrt. »Tut, tut«, sagte Victor. »Ich habe Stimulanzien bevorzugt. Das, was wir heute als Nootropika bezeichnen würden … solche Mittel. Ich wollte schneller sein. Nicht nur im Handeln, sondern auch im Denken. Ich dachte, wenn ich Daten schneller verarbeiten könnte, würde ich besser sein. Das war mein Aberglaube in dieser Zeit. Ich wollte der Beste, Kompetenteste sein, der ich werden konnte. Irgendwann wurde mir klar, dass ein solches Ziel nicht nur unrealistisch, sondern auch schädlich ist. Ich musste erst die Erfahrung machen, die ich erreichen wollte. Ergibt das Sinn?«

Victor wartete auf eine Antwort. Es kam keine. Er öffnete der Reihe nach alle Apps und stellte fest, dass sämtliche Nachrichten sowie die Anrufliste gelöscht worden waren. Keine Nummern gespeichert. Boulanger war zwar zu faul gewesen, auf die Gesichtserkennung zu verzichten, aber er war vorsichtig genug, um sicherzustellen, dass das Telefon

nicht mit belastenden Beweisen gefüllt war.
»Ich mache es zu kompliziert«, sagte Victor. »Ich will versuchen, mich einfacher zu fassen. Um es kurz zu machen: Ich wusste nicht wirklich, was nötig war, um der Beste zu sein. Es war nur eine Hypothese. Letztendlich habe ich gelernt, dass man in diesem Beruf nur dann gut sein kann, wenn man bereit ist, das zu tun, was die anderen nicht tun wollen. Ich meine das nicht in moralischer Hinsicht. Wir sind alle von Haus aus unmoralisch. Die genaue Schattierung der Unmoral ist kaum relevant, oder?« Boulanger schnaufte noch fester. Es konnte der Versuch einer Antwort sein. Victor war sich nicht sicher. Obwohl Boulanger jegliche Kommunikation mit Salomé oder anderen Personen gelöscht hatte, war die letzte Webseite, die er besucht hatte, noch im Internetbrowser zu finden.
Boulanger verfolgte die Nachrichten über den gestrigen Amoklauf in der Altstadt von Nizza.
»Lassen wir die Moral mal beiseite«, sagte Victor, während er die Nachrichten durchscrollte, »ich gebe dir ein Beispiel dafür, was ich meine. Sagen wir, wenn du nicht im Schlaf getötet werden willst, dann sorgst du dafür, dass du nie schläfst. Zumindest schläfst du nie, wenn es jemand erwartet. Du sitzt auf einem Stuhl und beobachtest die Tür, bis der Morgen graut, um dir zu sagen, dass du die Nacht überlebt hast. Dann schläfst du. Wenn du nicht bereit bist, für den Rest deines Lebens jede Nacht in diesem Stuhl zu sitzen, ist es egal, welche Stimulanzien oder Nootropika – oder in deinem Fall Steroide – du nimmst. Denn jemand anderes da draußen wird bis zum Morgengrauen in diesem Stuhl sitzen.«
Das Keuchen wurde zu einem Zischen, das blubbernd versiegte. Boulanger gab keinen weiteren Laut von sich.

Victor sagte: »Danke für die Demonstration.«

So kurz nach dem Ereignis gab es in den Nachrichten genauso viele Spekulationen und Schlussfolgerungen zu den Ereignissen wie tatsächliche Informationen. Das meiste war ungenau, obwohl ein paar spezifische Details bekannt waren. Nur eines davon machte für Victor einen Unterschied, denn er wusste genau, was in dem Bürogebäude passiert war.

Dieses Detail war eine Offenbarung. «... huit victimes confirmées ...»

Victor scrollte mit geweckten Interesse durch die Berichte und wartete auf weitere Informationen oder eine Korrektur. Nichts von beidem kam, also öffnete er einen weiteren Tab, um nach aktuelleren Berichten zu suchen. Als er die neuesten Informationen fand, bestätigte sich seine Vermutung.

Acht Todesopfer.

Das bedeutete, dass ein Mitglied von Phoenix' ursprünglichem Killerkommando noch am Leben war.

KAPITEL 66

Victor ging ein großes Risiko ein, das wusste er.

Bei seiner Rückkehr nach Nizza wurden so viele Teile des Protokolls gebrochen, dass er an seinem Verstand zweifelte. Er war ein gesuchter Mann. Er hatte ein ganzes Team getötet – fast ein ganzes Team – und auf seiner Flucht drei Polizisten angegriffen. Das wenige, was die Behörden über ihn wussten, war seit gestern exponentiell gewachsen. Mit ziemlicher Sicherheit hatten der Barista oder andere Zeugen einem Phantombildzeichner geholfen, das Feld der Verdächtigen einzugrenzen, und vielleicht waren Variationen dieser Zeichnung angefertigt worden, um Unterschiede im Aussehen zu berücksichtigen. Oder, noch schlimmer, die Ermittler hatten seine Bewegungen mit Hilfe von Überwachungsvideos aufgezeichnet und wussten von seinem Haarschnitt und seiner Rasur. Darüber hinaus war Phoenix immer noch da draußen und lenkte vielleicht weitere Auftragnehmer wie Salomé und ihre Leute in seine Richtung. Vielleicht würde das nächste Team nicht versuchen, ihn zu täuschen, und einfach das Feuer eröffnen.

Jeder von ihnen könnte die Nachricht über den Überlebenden des Massakers gehört haben und ahnen, dass Victor Antworten würde.

Geh, drängte ihn eine Stimme in seinem Kopf. Aber er hörte nicht zu. Nicht, solange Phoenix noch atmete. Salomé und der Rest ihrer Crew konnten erst einmal warten.

Er war aus dem Restaurant geeilt, bevor sie mit Verstärkung zurückkehren konnte. Nach seiner Ankunft in Nizza waren vier Personen im Hotel gewesen, also waren es mindestens vier weitere Attentäter. Er wollte Antworten, aber er würde sie nicht von Salomé oder ihrer Crew bekommen, ohne

einen Kampf zu führen, den er nicht gewinnen konnte. Was auch immer sie vorhatten, Victor musste regenerieren, bevor er es herausfand.
Aufgrund der Schussverletzungen würden die Sanitäter den Überlebenden in das Centre Hospitalier Universitaire de Nice gebracht haben. Es war das nächstgelegene Krankenhaus und verfügte im Gegensatz zu einigen anderen Krankenhäusern in der Stadt über eine Notaufnahme. Da es schon spät war, suchte er sich eine heruntergekommene Pension in der Nähe des Flughafens, wo er mit Bargeld bezahlen konnte und der Wirt nicht nach einem Ausweis fragte. Das Auto von Miller und Boulanger ließ er in einer der Langzeitgaragen des Flughafens stehen. Er ließ es unverschlossen und mit dem Schlüssel im Zündschloss stehen, um Diebe zu ermutigen, die Beweise für ihn zu entsorgen. Er stellte sich vor, dass Salomé sich um die Leichen kümmern würde. Alles, was zu Victor zurückführen könnte, würde auch zu ihr zurückführen.
Nachdem er aufgeräumt hatte, saß er fast die ganze Nacht auf einem kantigen Stuhl in der Ecke seines Zimmers, bevor er bei Sonnenaufgang ein paar Stunden schlief.
Der Wirt hatte ihm ein Frühstück zubereitet, und so nutzte er die Gelegenheit, sich zu stärken, bevor er am Flughafen in die Straßenbahn einstieg. Sanft und bequem fuhr sie ihn in die Stadt. Er stand während der Fahrt und achtete auf diejenigen, die Haltestellen entlang der Strecke einstiegen und ignorierte diejenigen, die bereits an Bord waren. Niemand tauchte auf seinem Bedrohungsradar auf, und niemand in Uniform schaute ihn zweimal an.
Er mochte Straßenbahnen. Nicht so sehr wie die Züge, aber immer noch mehr als Busse. Das Ticket war sehr günstig, und über eine Stunde lang unbegrenzt gültig. Dadurch

wurde das Stadtzentrum ruhiger und stiller. Keine verstopften Straßen voll hupender Autos. Die ganze Stadt war dadurch angenehmer. Sie war auch sauberer, ohne dass die Abgase den ganzen Tag die Fassaden verschmutzten. Als die Straßenbahn an der letzten Haltestelle ankam, stieg er mit den anderen Leuten aus, allerdings erst nachdem die meisten bereits hinausgefunden hatten. Der Weg von der Haltestelle zum Krankenhaus war kurz, etwa fünf Minuten auf direktem Weg bergauf. Victors Weg dauerte jedoch fast eine Stunde. Als er vor dem Haupteingang ankam, war er sich so sicher wie möglich, dass niemand ihm gefolgt war. Er benutzte einen Lageplan, um den Eingang zur Notaufnahme zu finden. Der Überlebende hätte ohne Verzögerung operiert werden müssen und wäre dann entweder unter strenger Beobachtung auf der Intensivstation oder, wenn die Operation gut verlaufen wäre, an einen anderen Ort verlegt worden, um sich zu erholen.

In einem großen Krankenhaus kann das jede Station oder jedes Zimmer sein.

Ohne einen Namen konnte Victor nicht einfach fragen. Es brauchte mehr Finesse als die Rolle des besorgten Freundes. Er ging in schnellem Tempo durch die Gänge des Krankenhauses. Geschäftig, aber nicht eilig. Seine Haltung verriet, dass er ein Ziel hatte und keine Hilfe brauchte. Er hatte keine Zeit für unnötige Verzögerungen. Ein einfaches Manöver, das nach Victors Erfahrung sehr effektiv war. Jeder kann nachvollziehen, wie es ist, einen vollen Terminkalender zu haben und frustriert zu sein, wenn sich jemand einmischt und wertvolle Zeit und Energie verbraucht. Nur wenige Menschen wollen dieser Jemand sein, wenn es nicht unbedingt notwendig ist.

Victor hatte viele Orte betreten, die er nicht betreten durfte, indem er einfach so tat, als ob er es dürfte. Bei solchen Dingen gibt es einen Dominoeffekt. Sobald eine Person stillschweigend seiner Anwesenheit zugestimmt hatte, taten es die anderen ihr nach. Wenn er bereits dort war, musste es in Ordnung sein. Selbst wenn er nicht wusste, wohin er ging oder wie er dorthin kam, wirkte er nie verloren. Der zweite Vorteil eines schnellen Gangs in solchen Fällen war, dass Victor, wenn jemand darüber nachdachte, ob er dort sein sollte, schon weg war, wenn sich die Person entschloss zu handeln.

In einem langen, hellen Flur bog er um eine Ecke und sah drei Frauen und zwei Männer auf sich zukommen. Die Männer hielten sich bei der Hand und trugen legere Kleidung. Es gab keinen Hinweis darauf, dass sie hier arbeiteten, also ignorierte Victor sie. Sein Augenmerk lag auf den drei Frauen. Die nächste war allein und trug einen weißen Arztkittel. Sie sah erschöpft aus, zweifellos müde von einer langen, anstrengenden Schicht. Sie öffnete eine Wasserflasche und trank einen Schluck, während sie sich näherte. Wenn sie ihn bemerkt hatte, ließ sie es sich nicht anmerken. Ein Stück weiter hinten auf dem Flur gingen die beiden anderen Frauen zusammen. Krankenschwestern in ihren Kitteln. Sie unterhielten sich miteinander. Er las von ihren Lippen etwas über eine neue Sitcom ab.

Timing war alles, also wartete Victor, bis er kurz davor war, an der Ärztin vorbeizugehen, und hielt dann an.

«Excuse-moi», sagte er, drehte sich abrupt zu ihr um und überraschte sie.

Sie stammelte eine Antwort und versuchte, kein Wasser zu verschütten. «Je suis désolé», fuhr er fort. »Wissen Sie, wo ich die Cafeteria finde?«

Das Schild für die Cafeteria befand sich weiter hinten auf

dem Flur. Es war zwar klein, aber für einen aufmerksamen Menschen wie Victor erkennbar.

Aber es war plausibel, dass ein weniger aufmerksamer Besucher, der das Krankenhaus nicht kannte, es übersehen hatte.

Die Ärztin schüttelte ihre Überraschung ab und drehte sich um, um in den Gang zu zeigen, durch den sie gelaufen war.

»50 Meter. Sie können es nicht verfehlen.«

»Danke«, sagte Victor und merkte sich den Namen auf ihrem kleinen Ausweis.

Sie setzte ihren Weg fort und er seinen. Mit zielstrebigen Schritten ging er den Flur hinunter und auf die beiden Krankenschwestern zu. Sie hatten das Gespräch mit der Ärztin gesehen, wenn auch aus einiger Entfernung. Das war nah genug. Victor hatte darauf geachtet, übertriebene Bewegungen zu machen, um die Ärztin zu überrumpeln, damit sie es ihm gleichtat. Selbst zwei Krankenschwestern, die sich über die Possen einer lustigen Comedy-Show unterhielten, konnten es nicht übersehen.

Er blieb vor ihnen stehen.

»Verzeihung«, begann er. »Ich bin Inspektor Toussaint von der Polizei in Nizza und ich bin hier, um mit dem Schussopfer vom Sonntag zu sprechen. Dr. Lavigne sagte mir, Sie wüssten, wo ich ihn finden kann.«

Er hatte sie genauso überrascht, wie er die Ärztin überrascht hatte, sprach in einem schnellen, eiligen Tonfall, als ob jede Sekunde zähle.

Die Krankenschwester zu seiner Linken schaute schnell zu der Schwester zu ihrer Linken. »Ist er nicht auf der Station B4?«

Die zweite Schwester brauchte einen Moment, um ihre Worte zu finden. »Nein, da nicht. Ich glaube, er ist im dritten

Stock im Ostflügel.«
«Merci beaucoup», sagte Victor in weiterhin schnellem, gedrängtem Ton.
Er ging weg, weil er wusste, dass sie beide immer noch ein wenig überrascht und verwirrt waren und vielleicht erst jetzt merkten, dass sie mehr Informationen darüber hätten verlangen sollen, wer er war, aber jetzt war es zu spät und was spielte das überhaupt für eine Rolle?

KAPITEL 67

Victor trug einen weißen Arztkittel, den er von der Rückenlehne eines Stuhls in der Cafeteria genommen hatte, und betrat einen Raum mit hohen Fenstern im dritten Stock des Ostflügels des Krankenhauses. Es war zwar riskant, sich als Arzt auszugeben, aber der Kittel ersparte ihm weitere Herausforderungen beim Durchqueren der Flure. In der Brusttasche des Mantels steckte ein Kugelschreiber und in den Seitentaschen befanden sich Kaugummi, Kleingeld und ein Schlüsselbund.

Die Jalousien waren etwa zur Hälfte heruntergelassen, so dass die Sonneneinstrahlung abgemildert wurde, aber immer noch viel Licht hereinkam. Während er durch die Flure gelaufen war, hatte es zu regnen begonnen. Neben einem Besucherstuhl befand sich ein ausladendes Sofa unter dem Fenster.

Bei dem verstellbaren Bett handelte es sich um ein Pflegebett mit Rädern, die von Elektromotoren angetrieben wurden, um den Krankenschwestern und Pflegern das Schieben zu erleichtern. Es war etwas länger als ein Doppelbett und ähnlich breit. Das Metall glänzte und die cremefarbenen Kunststoffteile waren hell und sauber. Vielleicht war es erst vor kurzem gekauft worden oder einfach sorgfältig gewartet. Immerhin war es so teuer wie ein Familienauto. Der Patient konnte das Bett verstellen, indem er Knöpfe auf einer kleinen Tafel am Kopfende des Bettes drückte oder indem das Krankenhauspersonal mit den Füßen Paddel an den unteren Stützstreben betätigte. Die Sicherheitsschienen waren hochgestellt, damit der Patient nicht aus Versehen herausfallen konnte. Ein Satz Handschellen schlang sich um sein linkes Handgelenk und um eine der dicken Plastikstangen, die oberste, so dass er fast flach lag und die Handschellen seinen Arm gerade hielten. Keine bequeme Position. Victor stellte sich vor, dass die Ärztinnen oder Krankenpfleger sich mit der Polizei gestritten hatten.

Die Matratze war so eingestellt worden, dass der Mann ungefähr auf Höhe von Victors Bauch lag.

Walker. Der Mann, der für das erste Team verantwortlich gewesen war.

Victor war überrascht, dass der Brite nicht an dem Loch in seiner Lunge erstickt war. Ein zäher Mann, trotz seiner Schwäche für Zigaretten. Die Sanitäter und Chirurgen mussten einen außergewöhnlichen Job gemacht haben. Kein Wunder, dass das französische Gesundheitswesen immer wieder zu den besten der Welt gezählt wurde.

Walkers Beine lagen flach, Oberkörper und Kopf waren leicht schräg gestellt.

Er war sich nicht sicher, ob Walker bewusstlos war oder nur schlief. Beide Zustände waren natürlich ähnlich. Die Augen des Mannes waren geschlossen und sein Brustkorb hob und senkte sich in regelmäßigen Abständen.

Ein durchsichtiger Beutel mit Flüssigkeiten hing an einer Stahlhalterung. Ein Schlauch schlängelte sich vom Boden des Beutels bis zu einer Kanüle in seinem linken Unterarm. Ein chirurgisches Band verhinderte, dass die Nadel aus der Vene rutschte. Ein Monitor zeigte seine Vitalwerte an. Selbst für einen Ohnmächtigen wäre sein Puls schwach gewesen. Auch sein Blutdruck war etwas zu niedrig. Vielleicht lag es an den Medikamenten, die sie ihm gegeben hatten.

Hinter dem Bett hatte die Stirnwand viele Steckdosen, um das Zubehör für die Patientenpflege verwalten, darunter auch einen Rufknopf, der neben Walker auf dem Kissen lag.

Victor schob ihn weg.
An der gegenüberliegenden Wand zeigte ein Fernseher die Nachrichten. Die Lautstärke war gedämpft, aber Victor konnte die leuchtend roten Lippen des Moderators problemlos lesen. Eskalierende Bandengewalt wurde für die Morde in Nizza verantwortlich gemacht, was ein angenehmer Bonus war, sofern es die Ermittler auch so sahen. Auf einer Pressekonferenz versuchte der Bürgermeister den Bürgern zu versichern, dass solche Revierkämpfe nicht toleriert würden und dass die Polizei kurz davor sei, die Verdächtigen zu fassen. Es war natürlich viel zu früh, um solche Behauptungen aufzustellen, aber Politiker müssen eben tun, was Politiker tun müssen. Doch wenn die Polizei genug gewusst hätte, um solchen Behauptungen widersprechen zu können, hätte der Bürgermeister sie gar nicht erst aufgestellt.
Wie lange dauerte es, bis sie die Wahrheit erfuhren?
Victor sah in der Krankenakte am Fußende des Bettes nach und stellte fest, dass Walker intravenös Fentanyl bekam, zur Linderung seiner Schmerzen. Und um ihn in einem entspannten, halb betäubten Zustand zu halten, wie Victor vermutete. Der Tropf wurde durch die Schwerkraft gespeist, also hängte Victor den Beutel mit der Flüssigkeit ab und legte ihn neben einen Plastikkrug und einen Becher auf den Nachttisch. Eine kleine Portionspackung Joghurt stand unberührt neben einem weißen Plastiklöffel. Walker würde die Infusion immer noch bekommen, aber die Dosis würde jetzt viel niedriger sein. Victor wollte, dass er wach war.
Die Wirkung der verringerten Fentanyldosis trat fast sofort ein. Er hörte oder spürte Victors Anwesenheit. Die Augenlider flatterten auf und es dauerte einen Moment, bis er sich auf mehr als den weißen Arztkittel konzentrieren konnte,

den Victor trug. Als Walkers Blick den von Victor traf, war er erst verwirrt, dann ängstlich.

Victor schlug eine Handfläche auf Walkers Mund, bevor dieser erschrocken aufschreien konnte.

»Psst.«

Walkers panische Atemzüge waren heiß auf Victors Haut. Die Handschellen verhinderten jede nennenswerte Bewegung des rechten Arms und das Gewicht des Bettzeugs hinderte die Beine des Mannes daran, um sich zu treten. Nur ein Arm war frei beweglich, doch er war zu schwach, um Victor in Sorge zu versetzen.

Mit ruhiger, vernünftiger Stimme sagte Victor: »Wenn ich hier wäre, um zu beenden, was ich angefangen habe, könnte ich dir doch einfach ein Kissen aufs Gesicht drücken, oder?«

Walkers Augen waren groß und leer.

»Dass du aufgewacht bist und mich gesehen hast, anstatt eines weißen Flecks, sollte dir sagen, dass du in Sicherheit bist«, fuhr Victor fort. »Ich will nur reden.«

Der Monitor zeigte seine schnell steigende Herzfrequenz und den steigenden Blutdruck an.

»Du brauchst wirklich keine Angst vor mir zu haben«, sagte Victor. »Was auch immer passiert ist, gehört für mich der Vergangenheit an. Ich hege keinen Groll gegen dich, weil du versucht hast, mich zu töten, und ich hoffe, du denkst nicht schlecht von mir, weil ich dir in den Rücken und in den Bauch geschossen habe. Du kannst dir sicher vorstellen, dass du mir dabei keine große Wahl gelassen hast.«

Walkers steigende Herzfrequenz, die sich innerhalb weniger Sekunden mehr als verdoppelt hatte, begann, sich zu stabilisieren.

Victor sagte: »Du hast deinen Job gemacht. Ich verurteile

dich nicht dafür. Und ich nehme es dir auch nicht übel. Das würde mich zu einem Heuchler machen, oder? Und wenn ich so schon ein schlechter Mensch bin, warum sollte ich dann noch schlechter sein, wenn es sich vermeiden lässt?«

Keine Antwort.

»Meiner Meinung nach sind wir nur Feinde, wenn du eine Waffe auf mich richtest. Ansonsten gibt es keinen Grund, warum wir nicht höflich sein können. Ergibt das Sinn? Boxer umarmen sich nach zwölf Runden, in denen sie sich gegenseitig das Gesicht eingeschlagen haben, vergessen wir das nicht.«

Der Herzschlag des Briten begann sich zu verlangsamen.

»Bitte nick, wenn du verstehst.«

Walker nickte.

»Ich bin froh, dass du zustimmst«, sagte Victor. »Ich werde meine Hand jetzt wegnehmen und hoffe, dass wir diese Höflichkeit beibehalten können.«

Er nahm seine Handfläche von Walkers Mund, der schluckte und einige beruhigende Atemzüge einsaugte. Er machte keine Anstalten, zu schreien oder um Hilfe zu rufen. »Großartig«, lobte Victor. »Es gibt selten einen Grund, nicht freundlich zu sein. Nur weil wir früher Feinde waren, heißt das nicht, dass wir jetzt keine Gentlemen sein können.«

»Du bist verrückt«, sagte Walker mit schwacher Stimme. »Weißt du das?«

»Ich hatte schon länger so einen Verdacht.«

Der Brite lächelte beinahe. Dann versuchte er, seine Position zu korrigieren und biss wegen der daraus resultierenden Schmerzenswelle die Zähne zusammen.

»Ja, Bauchschüsse sind nicht angenehm«, sagte Victor. »Aber sieh es mal so: Du hast nur Schmerzen, weil du noch am Leben bist. Das hat mir vor langer Zeit mal jemand gesagt und ich glaube, es hilft. Wenn wir wirklich begreifen, dass der Schmerz nur eine Botschaft ist, können wir selbst entscheiden, wie sehr wir ihm Beachtung schenken.« Er zuckte mit den Schultern. »Das ist zumindest die Theorie. Niemand kann Schmerzen mit Willenskraft allein zum Verschwinden bringen, aber ich glaube, wir können uns selbst Schmerzlinderung verschaffen, wenn wir diese Logik verinnerlichen.«

Walkers Schmerz ließ so weit nach, dass er mit einem schwachen Nicken antworten konnte.

»Willst du dich aufsetzen?«, fragte Victor. »Ja? Bitte sehr«

Victor bediente mit seinem Fuß die Paddel an der Basis des Betts, so dass sich das Kopfende nach oben neigte und Walker anhob, der beschwichtigend seine freie Hand hob, als es genug war.

»Noch mehr und es tut weh«, sagte Walker und deutete auf seinen Unterleib.

»Wie wäre es mit etwas Wasser?«

»Das wäre gut.«

Victor goss etwas aus dem Krug ein und reichte ihm den Becher. Walker verschüttete etwas, als er daran nippte und reichte das Gefäß an Victor zurück, der es so abstellte, wie er es vorgefunden hatte.

Walker wischte sich mit dem Handrücken das Wasser von seinem Kinn.

»Joghurt?«, fragte Victor.

Er schüttelte den Kopf. »Nein. Danke.« Nach kurzem Überlegen fügte er hinzu: »Warum bist du so nett zu mir?«

»Ich habe es dir gesagt«, antwortete Victor. »Du bist nur mein Feind, wenn du eine Waffe auf mich richtest.«

»Meinst du das ernst? Sollten wir uns nicht gegenseitig hassen?«

»Ich hasse niemanden«, sagte Victor. »Hass ist kein sehr nützliches Gefühl, wenn du darüber nachdenkst.«
»Warum bist du dann hier?«
»Ich will nur Antworten. Ich will verstehen, was passiert ist. Fangen wir also damit an, wer dich angeheuert hat.« Walker zögerte, dann sagte er: »Ich ... Ich kann dir das nicht sagen. Du weißt doch, wie das läuft, oder?« Victor nickte.
»Hast du mit der Polizei gesprochen?«
»Ja, ein bisschen. Die Ärzte haben sie weggeschickt, aber sie kommen wieder.«
»Was hast du ihnen gesagt?«
»Nichts«, beharrte er. »Gar nichts.«
»Ich kann dich hier rausholen«, sagte Victor. »Wenn du mir hilfst, kann ich dich sofort rausrollen. Ich bringe dich sogar in einer ruhigen Villa unter. An der Küste, damit du dich bei schönster Aussicht erholen kannst. Eine private Krankenschwester, die sich um dich kümmert. Regelmäßige Arztbesuche. Und wenn du wieder kampfbereit bist, sorge ich dafür, dass du das Land verlassen kannst, ohne von den Behörden belästigt zu werden. Wie hört sich das an?«
Walker sagte nichts.
Victor sagte: »Das ist ein ehrliches Angebot.« Walker brach den Blickkontakt ab.
»Ist das deine endgültige Antwort?«
Auf dem Monitor begann Walkers Herzfrequenz wieder zu steigen. Victor stieß einen Seufzer aus. »Und ich dachte schon, wir würden uns so gut verstehen, dass wir das ohne Unannehmlichkeiten schaffen würden.«

KAPITEL 68

Walker drehte sich zu ihm um. Mit großen, fragenden Augen analysierte er Victors Worte. Der unvermeidliche Schrei nach Hilfe wurde abermals von einer Handfläche unterdrückt. Der Brite wehrte sich, aber er war geschwächt und selbst die kleinste Bewegung verursachte ihm lähmende Schmerzen. »Bauchschüsse sind nicht angenehm«, wiederholte Victor. Mit seinem freien Arm versuchte Walker, Victors Hand wegzuziehen. Der Griff um Victors Handgelenk war so schwach, dass es nicht nötig war, sich aktiv zu wehren. Innerhalb weniger Sekunden hatte Walker sich verausgabt. Seine Brust hob sich und sein Gesicht war rot und schweißnass geworden.

Victor untersuchte den Patientenmonitor. Walkers Herzfrequenz war extrem hoch.

»Wahrscheinlich ist es das Beste, wenn wir das ignorieren«, sagte Victor, als er die Alarmfunktion deaktivierte. »Wir wollen doch nicht, dass die Krankenschwestern in Panik geraten, oder?«

Walker gab ein dumpfes Geräusch von sich. Ein leiser Schrei um Hilfe oder eine Bitte, aufzuhören, schwierig zu sagen angesichts der Hand auf seinem Mund.

»Niemand kann dich hören, und du wirst nicht an meine Barmherzigkeit appellieren«, erklärte Victor. »Versuch ein paar tiefe Atemzüge zu machen und halte sie ein paar Sekunden in deiner Lunge, bevor du ausatmest. Dann wirst du dich ruhiger fühlen.« Er hielt inne. »Sehen wir uns jetzt die Wunde an.« Mit der freien Hand zog Victor das Klebeband ab, mit dem der Verband befestigt war. Walker zog eine Grimasse, als der Kleber an seiner Haut zerrte. Er wehrte sich, so gut er konnte, aber das brachte nichts.

Victor brauchte nicht mit der Handfläche nach unten zu drücken, denn sein Körpergewicht reichte aus, um Walkers Kopf und damit auch seinen ganzen Körper in Position zu halten. Er kämpfte jedoch weiter mit seinem freien Arm, den Victor immer wieder wegschlagen musste, weil er lästig war.

Nachdem der Verband entfernt worden war, konnte Victor die Wunde selbst sehen. Ein kleines Loch direkt unter Walkers Brustkorb auf der rechten Seite. Es brauchte nur zwei Klammern aus rostfreiem Stahl, um es zu schließen. »Sie haben gute Arbeit geleistet«, sagte Victor. »Du wirst fast keine Narbe haben. Zum Glück keine Austrittswunde. Du solltest dem Kollegen danken, der entschieden hat, Unterschallmunition zu verwenden. Ein normales Geschoss hätte eine viel schlimmere Wunde in deinem Rücken hinterlassen. Stillhalten, bitte.«

Es brauchte ein paar Versuche, bis Victor seinen Daumennagel unter der Kante der ersten Klammer und den Nagel seines Zeigefingers unter der gegenüberliegenden Kante eingehakt hatte.

»Der Nachteil davon, seine Nägel kurz zu halten«, erklärte er. »Es wird dennoch nicht lange dauern.«

Als er einen sicheren Griff hatte, riss er die Klammer los. Walker wimmerte unter Victors Handfläche. Es brauchte ein wenig Gewalt, um den Verwundeten an seinem Platz zu halten. »Eine weniger«, sagte Victor und schlug den fuchtelnden Arm weg. »Eine übrig.«

Die zweite Heftklammer war schwieriger zu entfernen als die erste. Walker kämpfte viel mehr als zuvor. Jetzt wusste er, was auf ihn zukam, und seine Angst überwog den Schmerz. Doch seine Bemühungen brachten nichts, außer dass er noch müder wurde, was ihn nur noch schwächer

und leichter zu kontrollieren machte.
»Sieh dir das mal an!«, sagte Victor. »Das ganze Herumgefuchtel hat die Wunde geöffnet.«
Ein wenig helles Blut sickerte von der Stelle, an der der Schorf aufgeplatzt war.
Mit Daumen und Zeigefinger auf beiden Seiten des gerissenen Schorfs dehnte Victor die Haut in entgegengesetzte Richtungen.
Mehr Blut sickerte heraus, als die Kruste aufriss und das kleine runde Loch in seiner Haut zum Vorschein kam. Es war größer als das der Kugel, denn die Chirurgen hatten es mit dem Extraktionswerkzeug dehnen müssen.
»Das wird wehtun«, sagte Victor und steckte seinen Zeigefinger in das Loch.
Wie müde Walker auch sein mochte, er fand neue Energie, um zu bocken und zu strampeln. Victor legte seinen Kopf schräg, damit die Angriffe nicht sein Gesicht treffen konnten. Schwache Finger versuchten, nach seinen Augen zu kratzen. Die dumpfen Schreie unter seiner Handfläche wurden etwas lauter, aber bei weitem nicht laut genug, um über den Raum hinaus gehört zu werden.
»Ein bisschen höher und es hätte ganz anders ausgehen können«, erklärte Victor, während er Walkers Kopf noch fester nach unten drückte. »Ich habe dich aber hier getroffen, wo es keine lebenswichtigen Organe gibt, und bin von deiner Bauchaorta ferngeblieben. So muss die Kugel deine Leber um Millimeter verfehlt haben. Ich bin wohl etwas eingerostet an der MP5. Unterschallgeschosse hin oder her, das wäre eine Katastrophe gewesen. Du wärst verblutet, bevor die Sanitäter bei dir waren, oder auf dem Operationstisch gestorben.«
Das Innere des menschlichen Körpers war so warm wie eine

heiße Wanne.
Victor wühlte mit seinem Finger herum.
»Ich kann eine Menge Fettgewebe hier drin fühlen«, sagte Victor. Er sah die Verwirrung in Walkers Augen: »Das ist viszerales Fett«, erklärte er. »Das ist wirklich nicht gut. Deshalb ragt dein Bauch heraus, aber schwabbelt nicht. Das ganze Fett befindet sich unterhalb deiner Bauchdecke. Wir brauchen natürlich etwas davon, um zu isolieren. Und als Polster für die lebenswichtigen Organe in diesem Bereich, die nicht von einem Brustkorb geschützt werden. Nieren, Leber, Bauchspeicheldrüse und Eingeweide wären ohne eine Fettschicht als Schutzschild ziemlich verwundbar. Das Problem ist, dass zu viel viszerales Fett wirklich schlecht für deine Gesundheit ist. Ich bin mir sicher, dass du dir im Moment keine Gedanken über dein erhöhtes Risiko für Herz-Kreislauf-Erkrankungen oder Diabetes Typ 2 machst, aber in dir tickt eine Zeitbombe. Wenn du fühlen könntest, was ich fühle, würdest du dein gesamtes Ernährungsmodell überdenken.«
Er bewegte seinen Arm für einen besseren Winkel, während er Walkers Innereien durchstöberte.
»Du trinkst viel, stimmt's?«, sagte Victor. »Unsere Leber ist sowieso riesig, aber deine ist noch größer, als sie sein sollte. Ich kann hier eine raue Struktur spüren ... und hier ... Das ist eine Vernarbung. Zirrhose. Das ist der Moment, in dem ein Arzt dir raten würde, mit dem Trinken aufzuhören. Keine Sorge, ich bin nicht der belehrende Typ. Die gute Nachricht ist, dass sich die Zirrhose derzeit auf diese beiden Bereiche beschränkt. Wenn du also weniger Alkohol trinkst und dir auch sonst gesündere Gewohnheiten aneignest, gibt es keinen Grund, warum du nicht ein langes und glückliches Leben führen kannst.«

Walker schrie mit seinen Augen.

Victor starrte zurück. »Ich meine, es gibt keinen medizinischen Grund.« Nach einer kurzen Pause sagte er: »Also, soll ich fortfahren oder möchtest du meine Fragen jetzt beantworten? Denn mit ein bisschen Herumwühlen könnte ich als nächstes deine Gallenblase begutachten. Danach vielleicht die Milz, wenn ich richtig tief grabe. Nicke, um zu den Fragen zurückzukehren, oder schüttle den Kopf, um mit der Untersuchung deiner inneren Organe fortzufahren.«

Walker nickte und nickte und nickte.

KAPITEL 69

Victor benutzte sterilisierende Tücher, um seine Hand zu säubern, und warf die Tücher in einen gelben Eimer mit einem aufgedruckten Biogefahrensymbol. Er gab Walker Wasser. Der inhalierte einen ganzen Becher und gestikulierte nach mehr. Er war kalkweiß und schweißgebadet, genau wie das Bettzeug. Fast konnte man meinen, er sei in nur zehn Minuten um zehn Jahre gealtert.

»Rede mit mir«, sagte Victor. »Denn wenn ich wieder reingehen muss, werde ich deine Gallenblase nicht nur untersuchen, sondern sie zwischen die Finger nehmen, herausreißen und über dein Gesicht halten, damit du sie dir genau ansehen kannst, während der Gallensaft auf dich herabregnet.«

»Ich bin nur ein Söldner«, sagte Walker schnell und verzweifelt.

»Das ist mir klar.«

Nach einem Schluck fuhr er fort. »Auftragnehmer. Privater Sicherheitsdienst. Eine Firma in Gibraltar kümmert sich um den Papierkram. Ich erledige Aufträge für alle möglichen Leute.«

»Woher kennst du Phoenix?«

»Ich weiß nicht, was das bedeutet.«

»Das bedeutet, dass du als Subunternehmer angestellt wurdest«, sagte Victor, enttäuscht, aber nicht überrascht. »Deine Crew am Sonntag ... kanntest du die alle schon vor diesem Job?«

»Einige, nicht alle. Ich weiß nicht, wer uns angeheuert hat. Man lernt schnell, nicht allzu viele Fragen zu stellen,«

»Du musst mir etwas geben.«

»Castellan«, sagte Walker.

»Ist das ein Mensch?«

Er nickte. »Ein Mann. In Marseille.«
»Ich brauche mehr als das«, sagte Victor. »Wer ist er? Was ist seine Verbindung zu deiner Crew?«
»Ich kenne ihn nicht, aber ich habe gehört, wie sein Name in der Firma genannt wurde. Er ist ein Russe. Er ist ...«
»Ein Russe?«, unterbrach Victor. »Bratva?«
Walker war verwirrt.
»Die Bruderschaft«, erklärte Victor. »Russische Mafia.«
»Ich weiß nichts darüber. Ich denke, dass das Geld oder die Waffen vielleicht von ihm kamen. Das war's. Das ist alles, was ich weiß.«
Victor dachte einen Moment lang darüber nach. »Marseille ist eine große Stadt, wo finde ich also diesen Castellan?«
»Ich weiß es nicht«, sagte Walker. „Ich weiß es wirklich nicht.«
»Okay«, sagte Victor, obwohl er keine Ahnung hatte, wie Castellan mit Phoenix in Verbindung stand und wie er die wenigen Informationen, die er erhalten hatte, nutzen sollte. Wenn Castellan Teil der Bratva war, was bedeutete das? Benutzte Phoenix die Bratva, um ihn loszuwerden, oder benutzten sie sie?
»Töte mich nicht«, flehte Walker. »Ich werde niemandem hiervon erzählen.«
»Ich glaube dir. Und glaube mir, wenn ich sage, das nichts von dem hier persönlich ist«
»Du bringst mich nicht um?«
»Warum sollte ich mir die Mühe machen? Du weißt nicht, für wen du arbeitest, aber sie wissen, wer du bist, und wenn ich dich finden kann, werden sie es auch. Und sie brauchen dir keine Fragen zu stellen, denn sie wissen bereits, was du weißt, und sie werden nicht wollen, dass du der Polizei etwas davon erzählst.«

»Ich würde nie mit den Bullen reden«, beharrte er und überraschte Victor mit der Leidenschaft seiner Loyalität. »Die Firma weiß, dass ich verlässlich bin.«
»Nun«, begann Victor, »du hast es mir gesagt. Und ich musste dir nicht einmal die Gallenblase herausreißen.«
»Sie kennen mich.«
Victor zuckte mit den Schultern. »Das ist wahrscheinlich auch der Grund, warum sie nicht gleich hierhergeeilt sind, um das Kissen zu benutzen, über das wir vorhin gesprochen haben. Aber mit der Zeit werden sie anfangen, daran zu zweifeln. Sie werden sich Sorgen machen und dann zu dem Schluss kommen, dass es das Risiko nicht wert ist.«
»Du irrst dich.«
»Vielleicht, aber ich habe mit diesem Spiel nichts zu tun. Du wirst wissen, dass ich Recht habe, wenn sie jemanden schicken, mit dem du schon einmal gearbeitet hast. Jemanden, den du kennst und magst. Du öffnest deine Augen und lächelst überrascht, weil du einen deiner Kumpels siehst. Er wird dir sagen, dass er das Protokoll gebrochen hat, um zu sehen, wie es dir geht und dir deinen Lieblingskuchen mitzubringen, oder das Sandwich, dass du so gerne magst. Der Snack ist nicht Teil der Maskerade, weißt du? Der ist für das schlechte Gewissen, weil er hier ist, um dich kaltzumachen.«
»Du irrst dich«, sagte er wieder, nur leiser.
»Wenn ich Zeit hätte«, fuhr Victor fort, »würde ich auf ihn warten. Es ist fast garantiert, dass er mehr über den Job weiß als du, denn er muss verstehen, was er aufräumt, um es richtig zu machen.«
Victor nahm den durchsichtigen Beutel mit dem Fentanyl vom Nachttisch und hängte ihn an den höchsten Punkt des Ständers.

»Es ist ein Opioid«, erklärte er Walker. »Ich lasse die Infusion schneller laufen, sodass es dir in wenigen Augenblicken zu Kopf steigen wird. Du wirst das Gefühl haben, die Welt zu beherrschen und dann in einen friedlichen Schlummer fallen. Wenn du wieder aufwachst, wirst du dich wahrscheinlich nicht einmal mehr an dieses Gespräch erinnern. Das ganze Herumwühlen in deinen Innereien könnte sich als nichts Schlimmeres als ein schlechter Traum herausstellen. Wäre das nicht schön?«

Walker nuschelte etwas Unverständliches.

»Oh, ich habe vergessen zu erwähnen, dass du auch die Fähigkeit zu sprechen verlieren wirst«, fügte Victor hinzu. »Ziemlich schnell.«

Er war sich nicht sicher, ob Walker ihn verstand. Er war sich nicht sicher, ob Walker überhaupt wusste, dass er im Raum war. Die erhöhte Dosis Fentanyl hatte sein Gehirn erreicht und sein Gesicht bekam einen glückseligen Ausdruck. Seine Augenlider schlossen sich fast vollständig, als ob er schlief und gleichzeitig wach war, seine Lippen verzogen sich zu einem zufriedenen Lächeln.

Das Opioid leistete hervorragende Arbeit.

Victor vermisste es fast so sehr, wie er das Rauchen vermisste. Er drückte die Klammern wieder in Walkers Unterleib. Ohne die mechanische Kraft der Klammerpistole sanken sie nicht mehr so weit ein wie zuvor. Tief genug, dachte er. Jeder, der die Wunde untersuchte, würde denken, dass Walker sich zu heftig bewegt hatte und die Klammern sich gelockert hatten, bevor jemand die Alternative in Betracht zog. Vielleicht würde jemand ermahnt werden, weil er die Wunde nicht sorgfältig genug geschlossen hatte. Ein verzeihlicher Fehler, wie auch immer. Es würde niemandem die Karriere ruinieren.

Er öffnete die Tür und trat hinaus in den Flur, als er keine Schritte oder Menschen hörte, die sich unterhielten. Wie zuvor war es still. Er konnte Gespräche hören und eine Radiowerbung für einen Energydrink, auch wenn beides nicht in der Nähe war. Er stellte sich vor, dass eine Tür um die Ecke einen Spalt offenstand und einer der Patienten Besuch hatte.

Auf dem Weg zum Treppenhaus öffnete sich ein Aufzug, und zwei Männer in weißen Arztkitteln stiegen aus.

Sie gingen aneinander vorbei und Victor ignorierte sie, während sie ihn ebenso ignorierten.

Dann blieb Victor stehen und schaute zurück.

Im Gegensatz zu allen anderen Ärzten, die er im Krankenhaus gesehen hatte, trugen diese beiden keine bequemen Turnschuhe, um die Unannehmlichkeiten der langen Schichten zu lindern. Einer trug einfache schwarze Lederschuhe, der andere Wanderschuhe.

Victor wartete, bis sie um die Ecke gebogen waren, und folgte ihnen.

Er war nicht überrascht, als sie Walkers Zimmer betraten. In einer Hand knisterte die Tüte einer Bäckerei.

KAPITEL 70

Viereinhalb Minuten waren alles, was es brauchte.

Victor verweilte in Sichtweite der Tür, bis sie sich öffnete, dann ging er in gemächlichem Tempo zum Aufzug. Obwohl er sie nicht sehen konnte, waren die beiden Männer hinter ihm im Korridor, auf dem Rückweg vom Mord an ihrem Kollegen. In diesen viereinhalb Minuten hätten sie es auf viele verschiedene Arten tun können. In Anbetracht der Situation stellte sich Victor ein Medikament vor, das in einer tödlichen Dosis verabreicht wurde. Oder vielleicht das besagte Kissen über dem Gesicht. Mit der hohen Dosis Fentanyl, die Victor ihm verabreicht hatte, hatte Walker nie erfahren, was mit ihm geschah. Auch das Essen, das sie ihm mitbrachten, hatte er nicht genießen können. Als Victor den Aufzug erreichte, waren sie dicht hinter ihm und holten mit ihren zielstrebigen Schritten auf, wie er es sich gewünscht hatte. Als er mit einem Fingerknöchel den Rufknopf drückte, waren sie direkt neben ihm.

Sie sagten nichts und Victor auch nicht.

Als sie vor ein paar Minuten aus dem Aufzug getreten waren, hatten sie noch nicht einmal einen Blick in seine Richtung geworfen. Er entdeckte keine Veränderungen in ihrer Haltung oder ihrem Verhalten, die auf ein Wiedererkennen hindeuteten.

Die Aufzugtüren fuhren zurück und die drei betraten die Kabine.

Victor, der am nächsten dran und als Erster drinnen war, bewegte sich am weitesten, bis er an der Rückwand war. Im Vorbeigehen drückte er den Knopf für die unterste Ebene der Tiefgarage, so dass er nicht vor ihnen würde aussteigen müssen. Er drehte sich um und lehnte sich mit den

Schulterblättern an, als wäre er von einer langen Schicht ermüdet. In einem Anzug unter dem weißen Kittel könnte er ein Pharmazievertreter sein. Er spielte an seinem Schlüsselbund, um den imaginären Stress abzubauen.
Die beiden Jungs taten das Gleiche und gingen jeweils zu den senkrechten Wänden. Der Typ zu Victors Rechten lehnte sich dagegen, während der Typ zu seiner Linken mit verschränkten Armen davorstand, nachdem er den Knopf für das Untergeschoss gedrückt hatte, in dem sich die Tiefgarage befand.
Beide hatten einen Ausdruck der Zufriedenheit, triumphierend fast, wenn auch verhalten. Ein Job, der zu einem guten Abschluss gekommen war. Lächeln und Zwinkern wurden ausgetauscht, als jeder dem anderen schweigend gratulierte. Victor täuschte Unwissenheit vor.
Obwohl ein Teil von ihm diesen gemeinsamen Triumph nie verstehen konnte. Ein erledigter Job bedeutete schlicht, dass man nicht versagt hatte. Was für einen Grund gab es also, einen Routineauftrag zu feiern?
Unter anderen Umständen hätte er vielleicht um Erleuchtung gebeten. Er konnte sich jedoch nicht vorstellen, dass dies in einer höflichen Diskussion enden würde.
Die Türen schlossen sich.
Sie hatten die Papiertüte der Bäckerei zurückgelassen, stellte er fest. Vielleicht wollten sie sie nicht wegschmeißen. Vielleicht dachten sie, eine Krankenschwester würde sich noch darüber freuen. Bei dem Gedanken an Nahrung war Victor enttäuscht, dass sie das Sandwich nicht mehr dabeihatten. Er konnte das frische Baguette fast riechen. Er war sich sicher, dass es in Frankreich unmöglich war, schlechtes Essen zu kaufen. Vielleicht gab es sogar ein entsprechendes Gesetz.

Der Fahrstuhl glitt hinab.
»Bock auf ein kaltes Bier?«, fragte der Mann rechts von Victor. Er sprach Englisch mit schottischem Akzent und ging vielleicht davon aus, dass Victor Franzose war und ihn nicht verstand, oder es war ihm egal. Trotz allem, was sie gerade getan hatten, war dies eine unschuldige Frage.
Der Typ zur Linken nickte zustimmend. »Ich würde sagen, wir haben es uns verdient.«
Er hatte einen wohlklingenden Akzent, der von der Aussprache her gut verständlich war.
Die beiden Jungs setzten ihr wortloses Schulterklopfen fort, bis der Aufzug im nächsten Stockwerk anhielt. Eine Ärztin im weißen Kittel trat ein, drückte einen Knopf und sagte dann: »Geht es hier nach oben?«
»Runter«, antwortete Victor.
Mit einem selbstironischen Lächeln verließ sie den Fahrstuhl wieder. Der Schotte zu Victors Rechten drückte wieder auf den Knopf für das erste Untergeschoss.
Als sich die Tür schloss, sagte die Ärztin: »Ich weiß nicht, wie ihr das den ganzen Tag aushaltet.«
Ihr Blick war auf den Boden gerichtet.
Dann war sie weg und der Aufzug fuhr nach unten. Die beiden Killer waren verwirrt und blickten sich gegenseitig an und in die Richtung, in die die Ärztin geschaut hatte. Hatten sie etwas übersehen?
Dann wurde es ihnen klar.
Victor schien es, als ob beide Männer gleichzeitig verstanden. Der Typ zu seiner Rechten schaute auf die Wanderschuhe des Engländers, während dieser auf die Slipper seines Partners schaute.
Ihr eben noch selbstgefälliger Triumph wurde zur Schmach. Sie tauschten tadelnde Blicke aus.

Wie konntest du das übersehen?
Ja, und selbst?
Victor stand still, sagte nichts und hoffte, dass sie sich wieder einkriegten. Dann hatten sie eben etwas übersehen. Nichts Schlimmes. Nur eine Person hatte es bemerkt.
Das Problem war natürlich, dass sie jetzt, wo sie ihren Fehler erkannt hatten, nicht mehr aufhören konnten, daran zu denken. Ärzte und Krankenschwestern, die lange Schichten schieben, sollten bequeme Schuhe tragen. Das hätte eigentlich klar sein müssen. Die beiden würden diesen Fehler nicht noch einmal machen, jetzt wo sie es wussten. Jeder, der vorgibt, Arzt zu sein, würde sich verraten, wenn er ein solches Detail übersieht.
Der Typ zu Victors Rechten schaffte es zuerst. In dem stummen Schlagabtausch der Vorwürfe war es der Schotte, der den Fehler einräumte. Er zuckte mit den Schultern, als wollte er sagen: *Es ist, wie es ist* und brach den Blickkontakt zu seinem Partner ab. Er schaute woanders hin und schüttelte verdrießlich den Kopf. An die Decke. Auf den Boden. Wo sein Blick verweilte.
Ein Amateur hätte Victor in diesem Moment vielleicht direkt angeschaut. Es war der menschliche Instinkt, Augenkontakt herzustellen, wenn man jemanden zum ersten Mal sah, und dieser Typ hätte Victor genauso gut zum ersten Mal sehen können.
Der Blick verweilte auf dem Boden, weil dem Schotten aufgefallen war, dass Victors Schuhe, genau wie seine eigenen, nicht die Art von Schuh waren, die ein Arzt während einer langen Schicht tragen würde. Obwohl der Anzug vermuten ließ, dass er eher hinter einem Schreibtisch saß.
In einem Sprechzimmer, anstatt auf Station herumzulaufen. Hätten sie nicht schon einmal interagiert, hätte er

ihn nicht wiedererkannt, hätte der Kerl seinen Verdacht abgetan. Stattdessen wandte er seinen Blick von Victors Schuhen ab, wobei er darauf achtete, Victor nicht direkt anzuschauen, und stellte den Blickkontakt zu seinem Partner wieder her.

Victor sah die Geste, die der Schotte machte. Eine subtile Kopfbewegung, die seinem Partner verriet, dass ihm etwas Besonderes an Victor auffiel. Mehr war nicht nötig, denn der zweite Mann hatte bemerkt, dass der Schotte auf den Boden schaute. Den Rest der Gleichung erledigte er selbst. Sie arbeiteten schon lange zusammen. Sie kannten sich gut genug, um ganze Gespräche ohne Worte zu führen. Angesichts dessen, was sie jetzt über Victor wussten, gefiel ihm die Vorstellung nicht, dass sie zu Feinden werden könnten.

Keiner von ihnen handelte sofort, was zu erwarten war. Das Krankenhaus war ein öffentlicher Ort, auch wenn die drei allein waren. Der Aufzug wurde videoüberwacht und sie hatten nur wenige Minuten zuvor einen Mann ermordet. Sie wollten kein Aufsehen erregen. Sie waren hier, um Walkers Schlamassel aufzuräumen, nicht um ihren eigenen zu verursachen.

Außerdem war ihnen nicht klar, dass Victor sie während ihres gesamten Denkprozesses beobachtet und ihre Schlussfolgerungen verstanden hatte. Sie dachten, er wüsste nichts von ihrer Aufregung. Sie wollten, dass das so blieb.

Es gab eine – wenn auch geringe – Wahrscheinlichkeit, dass es nichts änderte, dachte sich Victor. Sie waren die Aufräummannschaft. Sie waren eine von Walkers Team getrennte Einheit, also würde es zwischen ihnen keine Kameradschaft geben, die ein emotionales Bedürfnis nach Rache fördern würde. Das Mitbringsel ließ darauf schließen, dass sie eine gemeinsame Vergangenheit hatten, sicher, aber die Nostalgie hatte ihre Befehle nicht übertrumpft. Sie hätten einst beste Freunde sein können, Paten für die Kinder des jeweils anderen, aber nichts davon hatte sie davon abgehalten, Walker zu töten.

Konnte es sein, dass sie den Auftrag hatten, Victor ebenfalls zu finden und zu töten? Möglich, aber er konnte sich nicht vorstellen, dass sie ihn in diesem Fall nicht erkennen würden. Victors Haarschnitt und seine Rasur ließen ihn auf der anderen Straßenseite oder in einer Menschenmenge wie eine andere Person aussehen. Nicht aber, wenn sie einander so nah waren, dass er jede vergrößerte Pore auf der Nase des Schotten sehen konnte. Eine kompetente Aufräumcrew würde ihr Ziel, selbst ein Nebenziel, erkennen, wenn sie es sah. Nur die Schuhe – nur die Ärztin, die sie auf diesen einen Fehler in ihrem Vorgehen hingewiesen hatte – hatten sie dazu gebracht, Victor mit anderen Augen zu sehen.

Er beobachtete, wie sich ihre Konversation vor ihm abspielte. Keine Worte. Nur Mienen. Der Schotte auf der rechten Seite war aufgeregt, so als wäre er wütend auf den anderen, weil er es nicht bemerkt hatte, und noch wütender auf sich selbst. Der Engländer hob die Augenbrauen und seufzte, viel zuversichtlicher als sein Kollege. *Was sollen wir machen?*

Nach diesem ersten Austausch kamen sie zur Sache. Wie sollten sie die Sache angehen? Soweit Victor das beurteilen konnte, gab es für sie nur zwei realistische Szenarien. Entweder sie setzten ihren Weg fort, weil ihr Auftrag erfüllt war, oder sie kümmerten sich um ihn.

Ein paar subtile Gesten waren alles, was es brauchte. Der Engländer neigte seinen Kopf ein wenig in Victors Richtung und machte dann eine leichte Bewegung mit seinen

Händen – ein Drehen der Handflächen, ein Bewegen der Daumen –, die alles Mögliche hätte bedeuten können, und doch verstand der Typ auf der rechten Seite.
Wir kümmern uns um ihn.

KAPITEL 71

Wenn die beiden Aufräumer ungestüm waren und beschlossen, hier im Aufzug anzugreifen, wären sie im Nachteil, nicht er. In der Kabine war zu wenig Platz für zwei Männer, die sich nicht gegenseitig in die Quere kommen durften. Selbst für den Fall, dass sie beide eine Waffe hätten und sie im selben Moment ziehen würden, war Victor zuversichtlich, dass er triumphieren würde. Er war bereits in Schlagweite, ohne auch nur einen Schritt zu machen. In dem Moment, in dem sie sich in Bewegung setzten, würde er den Engländer mit einem Schlag treffen, so dass Victor seinen rechten Ellbogen in den zweiten Kerl zurückschleudern konnte. Keiner der beiden Schläge musste perfekt platziert sein, um ihre Aktionen zu unterbrechen, und da jeder der beiden Männer mit einer Hand nach der Waffe griff, hatten sie keine Möglichkeit, sich gegen seine Folgeangriffe zu verteidigen.

Es konnte alles vorbei sein, bevor der Fahrstuhl im Untergeschoss anhielt und die Türen aufgingen.

Sie waren jedoch kompetente Killer. Sie würden keine Gewalt anwenden, wenn sie so ungeschützt waren. Außerdem hatten sie keinen Grund zur Eile. Soviel sie wussten, hatte er weder Ahnung von ihrem ursprünglichen Ziel noch von der Situation, in der er sich in ihrer Vorstellung bald befände.

Der Schotte hob seine Hände ein wenig und lenkte den Blick des anderen darauf, um ihn um Geduld zu bitten.

Wir kümmern uns um ihn, nur jetzt noch nicht.

Der Engländer nickte und klopfte auf seine Gesäßtasche, sodass die Schlüssel klirrten.

Einverstanden. Bring ihn zum Fahrzeug.

Es würde ein Lieferwagen sein, das wusste Victor. Der Platz und die Privatsphäre im hinteren Teil des Wagens waren zwar der offensichtliche Vorteil, aber vor allem war es die Übersehbarkeit, die ein solches Fahrzeug bot. Leute, die in einem Auto warten, ziehen die Blicke auf sich. Ein parkender Transporter ist fast unsichtbar.

Die Tatsache, dass der Engländer die Schlüssel hatte, deutete darauf hin, dass es sich bei den beiden um das gesamte Aufräumteam handelte, obwohl es gut möglich war, dass es ein zweites Paar in einem zweiten Fahrzeug gab oder dass dieser Kerl sowohl einen Satz Schlüssel als auch einen Fahrer hatte, der gerade hinter dem Lenkrad wartete. Das könnte auch der Grund sein, warum die beiden Victor zu dem Van bringen wollten: weil sie dort Unterstützung hatten. Vielleicht wollten sie ihm nicht allein gegenübertreten, weil sie nur Aufräumer waren und nicht an vorderster Front arbeiteten, aber er war sich fast sicher, dass das nicht der Fall war.

Der Schotte auf der rechten Seite konnte sein erwartungsvolles Grinsen nicht verbergen.

Victor fügte der Auflistung ihrer Nachteile Übermut hinzu, als der Aufzug das Kellergeschoss erreichte.

Er wechselte in die reine Beobachtungsanalyse. Er konzentrierte sich auf ihre Hände, ihre Augen, ihre Körpersprache. Sie brachten sich in Position, aber nicht auffälliger, als jeder andere es auch tun würde, wenn er als erster aus einem Fahrstuhl aussteigen wollte. Sie hatten nicht vor, ihre Waffen zu ziehen und ihn zum Aussteigen zu zwingen. Nicht, wenn er sich weigern konnte, die Kabine zu verlassen, die jeden Moment zur Auffahrt gerufen werden konnte, und nicht, wenn sie vor ihm standen. Eine schlechte Idee, die sie sicher nicht einmal in Erwägung ziehen würden. Also mussten sie den Schein zumindest für den Moment aufrechterhalten. Sie mussten aus der Kabine steigen, ohne ihn zu alarmieren oder ihm einen Grund zu geben, drinnen zu bleiben und den Alarmknopf zu drücken. Sie durften nicht wissen, dass er aussteigen würde, egal was sie taten, denn genau wie sie wollte er die Sache ohne Beisein von Kameras und Zeugen abwickeln. Außerdem dachten sie immer noch, das Überraschungsmoment sei auf ihrer Seite.

Sie würden zuerst aussteigen und dann verzögern, bis er vorbeiging, wobei sie alles Mögliche vortäuschen könnten – in ihren Taschen nach einer Quittung suchen, ungelenk die Uhrzeit lesen, einen langatmigen Witz erzählen. Oder sie würden so lahm daherschleichen, dass er sie entnervt überholen müsste. Er vermutete ersteres, da sie sich mit einer Bedrohung in ihrem toten Winkel wahrscheinlich nicht wohlfühlten. Zudem könnte er eine andere Route nehmen und ihren Plan durchkreuzen.

Er wusste, wie sie sich fühlten, wollte sie aus denselben Gründen nicht hinter sich haben. Als der Gong ertönte und die Türen sich öffneten, standen alle drei unbeweglich da. Dann schaute der Engländer zu Victors Linken in seine Richtung und sagte: »Nach Ihnen.«

Victor bewegte sich nicht. »Ich bitte Sie.« Er gestikulierte zur offenen Tür, tat es dem Killer nach. Beide lächelten freundlich, nickten einander höflich zu. Nur zum Schein ein Duell der guten Manieren.

Der Schotte stieg ein: »Nur zu.«

Victor gab nach, weil er den Anschein der Unwissenheit aufrechterhalten wollte, das war mehr Wert, als hinter ihnen zu stehen. Je länger sie glaubten, die Situation unter Kontrolle zu haben, desto größer war die Überraschung, wenn er ihnen schließlich ihre Täuschung klar machte. Er brauchte Privatsphäre, um das Beste aus diesem Moment zu machen. Als er aus dem Aufzug in die Garage trat, ließ er seinen Blick durch den Raum schweifen, um den Van zu identifizieren. Auf den ersten Blick eine unmögliche Aufgabe, doch die Chancen stiegen mit jeder Sekunde. Vielleicht 200 potenzielle Plätze, und nur die Hälfte war besetzt. Er kannte den genauen Prozentsatz der Lieferwagen auf französischen Straßen nicht, aber 10 bis 15 Prozent schienen ihm realistisch. In einer Krankenhausgarage, im Gegensatz zur allgemeinen Nutzung, erwartete er das untere Ende dieser Skala. Zehn Fahrzeuge also. Nach ein paar Sekunden des Scannens zählte er zwölf. Da das Parkhaus nicht annähernd ausgelastet war, konnten sie so ziemlich überall parken, wo sie wollten. Obwohl die meisten Besucher in der Nähe des Fahrkartenautomaten und des Aufzugs parken würden, wollten diese beiden Männer nicht im belebtesten Bereich parken. Sie waren hier, um Chaos zu beseitigen. Sie würden Diskretion bevorzugen.

Victors Blick fand zwei potenzielle Kandidaten, die in der Ferne geparkt waren, wobei sich kaum andere Fahrzeuge in der Nähe befanden. Allerdings parkten sie an entgegengesetzten Enden des Platzes. Der eine lag am nächsten zur Ausgangsrampe, was eine gute taktische Entscheidung war. Der andere befand sich in einem Bereich mit schlechterer Beleuchtung und war durch frei hängende Schilder etwas von der Videoüberwachung abgeschirmt, was für ihn ebenfalls taktisch sinnvoll war. Beide waren rückwärts eingeparkt worden. Keiner der beiden war hell lackiert oder hatte andere auffällige Merkmale, die ihn als Einsatzwagen disqualifiziert hätten. Einer hatte ein lokales Nummernschild, der andere war in Marseille registriert. Beides Kastenwagen, weder brandneu noch alt und rostig.

Aus der Ferne konnte Victor keinen Aufkleber einer Vermietungsfirma finden.
Es wirkte wie ein Münzwurf, bis er sah, wie sich die Deckenbeleuchtung in den Regentropfen auf der Windschutzscheibe des Lieferwagens aus Marseille spiegelte. Das Fahrzeug in der Nähe der Ausfahrt hatte keine Spur von Regen, weil es schon viel länger geparkt war – es war entweder vollständig getrocknet oder hatte den Beginn des Regens ganz verpasst.
Er konnte es nicht sehen, aber er stellte sich vor, dass die beiden hinter ihm vielleicht lächelten, weil sie sich über seine Entscheidung, in Richtung ihres Fahrzeugs zu gehen, freuten. Victor sah niemanden auf der anderen Seite der Windschutzscheibe. Jegliche Verstärkung könnte sich natürlich im hinteren Bereich befinden.
80 Meter offenes Gelände lagen zwischen Victor und dem Lieferwagen der Killer. Er ging in einem lässigen Tempo, um die Illusionen der beiden hinter ihm zu verstärken. Vielleicht 1,2 oder 1,3 Meter pro Sekunde. Insgesamt 100 Sekunden Zeit. Da er die meiste Arbeit für sie erledigte, brauchten sie nicht zu handeln, bis er sich ihrem Ziel näherte. Wenn er jedoch direkt auf den Lieferwagen zuging, würden sie selbst darauf kommen, dass sie ihn falsch eingeschätzt hatten. Deshalb peilte er ein Auto in diesem Bereich der Garage an. Einen glänzender Audi, der so aussah, als könne er ihm gehören oder aus dem Prospekt einer Autovermietung stammen. Sobald sie merkten, dass er auf das Auto zusteuerte, würden sie es als Angriffspunkt nutzen. Vielleicht entschieden sie sich zu warten, bis er am Steuer saß, bevor sie zuschlugen; sie konnten ja nicht wissen, dass es nie so weit kommen würde. Es war jedoch sicherer, zu handeln, wenn sie ihn noch in die Finger bekommen konnten,

bevor er in das Fahrzeug stieg.
Der Audi stand vor ihm, sie waren hinter ihm und er konnte nirgendwo hin. Er konnte ihre Gedanken fast spüren und die Gesten sehen, die sie austauschten, als sie die Details ausarbeiteten.
Es half, dass sie Profis waren, kompetent und vorsichtig, so dass er ihr Denken vorhersagen konnte. Wären sie Amateure gewesen, wären ihre Pläne weitaus schwieriger zu durchschauen gewesen. Optionen, die er aufgrund der geringen Erfolgsaussichten oder der vielen vermeidbaren Nachwirkungen niemals für wahrscheinlich halten würde, könnten ihre erste, überstürzte Aktion sein, die für ihn genauso schlecht wäre wie für sie selbst.
Durch die hallende Akustik, die durch die niedrige Decke und die vielen Autos entstand, wirkten seine Schritte laut. Er machte keine Anstalten, leisere Schritte zu machen, was sich seiner normalerweise vorsichtigen Gangart wegen unnatürlich anfühlte. Lärm war gegen das Protokoll. Eigentlich.
Die beiden Jungs hinter ihm waren sogar noch lauter. Mit doppelt so vielen Schritten mussten sie sein Tempo mitgehen, um den gleichen Abstand zu halten, was die Neigung erhöhte, mit der Sohle zu quietschen oder sie mit unnötiger Kraft abzusetzen. Sie mussten ihn die ganze Zeit im Auge behalten und wussten nie genau, ob er anhalten oder seinen Kurs ändern würde. Diese unbekannten Faktoren würden ihren Stresspegel erhöhen. Er wollte nicht, dass sie in Zweifel gerieten.
Angst ließ Menschen Fehler machen. Victor wollte, dass sie alles richtig machten.

KAPITEL 72

Die Luft im Parkhaus war kühl und feucht. Eine Brise wehte von draußen herein und wirbelte im Kellergeschoss umher. Er spürte sie auf seinen Wangen, konnte die Feuchtigkeit riechen, als er einatmete. Abgase, schwach und beißend. Er hatte den Geruch schon immer gemocht, er kam ihm irgendwie süßlich vor. Vielleicht löste er eine Erinnerung aus, die ihm sonst unzugänglich war. Oder vielleicht hatten die Abgase und Partikel, die in der Luft schwebten, Ähnlichkeit mit Tabakrauch, die er in seiner Wahrnehmung verfälschte. Schließlich war er, wie er Walker gesagt hatte, kein Ex-Raucher, sondern nur ein Raucher, der gerade nicht rauchte. Victor ließ eine Hand in eine Tasche des weißen Kittels gleiten, zog die Schlüssel des Arztes heraus und zeigte mit dem Schlüsselanhänger auf den silbernen Audi. Die beiden Jungs hinter ihm konnten nicht sehen, dass der Schlüssel für ein anderes Fahrzeug war und Victor nicht auf den Knopf drückte, aber selbst von hinten würde man sehen, wohin er zeigte, und sie würden den Seufzer der Frustration hören, den er ausstieß, bevor er die Hand wieder in die Tasche schob.

Ihre Schritte beruhigten sich ein wenig, als sie erkannten, auf welches Auto er zusteuerte und sie wussten, wie viel Strecke sie noch zurückzulegen hatten.

Er wusste, dass ein defekter Schlüsselanhänger oder Funkempfänger ein Indiz mangelnder Glaubwürdigkeit war, aber sie mussten es nur für ein paar Sekunden schlucken. Der Bestätigungseffekt würde ihm helfen. Sie improvisierten, was sie nervös machte, egal wie gut sie sich auskannten. Und jetzt waren sie ruhiger, was sie berechenbarer machte, weil sie überzeugt davon waren, alles im Griff zu haben.

Der kaputte Funkschlüssel hätte genauso gut eine Umarmung sein können, als ob er ihnen versicherte: *Ihr schafft das.*

Der Audi war etwa zehn Meter von ihrem Transporter entfernt und vor ihm parkten noch einige andere Autos. Dann gelangten sie zu der schmalen Fahrspur, die den Blick auf den Transporter freigab. Als er näherkam und besser durch die Windschutzscheibe sehen konnte, bemerkte er eine Bewegung im hinteren Bereich. Obwohl es sich nur um eine Verschiebung der Schatten handelte, sagte ihm das, dass es mindestens einen weiteren Cleaner gab. Der konnte nicht wissen, was vor sich ging. Victor hatte bei den beiden Männern, die Walker getötet hatten, keine Ohrstöpsel oder andere Anzeichen von Kommunikationsausrüstung gesehen. Sie mussten nicht unbedingt in Verbindung bleiben und es war besser, nicht zu riskieren, dass sie etwas bei sich trugen, sie innerhalb des Krankenhauses verraten oder sich in das Gedächtnis eines Mitarbeiters einprägen könnte, der in Zukunft ein Zeuge für die Ermittler sein könnte. Wenn sie nicht ständig in Kontakt waren, hatten sie Telefone. Einer der beiden hätte eine schnelle Nachricht schicken können, während sie hinter Victor hergingen, aber er entschied, dass sie es nicht getan hatten. Sie waren Cleaner und improvisierten. Sie konzentrierten sich ganz darauf, Victor zu folgen und zu ihrem Van zu bringen. Sie hatten nicht vor, ihn auch nur eine Sekunde aus den Augen zu lassen, geschweige denn eine oder mehrere Hände mit einem Telefon zu binden. Und wenn eine solche Nachricht die Cleaner im Van erreicht hätte, hätten sie sich hinter das Steuer gesetzt, um eine schnelle Flucht zu ermöglichen.

Das bestätigte ihm, dass die beiden hinter Victor bewaffnet waren. Wenn sie unbewaffnet wären, würden sie keinen

Schritt ohne Verstärkung machen. Gut, denn Victor könnte ein paar unregistrierte Waffen gebrauchen. Es gibt keine sauberere Waffe als die eines Auftragsmörders.
Er musste sie bloß noch ein bisschen länger zuversichtlich stimmen, um sie in seine Falle zu locken.
Als er den geparkten Audi erreichte, ging er neben ihm her zur Fahrertür und tat so, als hätte er nicht bemerkt, dass die beiden Typen ihr Tempo erhöht hatten und ihn einkreisten. Beide hatten bereits ihre Waffen gezogen, als er aufblickte. Die Pistolen waren auf ihn gerichtet, wurden aber tief gehalten, um sie von den Überwachungskameras abzuschirmen. Die Gesichter der beiden Männer waren gerötet, was nicht auf Anstrengung zurückzuführen war. Ihr Herz pumpte wie wild Adrenalin durch ihre Venen. Der Engländer schwitzte, sein rotes Gesicht glänzte und auf seiner Nasenspitze glitzerte ein Tropfen. Der Schotte, der hinter ihm aufgetaucht war, sagte nichts, sein Mund war verzerrt, seine Feinmotorik stumpf und unbeholfen, weil sein autonomes Nervensystem auf Hochtouren lief. Ein paar tiefe Atemzüge hätten das verhindern können.
Mörder, keine Soldaten.
Der Engländer stieß keuchend hervor: »Nicht bewegen.«
Victor stand mit dem Rücken zum Auto, damit er die beiden gleichzeitig im Blick behalten konnte. Er hob seine Hände. Die Schlüssel hielt er in seiner rechten Faust, um sie als Waffe zu benutzen, falls es nötig werden sollte.
Er hatte keinen Grund, ängstlich zu wirken. Die beiden waren so voller Stresshormone, dass sie weder Angst noch ihre Abwesenheit erkennen konnten. Das passte Victor. Sein Leben bestand aus Täuschung und Tarnung, deswegen genoss er es, wenn er alle Hüllen fallen lassen konnte. Er konnte sich ganz natürlich verhalten und es würde keinen

Unterschied machen. Er könnte ihnen jeden Fehler erklären, den sie gemacht hatten und wie er diese Fehler gegen sie verwenden würde, und sie wären nicht in der Lage, das zu verarbeiten. Sie würden bloß stutzen: *Was?*

Doch Pistolen waren Pistolen und Kugeln kümmerten sich nicht darum, wer sie abfeuerte. Victor bewegte sich deshalb langsam und unauffällig. Er wollte vermeiden, dass man ihm in die Eingeweide schoss, nur weil er einen der Kerle zu einer fahrlässigen Aktion verleitet hatte.

Er hielt seine Handflächen nach vorne gerichtet, auf Höhe seiner Schultern, und vermittelte damit Passivität, während er seine Hände auf einer nützlichen Höhe behielt, um zu reagieren, falls sie etwas Dummes taten. Sie waren zwar nicht ruhig, aber sie waren kompetent und vorsichtig.

»Lass deine Hände sinken. Lass sie an deiner Seite.«

»Hier entlang«, fügte der Engländer hinzu.

Sie rückten zusammen, um ihm Platz zu machen, damit er sich von dem Audi entfernen konnte, und er tat, wie ihm geheißen. Er steckte die Schlüssel zurück in eine Tasche. Er wollte seine Hände frei haben. Seine fortgetäuschte Fügsamkeit bestätigte sie weiter in ihrem Kontrollgefühl und trug dazu bei, sie zu beruhigen. Vor dem ersten Schritt waren sie aufgeregt gewesen – als das Risiko am höchsten und die Ungewissheit am größten war – und jetzt, da alles nach Plan lief, verlangsamte sich ihr Herzschlag wieder. Sie dachten, die Gefahr sei vorüber, begriffen nicht, dass sie noch bevorstand.

Mit jedem Schritt kamen sie näher und brachten Victor an sein Ziel.

»Du, in die Ecke«, sagte der Engländer. »Brauner Lieferwagen.«

»Ich habe eine Menge Geld, nicht weit von hier«, sagte er ihnen. »Ich kann euch dorthin bringen.« Beide überlegten sie einen Moment, bevor er hörte: »Du kannst dich nicht freikaufen.«

Interessant, dachte er.

Sie hatten die Idee in Erwägung gezogen, wenn auch nur für eine Sekunde, und vielleicht einen kurzen Blick ausgetauscht, um zu sehen, wie der andere darüber dachte. Da sie bereits einen Kollegen ermordet hatten, wusste er, dass sie wenig Loyalität füreinander empfanden, aber wenn selbst der Gedanke an leicht verdientes Geld sie nachdenken ließ, dann war dies für sie wirklich nur ein Job. Sie waren ihren Arbeitgebern gegenüber genauso wenig loyal wie gegenüber ihren Kollegen.

Söldner durch und durch, genau wie er. *Gut zu wissen.*

Er wurde langsamer, als er sich dem Van näherte. »Hinten herum«, blaffte der Schotte.

Er ging neben dem Fahrzeug her, bis er an der hinteren Stoßstange stand. Zwischen der Rückseite des Lieferwagens und der Wand lagen fast zwei Meter. Sie hatten rückwärts eingeparkt, so dass genug Platz war, um die Türen zu öffnen.

Victor blickte zurück. Die beiden Männer waren nähergekommen, jetzt waren sie am Lieferwagen. Fast so nah, dass sie sich berühren konnten. Beide hatten ihre Waffen gezogen, hielten sie immer noch tief, aber etwas lockerer in der Hand. Er konnte sehen, dass ihre Fingerknöchel mehr Farbe hatten als eben, als sie ihre Waffen vor dem silbernen Audi gezogen hatten. Dann ging der Engländer zum hinteren Teil des Wagens und klopfte dreimal schnell mit der Handfläche auf das Blech.

Die Tür öffnete sich und gab den Blick auf einen einzelnen Mann im hinteren Bereich frei. Sein einladendes Lächeln verblasste zu Verwirrung.

»Wer ist der Clown?«, fragte der Mann mit demselben

britischen Akzent wie die Söldner.
»Er ist der Grund, warum wir überhaupt in diesem Schlamassel stecken.«
»Selbstverteidigung«, fügte Victor hinzu.
»Oh, unser Junge ist nicht nur ein Clown, sondern ein richtiger Comedian«, sagte der Mann im Wagen und schüttelte den Kopf. »Was macht er überhaupt hier?«
»Ist gekommen, um zu beenden, was er angefangen hat«, antwortete der Schotte. »Was sonst?«
»Ihr habt Walker getötet«, sagte Victor, »nicht ich.« Darauf hatten sie nichts zu erwidern.
»Das ist nicht unser Aufgabenbereich«, sagte der Neue nach kurzem Zögern. »Derselbe Auftraggeber«, antwortete der Schotte. »Dasselbe Problem. Ein netter Bonus.«
»Wir sind hier, um das Feuer zu löschen, nicht um Benzin darauf zu kippen.«
Das Geräusch eines Autos, das in das Parkhaus einfuhr, durchbrach die Patt-Situation und der Neue seufzte erneut und nickte. Er war mit der Entscheidung nicht einverstanden, aber er wollte auch nicht herumstehen und darüber streiten. Wie auch immer die endgültige Entscheidung ausfallen würde, sie würde an anderer Stelle getroffen werden.
»Komm schon, hoch mit dir!«
Er gab Victor ein Zeichen, in den Wagen zu steigen. Einer der anderen legte ihm eine Hand auf den Rücken, um ihn durch die Tür zu schieben, aber Victor brauchte keine Ermutigung.
Es war genau, was er wollte.

KAPITEL 73

Der Schotte und der Engländer blieben bei Victor, während der Mann, der im Wagen gewartet hatte, aus dem hinteren Teil des Lieferwagens durch die Öffnung in den vorderen Teil ging und auf den Fahrersitz kletterte. Niemand erteilte ihm eine Anweisung, also setzte sich Victor auf eine der beiden schmalen, kastenförmigen Bänke, die parallel zu den beiden Innenwänden verliefen. Er nahm die, die auf der gleichen Seite wie der Fahrersitz war. Sollten sie ihm sagten, er solle sich auf die andere Bank setzen, würde er seine Einschätzung ihrer Kompetenz nach oben korrigieren.

Der Engländer und der Schotte kletterten mit ihm in den hinteren Teil des Vans, wobei der Engländer auf der Bank gegenüber von Victor Platz nahm, allerdings näher an Frontscheibe und Fahrer. Der Schotte zog die Hecktür hinter sich zu und setzte sich neben dem Heck des Vans auf die gleiche Bank wie der Engländer.

Keiner von beiden sagte ein Wort zu Victor.

Es war nicht ideal, dass sie so verstreut saßen. Zudem hielten die beiden ihre Waffen in der Hand. Der erste hielt seine an der Seite und stützte sich auf der Bank ab. Der zweite hielt seine Waffe in seinem Schoß.

Der Motor sprang an, der Fahrer fuhr aus der Parklücke und steuerte auf die Ausfahrt zu. Das Parkhaus war nicht kostenpflichtig, also gab es keine Schranke, die sie aufhielt. Innerhalb einer Minute waren sie die Rampe hinauf und aus dem Krankenhausgelände heraus.

Der Schotte und der Engländer schienen sich mit dem Schweigen zu begnügen. Beide beobachteten Victor aufmerksam, während sie ein weiteres stilles Gespräch mit Mimik und Gestik führten. Diesmal gab es kein gratulierendes Schulterklopfen. Sie waren nachdenklich. Vielleicht setzten Zweifel ein.

»Der Firma wird nicht gefallen, dass wir vom Plan abweichen«, sagte der Fahrer mit lauter Stimme, um sicherzugehen, dass er hinten gehört wurde. »Wir haben getan, wofür wir hergekommen sind, hätten einfach verschwinden sollen. Das war's. Keine Nebenprojekte.«

»Es wird einen Bonus geben«, sagte der Engländer mit fester Stimme. »Was am Sonntag passiert ist, ist schlecht für den Ruf der Firma. Wenn wir unseren neuen besten Freund hier ausliefern, wird das der Öffentlichkeitsarbeit sehr helfen. Glaub mir, wir werden in der Zentrale sehr beliebt sein. Vielleicht bringt uns das sogar eine Beförderung ein.« Der Fahrer antwortete nicht, er dachte nach.

»Außerdem«, fuhr der Engländer fort und schickte ein verrutschtes Lächeln in Victors Richtung, »sagt dieser Kerl, dass er Bargeld in der Nähe hat.«

Der Fahrer warf einen kurzen Blick zurück und schürzte die Lippen. »Ist das so?«

Victor antwortete mit einem Nicken.

»Wie nahe ist in der Nähe?«, fragte der Schotte.

»Am Rande der Stadt, etwa zwanzig Kilometer«, sagte Victor.

»Ich sehe keinen Grund, warum wir nicht einen Umweg machen können«, zwinkerte der Engländer.

Der Fahrer sagte: »Wie ist es versteckt?«

»Ich habe es in einem Auto«, sagte Victor.

»Warum ist es in einem Auto?«

»Praktische Gründe. Ich habe keinen Platz in der Tasche.«

Die beiden Männer auf der Rückbank tauschten Blicke aus und überlegten, wie viel Bargeld zu viel wäre, um es mit sich herumzutragen. *Ein paar Tausend? Zehntausende? Mehr?* Victor sagte nichts weiter. Er ließ die Söldner für sich arbeiten. Der Schotte und der Engländer waren so begeistert von der Aussicht auf leicht verdientes Geld, dass sie nicht daran dachten zu fragen, warum das Geld nicht in dem Audi war, den Victor als seinen eigenen ausgegeben hatte.

»Wo genau?«, rief der Fahrer zurück.

Victor dachte an die Marseiller Nummernschilder auf dem Transporter und sagte: »Ich habe in der Nähe des Flughafens in einer privaten Longue Durée geparkt.« Der Schotte und der Engländer tauschten weitere Blicke aus, dann nickten sie.

»Es liegt auf dem Weg«, sagte der Schotte zu dem Fahrer und schenkte dem Engländer ein Lächeln.

Der lächelte zurück und fügte dann hinzu: »Wenn er ein Versteck hat, sollten wir es auf jeden Fall überprüfen. Wir können nichts ignorieren, was zu einem Rückschlag für die Firma führen könnte. Wäre ja fahrlässig, unseren Kumpel hier abzuliefern, aber seinen Dreck zurücklassen.« Der Fahrer rief: »Gib mir ‘ne Minute Zeit, um darüber nachzudenken.«

»Lass dir Zeit«, rief der Schotte zurück und nickte in die Richtung des Engländers.

Er flüsterte: »Wart‘s ab.«

Sie schienen wieder mit sich selbst zufrieden zu sein und waren sicher, dass der Fahrer zu sich kommen würde. Der Engländer war gut gelaunt und freute sich über seine gute Arbeit, eine mögliche Beförderung und die Aussicht auf einen zusätzlichen Geldsegen. Der Schotte hatte sich besser unter Kontrolle. Er hielt seinen Blick auf Victor gerichtet. Der Fahrer seufzte und schüttelte den Kopf. »Wenn er irgendetwas versucht, und ich meine wirklich auch nur ein zu lautes Niesen, dann erschießen wir ihn, egal ob wir

das Geld haben oder nicht.«
»Natürlich«, antwortete der Schotte. »Ich will das aus euren Mündern hören.«
Der Engländer sagte mit seiner aristokratischen Stimme: »Bargeld oder nicht, wir erschießen ihn, wenn er etwas versucht.« Dann fügte er mit Blick auf Victor hinzu: »Nichts für ungut, ja?«
Victor, der in Gedanken noch einmal genau durchspielte, wie er sie alle töten würde, antwortete: »Nicht im Geringsten.«

KAPITEL 74

Im Van war es still. Victor saß so passiv, wie er konnte, lauschte dem Verkehr draußen und achtete darauf, wie oft das Fahrzeug langsamer wurde oder anhielt. Er achtete auch auf die Dauer dieser Stopps und darauf, wie stark der Fahrer beschleunigte. Er achtete darauf, wie oft der Lieferwagen in die Kurve fuhr und wie stark der Winkel der Kurve war.

Im hinteren Teil des Wagens gab es keine Fenster, und er konnte nicht durch die Windschutzscheibe sehen, ohne die Position zu wechseln, aber das brauchte er auch nicht, um zu wissen, wann sie das Stadtzentrum verließen und auf die Küstenstraße kamen, die an der Riviera entlangführte. *Nur noch ein bisschen weiter*, dachte er.

Der Engländer langweilte sich, der Nervenkitzel, in den Kampf zu ziehen und ein wertvolles Ziel zu erbeuten, war abgeklungen, ersetzt durch den Adrenalinabfall, der ihn träge werden ließ. Der Schotte war aufmerksamer, also stufte Victor ihn als den erfahreneren Mann ein. Den gefährlicheren Mann.

Drei Männer waren bei ihm. Drei Augenpaare. Drei Paar Hände. Doch zwei dieser Hände waren am Lenkrad des Lieferwagens, während zwei Augen die Straße beobachteten, sodass vier Hände und vier Augen übrigblieben. Von diesen vier Händen hielten zwei eine Pistole. Eine war einfach handzuhaben, aber zwei waren ein Problem.

»Wir sind fast da«, rief der Fahrer, nachdem er Victors Anweisungen zu dem Ort gefolgt war, an dem er Millers und Boulangers Auto abgestellt hatte.

Der Engländer fragte den Schotten: »Wie willst du es machen?«

Den Blick immer noch auf Victor gerichtet, antwortete der Schotte: »Wenn wir in der Nähe sind, steigst du aus und ich halte unseren Freund hier in Schach. Sieh dich um. Dann kümmern wir uns um die Details.«

Das Adrenalin stieg noch einmal an und der Engländer tauschte den Platz mit dem Schotten, sodass er direkt neben der hinteren Tür stand. Als der Wagen langsamer wurde, um durch die engen Straßen zu fahren, streckte er eine Hand nach dem Türgriff aus, bereit und begierig. Victor wollte eigentlich warten, bis der Lieferwagen nicht mehr fuhr, aber das war eine so gute Gelegenheit, dass es fast eine Einladung war.

Da die Hände und Augen des Fahrers bereits beansprucht waren und der Engländer nun freiwillig auf seine freie Hand verzichtete, blieb nur noch der Schotte übrig, der ihm nun gegenübersaß.

»Du wirst meine Schlüssel brauchen«, sagte Victor. »Rück raus«, grunzte der Schotte. »Schön langsam.« Victor tat wie ihm geheißen, wobei er seine Bewegungen mit zeitlupenartiger Bedächtigkeit machte, bevor er die Schlüssel des Arztes dem Schotten zuwarf. Ein sanfter Wurf, der ihn nicht überrumpelte. Leicht zu fangen.

Nachdem er die Schlüssel aus der Luft schnappte, ohne den Blick von Victor zu nehmen, blickte er instinktiv nach unten, um die Schlüssel in eine Tasche zu stecken.

In diesem Moment gab es nur ein Augenpaar, das in seine Richtung schaute, und keine Hände, die Victor aufhalten konnten.

Er trat dem Schotten gegen das Schienbein. Ein einfacher Angriff, schnell und brutal. In dem begrenzten Raum für die Beschleunigung war keine große Kraft möglich, aber die brauchte Victor auch nicht. Er trat mit dem linken Bein

aus und drehte seinen Fuß im Uhrzeigersinn, so dass seine Ferse genau auf das Schienbein des Mannes traf. Der plötzliche, unerträgliche Schmerz ließ den Schotten umkippen. Im Fallen beugte er sich unkontrolliert vor, sein Kopf senkte sich in einem schnellen Bogen¬ direkt in Victors rechtes Knie, das gleichzeitig nach oben beschleunigt wurde.
Die Waffe in der rechten Hand des Mannes war nutzlos, weil er bewusstlos war, bevor er überhaupt daran hatte denken können, zu reagieren.
Victors Knie prallte gegen die Zähne des Schotten – die er als Reaktion auf den Tritt gegen das Schienbein zusammengebissen hatte – und riss viele von ihnen aus dem Zahnfleisch, zertrümmerte noch mehr und der schnappende Kiefer zerfetzte viele Blutgefäße im Inneren des Mundes.
Der weiße Kittel des Arztes würde nie wieder derselbe sein. Mehrere ganze Zähne und Dutzende von Bruchstücken klapperten auf den Boden, während der Lieferwagen schwankte und der Fahrer in Panik geriet.
Der Instinkt zwang Victor dazu, auf den entblößten Nacken des zusammengesunkenen Kerls zu treten, doch jetzt war Geschwindigkeit alles. Eine Sekunde, die damit verbracht wurde, einen bereits kampfunfähigen Gegner auszuschalten, bedeutete einen Fuß von seiner Position zu bewegen und zwei Sekunden verlorene Zeit, um das Gleichgewicht wiederherzustellen. Zeit, die den übrigen Bedrohungen eine Reaktion ermöglicht hätte.
Doch dazu kam es nicht.
Mit den Händen am Lenkrad und den Augen auf der Straße konnte der Fahrer nichts tun. Zumindest glaubte er das.
Unzählige Stunden Fahrpraxis arbeiteten hier gegen ihn, denn er konzentrierte sich instinktiv auf das, was er tat, obwohl schon ein kleiner Ruck am Lenkrad oder ein

plötzlicher Tritt auf das Bremspedal das Schlachtfeld für Victor dramatisch verändert und seinen Schwung zunichtegemacht hätte.
Bis der Fahrer begriff, dass er sich tatsächlich einmischen konnte, war es schon vorbei.
Der zweite Cleaner im hinteren Bereich reagierte schnell, obwohl die Reaktion wirkungslos war. Vielleicht war es Jahre her, dass er das letzte Mal wirklich in Gefahr gewesen war. Vielleicht war die einzige Gewalt, die er erlebt hatte, diejenige, die unter seiner Aufsicht oder Kontrolle ausgeübt wurde.

Victor war schon von seinem Sitz aufgesprungen, bevor der Mann sich von seinem Schock erholt hatte.
Er riss seine Pistole hoch – zu weit – in der Erwartung, dass Victors sich aufrichtete. Stattdessen erhob sich Victor nur so weit, dass er ihn mit der Schulter an der Hüfte traf und ihn rückwärts in die Türen des Lieferwagens schleuderte, während seine Waffe nutzlos über Victors Rücken zielte.
Die Türen bogen sich, die Luft zischte aus den Lungen des Mannes. Der Aufprall ließ ihn atem- und fassungslos zurück, während Victor seine Arme um die Rückseite der Oberschenkel des Engländers schlang und ihm die Beine unter den Füßen wegriss.
Die verzogenen Türen verlangsamten den Sturz und verhinderten einen verheerenden Aufprall des Schädels auf den Boden, aber Victor musste den Mann nur überwältigen und desorientieren, um ihn daran zu hindern, seine Waffe zu benutzen.
Die hatte irgendwann seinen Griff verlassen, so dass Victor, als er ihn entwaffnen wollte, nur eine leere Faust vorfand.
Ein nach unten gerichteter Ellbogenschlag stoppte den

Versuch des Engländers, einen Gegenangriff zu starten. Ein zweiter hätte ihn außer Gefecht gesetzt, aber der Fahrer bremste.

Victor verlor daraufhin das Gleichgewicht, der am Boden liegende Schotte federte den Aufprall ab, als er nach vorne auf den Boden fiel, und er befand sich in Reichweite der fallengelassenen Waffe des Engländers, die zudem in seine Richtung rutschte.

Der Fahrer drehte sich zu diesem Zeitpunkt bereits auf seinem Sitz um, die Pistole in der Hand, aber er hatte zu viel Strecke zurückzulegen, um Oberkörper und Kopf zu drehen, um nach hinten zu sehen, seinen Arm auszustrecken und sein Ziel zu finden.

Victor schnappte sich die Pistole vom Boden und schoss dem Fahrer dreimal durch den Sitz in die Brust. Bei jedem Schuss zuckte er zusammen und sackte schließlich regungslos aufs Lenkrad. Da der Fahrer tot und der Schotte bewusstlos war, blieb nur noch der Engländer übrig.

Er hatte seine Hände mit offenen Handflächen erhoben und die Handflächen gezeigt, bevor Victor mit der Waffe auf ihn zielen konnte.

KAPITEL 75

»Warte«, drängte der Engländer, dessen Augen so weit aufgerissen waren, wie die Schwellung von Victors Ellenbogenschlag das zuließ. »Du musst mich nicht töten.«

»Einverstanden«, sagte Victor, ließ die Waffe sinken, setzte sich auf eine der Bänke und gab dem Engländer ein Zeichen, es ihm gleich zu tun.

Er tat es, wenn auch langsamer, die Handflächen waren noch zu sehen und er war sichtlich erleichtert, dass er noch lebte.

»Ich nehme so etwas nie Persönlich«, sagte Victor. »Aber wenn du jetzt nicht redest, geben, ändert sich das.«

»Natürlich.«

»Wo ist Phoenix?«

»Es tut mir leid«, sagte er, »ich weiß nicht, wer das ist.«

»Du weißt genug über Walkers Auftrag, um sein Ziel zu erkennen, wenn du es siehst, also stell dich jetzt nicht dumm.«

Der Engländer sagte: »Nein, das ist nicht richtig. Ich sagte doch: Wir wissen nichts über seinen Auftrag.«

»Im Aufzug«, begann Victor. »Du hast erkannt, wer ich bin.«

»Ja«, antwortete er, ein wenig verlegen. »Auch wenn wir ewig gebraucht haben, drauf zu kommen.«

»Wie hast du mich denn erkannt?«

»Ein paar körnige Videoaufnahmen, die die Firma bekommen hat«, erklärte er. »Du siehst jetzt natürlich anders aus. Aber im Aufzug habe ich einen Blick auf deine Schuhe geworfen und dann hat alles gepasst. Du warst derjenige, der von der Polizei gesucht wurde, weil du Walkers Crew getötet und ihn ins Krankenhaus gebracht hast. Du bist der Grund, warum ich hier bin.«

»Warum hat dein Unternehmen dir mein Foto zur Verfügung gestellt, dir aber nicht gesagt, an welchem Auftrag Walker gearbeitet hat?«
»Normales Vorgehen«, antwortete er. »Weil der Auftrag von Walker offensichtlich nicht erfüllt wurde, bleibt er offen, so dass es Auswirkungen auf Privatsphäre und Sicherheit gibt. Wir müssen Walkers Auftrag nicht kennen, um sein Chaos zu beseitigen, also werden wir nicht informiert. Wir sind Cleaner, keine Kopfgeldjäger. In der Firma gibt es da keine Überschneidungen.«
»Und mit wem aus der Kopfgeldabteilung muss ich dann sprechen?«, fragte Victor.
»So funktioniert das nicht. Es gibt ein ganzes internes KI-System, um die Arbeit so aufzuteilen, dass niemand jemals entlarvt und strafrechtlich zur Verantwortung gezogen wird. Du könntest mit jedem in der Firma sprechen und niemand würde dir eine klare Antwort geben können. Tut mir leid, Kumpel. Du wirst Einsen und Nullen bis zum Mond und zurückjagen. Der private Sicherheitsdienst hat die KI-Technologie in großem Stil eingeführt.«
»Du hast mein Bild bekommen. Warum?«
»Warum wohl?« Er lachte über die Frage. »Für den Fall, dass du wieder dort auftauchst, wo du nicht hingehörst. Ich sage dir die Wahrheit, ich schwöre es. Ich habe keinen Grund zu lügen. Es ist nur ein Job. Ich will nicht dafür sterben.«
»Wer ist Castellan?«, fragte Victor.
»Der Kunde.«
»Walkers Kunde oder deiner?«
»Beides«, antwortete der Engländer. »Nun, er ist ein Kunde der Firma, meine ich. Ein Russe, einer dieser Mafia- Bruderschafts-Psychopathen.«
»Warum heuert er eine private Sicherheitsfirma an, um

seine Drecksarbeit zu erledigen? Er muss doch seine eigenen Soldaten haben.«
»Das musst du ihn fragen.«
»Das werde ich«, sagte Victor. »Wie finde ich ihn?«
»Westlicher Hafen von Marseille«, erklärte der Engländer. »Ich glaube, er hat eine Reederei.«
»Ich dachte, er wäre ein Gangster.«
»Ich kenne seinen Lebenslauf nicht«, sagte der Engländer. »Vielleicht ist er beides. In dieser Welt ist doch jeder ein Krimineller, oder?«
Victor nickte. »Ich schätze deine Offenheit. Du warst sehr hilfreich.«
»Sicher, sicher«, antwortete er und lächelte fast. »Wie ich schon sagte: Das ist nur ein Job, so wie andere ins Büro gehen. Es ist nichts Persönliches dabei. Wir wissen beide, dass es nur ums Geschäft geht.«
»Genau«, sagte Victor und gestikulierte dann zu den hinteren Türen. »Könntest du die bitte einen Spalt öffnen?«
Der Engländer nickte und war froh, helfen zu können. »Natürlich!«, sagte er, betätigte den Hebel und schob die Tür einen Spalt weit auf. »Wofür?«
»Besser für die Ohren«, antwortete Victor und erschoss den bewusstlosen Schotten mit einem einzigen Schuss in den Hinterkopf.
Der Engländer schrie entsetzt auf und stemmte seine Handflächen in die Höhe, während er Victor mit entsetzten, flehenden Augen ansah.
»Nichts für ungut«, sagte Victor, als er den Abzug drückte.

KAPITEL 76

Nachdem er die Hecktür des Lieferwagens geschlossen und die Leiche des Fahrers in den Ladebereich gezerrt hatte, zog Victor den blutbesudelten Arztkittel aus und kletterte hinter das Steuer. Der Fahrer hatte den Lieferwagen in einer der ruhigen Industriestraßen in der Nähe des Flughafens angehalten. Für einen Notstopp war das Einparken ziemlich gelungen. Victor brauchte nur ein einen Zug, um den Wagen perfekt an den Bordstein zu stellen. Beim Verlassen des Fahrzeugs war er vorsichtig. Die abgegebenen Schüsse wären für jeden Passanten zu hören gewesen, aber Victor sah keine Fußgänger in der Nähe. Das war keine Gegend, in der man spazieren ging, deshalb hatte Victor sie hierher gelotst. Und selbst wenn jemand in der Nähe gewesen wäre, hätte der Umgebungslärm des Flughafens die Geräusche so weit gedämpft, dass niemand mehr darüber nachgedacht hätte.

Trotzdem würden drei Leichen im Laderaum des Vans irgendwann ein Problem darstellen. Die Zeit reichte nicht annähernd aus, um sie zu begraben oder anderweitig zu entsorgen, also beschloss Victor das Fahrzeug dort stehen zu lassen, wo es angehalten hatte. Es würde eine Weile dauern, bis die Leichen so stinken würden, dass jemand Verdacht schöpfte. Das würde ihm zumindest genug Zeit geben, um Nizza zu verlassen und die private Sicherheitsfirma in Gibraltar anzurufen. Er ging davon aus, dass sie daraufhin ein zweites Team schicken würden, um das Chaos zu beseitigen, das die drei Briten hinterlassen hatten. Die Firma hatte einen Ruf zu verlieren, wie der Engländer betont hatte.

Victor machte sich auf den Weg zurück zum Flughafen und

ließ sich dabei von den anderen verstreuten Fußgängern leiten, die zu Menschenmassen anwuchsen, als er sich den größeren Hotels und Cafés, Bars und Restaurants näherte, die Geschäftsreisende und Urlauber bedienten. Wo sie zu finden waren, waren auch die Taschendiebe. Sie ähnelten den Gruppen, die er im Herzen der Stadt gesehen hatte, nur raffinierter und dreister. Sie nutzten das Gedränge der Neuankömmlinge, um Geldbörsen und andere Wertsachen zu stehlen. Er bemerkte, dass einer ihrer Beobachter mehr als einmal in seine Richtung schaute. In seinem Anzug sah Victor so aus, wie der Besitzer eines teuren Handys oder einer großen Menge Bargeld in seiner Brieftasche und er war allein. Als der Beobachter wieder in Victors Richtung blickte, schaute Victor demonstrativ zurück und nahm seine Sonnenbrille ab, um sicherzugehen, dass der Beobachter keinen Zweifel haben konnte, dass Victor ihn ins Visier nahm.

Victor schüttelte ein einziges Mal den Kopf.

Der Beobachter erstarrte eine Sekunde lang schockiert und unbehaglich, dann schüttelte er wiederum den Kopf in Richtung seiner Kollegen.

Mit dieser Nachricht setzte Victor seinen Weg fort, obwohl er jetzt sah, dass er es mit einem größeren Problem zu tun hatte als mit einfachen Taschendieben.

Er hatte einen Schatten.

Ein Mann mit blauer Mütze folgte ihm.

Victor war sich nicht sicher, wann der Schatten sich an ihn geheftet hatte, ob vor einer halben Stunde schon oder in den letzten Sekunden erst, als die Taschendiebe seine Wachsamkeit abgelenkt hatten. Er konnte niemanden entdecken, der mit dem Schatten zusammenarbeitete, aber es musste noch mehr geben. Gehörte der Mann zu Salomés

Crew, zu einem anderen Team von Auftragnehmern oder zu jemand ganz anderem?
Er näherte sich einer Kirche, die in Grün, Blau, Rot und Magenta beleuchtet war. *Unnötig,* dachte Victor, wie er es immer tat, wenn er solche modernen Beleuchtungen an historischen Gebäuden sah, die ohne solche Absichten gebaut worden waren. Er stellte sich vor, dass die ursprünglichen Architekten darüber entsetzt sein würden, und doch zog es ihn an.
Er hörte einen Chor proben und trat ein.
Die Kirche war sowohl ein Ort des Glaubens als auch eine Touristenattraktion. Obwohl das Innere der Kirche modern war, wiesen Schilder auf die darunter liegende Krypta hin, die noch aus dem Mittelalter stammte. Victor zündete eine Votivkerze an und machte das Kreuzzeichen. Trotz all seiner Kraft war diese einfache Bewegung für ihn genauso anstrengend wie jeder Nahkampf. Er setzte sich auf eine leere Kirchenbank und senkte ehrfürchtig den Kopf. Er sprach kein Gebet und doch hörte er in seinen Gedanken Verse, die von seiner eigenen Stimme und denen der anderen Jungen vorgetragen wurden. Natürlich hatten sie einen Großteil ihrer Zeit damit verbracht, Gebete zu rezitieren. Avemaria, Ehre sei Gott, Vaterunser, das Nizänische Glaubensbekenntnis und vieles mehr wetteiferte in seinem Kopf um Aufmerksamkeit . Es war wenig überraschend, dass es ihm schwerfiel, seine Erinnerungen zu kontrollieren, wenn er sich in einem Gotteshaus befand und er gab nach kurzer Zeit auf. Stattdessen gab er sich der Erinnerung hin. Er versuchte, die Stimmen zu trennen und sich die Gesichter der anderen Waisen vorzustellen. Nur die grundlegendsten Formen und Merkmale ließ er in sein inneres Blickfeld. Er stellte fest, dass er sich an keinen einzigen Namen aus

dieser Zeit erinnern konnte. Kein Wunder, angesichts der vielen Jahre, die er damit verbracht hatte, zu vergessen.
Schritte.
Er verdrängte die Gebete und Gesichter, um sich auf die Gegenwart zu konzentrieren. Er zeigte keine Reaktion, als er den Mann mit der blauen Mütze erblickte. Zweifelsohne war er mit Bedacht vorgegangen, um leise zu sein. Doch der harte Kachelboden und die hallende Akustik machten so etwas hier unmöglich, selbst wenn der Chor sang.
Nach ein paar Sekunden hörten die Schritte auf.
Victor vermutete, dass der Mann irgendwo hinter ihm Platz genommen hatte, um nicht aufzufallen, also nutzte er den Moment, um sich von seiner Bank zu erheben und den Schildern zur Krypta zu folgen.
Es gab viele Lichter, aber auch viele dunkle Ecken und schattige Nischen. Die Harmonie des Chors reichte bis hinunter in die Gewölbe, nur hier war sie schwach und körperlos, was durch die Akustik der niedrigen Decken und der engen Räume unter der Erde noch unheimlicher war. Abgesehen von der Neugierde gab es wenig zu tun oder zu sehen. Vielleicht wusste der Mann mit der blauen Mütze das und wunderte sich, warum Victor so lange brauchte, oder er war angewiesen worden, Victor nicht aus den Augen zu lassen.
Wie auch immer, es dauerte nicht lange, bis er in die Gruft hinunterkam.
Es war kein großer Komplex, nur ein paar unterirdische Zimmer, aber die labyrinthartigen Gänge dazwischen waren verwirrend, sodass der Mann es nicht bemerkte, als Victor sich in seinem toten Winkel positionierte. Vier schnelle Schritte brachten ihn hinter den Mann, ohne dass dieser es hörte. Er sah Victors Schatten, allerdings nicht früh genug,

um sich zu retten. Victor schnappte nach ihm, nahm ihn in einen Würgegriff und schlang seinen rechten Arm um den Hals des Mannes, sodass die Halsschlagadern auf der einen Seite von Victors Unterarm und auf der anderen Seite des Halses von seinem Bizeps eingeklemmt wurden. Er verschränkte seine Hände und drückte den Kopf des Mannes gegen seine Brust, was den Druck auf ein quälendes Maß erhöhte. Der Mann war deutlich kleiner, so dass Victor seine Knie angewinkelt hatte, um den Druck besser ausüben zu können. Als er seine Beine wieder streckte, zwang er den Mann auf die Zehenspitzen, was den Schmerz und die Panik noch verstärkte, da sein eigenes Körpergewicht gegen ihn arbeitete.

Die Kraftanwendung war so plötzlich und heftig, dass der Mann keine Zeit hatte, einen wirksamen Gegenangriff zu starten. Instinktiv griff er nach Victors Arm und versuchte, ihn wegzuziehen. Unabhängig von der Kraft des Mannes, seiner Hebelwirkung und seiner Körpermechanik würde es nicht funktionieren. Es dauerte ein paar Sekunden, bis er das Unvermeidliche begriffen hatte, und da wurde er bereits schwächer.

»Ich werde meinen Griff lockern«, keuchte Victor ihm ins Ohr. »Und dann wirst du anfangen zu reden. Bist du bereit?«

Victor lockerte den Griff, wenn auch nur ein wenig. Der Mann reagierte sofort, indem er Victor die Ellbogen in die Rippen rammte. Dieser war ebenso schnell indem er die Druckkraft wieder erhöhte und den Mann rückwärts durch die Kammer zog. Victor warf ihn auf den Boden.

Er war nur noch am Leben, weil Victor schon genug Leichen in Nizza verteilt hatte und er trotz all seiner Sünden niemanden in einem Gotteshaus töten würde.

Die Jeans des Mannes schränkte die Ausbreitung des

dunklen Urinflecks ein. Victor entschied sich, die Hosentaschen zu ignorieren. Routiniert entfernte er Waffe und Portemonnaie aus den Jackentaschen des Mannes. Vielleicht hatte er Schlüssel oder etwas anderes Wichtiges in den Jeanstaschen. Es könnte dortbleiben. In seiner Jacke fand er ein kompaktes Funkgerät, das mit einem drahtlosen Knopf-Headset verbunden war, den er sich ins Ohr schraubte. Wie erwartet, hörte er nichts als zischende Störungen. Der Kerl hatte keine Gelegenheit gehabt, seinen Teamkameraden eine Warnung zuzurufen. Hier unten hätten sie es auch nicht gehört, wenn er es getan hätte. Die Brieftasche enthielt persönliche Gegenstände, was Victor interessant fand. Er hatte nichts weiter als Bargeld erwartet. Stattdessen befanden sich darin Karten, Quittungen und ein provenzalischer Führerschein mit einer lokalen Adresse. Originale. Keine Fälschungen. Der blaumützige Mann hatte also nicht sauber gearbeitet oder entbehrliche Ausweise benutzt.

Schlimmer noch, vielleicht war das seine wahre Identität, denn er war kein Beschatter oder Attentäter, sondern ein Polizist. Oder, noch schlimmer, ein Geheimdienstmitarbeiter. Ein Mitglied der DGSI, des französischen Inlandsgeheimdienstes.

Nein, sagte sich Victor. Polizisten oder Spione wären in Scharen ausgeschwärmt, sobald sie ihn identifiziert hätten, anstatt ihn einzeln zu überwachen. Die einzige Ungewissheit war also, ob er mit Castellan, der privaten Sicherheitsfirma in Gibraltar oder Salomé in Verbindung stand.

Als er zurück ins Kirchenschiff ging, stellte Victor fest, dass der Chor eine Pause eingelegt hatte. Er sah, wie sie sich unterhielten und an Getränken nippten, während ein

junger Chorsänger die Liedblätter überprüfte.
«C'était magnifique», sagte Victor, als er an ihm vorbeiging.
«Merci beaucoup.» Der Chorsänger strahlte.
«Mon plaisir.»
Victor war auf halbem Weg zum Ausgang, als eine Stimme durch seinen Ohrhörer drang. Französisch. Weiblich. Vertraut.
»Meldung, Weiss!«, drängte Salomé in einem gehetzten Ton und setzte einen Moment später nach: »Bist du da? Antworte!« Er konnte ihr System nicht durchschauen, aber er verstand die universelle Dynamik solcher Kommunikationen und drückte zweimal kurz hintereinander auf die Sendetaste, um zwei schnelle Stöße von absichtlichem weißem Rauschen zu übertragen.
Salomé sagte: »Wenn du an ihm dran bist, aber nicht reden kannst, mach das noch mal.« Das tat er.
Salomé stieß einen Seufzer der Erleichterung aus. »Gut, bleib ruhig. Ziani wird in Kürze die Kirche betreten und die Leitung übernehmen.«
Victor verlangsamte seinen Schritt und überlegte, ob er gehen sollte, bevor Ziani ankam, oder ob er warten und die Falle, in die er Weiss gelockt hatte, wiederholen könnte. Wenn Salomé ihr ganzes Team hier hatte, war es sinnvoll, zu verschwinden, bevor sie ihn in die Enge trieben, obwohl er sich gerne noch einmal mit ihr unterhalten wollte. »Die anderen sind auf dem Weg«, sagte Salomé. »Sag mir Bescheid, wenn du mich brauchst. Ansonsten bin ich hinten in Position.«
Die Entscheidung war gefallen, und Victor drehte sich um.

KAPITEL 77

Sie saß auf einer Bank und lehnte sich in einer ängstlichen Pose nach vorne. Sie schaute nirgendwohin, weil sie sich auf das Zuhören konzentrierte. Victor brauchte seine Annäherung nicht zu verbergen, denn sie achtete nicht auf ihre Umgebung. Sie dachte, sie müsse nicht auf der Hut sein. Sie war sich seiner Anwesenheit bewusst, als er die Bank erreichte, aber bemerkte nicht, wer sich ihr näherte, bis er sich neben sie gesetzt hatte.

Salomé erstarrte in einem Moment der Panik und des Überlegens, dann griff ihre rechte Hand nach der Waffe, die sie unter ihrer Jacke versteckt hatte.

Victor packte ihr Handgelenk, bevor sie die Waffe ziehen konnte. »Das willst du nicht tun.«

Wieder überlegte sie, fragte sich, ob sie zurückschlagen oder nachgeben sollte. Sie entschied sich für Letzteres. Victor spürte, wie die Spannung in ihrem Arm nachließ und sich der Griff um die Pistole löste. Sie legte die Handfläche auf ihren Oberschenkel und Victor ließ sie los. »Du brauchst das nicht zu tun.«

»Wollen und brauchen sind zwei sehr unterschiedliche Dinge.« In der Nähe gingen ein alter Mann und eine alte Frau, beide klein und gebückt, einen Weg entlang. Sie hielten sich an den Händen.

»Siehst du das Paar?«, fragte Victor. Sie nickte. »Ja.«

»Sie sind die Eieruhr«, fuhr er fort.

Sie beobachtete das alte Paar beim Gehen. »Verstehe ich nicht.«

»Was glaubst du, wie lange sie brauchen werden?«

Sie gingen auf den nächsten Ausgang zu. Unbeholfene, schlurfende Schritte.

»Ich weiß es nicht ... Warum?«, fragte sie.
»Wenn sie weg sind«, erklärte er, »gibt es nur noch dich und mich.«
Sie beobachtete, wie der alte Mann und die alte Frau ihren Weg fortsetzten.
»Vielleicht ein paar Minuten«, sagte Victor. »Vielleicht auch weniger.« Salomé war still.
»Freie Fläche und nur das alte Paar«, fuhr Victor fort. »Keine Gebäude, die den Platz überblicken. Keine Kameras. Ich kann dir das Genick brechen und mich auf den Weg machen, ohne dass es jemand merkt.«
»Du musst mich nicht töten.«
»Ich muss gar nichts tun«, stimmte er zu. »Aber du musst anfangen zu reden und du solltest dich besser kurzfassen.«
»Ich bin nicht deine Feindin.«
»Dann zwing mich nicht, mehr Überzeugungsarbeit leisten. Fang vielleicht damit an, wer du wirklich bist.«
»Ich habe es dir schon gesagt. Ich bin Salomé Sorrel. Wie du habe ich lange Zeit für Phoenix gearbeitet. Nach dem, was ich über dich weiß, sind wir uns sogar ziemlich ähnlich. Ich war beim Militär, dann habe ich für das Verteidigungsministerium gearbeitet. Innere Sicherheit. Terrorismusbekämpfung. Dann habe ich ...«
Mit Blick auf das alte Paar, das sich dem Ausgang näherte, sagte Victor: »An deiner Stelle würde ich den biografischen Schnickschnack überspringen und direkt zur Sache kommen.«
»Ich weiß, was du denkst, aber du liegst falsch. Du musst dir anhören, was ich zu sagen habe.«
Mit einem weiteren Blick auf das alte Paar, das sich immer näher an den Ausgang heranschlich, sagte Victor: »Du weißt nicht, was ich denke, und ich schlage vor, du fasst

dich ab jetzt kurz, denn für mehr hast du keine Zeit.«
»Wir sollten woanders reden. Es gibt viel zu besprechen.«
»Oh, ich wette, das haben wir«, sagte Victor. »Weniger als eine Minute, würde ich sagen.« »Okay, okay«, antwortete sie und sprach schnell, um sich zu sammeln. »Die Männer, die du in dem Gebäude getötet hast, weißt du, wer sie waren?«
»Britische Söldner«, antwortete er. »Sie arbeiten für eine private Sicherheitsfirma mit Sitz in Gibraltar. Der Anführer hieß Walker. Er wusste natürlich nicht, wer ihn angeheuert hatte.«
»Hast du ihn nach seinem Auftrag gefragt?«
»Ich sagte dir doch, dass er die Identität seines Auftraggebers nicht kannte.« Sie blieb unbeirrt: »Weißt du, wer sie geschickt hat?«
»Phoenix«, antwortete er. »Sie war die einzige Person, die wusste, dass ich zu dieser bestimmten Zeit an diesem Ort sein würde. Ich weiß nicht, warum du diese Fragen stellst, während dir die Zeit davonläuft.«
»Phoenix hat das Team geschickt?«
»Du weißt bereits, dass sie das getan hat«, sagte Victor. »Sonst würden wir dieses Gespräch jetzt nicht führen, oder?«
»Phoenix hat Walker nicht eingestellt.«
Er warf ihr einen skeptischen Blick zu. »Wie du schon sagtest, gab es in dem Gebäude eine Menge Leichen, die das Gegenteil beweisen.«
»Phoenix hat sie nicht geschickt«, erklärte Salomé. »Ich war es.«
»Dann hast du den schlimmsten Fehler deines Lebens gemacht, und den letzten.«
Sie schien nicht im Geringsten besorgt zu sein. »Ich habe in meinem Leben schon viele Fehler gemacht, aber das war keiner davon. Eine Fehlkalkulation, ganz sicher. Denn ich

habe versäumt, dich zu berücksichtigen.«

»Falls es deinem Ego hilft, das passiert den Leuten ständig bei mir. Aber Komplimente werden dich nicht am Leben halten. Warum hast du mir am Sonntag vor dem Café nicht in den Rücken geschossen, als du die Chance dazu hattest? Du hast selbst gesagt, dass ich direkt an dir vorbeigelaufen bin und du beobachtet hast, wie ich die Straße überquert habe. Es wäre ein Leichtes gewesen. Wolltest du dir die Hände nicht schmutzig machen?«

»Aus demselben Grund, aus dem ich dir nicht in den Rücken geschossen habe, als du die Schneiderei verlassen hast, und aus demselben Grund, aus dem Miller und Boulanger keine Anstalten gemacht haben, dich zu töten, bevor du dich gegen sie gestellt hast.«

Sie sah ihn an, als ob er den Grund bereits wüsste. Victor fühlte nur noch Kälte. »Walker und sein Team waren nicht da, um mich zu töten. Sie waren da, um Phoenix zu töten.«

KAPITEL 78

Einen Moment lang dachte er an die Ereignisse dieses Tages in Nizza. Wie er den offenen Fensterladen ausmachte, über die Straße ging, das Gebäude betrat. Schüsse. Tod. Ein Killerkommando, das von seiner Brokerin geschickt wurde, um ihm aufzulauern. Ein abgekartetes Spiel.

Zumindest hatte Victor das gedacht. »Ich verstehe das nicht«, sagte er.

»Warum solltest du? Ich kann mir nicht vorstellen, dass Phoenix jemals über Aufträge gesprochen hat, die nichts mit dir zu tun hatten. Offensichtlich bist du nicht der einzige Profi, an den sie Jobs verteilt. Sie wäre eine echt miese Brokerin, wenn sie keine Geheimnisse bewahren könnte. Und wir beide wissen, dass sie ganz oben mitspielt.« Victor sah Salomé auf einmal mit anderen Augen.

Sie lächelte.

»Na also, weiter so«, sagte sie. »Du begreifst es ja ganz ohne meine Hilfe.«

»Du willst die neue Phoenix sein.«

»Nicht ganz«, sagte sie. »Ich will ich selbst sein. Auf einem frei gewordenen Thron sitzen.«

»Aber was hat das alles mit mir zu tun?«

»Das ist der Punkt, an dem es unübersichtlich wird«, gab sie zu. »Wir wussten nicht, dass du zurück bist, bis meine Leute dich am Flughafen entdeckten. Natürlich wollten wir ein Auge auf dich haben.«

Er dachte an den Mann und die Frau, die nach ihm das Hotel betreten hatten. Zuerst hatte er sie für Bedrohungen gehalten, bis sie ihn mit der Ankunft ihrer Kollegen vom Gegenteil überzeugt hatten. Jetzt verstand er natürlich, dass sie ihn beschattet hatten, ohne die Absicht, ihn anzugreifen. »Als sie merkten, dass sie es zu weit getrieben hatten, zogen sie sich zurück. Dann hat es bis Sonntagmorgen gedauert, bis wir dich wieder orten konnten; im Café. Du hättest zu diesem Zeitpunkt überhaupt nicht involviert sein sollen. Du bist in dem Moment, als du das Café verlassen hast und über die Straße gelaufen bist, von selbst in die Sache hineingeraten.« Victor blieb still.

Er war so daran gewöhnt, mit Hinterhalten fertigzuwerden, dass er überall mit ihnen rechnete. Er hatte Walker nicht einmal nach dem Ziel des Killerkommandos gefragt.

»Nachdem du Walkers Team angegriffen hast, hat sich alles verändert. Mit den ersten Schüssen und den Sirenen war alles vorbei. Phoenix wäre niemals aufgetaucht, und selbst wenn - das Team war ohnehin tot. Ich wusste, dass sie fliehen würde, aber nicht wohin. Wir haben sie genauso gesucht, wie du. Ich habe dir also die Wahrheit gesagt. Und vielleicht hätten wir sie schon gefunden, wenn du uns von Anfang an vertraut hättest.«

»Ich traue Attentätern nicht, Frau Sorrel. Und das solltest du auch nicht. Und warum hast du mir das nicht früher gesagt? Miller und Boulanger hätten - «

»Weil ich zu diesem Zeitpunkt nicht wusste, wo deine Loyalität liegt! Du dachtest, Phoenix hätte dich hintergangen. Du hättest vielleicht nicht mit uns kooperiert. Außerdem musste ich sie immer noch finden und es bestand die Möglichkeit, dass du mehr wusstest, als du uns erzählt hast.«

»Aber warum überhaupt ein Killerkommando? Phoenix ist kein Profi. So wie wir, meine ich. Ihr braucht keine Männer mit Maschinenpistolen, um sie zu erledigen.«

»Vorsichtsmaßnahme«, begann Salomé. »Vielleicht taucht sie mit Leibwächtern auf, vielleicht mit einem eigenen Killerkommando. Ich wollte mir meine Chance nicht entgehen lassen, indem ich auf Feuerkraft verzichte, außerdem: Die Söldner bekamen einen Auftrag von mir und entschieden selbst, wie sie ihn erledigen wollten. Wenn sie bis an die Zähne bewaffnet sein wollen, warum sollte ich ihnen da reinreden?« Er dachte darüber nach und stellte sich eine alternative Realität vor, in der er den offenen Fensterladen nicht bemerkt oder den Ort am Vortag nicht überprüft hätte. Wäre Phoenix aufgetaucht? Oder hatte sie den kommenden Angriff vorausgesehen? »Du meintest, dass deine Crew deine Familie wäre. Und trotzdem wirkst du nicht besonders getroffen von Millers und Boulangers Tod.«

»Wir standen uns nah, das stimmt, aber so ist unser Geschäft. Außerdem ist jeder ersetzbar.«

»Du bietest mir einen neuen Job an?«

»Ich will, dass du deinen alten behältst.«

»Was ist dein Druckmittel?«

Sie gab sich verwirrt.

»Lass die Nummer«, sagte er. »Du konntest nicht wissen, wie ich darauf reagieren würde, dass du meine Brokerin töten willst. Du hast etwas gebraucht, eine Art Druckmittel, bevor du mir dein Angebot machen konntest.«

»Ich muss mich dir nicht verkaufen«, sagte sie. »Ich weiß, ich habe dein Interesse geweckt, alleine, weil ich noch keine Kugel im Schädel habe und du mir zuhörst. Phoenix hätte schon vor Jahren aufhören sollen, sie war zu lange im Geschäft. Gerade du musst wissen, dass immer jemand kommen wird, der einem das früher oder später klarmachen wird. Sie hat sich lange gehalten. Aber es war unvermeidlich.«

»Aber sie ist auf und davon«, sagte Victor. »Ich dachte, sie wäre weggelaufen, als das Team versagte. Jetzt glaube ich, dass sie dich noch vor mir kommen sah.«

Salomés Miene war angespannt. Sie versuchte, ihre Verärgerung zu verbergen, aber es gelang ihr nicht. Sie sah, dass Victor sie durchschaut hatte.
»Du hast meine Frage nicht beantwortet.«
»Welche?«
»Ich habe gefragt, welches Druckmittel du hast«, antwortete er. »Gegen mich. Du weißt nichts über mich, außer den Namen in meinem aktuellen Pass. Und es ist nicht das Team toter Söldner. Du kannst mich nicht an die Behörden ausliefern, ohne deine eigene Verwicklung zu enthüllen. Aber irgendetwas muss es ja sein. Du musst einen Trumpf in der Hand haben, für den Fall, dass ich dein Angebot ablehne. Du würdest es natürlich vorziehen, das Druckmittel gar nicht auszuspielen. Du willst nicht, dass ich mich gezwungen fühle, für dich zu arbeiten.«
Sie war still.
»Das Problem ist«, fuhr Victor fort, »wenn du mir nicht sagst, welches Druckmittel du hast, ist meine Antwort Nein.«
Sie schaute einen Moment lang weg, die Sonne auf ihrem Gesicht und die Brise in ihrem Haar.
»Kirill Lebedew«, sagte sie. »Du hast ihn vor etwa zehn Tagen im Gefängnis getötet. Ich weiß das, weil ich es war, die dich dafür angeheuert hat. Ich habe ... nennen wir es mal ... eine gute Arbeitsbeziehung zu einem bestimmten Syndikat von Russen.«
»Die Bratva.«
»Ich habe den Anschlag auf Kirill und Grigori Orlov über Phoenix in Auftrag gegeben. Und dabei einiges an Verlust gemacht, möchte ich hinzufügen. Dazu noch einige andere Aufträge, an denen du nicht als Auftragnehmer beteiligt warst.«
»Um Informationen über Phoenix sammeln zu können.«

»Um sie und ihre Methoden besser zu verstehen, ja. Ich will sie stürzen.«
»Wer ist Castellan?«, fragte er.
»Der Top-Mann der Bratva in Marseille.« Sie machte eine Pause, um sich zu korrigieren. »Ihr Top-Mann in Frankreich, Punkt. Er ist schon seit Jahren hier. Ich bin mir sicher, dass inzwischen jeder Kriminelle in der Stadt vor ihm auf die Knie geht. Er ist derjenige, der den Auftrag für den Mord an Kirill überhaupt erst erteilt hat. Es ist Castellans Schifffahrtsimperium, das Heroin vom Schwarzen Meer bis nach Frankreich und dann weiter in die Vereinigten Staaten bringt, wo Kirill Teil des Vertriebsnetzes war, bevor er ins Visier des FBI geriet.«
»Die Bosse in der Heimat konnten es nicht riskieren, dass Kirill redet«, sagte Victor. »Das habe ich geahnt. Das habe ich ihm auch gesagt, bevor ich ihn getötet habe.«
»Nicht die Bosse in der Heimat«, begann Salomé. »Nur Castellan, der seine Lieferkette schützen will. In Moskau würden sie das nie genehmigen, weil Kirill Lebedew der Schwiegersohn von Maxim Borisyuk ist.«
»Der Name sagt mir nichts.«
»Der Anführer der Bratva fliegt inzwischen lieber unter dem Radar. Du hast also völlig recht: Dass du Kirill getötet hast, ist keine Karte, die ich ausspielen will.«
»Weil es nicht nur mich ins Fadenkreuz der gesamten Bruderschaft bringen würde, sondern auch dich.« Sie nickte. »Das wäre unser Ende. Und eine Verschwendung unseres Talents. Ich möchte, dass wir gewinnbringend zusammenarbeiten, zwanglos. Ich sehe keinen Grund, warum sich für dich irgendetwas verändern sollte.«
Victor antwortete nicht.
»Es sei denn«, sagte sie, »ich habe dich völlig falsch

eingeschätzt und du hast eine Verbindung zu Phoenix, die über das Geschäftliche hinausgeht.«

Etwas zögerlich sagte er: »Du hast mich nicht falsch eingeschätzt.«

»Gut«, sagte sie. »Denn ich brauche deine Hilfe genauso sehr wie du meine brauchst.«

Er schaute weg zur Kirche, auf deren Dach sich Tauben tummelten. »Lass mich raten: Castellan.«

»Solange er noch lebt, ist er eine Bedrohung für uns beide. Wenn er Maxim Borisyuk verrät, dass du und ich an der Ermordung seines Schwiegersohns beteiligt waren, wird er sich mit großer Wahrscheinlichkeit Borisyuks Zorn zuziehen. Deshalb wird er abwarten und einen Weg finden, uns zu verraten und sich selbst dabei zu retten. Die Frage ist nicht ob, sondern wann. Castellan kann nicht mehr lange dulden, dass diese ganze Affäre ein offenes Ende hat. Er wird sich gegen mich – und jetzt auch gegen dich – wenden, sobald er merkt, dass dies der einzige Weg aus der Sackgasse ist, in die er sich manövriert hat. Er braucht eine Geschichte, mit der er Borisyuk füttern kann – sonst ist er ein toter Mann. Durch Phoenix' Tod hätte er die Kontrolle wiedergewonnen, aber jetzt muss er umdenken. Wir haben leider nie in Betracht gezogen, Kirills Mörder zu verfolgen, weil Phoenix die einfachere und sicherere Option war. Aber das ist jetzt vorbei. Und selbst wenn Castellan dich nicht erwischt, wird er dann keine andere Wahl haben, als Borisyuk alles zu erzählen. Dann ist nicht nur Castellans Zweig der Bratva hinter dir her, sondern der ganze Stamm. Weißt du, was das für dich bedeutet?«

Victor dachte an seine Zeit in Russland, an seine Zeit als Anfänger.

»Ich kenne die Bratva gut.«

»Dann hilf mir, Castellan zu töten«, sagte sie. »Sein Schutzring wird nur noch größer werden, wenn seine Angst vor Maxim Borisyuks wächst. Wir müssen also schnell sein. Wenn du mir hilfst, Castellan zu töten, sind wir nicht nur eines der weltweit größten Netzwerke des organisierten Verbrechens los - wir sind dann diejenigen, die sie anrufen, wenn sie ein *Problem* gelöst haben wollen. Eine Win-Win-Situation, egal, wie man es betrachtet.«

Er nickte. »Du hast überzeugende Argumente, aber du gehst ein großes Risiko ein, wenn du so zu mir kommst. Du setzt alles darauf, dass ich Ja sage.«

»Das hier ist kein Spiel«, antwortete sie. »Ich bin nicht nur ein besserer Deal als Phoenix, ich bin dein einziger Deal, wenn du nicht willst, dass Castellan hinter dir her ist, und darüber hinaus die gesamte russische Mafia.«

Das ältere Paar hatte den Friedhof bereits verlassen, nur hatte Victor es bis jetzt nicht bemerkt.

Salomé sah das. »Nun«, begann sie, »wie lautet deine Entscheidung?«

KAPITEL 79

Sie sah friedlich aus. Die Sonne glitzerte auf ihrem Haar und ließ ihre blasse Haut so hell leuchten, dass sie zu glühen schien. Sie näherten sich mit bedächtigem Tempo, vorsichtig und unsicher. Keine Spur des Killers, aber das bedeutete nicht, dass sie seine Abwesenheit für selbstverständlich hielten. Der Mann mit der blauen Mütze wusste aus leidvoller Erfahrung: Nur weil man den Killer nicht sehen konnte, hieß das nicht, dass *er* einen nicht sehen konnte. Seine Kehle pulsierte in Wellen dumpfer Schmerzen, die sich allein durch das Schlucken des Speichels in seinem Mund zu Qualen steigerten. Er schämte sich wegen des Überfalls und wegen des nassen Flecks in seiner Jeans. Weiss' Kollegen kommentierten das nicht. Er hatte schon genug durchgemacht, da musste er nicht auch noch verspottet werden. Außerdem hatten sie dringendere Probleme, die ihre Aufmerksamkeit erforderten.

»Was sollen wir jetzt tun?«

»Macht hier sauber«, war Zianis Antwort. »Dann zurück an die Arbeit.«

Salomé saß auf der Bank vor ihnen. Sie wirkte friedlich, als ob sie döste, aufrecht auf der Bank, den Kopf nach vorne geneigt. Nur das Fehlen jeder Bewegung verriet, dass etwas nicht stimmte. Aus der Nähe konnte man die dunkle Haut an ihrem Nacken sehen, wo ein radialer Bruch der Wirbelsäule die umliegenden Blutgefäße zerrissen hatte.

»Der Killer hat ihr Angebot abgelehnt«, sagte der Mann mit der blauen Mütze unnötigerweise.

»Ach was.«

Auf die dringenden Rufe hin trafen die anderen ein, eilten auf den Kirchhof und versammelten sich um die Bank.

»Ich wusste, dass das passieren würde«, meinte einer. »Was sollen wir tun?«, fragte ein anderer Neuankömmling. »Wir können sie nicht hierlassen«, seufzte Weiss. »Besorgt ein Auto und wir bringen sie aus der Stadt. Grabt irgendwo ein Loch, wo niemand je suchen wird. Mehr können wir nicht tun.«

»Ich meinte den Killer. Er hat Miller, Boulanger und jetzt Salomé getötet.«

Er fasste sich an seine zarte Kehle. »Ich bin raus.«

»Was?«

Mit einer Geste zu Salomé sagte er: »Keine Belohnung ist das wert. Sobald sie unter der Erde ist, hau ich ab.«

»Solange er noch da draußen ist, ist keiner von uns sicher.«

»Dann zieh los und schnapp ihn dir«, sagte er mit einem spöttischen Lächeln. »Sieh zu, wie du zurechtkommst.«

»Ich bin auch raus«, sagte ein anderer. »Vielleicht nicht für immer, aber jetzt. Er hat uns im Hotel entdeckt, er hat Miller und Boulanger umgebracht und jetzt das hier ... Salomé hat gerade herausgefunden, wie gut er mit anderen zusammenspielt, und ich will das nicht nochmal nachprüfen. Wir müssen uns zerstreuen und verstecken, bis es sicher genug ist, wieder auf die Jagd zu gehen. Wir haben keine andere Wahl.«

»Wir haben alle eine Wahl«, sagte Weiss. »Lassen wir also die Russen mit ihm verhandeln oder ihn mit den Russen. In der Zwischenzeit lecken wir unsere Wunden und denken über unsere Rache nach... oder auch nicht. Wie auch immer: Ich sage, wir hauen ab.«

Ziani zuckte mit den Schultern und sagte: »Ich werde ihn nicht allein verfolgen, also werden wir uns wohl aufteilen.« Sie deutete auf Salomés Leiche und fügte hinzu: »Pack ihre Beine.«

KAPITEL 80

Der Rat sollte wieder tagen, noch nie waren so kurz hintereinander zwei Sitzungen einberufen worden. Der Sicherheitsrat suchte bei Castellan nach Antworten. Und nicht nur das, sie wollten auch eine neue Resolution.

Er wusste genau, was sie sagen würden. *Das ist nicht das, was du versprochen hast. Wir hätten dir nie vertrauen dürfen. Das ist alles deine Schuld.*

Castellan führte ein Schnapsglas an seine Lippen, verschüttete ein wenig mit seinen zitternden Fingern, und stürzte den Wodka hinunter. Er erschien ihm jetzt nicht mehr so mild wie früher. Er starrte hinaus in die Nacht. Der Hafen war natürlich noch wach. Er schlief nie. Der Hafen war nie still. Das Heulen der Maschinen und das Rumpeln der Motoren war unaufhörlich. Gabelstapler mit mannslangen Zinken waren ständig in Bewegung, Schiffscontainer auf Lastwagen oder Züge zu heben.

Ein Maschendrahtzaun umgab Castellans Gewerbeeinheit. Auf der anderen Seite stapelten sich rostige Schiffscontainer. Er sah hunderte, wenn nicht sogar tausende in aufgeräumten Stapeln unterschiedlicher Höhe, Farbe und Verfallstadium. Einige waren so schmutzig und rostzerfressen, dass ihre ursprüngliche Lackierung nicht mehr zu erkennen war. Er sah eine seltsame Ästhetik in diesem schleichenden Verfall. Er verlieh ihnen eine Individualität, die ihnen im Originalzustand fehlte.

Castellan nickte einer Wache zu, die auf dem Gelände patrouillierte. Der Mann nickte zurück. Gute Männer, Ex-Militärs, die für seine Sicherheit sorgten, nachdem Castellans Plan gescheitert war und die beiden Cleaner versagt hatten. »Bist du sicher, dass du nichts trinken willst?«,

fragte er seinen Besucher. »Ich bin nicht durstig«, antwortete der Fährmann.
Ob er wusste, dass Castellan ihn hinhielt oder nicht, ließ er nicht erkennen. Er wirkte höflich und vernünftig in seinen Fragen, lächelte nicht und strahlte dennoch keine Feindseligkeit aus.
»Maxims Tochter ist sehr bestürzt über den Tod ihres Mannes«, begann der Fährmann nüchtern. »Jede Hilfe, die du leisten kannst, ist willkommen.«
»Ich habe es dir schon gesagt: Ich weiß nichts von einem Deal, den Kirill gemacht haben soll.«
»Hättest du ihn töten lassen, wenn du davon gewusst hättest?«
»Oh, bitte. Mach dich nicht lächerlich«, sagte Castellan. »Maxim würde das als eine Kriegserklärung auffassen.«
»Nur wenn du dich erwischen lässt.«
»Ich glaube, ich habe für heute genug von deinen Fragen.«
»Du wirkst angespannt«, sagte der Fährmann. »Dabei hast du hier Männer mit Waffen überall. Fühlst du dich nicht sicher?«
»Mir ist meine Sicherheit eben wichtig, na und? Ich habe dich hier lange genug bespaßt. Wenn Maxim mit mir reden will, kann er zum Telefon greifen und ich werde gerne rangehen. Was ich aber nicht tun werde, ist, mir die irren Anschuldigungen seines Kampfhundes anzuhören, der hier rumschnüffelt und verzweifelt nach irgendeiner Verschwörung sucht.«
Der Fährmann antwortete mit einem höflichen Nicken. »Falls es die Sache einfacher für dich macht: Sieh in mir einfach Maxims Stellvertreter, der dafür sorgt, dass seine Interessen durchgesetzt werden.“
»Einfacher für mich?« spottete Castellan. »Hätte nicht

erwartet, dass du so ‘n Witzbold bist.« Mit dem Schnapsglas wies er auf die Tür. »Raus hier. Geh zurück nach Russland. Richte deinem Herrchen, er soll dir Manieren beibringen.« Der Fährmann blieb stehen, bewegte sich keinen Zentimeter und starrte Castellan ungerührt an. »Ich gehe nirgendwo hin.«
»Mir machst du keine Angst. Ich kenne die Geschichten und weiß, dass es Märchen sind, die verbreitet werden, um kleinen Kindern Angst einzujagen und sie gefügig zu machen. In meiner Stadt bist du ein Niemand. Ich bin hier buchstäblich kugelsicher. Ginge es nach mir, würdest du es nicht lebend aus dem Hafen, geschweige denn aus der Stadt schaffen.« Als der Fährmann sich immer noch nicht rührte, stieß Castellan ihn in die Brust. »Verschwinde, bevor ich Maxim einen Gefallen tue und ihm das mit den Manieren abnehme.«
Blitzschnell packte der Fährmann Castellans ausgestreckte Hand und klemmte den den Knöchel zwischen Finger und Daumen ein. Wie mit einer Zange riss der Fährmann die Hand im Uhrzeigersinn herum und drehte den Arm mit, bis Castellans Ellenbogen zur Decke zeigte und das Glied blockiert war.
Mit nur einem Daumen und Zeigefinger kontrollierte der Fährmann Castellan wie ein Puppenspieler.
»Na los«, zischte er. »Brich ihn. Reiß ihn mir heraus, wenn du willst. Mal sehen, was passiert, wenn ich schreie. Lass uns herausfinden, wie gefährlich du bist, wenn ein Dutzend ehemaliger Speznas hier reinstürmt, um dich zu ficken. Mal sehen, wie raffiniert du dann noch bist.«
Der Fährmann hielt ihn bewegungsunfähig.
»Worauf wartest du?«, fragte Castellan mit einem Lächeln. »Ich bin dir ausgeliefert. Du kannst mir den Arm brechen

oder mich sogar töten und niemand wird dich aufhalten.«
Der Fährmann schien abgelenkt, als würde er nicht mehr zuhören, als hätte er jegliches Interesse an Castellan verloren.
»Hast du gehört?«, fragte der Fährmann, als er ihn losließ.
Castellan rieb sich das schmerzende Handgelenk und wollte gerade fragen, was er meinte, als er etwas von draußen hörte. Schwach. Wie ein gedämpfter Schrei. Der Fährmann näherte sich dem Fenster, Castellan folgte ihm und sie schauten in die Nacht hinaus zu der Stelle, wo die Wache ihm vorhin zugenickt hatte. Nur fehlte dieses Mal der Wachmann. Stattdessen glänzte eine Blutspur an der Wand eines Schiffscontainers.
»Du hast Besuch.«, sagte der Fährmann.
»Freunde von dir?«, entgegnete Castellan.
Die Frage schien den Fährmann zu verwirren. Castellan dachte an den Rat. Wären sie wirklich so dumm, ihn auszuschalten? Oder hatte das etwas mit der Brokerin zu tun? Wie auch immer, er wollte sich nicht in seinem Büro verstecken, während seine Brüder ihn verteidigten. Trotz all seiner Doppelzüngigkeit war er seinen Männern gegenüber genauso loyal wie sie ihm. Er tippte den Code ein, um die Tür seines Waffenschranks zu entsperren und holte seine persönliche Waffe heraus. Er überprüfte sie kurz und stieß ein neues Magazin rein.
Der Fährmann beobachtete ihn. »Wir sind noch nicht fertig.«
»Ich habe zu tun«, sagte Castellan und fühlte sich mit einem Gewehr in der Hand sicherer.
»Lass dir nicht zu viel Zeit.«
»Warte hier«, sagte Castellan und dachte daran, dass er, nachdem er mit den Eindringlingen fertig war, seine Brüder

gut gebrauchen konnte, um Maxims Bluthund in Stücke zu reißen. Vielleicht würde er die Stücke in Gefrierbeuteln aufbewahren, bis die Zeit reif war, sie an Borisyuk zu schicken. Oder sie den Hunden zum Fraß vorwerfen, dachte er, als er den Fährmann dabei beobachtete, wie er sich in Position brachte, um einen besseren Blick aus dem Fenster zu haben. »Es sei denn, du willst dich mir anschließen?«, fragte er. Der Fährmann lächelte. »Ich ziehe es vor, den Dingen ihren Lauf zu lassen.«

KAPITEL 81

Tote Körper sahen zuweilen sehr lebendig aus. Die Ironie daran entging auch Victor nicht. Er hatte schon so viele Leichen gesehen – und hinterlassen – dass sie nach einer Weile miteinander verschwammen.

Eine Leiche war wie jede andere. Seine Opfer hatten eine gewisse Gleichförmigkeit, was vielleicht unvermeidbar war. Der Russe zu seinen Füßen war da keine Ausnahme.

Victor hatte elf Silhouetten gezählt, die im Gebiet umherpatrouillierten. An allen erkannte er die vertrauten Umrisse von Kalaschnikow-Sturmgewehren. Moderne AK-74er, dasselbe Modell, das auch das russische Militär verwendete. Castellan ging keine Risiken ein. Abgesehen von den Wachen war er der Einzige auf dem Gelände, den Victor aufgespürt hatte.

Zumindest bis der Besucher eingetroffen war. Den Wachen am Eingang hatte der Besucher nur den Namen *Lodochnik* angegeben. Der Fährmann. Der Russe zu Victors Füßen war aufmerksam und fähig gewesen. Er war nicht so leicht gestorben wie die beiden anderen. Kurz war es chaotisch geworden. Zum Ende hin hatte er nochmal aufgeschrien.

Jetzt gab es keine Möglichkeit mehr, unbemerkt zu bleiben. Noch acht übrig. Zwischen den Schiffscontainern würden die zahlreichen toten Winkel ihren Vorteil schmälern.

Sie versammelten sich bereits auf dem Gelände, als er jemanden »Syuda« rufen hörte.

»Hier drüben!«

Es fielen keine Schüsse in seine Richtung. Noch nicht. Sie wussten, dass es einen Eindringling gab, aber sie hatten ihn nicht gesehen. Er zog sich aus dem Bereich zurück, bevor ihn jemand entdeckte, die Stapel von Frachtcontainern

erleichterten ihm das. Selbst die, die nicht gestapelt waren, waren höher als er, was ihm viele Versteckmöglichkeiten bot und gleichzeitig ein Labyrinth bildete, in dem es schwierig war, die Orientierung zu behalten.
Dasselbe würde natürlich auch für die Russen gelten, obwohl sie ausscheren könnten, um ihn zu jagen. Immerhin kannten sie das Gelände besser. Ein paar Sekunden lang hörte er, wie sie sich hinter ihm gegenseitig zuriefen, um das Tempo zu erhöhen und gleichzeitig zur Vorsicht zu raten. Dann verstummten sie und er stellte sich vor, wie sie einander zuflüsterten.
Einige würden den Containerfriedhof ganz umgehen, um alle Ausgänge abzuschneiden, war er sich sicher, denn sie erwarteten, dass er fliehen würde, nachdem er entdeckt worden war. In dem Labyrinth – unfähig, sich in einer geraden Linie zu bewegen – würde er jeden dieser Ausgänge zu spät erreichen.
Doch Victor hatte nicht die Absicht, zu fliehen.
Er holte tief Luft, während er wartete – ein tiefer Atemzug, um sein Nervensystem und dessen Überflutung mit Adrenalin zu beruhigen. Früher war dies die einzige Möglichkeit gewesen, sein Herz nicht so schnell schlagen zu lassen, dass seine Hände dabei zitterten. Der Mensch war darauf ausgelegt, sich anzupassen. Angst ist etwas Gutes, wenn sie dazu dient, Verletzungen zu vermeiden. Als Jugendlicher hatte er sich bei seinem ersten Feuergefecht übergeben. Von Anfang an hatte er seine Atmung kontrollieren müssen, um ruhig zu bleiben.
Jetzt tat er es, um seine Erregung zu kontrollieren.
Er war nie verängstigt, auch wenn sein Körper so reagierte. Viele Male hatte er auf Menschen geschossen und war daraufhin beschossen worden. Viele Male hatte er diejenigen

getötet, die versucht hatten, ihn im Gegenzug zu töten. Mit genügend Erfahrung gewöhnte der Mensch sich an alles. Die Erinnerungen, die er vergessen wollte, aber nicht konnte, machten ihm mehr Angst als jeder Schütze. Die Menschlichkeit, die er in einem ununterbrochenen inneren Kampf unterdrückte, war sein größter Feind. Diesen Kampf zu verlieren, war seine einzige Angst. Jedes Mal, wenn er ihr erlaubte zurückzukehren, machte er Fehler.

Er traf falsche Entscheidungen. Er handelte auf eine Weise, von der er wusste, dass sie ihm Schwierigkeiten bringen würde. Und jedes Mal brachte sie ihn dem Tod ein Stück näher. Victor ließ den Schlitten zurückgleiten, um zu prüfen, ob eine Patrone in der Kammer der Waffe lag, die er dem Schotten abgenommen hatte. Er warf das Magazin aus, um zu prüfen, ob er richtig gezählt hatte. Es war nicht unmöglich, dass ihm ein Fehler unterlief. Auch wenn solche Fehler selten waren, tat er immer so, als wären sie alltäglich.

Er hielt die Arme an die Flanken gepresst, Ellbogen in einer Linie mit der Basis seines Brustbeins, die Hände vor der Brust, Pistole auf Höhe der Schlüsselbeine. Er spähte über den Schlitten hinweg. Zwar war er nicht so genau wie mit dem Eisenvisier, aber auf kurze Distanz war ein perfektes Zielen nicht nötig und er wollte die Waffe nahe bei sich haben, damit sie nicht von einem Feind gepackt werden könnte, wenn der plötzlich aus einem der vielen Ecken und toten Winkel auftauchte.

Bei den Männern und ihren Sturmgewehren durfte er nicht danebenschießen. In dem Moment, in dem er eine der Pistolen der Cleaner abfeuerte, würde er seine Position verraten. Und die anderen würden herbeieilen.

Er musste die Dinge so lange ruhig halten, wie es ihm

möglich war. Victor hielt dort inne, wo der Korridor zwischen den Containern eine Ecke bildete.
Das Geräusch leiser Schritte drang an sein Ohr – sie kamen auf ihn zu. Der Boden war hart und trocken, aber dennoch weich genug, um das Geräusch ein wenig zu dämpfen. Victor konzentrierte sich. Es war schwer zu sagen, wie nah sein Feind schon war. Vielleicht zwei oder drei Meter. Oder er war nah genug, um die Ecke zu greifen und ihn zu packen. Wenn Victor den falschen Moment für einen Angriff wählte, würde er vielleicht nichts als Luft angreifen. Wenn er zu lange zögerte, gab er seinem Feind die Chance, seinen Ansatz zu ändern.
Victor war zwar geduldig, aber er wollte nicht zulassen, dass ein Feind den Kampf bestimmte. Er schob die Pistole weg und wartete genau den Moment ab, in dem die Schritte aufhörten, – als er glaubte, dass der Mann so nah an der Ecke war, wie er es wollte – und stürmte los.
Victor erwischte den Mann mitten im Atemzug, Luft einziehend, um selbst um die Ecke zu kommen, und griff nach dem Sturmgewehr.
Der Russe hatte das Gewehr in beiden Händen, ein starker Griff, der schwer handzuhaben war, also stieß Victor eine Hand von unten nach oben und benutzte das *V* zwischen Daumen und Zeigefinger, um das Gewehr nach oben zu drücken und die Mündung abzuwinkeln. Victor führte seinen freien Ellbogen über die Arme seines Gegners, zielte auf die Schläfe, erwischte ihn aber an der Seite des Schädels, als der seinen Kopf von dem Schlag wegdrehte.
Unbeirrt riss der Russe sein Gewehr los und trat einen Schritt zurück, um Platz zu schaffen, damit er es wieder auf das Ziel richten konnte. Victor ließ das nicht zu und warf sich auf ihn, bevor er die Chance hatte zu schießen.

Er packte das ausgestreckte Handgelenk von oben mit einem Überhandgriff und wickelte seine Finger und seinen Daumen darum, um seine bessere Hebelwirkung zu nutzen und die Waffenhand des Gegners zu manipulieren, bevor der Russe sich wehren konnte. Er behielt die Waffe in der Hand, aber jetzt war diese überstreckt und die Mündung zeigte von Victor weg. Der Russe war jedoch stärker und schwerer. Er nutzte seinen Vorteil an Masse und zwang Victor, sich auf der Stelle zu drehen, während sie um die Kontrolle über die Waffe kämpften. Victor befand sich an der Außenseite des rechten Arms des Mannes und schlug mit seiner freien linken Hand kurze Haken in den unteren Rücken und die Rippen des Russen. Der schlug selbst zu, ebenfalls mit linken Haken, schickte seine Faust über seinen eigenen rechten Arm und zielte auf Victors Gesicht. Victor deckte seine Schläfe, indem er seinen Kopf nach unten neigte und sein Kinn unter die Schulter klemmte, so dass die Schläge auf seiner Schädeldecke landeten. Jeder Schlag war brutal und schickte Schockwellen der Verwirrung durch Victors Gehirn, aber der Kerl schlug auf Knochen. Das Adrenalin überdeckte den Schmerz in seiner Hand, aber er schlug mit den Knöcheln auf Victors Kopf ein. Der Russe konnte den Schaden nur noch nicht spüren.

Dann beging er einen schrecklichen Fehler, als er sich entschied, Victors Jacke zu greifen, als dazu keine Notwendigkeit bestand. Er streckte seinen linken Arm aus, um Victor zu schubsen und seine Bewegungen zu kontrollieren, so dass Victor die Waffe in einer scharfen, ruckartigen Bewegung in seine Richtung ziehen konnte, was den Mann aus dem Gleichgewicht brachte.

Die AK ging sofort los, nachdem Victor sie zur Seite geschleudert hatte. Die Kugel sprengte ein Loch in den Boden, dann ein weiteres, als der Schütze versuchte, das Gewehr zurückzuziehen, um Victor zu erschießen, der nahe genug war, um seinem Gegner einen Kopfstoß ins Gesicht zu verpassen, bevor er ihm das tragende Bein unter dem Körper wegzog. Das Gewehr feuerte ein weiteres Mal, diesmal mit einer Explosion in den Himmel, als der Bewaffnete mit fuchtelnden Armen rückwärts umkippte. Er schlug hart auf den Boden auf, mit dem Hinterkopf zuerst, und erschlaffte. Victor stampfte dreimal auf seinen Hals, bis er hörte, wie die Wirbelsäule unter seinem Absatz brach.

KAPITEL 82

Victor hörte, wie sich weitere Männer aus Castellans Truppe näherten, angelockt von den Schüssen, die er zu vermeiden versucht hatte. Sie schienen aus allen Richtungen auf ihn zuzukommen, noch bevor er die Chance hatte, das Sturmgewehr des Toten zu holen. Er ließ es auf dem Boden liegen und rannte durch einen hohlen Schiffscontainer, im Vertrauen darauf, dass seine Geschwindigkeit ihn aus der Gefahrenzone bringen würde. Vielleicht sahen ihn einige. Vielleicht aber auch nicht. Er konnte es sich nicht leisten, herumzutrödeln und nachzusehen.

Er ging im Zickzack durch das Labyrinth, zwischen Containern hindurch oder durch leere Container, bis er nur noch seinen eigenen Atem hörte und stehen blieb, um zu lauschen.

Er hörte die schweren Schritte mehrerer Männer, die in seine Richtung liefen, und hockte sich in den Schatten, bis der Lärm vorüber war. Sie waren dicht beieinander, vielleicht nur ein einziger Schiffscontainer zwischen ihnen.

»In welche Richtung ist er gegangen?«, rief jemand. Das Geprassel der Schritte verschwand in der Ferne. Aber nicht von allen.

Zwei Russen waren vorsichtiger, hörte er. Und in der Nähe. Irgendwo hinter ihm.

Er ging in Richtung des Geräusches zurück und wartete an der Ecke des Containers. Er trat ein paar Schritte zurück, damit sein Schatten nicht über die Ecke hinausragte und seine Position verriet. Die Sonne war bereits unter den Horizont getaucht, aber das künstliche Licht der Anlagenbeleuchtung färbte die Container orange und warf tiefe Schatten, wo das Licht nicht hinkam.

Victor wusste, dass sie kommen würden, obwohl er keine Schritte hörte. Angesichts der Kompetenz der anderen konnte er sich nicht vorstellen, dass sie Experten im geräuschlosen Annähern waren, also dachte er an Turnschuhe oder Tennisschuhe: Schuhe, die aus Gründen der Bequemlichkeit gewählt wurden, die aber zufälligerweise auch beträchtliche Vorteile boten, wenn man versuchte, leise zu bleiben.

Da er ihre Annäherung nicht hören konnte, beobachtete er den Boden. Vor ihm, an der Öffnung, war es wegen des Umgebungslichts ein wenig heller. Dort, wo Victor wartete, war der Boden durch den Schatten der Container verdunkelt. Sekunden vergingen. Immer noch kein Geräusch von Fußspuren. Selbst mit den weichen Sohlen von Tennisschuhen oder Turnschuhen mussten sie langsam vorwärts schleichen. Vielleicht konzentrierten sie sich nicht so sehr auf ihr eigenes Geräusch, sondern versuchten, Victors Geräusche zu identifizieren. Er stellte sich vor, wie sie jeden offenen Behälter und jede Kreuzung absuchten, weil sie nicht wussten, wo ihr Ziel versteckt war. Es hatte keinen Sinn, nach Victor zu lauschen, wenn sie nicht auch nach ihm suchten. Da es außer den Containern keine Deckung gab, reichte ein kurzer Blick aus, um ihn zu finden. Der Boden warnte Victor den Bruchteil einer Sekunde, als er sich verdunkelte, bevor der herannahende Schütze den Rahmen des Containers passierte. Victor griff mit einem abwärts gerichteten Hackschlag an.

Er schlug mit der Kante seines Handgelenks auf die Vorderarme des vorausgehenden Russen und schlug sie Richtung Boden, zusammen mit dem Gewehr, das er vor sich hielt. Der gesamte Schwerpunkt des Mannes verlagerte sich nach vorne. Er verlor das Gleichgewicht und krachte in Victors

Knie, das der gleichzeitig nach oben stieß.
Das Knie traf ihn im Gesicht, zertrümmerte seine Augenhöhle und ließ den Kopf des Russen hochschnellen. Victor hielt den Schädel des Mannes mit beiden Händen fest, als er wieder nach unten kam, und drehte den Kopf heftig im Kreis, was den Russen dazu zwang, seinen ganzen Körper zu drehen, bis er wieder in die Richtung blickte, aus der er gekommen war, und ihn zu einem menschlichen Schutzschild zwischen Victor und dem zweiten Angreifer machte. Victor ließ den Kopf los, schlug ihn mit dem Handballen an der Schädelbasis, wo er auf den Nacken traf, und stieß ihn so, dass er mit dem zweiten Russen zusammenprallte, bevor sie überhaupt begriffen, was geschah.
Das Knie im Gesicht und der Schlag gegen den Hirnstamm setzten den ersten Russen vorerst außer Gefecht. Er fiel zu Boden, sobald der zweite Kerl ihn wegzog, aber die Zeit, die er brauchte, gab Victor die Gelegenheit, selbst den Abstand zu verringern. Als der zweite Russe nicht mehr behindert wurde und sein Gewehr wieder in Anschlag brachte, schlug Victor mit beiden Handflächen gleichzeitig auf den rechten Handrücken und die Innenseite seines Handgelenks und riss das Gewehr aus seinem Griff.
Es fiel in einen offenen Schiffscontainer und klapperte irgendwo außer Sichtweite.
Der entwaffnete Mann ging sofort zum Gegenangriff über, indem er Victor mit seinem linken Arm eine Faust ins Gesicht schlug, bevor er seine eigenen Hände zurückziehen und einen Schutzschild bilden konnte.
Der Russe hatte zwar wenig Raum, um die Effektivität des Schlags zu maximieren, aber der plötzliche Schmerz ließ Victors Kopf zurückschnellen und er spürte, wie seine Knie für einen Moment nachgaben. Reflexartig hob er die

Arme, um die folgenden Schläge abzufangen, und spürte den dumpfen Aufprall der Fäuste und Ellbogen auf seinen Schultern und Oberarmen. Er blieb gedeckt und in der Defensive, während er die Auswirkungen der Schläge abschüttelte. Sein Gegner wertete dies als Zeichen des bevorstehenden Sieges und setzte den Angriff fort, indem er einen Schlag nach dem anderen setzte. Jeder einzelne verursachte Schmerzen, aber mehr auch nicht. Victor spürte, wie die Stärke der Schläge nachließen, die Pausen zwischen ihnen größer wurden. Die Schläge wurden sukzessive von einem Keuchen ersetzt. Der Russe hatte sich schon nach wenigen Sekunden des unerbittlichen Angriffs erschöpft. Das war nicht ungewöhnlich. Die meisten Menschen haben bloß genug körperliche Fitness für eine einzige Anstrengung und brauchen eine Pause, bevor sie für eine zweite bereit sind.

Dann schlug der Typ mit einem ausgreifenden Haken zu. Es war die Art von Schlag, die Menschen machen, wenn sie verzweifelt waren und ihnen die Luft ausging. Wie in einem Beat' em up zog er seinen Ellbogen zurück, um den Schlag mit maximaler Energie abzufeuern, und drehte seine Hüfte, um sein ganzes Gewicht in die Waagschale zu werfen, wobei er daraufsetzte, dass er perfekt treffen und das unausweichliche Ende des Kampfes ändern würde. Victor sah es fast in Zeitlupe kommen – der Schlag brauchte dreimal so lange, um sein Ziel zu erreichen, weil der Ellenbogen zunächst abfiel, was zu dem unvermeidlichen Bogen führte, der die Distanz, die die Faust zurücklegen musste, nur vergrößerte. Der Russe hätte in der gleichen Zeit einen ablenkenden Schlag ausführen und eine frontale Faust direkt hinterherschicken können, um die Kombination dann mit einem linken Haken abzuschließen, aber die

schnell aufkommende Müdigkeit, der Schmerz und die Angst haben die Angewohnheit, selbst kluge Menschen zu dummen Entscheidungen zu ermutigen.
Victor wich aus und drängte sich gleichzeitig heran, sodass der Schlag des Russen nur die Luft hinter Victors Kopf traf, den er dann in das Gesicht des Mannes stieß. Victor spürte nicht, wie die Nase unter seiner Stirn zerquetscht wurde, aber er spürte die warmen Blutspritzer auf seiner Haut, die ihm sagten, dass der Kopfstoß die Sache beendet hatte, noch bevor der Russe zu Boden ging.
Mit dem Knie voraus warf Victor sein Körpergewicht auf den liegenden Mann. Mehrere, wenn nicht die meisten, Rippen brachen, als sein Knie auf dem Brustbein des Russen landete und dessen Brustkorb zusammendrückte, bis die gesplitterten Knochen die Lunge zerstochen hatten.
Der erste Russe fing an, sich zu erholen und hatte sich auf die Knie hochgezogen, die perfekte Höhe für Victor, um ihm das Genick zu brechen.
Das Klirren von Wellblech gab Victor genug Warnung, um einen anderen abzufangen, der von den verräterischen Geräuschen brechender Rippen und Wirbel herangerufen worden war.
Victor schob die Waffe mit der linken Hand weg, als sie um die Ecke kam, und öffnete die Deckung des Russen für einen Ellbogenschlag, als er in Reichweite kam. Er traf den Russen am Wangenknochen und ließen seinen Kopf zurückschnellen, der zwar zurückstolperte aber sein Gleichgewicht hielt. Victor platzierte einen weiteren Ellbogenschlag, diesmal in einem Bogen nach unten, um den Arm des Mannes zu treffen und die AK aus seinem Griff zu reißen. Es funktionierte nicht. Dieser Russe war so widerstandsfähig, dass Victor sich nicht sicher war, ob er auf Schmerzmitteln war oder

aus Stein gehauen.
Letzteres schien wahrscheinlicher zu sein, denn der Kerl verpasste Victor einen Kopfstoß. Der hatte seinen eigenen Kopf bereits nach unten geneigt hatte, um zu verhindern, dass ein solcher Angriff seine Nase traf. Der Wache war das egal. Sie verpasste Victor einen Kopfstoß, Stirn an Stirn. Ein durchdringendes Brummen übertönte alle Geräusche und seine Sicht verdunkelte sich.
In Sekundenschnelle verstummte das Brummen wieder und sein Blickfeld klärte sich.
Aber erst, nachdem Victor nach hinten getaumelt war, den Arm des Russen losgelassen und ihm die Möglichkeit gegeben hatte, die Waffe wieder in Position zu bringen. Victor zuckte zur Seite, als das Gewehr feuerte und die Kugel den Stoff seiner aufflatternden Jacke durchschlug.
Der Russe drehte sich, um Victors Weg zu folgen, doch Victor war zu schnell. Er sprang nach vorne, aus der Reichweite des Mannes. Die lange Waffe lag nun hinter ihm und war für einen Moment keine Bedrohung mehr. Der Russe wollte mit seiner freien Faust zuschlagen, doch Victor fegte ihm das tragende Bein unter den Füßen weg, während seine Hände beschäftigt waren.
Er ging direkt zu Boden, wobei Victor die Kontrolle über den Arm behielt und seinen Absatz immer wieder in das Gesicht des Russen stieß, bis so viel Blut floss, dass das Gesicht darunter verschwand und die Bewegungen des Mannes zu einem einzigen Krampf zusammenschrumpften.

KAPITEL 83

Die Russen, die vorbeigestürmt waren, würden jetzt zurückkommen. Castellans Leute waren einfach zu stark und zu zäh, um sie zu töten, ohne dabei eine Menge Lärm zu machen. Victor nahm eine der AK-74 und einige Ersatzmagazine und wartete auf sie.

Wie prognostiziert kamen sie, angelockt durch den Lärm. Sie brauchten einige Augenblicke, um den richtigen Korridor zwischen den Schiffscontainern zu finden, von dem der Aufruhr ausgegangen war. Zwei Zweiertrupps, die aus verschiedenen Richtungen auf ihn zukamen.

Victor, der sich in fünf Metern Höhe auf einem Stapel Containern versteckt hatte, schoss mit dem Sturmgewehr auf die Männer, feuerte kontrollierte Salven ab, bis alle vier durchlöchert zu Boden gingen.

Er ließ das leere Magazin fallen, schob ein zweites gebogenes 30-Schuss-Magazin in das Gehäuse und schlug kurz mit der Handfläche auf das untere Ende, um sicherzustellen, dass es eingerastet war. Das war zwar unnötig, weil er wusste, wie viel Kraft er aufgewendet hatte, aber er wusste, dass gerade die tödlichsten Fehler die vermeidbarsten waren.

Eine AK ertönte und ein nahes Mündungsfeuer erhellte den Nachthimmel.

Castellan.

Victor sprang vom Dach des Schiffscontainers, bewegte sich aus der Schusslinie und landete auf einem anderen Container, bevor er sich auf den Boden fallen ließ.

Castellan hatte das geahnt und war schon losgeeilt, um ihn abzufangen.

Ein Kugelhagel aus nächster Nähe, sie feuerten blind um die

Ecken ihrer Container oder sprangen für winzige Momente hervor, falls sie eine Schusslinie fanden. Vollautomatisches Gewehrfeuer – der Lärm war ohrenbetäubend: die Schüsse selbst, das laute Aufschlagen im Boden oder das schrille Kreischen, wenn sie auf Stahl trafen. Victor blieb in Bewegung und suchte verschiedene Deckungen und Verstecke auf. Still zu stehen war seiner Erfahrung nach immer das Falsche. Jede Richtung war besser als gar keine Richtung, auch wenn das bedeutete, sich der Gefahr zu nähern. Jede Änderung der Entfernung und des Winkels bedeutete für den Angreifer weniger Treffsicherheit. Es war schon schwer genug, geradeaus zu schießen, wenn man selbst unter Feuer stand, ganz zu schweigen davon, dass das Ziel nie zweimal an der gleichen Stelle war.

Castellan blieb in Position. Er hatte eine gute Deckung hinter einem rostigen Gabelstapler. Victors Kugeln konnten das Fahrzeug nicht durchdringen und der Russe musste sich kaum der Gefahr aussetzen.

Dieses starre Festhalten an einer Taktik würde gegen ihn arbeiten, denn jeder von Victors Schüssen traf ein bisschen genauer.

Bis Victor die Munition ausging. Er hatte die Schüsse gezählt, aber das Magazin war nicht voll gewesen. Das hatte er nicht allein am Gewicht erkannt. Er wechselte zur Pistole des Schotten, obwohl sie auf diese Entfernung nicht mit der AK mithalten konnte.

Castellan wollte früh nachladen, bevor das Magazin leer war. Eine Taktik, die Victor in einem längeren Feuergefecht oft selbst anwandte. Es gibt kaum etwas Schlimmeres, als dass einem im falschen Moment die Kugeln ausgehen, obwohl noch genügend Munition in unbenutzten Magazinen vorhanden war.

Castellans Fehler lag im Umgang mit dem herausgezogenen Magazin. Er wollte so schnell wie möglich nachladen, um so wenig Zeit wie möglich mit nur einer einzigen Kugel im Lauf zu verbringen. Da er mit der rechten Hand den Griff des Gewehrs umklammert hatte und das losgelassene Magazin in der linken Hand hielt, hatte Castellan keine Hand, um ein volles Magazin herauszufischen. Also ließ er das Magazin aus seiner linken Hand fallen. Etwas, das in diesem Moment unbedeutend schien.

Bis es auf den harten Boden klapperte und Victor unmissverständlich zu verstehen gab, dass sein Feind in diesem Moment nur eine einzige brauchbare Kugel hatte. Victor tauchte aus der Deckung auf und sah, wie Castellans Gesicht zu einer finsteren Fratze verzerrt war, während er eilig ein Ersatzmagazin aus der Tasche fischte.

Als Victor den Abstand verkürzte, wich der finstere Blick erst Überraschung und dann Wut. Castellan schoss die letzte Kugel auf ihn ab, wobei er die AK aus einer Hand abfeuerte, was einen sauberen Schuss gegen ein sich schnell bewegendes Ziel noch schwieriger machte. Die Kugel zischte über Victors Kopf hinweg. Castellan wich zurück, während er versuchte, in den wenigen Sekunden, die er hatte, bevor Victor ihn erreichte, nachzuladen. Als er sah, dass er das Gewehr nicht mehr rechtzeitig nachladen konnte, rannte er los.

Anstatt ihm in den Rücken zu schießen, warf Victor seine Pistole weg und griff ihn von hinten an. Castellan war stark, aber zu langsam, und seine Versuche, sich zu wehren, beschränkten sich darauf, das Unvermeidliche hinauszuzögern. Als er am Boden lag, schlang Victor seine Arme um den Hals des Russen und nahm ihn in den Würgegriff, während Castellan sich – und Victor mit ihm – auf die Beine

hievte. »Wer bist du?«, fragte Castellan in dem Wissen, dass er geschlagen war, schwer schluckend unter dem Druck, den Victor auf seine Halsschlagader ausübte. »Ich bin der Mann, den du beauftragt hast, Kirill Lebedew zu töten.«
»Was auch immer Salomé dir zahlt ...«, keuchte Castellan. »Ich werde es verdoppeln.«
»Wenn die Dinge anders gelaufen wären«, begann Victor, »würde ich das akzeptieren. Leider ist das hier alles ein riesiges Missverständnis, das ich zu korrigieren versuche.«
»Dann lass uns das tun.«
Victor lockerte den Druck auf Castellans Kehle ein wenig. »Ich höre.«
»Phoenix«, hustete der Russe. »Es ist noch Zeit. Wenn du weißt, wo sie ist, dann übergib sie mir und du bekommst im Gegenzug einen mächtigen Freund.«
»Ich weiß nicht, wo sie ist«, gab Victor zu. »Aber ich habe eine Ahnung.«
»Salomé hat dir von Borisyuk erzählt«, sagte Castellan, wieder ungehindert atmend. »Ich kann dafür sorgen, dass er nie etwas über dich erfährt. Ich kann-«
Drei gedämpfte Schüsse ertönten aus der Dunkelheit. Keine Salve eines Automatikmodells, sondern drei schnelle gezielte Einzelschüsse, die ein Dreieck aus blutigen Löchern über Castellans Herz bildeten.
Victor spürte, wie die Stöße in dem Russen nachhallten, als er zuckte und zitterte, bevor ein letztes zischendes Ausatmen seinen Lippen entkam.
Er sank zu Boden, als sich die Dunkelheit bewegte und in die Silhouette eines Mannes verwandelte, der ins Licht trat. Der Fährmann.
»Danke, dass Sie meine Untersuchungen beschleunigt haben.« Verwirrt blieb Victor stumm. Der Fährmann hatte

eine Pistole, die er in einer entspannten Haltung an seiner Seite hielt, und doch konnte Victor die Gefahr spüren, die von ihm ausging. Er konnte auf keinen Fall eine Waffe erreichen, bevor der Fährmann die Pistole gehoben hätte, also blieb er still stehen und hielt seine Hände einwandfrei sichtbar.

»Ich arbeite für Maxim Borisyuk«, erklärte der Fährmann.

»Aber ich bin nicht Ihr Feind. Zumindest noch nicht.«

Victor hörte zu.

»Man hat mich hierhergeschickt, um herauszufinden, ob Castellan hinter Kirills Tod steckt, was ich jetzt getan habe«, fuhr der Russe fort. »Du kannst also ungehindert gehen. Aber wir werden uns vielleicht schon bald wiedersehen.«

Der Fährmann wich in den Schatten zurück.

Victor sah zu, wie er eins mit der Dunkelheit wurde. »Daran habe ich keinen Zweifel.«

TEIL FÜNF

KAPITEL 84

Das Ballett, das an diesem Abend auftrat, *Das Goldene Zeitalter*, erzählte die Geschichte eines jungen Fischers in den 1920er Jahren, der sich in die Cabaret-Tänzerin Mademoiselle Margot verliebte, die auch das Herz eines lokalen Gangsters besaß. Ein klassisches Liebesdreieck. Borisyuk hielt den Gangster für einen ziemlich lächerlichen Kriminellen, aber er liebte jede Minute des Stücks. Die Kombination von Ballett, Tango und jazziger Musik war erfrischend, auch wenn er eher klassische Produktionen bevorzugte. Als er das Ballett mehr und mehr zu verstehen begann, hatte er erkannt, wie wichtig es war, die über Jahrhunderte verfeinerte Technik beizubehalten. Seiner Meinung nach ging das moderne Ballett zu weit damit, das, was bereits perfektioniert worden war, neu zu erfinden. Veränderung um ihrer selbst willen war für ihn der Gipfel der Arroganz.

Nachdem sich der Vorhang zum letzten Mal geschlossen hatte, gab er seinem Leibwächter ein Zeichen und die beiden Männer verließen Borisyuks Loge. Eigentlich gehörte sie ihm nicht, denn sie war Teil des Veliky-Theaters, das – zumindest auf dem Papier – von der Regierung finanziert wurde, und doch hatte er etwas mehr als 100 Millionen Euro gespendet, um die Restaurierung zu finanzieren, die erst vor ein paar Jahren abgeschlossen worden war. Da das gesamte Projekt zwischen 700 Millionen und einer Milliarde Euro gekostet hatte, je nachdem, wem man Glauben schenkte, hielt Borisyuk für angemessen, davon auszugehen, dass die Loge sein Eigentum war. Nur eine andere Person hatte mehr für die Restaurierung gespendet, was für Borisyuk immer noch ein wunder Punkt w[illegible] Hätte dies nicht zu einer Unterbrechung des Programms geführt,

hätte er das Theater niederbrennen lassen, nur damit er beim nächsten Mal den gesamten Wiederaufbau alleine hätte finanzieren können.
Die meisten Teilnehmer waren auf dem Weg zu den Garderoben, um ihre Mäntel, Taschen und Straßenschuhe abzuholen. Borisyuk jedoch war noch nicht fertig mit dem Abend. Er machte sich auf den Weg in das Café im dritten Stock, seine bevorzugte Bar im Veliky. Sie war kleiner als die Hauptbar im siebten Stock und die Champagnerbar im Erdgeschoss, und da sie etwas abseits lag, wurde sie nur von Eingeweihten besucht. Auch sein Leibwächter bevorzugte sie aus diesem Grund, wobei er sich um die Sicherheit sorgte, während Borisyuk nicht gerne auf die Bedienung wartete. Zu lange ohne einen Wodka und seine Maske des guten Benehmens verrutschte und der Straßengauner kam zum Vorschein.
Ein paar andere Leute waren bereits in der Bar, als Borisyuk eintrat. Zum Glück war es noch ruhig, wie er erfreut feststellte. Seine Aufmerksamkeit wurde von einem bestimmten champagnertrinkenden Paar angezogen.
Sie war groß und ihr langer Hals glitzerte vor Diamanten. Borisyuk erinnerte sich an eine Zeit, in der sie eine so tiefe Traurigkeit ausgestrahlt hatte, dass es ihm trotz ihrer Schönheit fast unmöglich gewesen war, sie anzuschauen. Sie war wie ein Eiszapfen gewesen, makellos und doch kalt. Jetzt glänzte sie so hell wie Sonnenschein auf Schnee.
»Izolda«, sagte er, nahm ihre Hand und küsste ihren Handrücken. »Es ist wie immer wunderbar, dich zu sehen.«
»Und dich erst, Maxim. Hat dir die Show gefallen?«
Er lächelte und tupfte sich nonchalant die Augen ab. Daraufhin lachte sie. »Du alter Softie.«
Er erwiderte ihr herzhaftes Lachen, dann begrüßte er ihren

Mann, der etwas gelangweilt und angesichts ihres Humors irritiert aussah: »Vlad.«
Vladimir Kasakov tat so, als ob er ihn zuvor nicht bemerkt hätte und antwortete dann in gleicher Weise. »Maxim.«
Der Ukrainer war ein Mann von beeindruckender Größe und Charisma, der anders als Borisyuk nie die gleiche Liebe für die Künste entwickelt hatte. Er besuchte das Theater nur seiner Frau zuliebe. Aus diesem Grund auch hatte er fast 200 Millionen Dollar für die Restaurierung des Theaters gespendet. Und Borisyuk hatte es satt, dass diese Tatsache jedes Mal in den Zeitungen angedeutet wurde, wenn Kasakovs Name fiel.
Izolda sagte verträumt, während sie die Choreografie der Show nachmachte: »Ich glaube, ich möchte Tangounterricht nehmen.«
»Eine großartige Idee«, sagte Borisyuk.
»Was denkst du, Vlad?«, fragte sie ihren Mann. »Willst du mit deiner geliebten Frau Tango lernen?« Der große Ukrainer grunzte als Antwort und sie lachten einstimmig. Sie gab ihm einen sanften Klaps auf den Arm, dann fragte sie Borisyuk: »War der Gangster nicht schrecklich?«
»Oh ja«, antwortete er. »Ich würde ihm im echten Leben nicht begegnen wollen.«
Kasakov, der im Gegensatz zu seiner Frau genau wusste, wie Borisyuk zu seinem Reichtum gekommen war, schenkte ihm ein schiefes Lächeln.
Izolda bekam davon nichts mit. »Findest du nicht auch, dass die Inszenierung in gewisser Weise wie Dreams of Japan war?«
»Japan ist wie das Amerika der Zwanziger Jahre?«, fragte Kasakov verwirrt. Der Hohlkopf wusste nichts, also sagte Borisyuk: »Ja, ich denke, du könntest Recht haben«, und sie

unterhielten sich ein wenig, bis Kasakov endgültig so aussah, als ob er im Stehen eingeschlafen wäre. »Laufen die Geschäfte gut?«, fragte Borisyuk, um ihn zurückzuholen.
»Ja«, antwortete der Ukrainer. »Wenn man die generelle Lage bedenkt. Und selbst?«
Borisyuk streckte die Handfläche aus und kippte sie leicht von links nach rechts. »Nicht schlecht.«
Kasakov war seit den letzten Tagen des Zwanzigsten Jahrhunderts Gast in Russland – und damit nicht mehr auslieferungsfähig – vor allem nicht, nachdem er unzählige Waffengeschäfte vermittelt hatte, die nicht nur Milliarden in die Wirtschaft, sondern auch Millionen in die Taschen von Politikern und Beamten spülten. In den letzten Jahren war er exponentiell produktiver geworden, bis zu dem Punkt, an dem manche behaupteten, es gäbe keine einzige Waffe, die irgendwo auf der ganzen Welt ohne seine vorherige Zustimmung verkauft würde. Borisyuk war immer daran interessiert, mehr über ihn zu erfahren, und der Ukrainer war genauso interessiert an Borisyuks Geschäften – es gab natürlich viele Überschneidungen – aber solch hässliche Themen waren einfach nichts für die Oper. Selbst der grobschlächtige Kasakov verstand das.
Deshalb fragte Borisyuk: »Wie geht es Illarion?«
Kasakov wollte antworten, aber Izolda war viel schneller und strahlte, als sie Borisyuk von den neuesten Abenteuern ihres kleinen Kindes erzählte und ihm viele Fotos und Videos auf ihrem Handy zeigte.
»Ein bisschen klein für sein Alter?«, fragte Borisyuk und bemerkte, dass der Junge nicht die Statur seines Vaters geerbt zu haben schien.
»Ich glaube, er wird ein Spätzünder sein«, sagte Izolda, bevor sie hinzufügte: »Wo wir schon bei meinem Jungen

sind, ich rufe eben das Kindermädchen an. Entschuldige mich bitte.«

Borisyuk unterhielt sich mit Kasakov und führte ihn zu einem Stehtisch in der Nähe, an dem sie ihre Getränke abstellten. Kasakov bemühte sich, das Gespräch vom Ballett weg und auf aktuelle Ereignisse zu lenken, obwohl er zunehmend abgelenkt wirkte. Die Quelle dieser Ablenkung war ein Mann an der Bar, der an einem Glas eisgekühltem Wasser nippte. Er schien allein und unauffällig zu sein, aber Kasakov war eindeutig an ihm interessiert. Schließlich entschuldigte er sich mit einer Geste, die Borisyuk abnickte, und ging auf den Mann zu.

»Verzeihen Sie die Unterbrechung«, sagte Kasakov zu dem Mann an der Theke. »Aber ich kenne Sie von irgendwoher, nicht wahr?«

»Ich habe gerade dasselbe gedacht«, antwortete der Mann, in perfektem Russisch, das nur von einem leichten Akzent kaschiert wurde, den Borisyuk nicht ganz zuordnen konnte. Vielleicht ein Russe, der viele Jahre im Ausland gelebt oder ein Ausländer, der viele Jahre in Russland gelebt hatte. »Ich glaube, es war vor ein paar Jahren in Bukarest.«

»Bukarest?«, sagte Kasakov und runzelte die Stirn. »Ich kann mich nicht erinnern, wann ich das letzte Mal dort war. Ich reise nicht mehr so oft.«

»Eine Hotellobby«, fuhr der Mann fort. »Ein Mitarbeiter von Ihnen hat sich etwas ungeschickt angestellt und dabei meine Anzugsjacke beschädigt.« Kasakovs Augen weiteten sich und er nickte zustimmend. »Ja, ja. Daran erinnere ich mich. Aber an Sie erinnere ich mich nicht ... wenn das Sinn macht. Liege ich richtig damit, dass ich Ihnen angeboten habe, ein neues zu kaufen und Sie es abgelehnt haben?«

Der Mann nickte ebenfalls. »Das ist richtig. Ein sehr

großzügiges Angebot, aber unnötig. Niemand sollte für einen einfachen Unfall bestraft werden.«

»Das hängt von dem Unfall ab«, antwortete Kasakov. »Aber Sie müssen sich wenigstens von mir auf einen Drink einladen lassen. Sie haben doch nichts dagegen, wenn er sich zu uns setzt, Maxim?«

»Überhaupt nicht«, sagte Borisyuk. Auch für ihn war da etwas Vertrautes an diesem Mann, fast so, als hätten sie sich in einem anderen Leben gekannt.

Sie stellten sich vor, der Mann nannte sich selbst »Vasili«. Kasakov ging, um das versprochene Getränk zu holen, und ließ Borisyuk mit Vasili allein.

»Was führt Sie nach Russland?«, fragte Borisyuk.

»Ich bin hier, um Sie zu sehen«, antwortete Vasili. »Ich hoffe, es stört Sie nicht, dass ich so direkt bin, aber es geht um gemeinsame Angelegenheiten.«

Damit hatte Borisyuk nicht gerechnet und war doch irgendwie nicht überrascht. »Kenne ich Sie also doch. Aber woher?«

»Wir sind uns noch nie begegnet«, sagte er. »Obwohl ich für Sie gearbeitet habe, zumindest indirekt, als ich jünger war. Nicht, dass ich jemals Ihren Namen gekannt habe oder Sie meinen. Aber das ist eine Geschichte für ein anderes Mal. Heute Abend bin ich hier, um mit Ihnen über Kirill Lebedew zu sprechen.«

Borisyuk versteifte sich ein wenig. »Was ist mit ihm?«

»Ich habe ihn getötet«, gab Vasili mit einer Unverblümtheit zu, die sich für Borisyuk wie ein Schlag in den Magen anfühlte. Kontrolliert blickte er zu seinem Leibwächter, der in der Nähe wartete, immer bereit zu reagieren. Der Mann vor ihm sah anders aus als auf dem Foto, das Zakharova ihm gezeigt hatte – kürzeres Haar, kein Bart – aber Borisyuk sah jetzt, dass die Augen dieselben waren. Schwarz

und erbarmungslos.
»Was soll das hier?« Borisyuks Frage kam als leises Zischen heraus.
»Inzwischen wissen Sie, dass ich von Castellan in Marseille angeheuert wurde, und zwar über meine Brokerin, die sich sehr bemüht hat, den Auftrag zu verbergen, damit er nie zu Ihnen durchdringt.«
Er wählte seine Worte sorgfältig. »Und doch reibst du mir hier den Mord an meinem Schwiegersohn unter die Nase.«
»Das ist nicht meine Intention«, versicherte Vasili. »Ich bin hier, um meine Rolle als Vollstrecker zuzugeben. Natürlich hätte ich den Vertrag nicht angenommen, wenn ich gewusst hätte, in welcher Beziehung Kirill zu Ihnen steht.«
»Du erwartest, dass ich dir deine Unwissenheit verzeihe?«
»Keineswegs«, sagte er wieder. »Ich bin bereit, meine Blutschuld zu bezahlen, natürlich. Aber wenn Sie das nicht akzeptieren werden, wenn wir uns als Feinde gegenüberstehen werden, dann können wir diesen Ort wenigstens mit einem gegenseitigen Verständnis verlassen.« Borisyuk dachte darüber nach und lächelte fast vor sich hin. »Castellan hatte schon immer mehr Ehrgeiz, als gut für ihn war. Was glaubst du, warum ich Kirill überhaupt zu ihm geschickt habe, um für ihn zu arbeiten? Kirill war immer dazu verdammt, alles ins Chaos zu stürzen, woran er beteiligt war. Lieber sollte er die Geschäfte von Castellan zu Fall bringen als meine eigenen. Aber nur weil mein Schwiegersohn ein Dummkopf war, heißt das nicht, dass ich seinen Mord ungesühnt lassen kann. Ich muss mich vor seiner Frau, meiner Tochter, verantworten.«
Vasili wartete, ohne sich vor seinem Urteil zu fürchten. Borisyuk sagte: »Du arbeitest jetzt für mich. Zumindest wirst du das tun, bis ich entschieden habe, was du mir schuldest.«

»Ich verstehe.«
»Was verstehst du?«, lachte Kasakov und kehrte an den Tisch zurück. Er trug ein Tablett, auf dem eine Flasche Champagner in einem Eiskübel stand, die Stiele von drei Flöten zwischen seinen Fingern.
»Schluss mit dem Fachsimpeln«, sagte Borisyuk und nahm Kasakov das Tablett ab, der daraufhin die Gläser auf dem Tisch abstellte. »Lass uns mit unserem neuen Freund über die Aufführung sprechen.« Kasakov stöhnte und Borisyuk fragte: »Sind Sie etwa auch ein Freund des Balletts, Vasili?«

KAPITEL 85

Von Russland aus flog Victor zunächst nach Istanbul, wo ihn ein zweiter Flug nach Bologna brachte. In Italien hatte er die Wahl zwischen verschiedenen Zügen. Die Non-Stop-Verbindung nach Mailand dauerte etwas mehr als eine Stunde, und mit dem zweiten Zug wäre er in weniger als zwei Stunden in Genua gewesen. Stattdessen wählte er die langsamere Strecke und fuhr zuerst nach Florenz, stieg dann in Pisa Centrale um, bevor er nach Genua kam. Mit über 20 Haltestellen zwischen den Zügen hatte er genug Gelegenheit, mehrmals auszusteigen und den nächsten Zug zu erwischen, um eventuelle Schatten aus der Deckung zu locken. Es gab keine. Es war unmöglich, dass ihn jemand verfolgt oder auf ihn gewartet hatte. Dennoch gehörte es zum Protokoll, so zu handeln, als ob die Feinde immer einen Schritt hinter ihm und einen vor ihm wären.

Er nahm die Fähre von Genua nach L'Île-Rousse. Natürlich wäre es schneller gewesen, nach Korsika zu fliegen, aber wie bei vielen Dingen im Leben war die effizienteste Art zu reisen nicht unbedingt die beste. Das letzte Mal, als Victor auf der Insel gewesen war, war er in Calvi, einem kleinen Provinzflughafen, gelandet, nur um wegen starken Windes im letzten Moment nach Bastia umgeleitet zu werden. Korsika, so hatte er festgestellt, war nicht nur eine Insel, sondern fast ein eigener Kontinent. Ganze Biosphären konnten sich innerhalb einer Nachmittagswanderung in den Bergen verändern, mehrfach. Kein Wunder, dass alle Korsen, denen er in seinem Berufsleben begegnet war, so furchterregend gewesen waren.

Die Insel lag etwa 160 Kilometer von der Riviera entfernt, und die Fähre von Genua brauchte gut fünf Stunden, was

nicht schlecht war. Er hatte schon vor langer Zeit gelernt, dass der Fahrplan eine Lotterie war, die viel mehr von der Dringlichkeit oder Unlust des Kapitäns abhing als von gedruckten Vorgaben. War es ein sonniger Nachmittag und der Kapitän durch ein gutes, in Wein getränktes Mittagessen gestärkt, konnten alle an Bord froh sein, wenn die Fahrt nur sechs Stunden dauerte, und keine brenzligen Situationen im Zusammenhang mit Felsen enthielt.
Victor genoss jede Minute seiner Reise. Eine Fähre war nicht ganz wie ein Zug, aber sie kam dem schon sehr nahe. Beide waren langsamer als die meisten Alternativen, und beide ließen dem Fahrgast eine gewisse Bewegungsfreiheit. Eine lange Reise, bei der man an einen Sitzplatz gefesselt war, war eine Qual, unabhängig von der Schönheit der Landschaft. In vielerlei Hinsicht war eine Fähre dem Zug sogar fast überlegen, dachte Victor. Der Grad der Bewegung, der auf einer Fähre möglich war, wäre für andere Fahrzeuge unerreichbar. Und nur wenige Dinge im Leben waren so befriedigend wie das Gefühl und der Duft einer Meeresbrise auf dem Wasser. Er blieb etwas länger in der Sonne, als er es für klug hielt, aber das war ihm egal. Weil sein ganzes Leben darauf basierte, Risiken zu managen, waren jene Momente unermesslich befreiend, in denen er die Vorsicht in den Wind schlagen konnte. Sonnenbrand war ein kleiner Preis für ein so seltenes Hochgefühl. Er hatte sich für eine größere Fähre entschieden, weil er die Anonymität der vielen Passagiere und die zusätzliche Einrichtung als vorteilhaft empfand. Das Restaurant hatte er nicht aufgesucht, aber in einer der Bars Kaffee getrunken. Zu dieser Jahreszeit war die Fähre voll mit Reisenden, die die Fiera di l'Alivu besuchen wollten. Victor war froh, einer von vielen zu sein, denn er wollte das Olivenfest erleben. Das gab

ihm eine gute Tarnung. Manchmal war es schwer, sich als einsamer Reisender ohne offensichtliches Ziel zu rechtfertigen. Eine Art Pilgerreise löste dieses Problem. Auf dieser Reise brauchte er sich nicht zu verstellen. Er mochte Oliven, vor allem die grüne sizilianische Sorte, und er mochte das Öl, das er über seine Salate träufelte. Es waren keine Lügen nötig, und doch konnte er die Begeisterung seiner Mitreisenden nicht ganz verstehen. Er stellte fest, dass einige Leute Oliven wirklich liebten und sich freuten, mit anderen Liebhabern zu sprechen. Er unterhielt sich mit einer bulgarischen Frau, die mit einem finnischen Mann verheiratet war, die beide intelligent und witzig waren und deren pummeliges Kleinkind kein anderes Wort als "Oli" sagen konnte, während es mit Patschehändchen nach der Steinfrucht griff.

Victor lächelte zusammen mit dem Paar, obwohl er sich fragte, ob ein so kleines Wesen sich mehrere ganze Oliven in den Mund stecken sollte. Konnte eine so unentwickelte Speiseröhre eine ungekaute Olive verkraften?

Er beruhigte sich selbst damit, dass solche Feinheiten immer jenseits seines Verständnisses liegen würden. Die Eltern schienen glücklich zu sein und das kleine Mädchen hatte einen unendlichen Heißhunger auf Oliven und war auch in der Lage, sie ohne Gefahr zu essen. Er war überzeugt, dass er sich auf deren überlegenes Fachwissen verlassen konnte. Sie machten gemeinsame Pläne – die er nicht einzuhalten gedachte – sich auf dem Festival zu treffen. Sie waren so reizend, dass er fast ein schlechtes Gewissen bekam, als er ihnen versicherte, dass er ihre nächste Begegnung nicht erwarten könne.

Die Sonne war noch warm und der Wind blies stark, als sich die Fähre dem Hafen näherte. Schäumende Wellen schlugen gegen die Granitküste. Wolken zogen einen Schleier um die Berge, außer dort, wo die schneebedeckten Gipfel in den Himmel ragten. Kurz nach dem Aussteigen aß er das Figatellu eines energischen Straßenverkäufers, um seinen Hunger zu stillen und sich gleichzeitig zu vergewissern, dass sich niemand an seinem Essen zu schaffen gemacht hatte. Leider war die Schweinsleberwurst für seinen Geschmack ein wenig zu stark geräuchert. Aber Kalorien waren Kalorien und Eiweiß war Eiweiß. Und nun hatte er genug von beidem in seinem Körper für alles, was noch folgen würde. Der Stand bot auch Rotwein aus der Region, aber Victor lehnte das Angebot ab, eine halbe Flasche zu seinem Essen zu trinken. Er war sich sicher, dass der Wein hervorragend sein würde und versicherte dem Verkäufer, dass er auf dem Rückweg wiederkommen würde, um ihn zu probieren. Das tat er natürlich nicht.

Er verbrachte eine Stunde damit, die Stadt zu observieren, und brach das Protokoll nur, um in der Nähe von zwei alten Männern zu verweilen, die auf einer Bank saßen und selbstgebackene Feigenkuchen mit weichem Ziegenkäse teilten. Beide hatten schlohweißes Haar und von endlosen Nachmittagen in der Sonne rotbraun gegerbte Gesichter. Sie sprachen mit demselben korsischen Akzent, doch aus der Art, wie sie über die Abstammung von Napoleon Bonaparte stritten, schloss Victor, dass der eine französischer und der andere italienischer Abstammung war. Ihre Diskussion war gleichermaßen hitzig und ausschweifend, wurde aber immer wieder von ansteckendem Gelächter und dem gutmütigen Teilen von Essen unterbrochen. Er vermutete, dass die beiden Männer schon seit Jahrzehnten darüber stritten, wer mehr Anspruch auf Napoleons Ruhm hatte, und wenn es nicht um das Protokoll und dringende Angelegenheiten gegangen wäre, hätte Victor gerne mitgemacht. Als sie ihn nach seiner Meinung fragten, tat er so, als würde er die Sprache nicht beherrschen.

Als er sich sicher wähnte, keinen Schatten zu haben, nahm er einen Bus ins Landesinnere nach Montemaggiore. Da nach ihm niemand einstieg, konnte er einen Fensterplatz besetzen und sich für den größten Teil der neunzigminütigen Fahrt auf der schmalen Straße entspannen, die sich durch die Hügel schlängelte, vorbei an mittelalterlichen Dörfern und immer höher hinauf.

Am späten Nachmittag stieg er aus dem Bus. 400 Meter über dem Meeresspiegel war die Luft immer noch warm, obwohl der Bergwind abkühlte. Olivenhaine umgaben das Dorf, das sich an den Hang schmiegte und dessen Höhepunkt die Kirche St. Augustin aus dem 18. Jahrhundert bildete. Im Süden waren die Berge in Wolken und Schnee gehüllt, im Norden erstreckte sich das Mittelmeer vom calvischen Golf bis zum Horizont. Victor roch das Olivenöl, wo immer er hinging.

Die Straßen waren eng zwischen alten Steinhäusern, manche weiß getüncht, andere in Pastellfarben gestrichen. An vielen rankten Pflanzen von den Balkonen. Er kam an einem kleinen steinernen Denkmal für die jungen Männer vorbei, die während des Ersten Weltkriegs gefallen waren. In fast jeder Stadt und jedem Dorf gab es eines. Auf dem Platz spielten dünne Jungen und kleine Mädchen Fußball, eine Mauer aus nackten Ziegeln ihr Tor. Die tief stehende Nachmittagssonne warf lange Schatten, die mit unbändiger Energie hin und her hüpften. Als er den Platz überquerte, spielte ein Scherzkeks den Ball in seine Richtung und er entschied sich, ihn – zu ihrer und seiner eigenen Überraschung – zurückzuschießen. Er sah zwar nicht, wer ihn rief, aber mehr als eine Stimme forderte ihn auf, sich ihnen anzuschließen, da sie ungleiche Teams hatten.

Mit nur 300 Einwohnern, die fast alle aus der Gegend stammten, und nur ein paar Dutzend Gebäuden im Dorf selbst, war Phoenix leicht zu finden.

Ihr gehörte eine Villa am südlichen Rand des Dorfes, dort, wo der Hang flacher und die Aussicht auf die Berge dennoch ungetrübt war. Eine einfache Behausung, so schlicht und gewöhnlich, wie ihr Schloss prunkvoll war.

Er kletterte über die Mauer, die einen bescheidenen Hof umgab, in dem getopfte Oliven- und Feigenbäume auf ockerfarbenem Pflaster standen. Die Hintertür war offen und er konnte leise Musik hören. Eine Frau sang auf Französisch von der grausamen Hand des Unvermeidlichen.

Phoenix malte gerade mit Ölfarben, als er hereinkam. Sie hörte Victors Schritte auf den Bodenfliesen und drehte sich von ihrer Staffelei weg.

Sie war nicht überrascht, ihn zu sehen, und fragte: »Was hat dich aufgehalten?«

KAPITEL 86

Sie trug ein übergroßes weißes Hemd, das über viele Jahre hinweg von Farben gemustert worden war. Er sah Flecken von Acryl- und Schlieren von Ölfarben, wo sie ihre Hände und Pinsel abgewischt hatte. Auf der Staffelei stand eine große Leinwand, auf der sie das Dorf skizziert und die Grundierung aufgetragen hatte. Nur ein kleiner Teil hatte Farben. Er sah unangetastete Kleckse mit dichten Ölfarben auf ihrer Palette. Sie stellte sie auf einem Tisch ab und schob die eingerollten Farbtuben beiseite, um Platz zu schaffen. »Ich habe dich schon vor einer Ewigkeit erwartet«, sagte sie mit einem leichten Lächeln. »Was hast du die ganze Zeit gemacht?«

»Russland.«, sagte er. »Ich musste einige Dinge gerade rücken.«

»Gewagtes Spiel.«

Er zuckte mit den Schultern. In dem Moment hatte er es nicht für mutig gehalten. Zu diesem Zeitpunkt war es das taktisch klügste Manöver gewesen, um dem Zorn mächtiger Feinde zu entgehen.

Sie sagte: »Ich habe gehört, dass Castellan ein unglückliches Ende gefunden hat. Ich hoffe, das bedeutet, dass du jetzt mit den Bratva im Reinen bist.«

»Nicht ganz«, antwortete er. »In diesem Bereich liegt noch ein langer Weg vor uns.«

»Schnell im Zorn und langsam im Verzeihen, wie immer.« Sie hielt inne. »Ich hätte dich gewarnt, wenn ich es gekonnt hätte.«

»Natürlich«, sagte er.

»Dachtest du, ich wäre es?«

Er nickte. »Der Gedanke kam mir in den Sinn.«

»Es ging alles so schnell«, sagte Phoenix. »Das war wohl der Punkt. Ich habe dieses kleine Haus schon seit vielen Jahren. Perfekt, wenn man den Kopf unten halten will.« Sie änderte ihren Tonfall. »Ich muss zugeben, dass ich mich schon gefragt habe, ob du ihr Angebot annehmen würdest.«

»Ich habe auch überlegt«, gab er zu. »Aber das ist nicht die Art, wie ich Geschäfte mache.«

»Nein?«, sagte sie, etwas skeptisch ihr Tonfall. »Korrigiere mich, wenn ich falsch liege, aber ist das nicht, wie wir unsere Zusammenarbeit begonnen haben?«

»Das war damals«, antwortete Victor. »Wir haben unsere Vereinbarung von einer gleichberechtigten Position aus geschlossen. Als Individuen. Salomé hat nicht allein gearbeitet.«

»Du meinst also, es ist in Ordnung, wenn nur du und ich versuchen, uns gegenseitig umzubringen. Aber nicht, wenn du und mehrere von ihnen es tun.«

»So ähnlich.«

Phoenix ging zu einem kleinen Radio, das neben ihren Farben stand. Sie drehte an einem Regler, um die Stimme der französischen Sängerin lauter zu stellen.

»Sie singt über Schneeflocken«, sagte Phoenix mit einem Lächeln, während sie sich mit der Melodie wiegte. »Darüber, wie schön sie sind, und doch ist es ein unglaublich trauriges Lied, wenn du wirklich zuhörst. Sie singt zwar über Schneeflocken, aber der Text handelt vom Leben. Schneeflocken sind wunderschön, aber zumeist nur für einen Augenblick, bevor sie schmelzen oder in der Masse untergehen. Und nur eine winzige Veränderung der Temperatur oder der Luftfeuchtigkeit und die Schneeflocke bildet sich erst gar nicht. Und wenn die Bedingungen genau richtig sind, um das Wasser zu kristallisieren, hat die Schneeflocke, die daraus wird, ein unvermeidliches Verfallsdatum. Sie kann nicht überdauern. Entweder sie schmilzt oder sie wird zu Eis zermalmt. Nur für einen kurzen Zeitraum zwischen diesen Extremen wird sie schön sein. Wir sollten wegen dieser Schönheit weinen. Wir sollten jeden Tag über dieses grausamste aller Schicksale weinen.«

»Wir schaffen unser eigenes Schicksal.«

»Dann schaffen wir also auch unsere eigene Grausamkeit?«

»Jemand sagte mir«, begann Victor nach einem Moment, »dass wir, wenn wir einmal grausam sind, für immer grausam sind. Ich bin mir nicht sicher, ob ich damals zugestimmt habe, aber nur, weil ich es nicht ganz verstanden habe. Er meinte, ich könne mich bis zum Rest meines Lebens wie Heiliger benehmen und trotzdem würde dies nichts an meiner Vergangenheit ändern. Keine Buße kann einen so großen Makel wegwaschen.«

Die Wunde in seinem Oberschenkel schmerzte, obwohl er nicht sicher sein konnte, dass der Schmerz physisch bedingt war. »Der Mann, der das zu mir gesagt hat, war ein Monster, wie er selbst zugab. Er hat nicht versucht, mich eines Besseren zu belehren. Er hat akzeptiert, dass das, was er getan hat, nicht ungeschehen gemacht werden kann.« Er hielt inne und dachte auf eine für ihn ungewöhnliche Weise über das nach, was er sagte. »Ich habe einmal jemandem gesagt, dass ich für die Dinge, die ich getan habe, zur Hölle verdammt bin. Im Falle der unausweichlichen Verdammnis gibt es also nichts mehr zu verlieren. Nichts, was ich tun kann, kann jemals ändern, wer ich bin oder wer ich war. Wer ich immer sein werde.« Er zuckte mit den Schultern. »Das ist okay für mich.« Sie betrachtete sein Gesicht und las seinen Ausdruck.

»Möchtest du wissen, warum ich dich gebeten habe, mich

wieder zu besuchen, nachdem du mit deinen Eingriffen fertig warst?«
»Das ist tatsächlich eine Frage, die noch unbeantwortet ist.«
»Ich habe daran gedacht, mich zur Ruhe zu setzen«, sagte sie. »Ich hatte eine Ahnung, dass ich es vielleicht schon zu lange bequem hatte, aber als wir uns das letzte Mal gesehen haben, war ich mir nicht sicher. Ich dachte, wenn du mit deinen Eingriffen fertig bist, hätte ich mich so oder so entschieden und könnte dir persönlich sagen, ob ich aufhöre. Um Missverständnisse zu vermeiden.«
»Rücksichtsvoll.«
»Praktisch«, erwiderte sie. »Ich wollte nicht, dass du wegen solcher Missverständnisse vor meiner Tür stehst.« Phoenix sah ihn an. Victor sah sie an.
»Was hast du entschieden?«, fragte er.
»Diese untreuen Auftragnehmer haben die Entscheidung für mich getroffen.« Sie schaute sich in der bescheidenen Villa um. »Daher die überstürzte Reise zu meinem kleinen Versteck.«
»Aber wie hättest du dich entschieden, wenn du die freie Wahl gehabt hättest?«
Sie dachte nach und zuckte dann mit den Schultern. »Ich glaube nicht, dass wir das jemals erfahren werden.«
Er nickte. »Ich werde auch nie mit Sicherheit wissen, wann du gemerkt hast, dass Salomé gegen dich arbeitet.«
Sie hörte zu.
»Denn vielleicht war deine Ahnung, dass du zu lange dabei bist, ein bisschen mehr als eine Ahnung.«
Sie wartete.
»Und der beste und sicherste Weg, um zu sehen, ob du Recht hattest, war, dass ich es für dich durchspiele.«
»Ich sagte bereits, dass das alles hinter uns liegt«, versicherte

sie in einem vorsichtigen Ton. »Wir haben eine gute Arbeitsbeziehung und es gibt keinen Grund, sie zu gefährden. Außerdem stehst du hier mit kaum einen Kratzer. Ich kenne deinen Namen vielleicht nicht, aber ich weiß genau, wer du bist. Wir sollten uns nichts vormachen. Niemand ist in diesem Geschäft tätig, der nicht süchtig nach dem Risiko ist. Wir sagen uns, dass wir aufhören werden, sobald wir einen bestimmten Geldbetrag erreicht haben. Oder wir tun so, als ob es gar nicht so einfach wäre, auszusteigen. Wir stellen alle Hindernisse selbst auf. Niemand muss es für uns tun.« Sie hielt inne. »Die Wahrheit ist, dass wir jederzeit aussteigen können, wenn wir es wollen. Wir wollen es nur nicht.«

Victor blieb still.

»Jetzt, wo der Status quo wiederhergestellt ist, gibt es keinen Grund, warum wir nicht weitermachen können, wo wir aufgehört haben. Lass dich nicht von deiner Paranoia überwältigen und eine gute Sache ruinieren.«

»Paranoia ist Teil der Jobbeschreibung«, sagte Victor. »Das Endergebnis ist dasselbe: wir sind beide aufgeflogen. Also ist es egal, wie die Wahrheit aussieht. Wir können jetzt nicht mehr zur Normalität zurückkehren, also gibt es wirklich nur eine einzige Möglichkeit.« Er hielt inne. »Niemand glaubt mir, wenn ich sage, dass ich solche Dinge nicht persönlich nehme. Es ist immer nur geschäftlich.«

Sie nahm einen tiefen Atemzug. »Das ist das hier für dich? Geschäftlich?«

Victor nickte. »Ich fürchte, ja.«

»Ein sauberer Neustart?«

»Nichts daran ist sauber. Aber wir wussten beide, dass dies immer damit enden würde, dass einer von uns in den Lauf einer Waffe schaut. Es war immer nur eine Frage, wer wo stehen würde.«

»Das ist nicht wahr«, sagte sie ihm. »Das ist nur deine Art zu denken. Als ich sagte, dass wir unsere früheren Aggressionen hinter uns gelassen haben, habe ich das auch so gemeint. Du willst es nicht wahrhaben, weil es das Ganze für dich einfacher macht. Aber eines Tages wirst du merken, dass du dich von deinen Gefühlen hast überwältigen lassen. Das ist natürlich ironisch, denn das ist genau das, was du im Moment zu vermeiden glaubst.«

Er zog eine kleine Pistole, eine schallgedämpfte .22 Ruger, und legte sie auf den Tisch neben ihrer Palette. »Du musst nur den Abzug betätigen«, sagte er. »Aber nicht hier.« Er drückte einen Finger unter sein Kinn. »Hier«, er drückte denselben Finger an seine Schläfe. »Du wirst nichts spüren.« Sie blickte auf die Waffe hinunter und schluckte. Als sie ihn wieder ansah, war keine Angst in ihren Augen, nur Akzeptanz.

»Macht es dir etwas aus, wenn ich das Lied zu Ende höre?«

»Überhaupt nicht.«

Später färbte die untergehende Sonne die mittelalterlichen Gebäude auf dem Dorfplatz leuchtend rot. Die mageren Kinder spielten immer noch Fußball, ihre langen Schatten dehnten sich zu tanzenden Marionetten. Victor schloss sich ihnen an.

DANKSAGUNGEN

Das Schreiben scheint nie einfacher zu werden und jedes Buch erfordert mehr als nur meine Bemühungen, um zu seiner besten Version zu werden. Zum Glück gibt es einige alte und neue Gefährt:innen, die ihr Gewicht in Gold wert sind. Mein langjähriger Lektor, Ed Wood, verdient ein großes Lob dafür, dass er mich in meinen schwierigsten Momenten ertragen hat und mich immer wieder unterstützt und mir einen hervorragenden redaktionellen Input gegeben hat. Ich bin ihm sehr dankbar für alles, was er im Laufe der Jahre für die Serie getan hat. Auch mein Agent, James Wills, war in vielerlei Hinsicht von unschätzbarem Wert, nicht nur wegen seiner scharfsinnigen Kenntnisse der Branche und der Verträge. Ich danke allen Freunden und Familienmitgliedern, die mir zugehört haben (ohne allzu viel Langeweile zu zeigen), als ich über Victor und sein neuestes Dilemma geschimpft habe. Einer meiner ältesten Freunde, Mark Smith, hat mir mit seinen Geschichten über die Bewachung einiger der schlimmsten Straftäter der Gesellschaft viele Einblicke in das Leben eines Vollzugsbeamten gewährt. Johana Gustawsson danke ich dafür, dass sie mir bei der Übersetzung meines letzten Romans ins Französische geholfen hat, und entschuldige mich aufrichtig dafür, dass ich sie nicht in die Danksagung dieses Buches aufgenommen habe.

Bodo Pfündl hat uns mit seinen Kommentaren und Korrekturen vom ersten Entwurf bis zum Endergebnis sehr geholfen – vielen Dank, Bodo. Vielen Dank auch an Jon Appleton, der hinter den Kulissen mit Argusaugen gearbeitet hat. Und schließlich möchte ich mich bei allen Leser:innen bedanken, die sich im letzten Jahr die Zeit genommen haben, mir eine E-Mail oder ein DM zu schicken. Schreiben kann ein einsamer Beruf sein, und die vielen herzlichen Botschaften der Ermutigung und Wertschätzung haben mir wirklich über einige der dunkelsten Momente der Selbstzweifel hinweggeholfen.

ENTDECKE DEN MANN HINTER DER ACTION

@TheTomWood
facebook.com/tomwoodbooks
tomwoodbooks.com